广东省优秀社会科学家文库（系列二）

蒋述卓自选集

蒋述卓◎著

·广州·

版权所有　翻印必究

图书在版编目（CIP）数据

蒋述卓自选集/蒋述卓著.—广州：中山大学出版社，2017.11
（广东省优秀社会科学家文库.系列二）
ISBN 978-7-306-06139-3

Ⅰ.①蒋…　Ⅱ.①蒋…　Ⅲ.①文艺理论—文集　Ⅳ.①I0-53

中国版本图书馆 CIP 数据核字（2017）第 187707 号

出 版 人：	徐　劲
策划编辑：	嵇春霞
责任编辑：	高　润
封面设计：	曾　斌
版式设计：	曾　斌
责任校对：	陈　芳
责任技编：	何雅涛
出版发行：	中山大学出版社
电　　话：	编辑部 020-84111996，84111997，84113349，84110779
	发行部 020-84111998，84111981，84111160
地　　址：	广州市新港西路 135 号
邮　　编：	510275　传　真：020-84036565
网　　址：	http://www.zsup.com.cn　E-mail：zdcbs@mail.sysu.edu.cn
印 刷 者：	广州家联印刷有限公司
规　　格：	787mm×1092mm　1/16　21.5 印张　363 千字
版次印次：	2017 年 11 月第 1 版　2017 年 11 月第 1 次印刷
定　　价：	60.00 元

如发现本书因印装质量影响阅读，请与出版社发行部联系调换

"广东省优秀社会科学家文库"（系列二）

主　任　慎海雄

副主任　蒋　斌　王　晓　宋珊萍

委　员　林有能　丁晋清　徐　劲

　　　　魏安雄　姜　波　嵇春霞

"广东省优秀社会科学家文库"（系列二）

出版说明

习近平总书记在党的十九大报告中明确提出要"加快构建中国特色哲学社会科学"，为新时代中国哲学社会科学繁荣兴盛指明了方向。哲学社会科学是人们认识世界和改造世界、推动社会进步的强大思想武器，哲学社会科学的研究能力是文化软实力和综合国力的重要组成部分。广东改革开放近40年所取得的巨大成就离不开广大哲学社会科学工作者的辛勤劳动和聪明才智，广东要实现"四个坚持、三个支撑、两个走在前列"的目标更需要充分调动与发挥广大哲学社会科学工作者的积极性、主动性和创造性。中共广东省委、省政府高度重视哲学社会科学，明确提出要打造"理论粤军"、建设学术强省，提升广东哲学社会科学的学术形象和影响力。这次出版的"广东省优秀社会科学家文库"，就是广东社科界领军人物代表性成果的集中展现，是广东打造"理论粤军"、建设学术强省的一项重要工程。

这次入选"广东省优秀社会科学家文库"的作者，均为广东省第二届优秀社会科学家。2014年7月，中共广东省委宣传部和广东省社会科学界联合会启动"广东省第二届优秀社会科学家"评选活动。经过严格的评审，于2015年评选出广东省第二届优秀社会科学家10人。他们分别是（以姓氏笔画为序）：王珺（广东省社会科学院）、毛蕴诗（中山大学）、冯达文（中山大学）、胡经之（深圳大学）、桑兵（中山大学）、徐真华

（广东外语外贸大学）、黄修己（中山大学）、蒋述卓（暨南大学）、曾宪通（中山大学）、戴伟华（华南师范大学）。这些优秀社会科学家是我省哲学社会科学工作者的杰出代表和学术标杆。为进一步宣传、推介我省优秀社会科学家，充分发挥他们的示范引领作用，推动我省哲学社会科学繁荣兴盛，根据省委宣传部打造"理论粤军"系列工程的工作安排，我们决定在推出"广东省优秀社会科学家文库"（系列一）的基础上，继续编选第二届优秀社会科学家的自选集。

本文库自选集编选的原则是：（1）尽量收集作者最具代表性的学术论文和调研报告，专著中的章节尽量少收。（2）书前有作者的"学术自传"，叙述学术经历，分享治学经验；书末附"作者主要著述目录"。（3）为尊重历史，所收文章原则上不做修改，尽量保持原貌。（4）每本自选集控制在30万字左右。我们希望，本文库能够让读者比较方便地进入这些当代岭南学术名家的思想世界，领略其学术精华，了解其治学方法，感受其思想魅力。

10位优秀社会科学家中，有的年事已高，有的工作繁忙，但对编选工作都高度重视。他们亲自编选，亲自校对，并对全书做最后的审订。他们认真严谨、精益求精的精神和学风，令人肃然起敬。

在编辑出版过程中，除了10位优秀社会科学家外，我们还得到中山大学、暨南大学、华南师范大学、广东外语外贸大学、深圳大学、广东省社会科学院等有关单位的大力支持，在此一并致以衷心的感谢。

广东省优秀社会科学家每三年评选一次。"广东省优秀社会科学家文库"将按照"统一封面、统一版式、统一标准"的要求,陆续推出每一届优秀社会科学家的自选集,把这些珍贵的学术精华结集出版,使广东哲学社会科学学术之薪火燃烧得更旺、烛照得更远。我们希望,本文库的出版能为打造"理论粤军"、建设学术强省做出积极的贡献。我们相信,在习近平新时代中国特色社会主义思想指引下,广东的哲学社会科学一定能迈上新台阶。

"广东省优秀社会科学家文库"编委会
2017 年 11 月

目 录

学术自传 / 1

第一部分　佛教与中国文学、宗教与艺术关系选辑

宗教与山水结合的历史文化考察 / 7

佛经翻译理论与中古文学、美学思想 / 17

中古志怪小说与佛教故事 / 31

试论佛教美学思想 / 50

佛教境界说与中国艺术意境理论 / 62

宗教艺术的含义 / 83

试论原始宗教艺术的产生 / 88

论宗教艺术的世俗化倾向及其审美创造 / 110

第二部分　中国文学批评与中国文学批评学术史选辑

把古代文论放到中国文化背景中去考察研究 / 123

论当代文论与中国古代文论的融合 / 131

说"飞动" / 138

中国古典文论表达方式的东方特性 / 151

论中国古代诗学的原创意识 / 155

多维视野中古代文论的现代转换 / 160

新时期中国古代文论研究 30 年述评 / 165

反思与求变
　　——关于中国古代文论研究方法的再思考 / 176

第三部分　文艺学与比较文学学科理论选辑

消费时代文学的意义 / 187

流行文艺与主流价值观关系初议 / 196

文化研究的本土化：功能与原则 / 207

论艺术与市场的张力关系 / 219

跨学科比较文学研究的前景展望 / 231

学科交叉与比较文学学科建设 / 235

从学术史学角度看王元化的意义 / 244

第四部分　文化与文学评论选辑

走文化诗学之路
　　——关于第三种批评的构想 / 257

批评的专业化与批评的品格
　　——兼论文学批评与学术机制的关系 / 263

现实关怀、底层意识与新人文精神
　　——关于"打工文学现象" / 268

城市文学：21世纪文学空间的新展望 / 275

论洛夫中、后期诗歌的禅意走向及其实验意义 / 281

论史铁生作品的宗教意识 / 307

华文行走文学的文化功能 / 315

附录　蒋述卓主要著述目录 / 323

后记 / 331

学术自传

◎ 蒋述卓

从文化的角度去研究文学，以文化的视野去拓展文学研究的领域与方法，以文化的见识去开掘文学的价值与内涵，这是我30余年来学术道路的足迹，也是我学术追求的志向与目标。

正是在师从王元化先生攻读博士学位时，我才逐渐明了这一志向。随着学术研究的逐步展开，我也日益深化了对这一志向的认识。

元化师主张学术研究方法上要做到"三结合"（古今结合、中外结合、文史哲结合）。这种"三结合"的综合研究法实际上就是主张从文化的角度与视野去研究文学，将文学置于文化的环境中去研究，进而发掘出文学的文化意义。在深入研读他的名著《文心雕龙创作论》并经他指点之后，我在读博士的第一年写了一篇《将古代文论放到中国文化背景下去考察研究》的论文，提出了以文化的视野去研究中国古代文论的设想，认为研究中国古代文论要注重考察它产生的精神气候，要考察它与中华民族传统的思维方式和传统性格的关系，注意它与哲学的紧密结合以及受到科学技术的影响，等等。在研究方法上也应多姿多彩，要吸收文化人类学、考古学、语义学等方法，注意吸收文化学研究领域内的研究方法与成果，与文化学研究的步伐相一致。此文后来经徐中玉先生推荐，发表在《文艺理论研究》1986年第3期上。之后，为博士论文选题做准备，我又写作了一篇题为《宗教与山水结合的历史文化考察》的论文。此文主要从魏晋时期的佛教僧人与文人的交往以及佛教般若学与山水审美观形成所做出的文化贡献去考察宗教与山水结合的一段历史。这也算是在方法论上受益于文化视野的拓展而初步尝到了甜头。

在我写作博士论文《佛经传译与中古文学思潮》时，元化师提醒我要注意当时的文化环境与文化思潮，如两晋时期玄佛合流的倾向等，要避免只抓住一点而不及其余的单一思考，要从文化的综合环境和氛围中去考察佛经翻译过来之后对中古文学思潮产生的影响。也正是本着这样的指导思想，我在博士论文中既有宏观的文化环境考察，也有重视考证的微观研究，如在谈中古志怪小说所受佛教故事的影响时就多有细部的实证。由于有文化的视野并贯穿着比较的方法，我的博士论文后来被纳入季羡林先生主编的"东方文化丛书"中出版了。

在博士论文的基础上，我在后来的研究中又进行了新的拓展，这便是《佛教与中国文艺美学》与《宗教艺术论》的出版。《佛教与中国文艺美学》研究的问题包括：佛教传入中国之后它的理论、观念、词语等是如何被中国文艺美学所接受的？其中经过了什么中介？其转换的过程如何？这便涉及整个中国文化结构、文化心理的变化问题，需要从中国文化的发展轨迹中去寻找知识的支持。如佛教的"境界"说经过翻译并逐渐被文人使用而转换成了中国文艺美学的范畴，佛教的"真幻"观被中国文化所接受并逐渐影响到中国人的历史观和艺术叙事观，等等，这些都在书中有所探讨。《宗教艺术论》则运用文化学、人类学、宗教学、艺术学的理论与方法，对宗教艺术的起源、宗教艺术与世俗化的关系、宗教艺术的想象与象征、宗教艺术的叙述角色与传达媒体等做了系统而全面的研究。此书于2013年成为国家社科基金支持的"中华学术外译"项目，正在译成英文，将在国外出版社出版。

在介入当代文艺现象分析与文艺批评的时候，我也努力运用文化的眼光和方法去进行研究。20世纪90年代中期，针对当时文坛批评话语缺失，批评与文艺发展现状脱节的现象，我提出了建立文化诗学的构想，认为这种文化批评既不同于过去传统的文艺社会学中那种简单的历史批评或意识形态批评，又不简单袭用西方后现代主义文化或西方人所建立的第三世界文化理论的文化批评理论。它应该是一个立足于中国本土文化语境、具有新世纪特征、有一定价值作为基点并且有一定阐释系统的文化批评。同时，我还具体阐述了文化诗学内涵的三个层次，并指出在建立文化诗学的阐释系统时要体现出中国文化精神的内涵，如果运用从西方翻译过来的批评术语，也要尽量达到"化境"，使西方文学批评的术语真正本土化。这种本土化并不是指词语字面上的中国化，而是指在词语表达上能真正体现中西文化精神的对接与融合。（参见《走文化诗学之路——关于第三种批评的构想》一文）

在21世纪初，我又针对城市文化发展的现状对文学发展的新趋势做出预测，提出在21世纪，随着改革从农村转入城市，城市文化将得到极快的发展,它将使文学空间得到新拓展。同时,我组织硕士生与博士生在课堂上展开讨论并进行研究,于2003年出版了《城市的想象与呈现》一书。在此书中,我进一步提出了要构建城市诗学的设想。顺着这一思路,我开始关注当代文化与文艺、文艺批评发展之间的关系,努力用文化研究的方法和文化学的视野去观察与预测文艺和文艺批评的发展。如《现实关怀、底层意识与新人文精神——关于"打工文学现象"》(《文艺争鸣》2005年第3期)从新人文精神的角度分析了底层文学,尤其是"打工文学"所体现出来的人文关怀问题。《消费时代文学的意义》(《文学评论》2005年第6期)从消费时代到来之后如何从文化的角度看待当今文学的生产与文学的意义问题,提出要积极、正面地去理解文学存在的价值与发展前途问题,文学在迎接消费社会的挑战中,依然在寻找和探索新的定位、新的意义、新的价值,出现了新的转变和转机。《流行文艺与主流价值观关系初议》(《文学评论》2013年第6期)则是从大众文化角度去研究流行文艺的价值观与主流价值观之间的关系,提出流行文艺的价值观与主流价值观之间是存在着互动关系的。大众文化所体现出来的价值追求与主流价值观并不存在天然的鸿沟;相反,大众文化包括流行文艺在发展实践中还为主流价值观提供了积极的因素,并作为创新的内容逐步被主流价值观所接纳。《文化研究的本土化:功能与原则》(《外国文学评论》2015年第2期)就国内文化研究状况做出评析,提出要构建文化研究的本土化,首先要接地气,要研究中国当下的现实问题,既要避免西方的"理论陷阱",也要避免"政治化陷阱",要注意本土大众文化所处社会结构的差异性和复杂性。同时,还要建立价值重构原则、生态平衡原则以及审美的原则。在本土化问题上,此文与我在1995年时发表的《走文化诗学之路——关于第三种批评的构想》所思考的路向是一脉相承的。

从古代文论研究到佛教与中国文学、美学关系研究以及宗教艺术研究,再到当代文艺、文艺批评、文艺现象和思潮研究,我的研究路向就是始终坚持以文化的视野去观察与思考问题,并努力创建文化诗学。我一直认为,文学是文化的一部分,不管处于什么时代,文学必然反映出一定社会的、文化的、民族的心态、精神和品格。文化诗学能给文学研究带来更宏观、更广阔的视野,也能更为深刻地剖析文学,挖掘文学的文化内涵与文化意义。从文学批评史上看,立足于文化,站在文化哲学的高度去批评与阐释文学,分量会厚重得多,许多著名的文学批评家都是思想家与文化哲学家。这也是我坚持与倡导文化诗学的动因所在。

当然,要真正建立起中国的文化诗学还需要经过一代学人的共同努力,我的研究与实践不过是起到一个开端与引子的作用,它的清晰面貌与内涵还需要文化诗学的批评家们去充实、去完善。

10余年前,我在一篇短文《善待学术如同善待生命》中曾谈起过我对至高学术境界的描述,当时引用的是魏晋名家嵇康的诗句"目送归鸿,手挥五弦。俯仰自得,游心太玄"。在学术研究上,要真正做到对"道"的领会,又能真正有所"自得",还能得心应手,出入自如,那是很难的。时至今日,我还认为那种学术境界是自己还要再去努力追求的。不过,现在还得加上嵇康诗的最后四句了:"嘉彼钓叟,得鱼忘筌。郢人逝矣,谁与尽言?"或许"得鱼忘筌"总能使自己有些许安慰,在偌大的学术海洋里,我能抓住两三条小鱼,也就可以了。要成为运斤成风的斫垩之匠,谈何容易!

蒋述卓自选集

第一部分

佛教与中国文学、宗教与艺术关系选辑

宗教与山水结合的历史文化考察

喜欢游历名山大川的人们一定有一个深刻的印象，那便是这些名山大川都与宗教有着这样那样的联系，或有座佛寺，或有个道观，或于石壁之上镌刻个佛像，或在大江之滨耸立座佛塔，更不用说那流传了千百年之久的无数美丽而带有浓厚宗教色彩的神话传说。这种种与宗教有关的东西与山水紧密结合，构成了一幅幅天然图画，无疑给这些名山大川增添了美的色彩、美的情趣，也给千百万游客带来了更多的游兴和美的享受。

宗教是不是从一产生便与山水的美联系在一起的呢？不。这种联系是经历过一个漫长的发展过程的。

一

人类早期的原始宗教，是从人有"灵魂"观念开始的。原始人在做梦时梦到死去的亲属或梦到自己的活动，便觉得自我可以脱离肉体而独立活动，于是就产生了"灵魂"的观念。他们用"灵魂永生"的观念来摆脱对死亡的恐惧，来解答他们最迷惑的"死往何方"的问题。由于自然界条件的险恶与生产力水平的极其低下，他们无法理解自然界，也无法控制自然界，因此他们也想用"灵魂"的观念来解释自然界的各种现象，希望大自然也有自己的"灵魂"，能够保护他们，供给他们衣食。于是便产生了"万物有灵"的观念，并由此产生了图腾崇拜和保护神崇拜。

与图腾崇拜和保护神崇拜同时存在的，还有许多崇拜存在。在《山海经》里，我们可以看到汉族祖先对天神、地神、海神、湖神、山神等崇拜的痕迹。当时的山林水泽，原始人只是把它们作为一种自然神来加以顶礼膜拜，而不是作为美的对象来看待的。一进入殷、周社会以后，人类便进入文明阶段。这时候，山水在人们的眼中已有了愉悦的价值，但重要的还是作为一种善的象征和人格的体现。比如《诗经》中，自然山水虽已作为歌咏的对象出现在周人的笔下，但还只是一种"比兴"手法，借此以引起比喻（比）或寄托（兴）所要歌咏的人和事物或者是与对某种人格的赞颂相联系的。孔子在《论语》中说："智者乐水，仁者乐山。"（《论语·雍也》）虽然承认自然山水有引起人们喜爱的性质，但也认为山水体现了仁者、智者的美好品德。这说明随着社会的向前发展，人类的自我意识已在向比较高级的阶段发展，人们在自然面前不再是服从与畏惧，而开始从自然山水中获得愉悦，并且把它与人类美好的本质方面联系起来。这是人类审美意识发展中一个非常重要的环节，也代表了先秦儒家山水美学观的重要特点。

把山水作为一种独立的观赏对象来对待，是在秦汉时期，而刺激这种审美观念产生的是秦汉时期的神仙方术。

战国以后，原始宗教中的巫术进一步走向民间化，并逐渐分化出一支专门讲求所谓"长生不死"之术的神仙方术。在当时燕国、齐国的沿海地区，就出现了所谓"蓬莱仙境"和追求"长生不死"的神仙方术。齐威王、齐宣王和燕昭王都曾派人入海去寻找蓬莱、方丈、瀛洲三座神山上的神仙，求取长生不老药。到秦汉时期，这种神仙方术更是兴盛。秦始皇在位的短暂时期曾多次派出方士去寻找神仙与不死之药；他自称"真人"，行动诡秘，不使人知；他还一再巡游各地，登山入海，希望遇仙得到长生不老药。汉武帝在位时，为求长生不老，也任用许多方士，叫他们去求仙寻药，并且亲自祀灶，着手炼丹砂药物；又建高台楼馆（如甘泉宫、建章宫、蜚廉观、益寿观）和通天台，广置器具以迎神仙，甚至在发现受骗上当后，仍不死心；为了安慰自己，他在建章宫北边挖了一个大池，叫作"泰液池"，里面建立蓬莱、方丈、瀛洲、壶梁这样几个岛，表达他对神山仙岛的渴慕。这种对神山仙岛的向往虽然是出自一种强烈的宗教感情，但从另一方面来看，这种做法实际上是将自然山水囊括于宫廷之内，作为观赏对象来对待了（因为神山仙岛的制作也是模仿实际中的自然山水而造的）。正是因为有神仙方术的传说，之后也便有依传说而兴建的宫殿楼阁、神山仙境，如蓬莱岛现存的宫观建筑，也便有了依传说而发现的洞天福地，接着就是山中道观的建立，如四川峨眉山和青城山。据今人考证，汉武帝时因为多次封禅和祭山川，便有了受封的五岳。之后的道教也崇奉五岳，谓每岳皆有岳神，并且分封各地名山为三十六洞天、七十二福地。这对天下山川美的发现和观赏无疑起了很大的刺激作用。

与此同时，汉武帝广建宫苑以供游猎，还巡游海内，也刺激了他的文学侍从们对山水自然美的观赏。在他们的笔下，自然山水已开始被作为独立的审美对象来描写了。如司马相如的《上林赋》中就有两段文字以铺张扬厉的手法极赞上林苑山林之胜，以表现上林苑的宏富壮丽；《子虚赋》也以极艳丽的文字描绘了云梦泽的山水胜景。

魏晋南北朝时期的宗教是佛道并存，但佛教逐渐压倒道教走向兴盛。佛教的兴盛与当时游历山水风气的勃兴有着极为密切的联系。

佛教最初输入中国，被看作是中国流行的黄老方术的一种，因此，是把佛陀依附于黄老一起进行祭祀的。《后汉书·楚王英传》记载，楚王刘英年轻时好游侠，结交宾客，晚年"更喜黄老，学为浮屠，斋戒祭祀"。佛教为什么一传入中国就依附于黄老之术呢？第一，因为黄老道术在西汉时期有很大的势力。西汉初年，统治者信奉黄老思想，并用其作为施政的指导思想。到汉武帝时，他虽然"罢黜百家，独尊儒术"，但他本人一边崇儒，一边又信奉黄老道术。第二，黄老道术作为一种宗教迷信，具有一定的宗教仪式，与佛教有某些相通的地方，所以，佛教在刚入中土时，为扩大影响，有时也借助方术吸引信徒。如最初来汉地的僧侣安世高、康僧会都是精通方术的。第三，东汉顺帝时，黄老道术与神仙家思想、阴阳五行学说结合演变为道教，在理论上和实践上与佛教多少有相似的地方。如佛教叫人不关心现世，不关心人们的物质利益，而去追求永恒、虚幻的精神解脱，道教则叫人追求虚幻的长生不死；佛教主张好生恶杀，道教主张修炼行善；佛教讲断欲，道教讲节欲；佛教的修行方法是禅定，道教的修行方法是"守一"。因为如此，汉地早期的佛经采用的是"格义"法。"格义"就是用中国原有的名词、概念，特别是老、庄哲学的名词、概念去比附佛经的名词、概念。比如用道家的"守一"翻译佛教的"禅定"，安世高译的小乘禅法书《安般守意经》直接解释为道家的"清静无为"。而道教为完善自己的教义和戒律，也吸收了佛教的许多内容。

正是佛道两教的互相排斥又互相吸收，才共同推进了山水美发现的进程。说它们共同推动了山水美发现的进程，是就它们都隐居山林、静心修炼这一点而言的。道教的思想来源之一是道家思想，尤其是老、庄中的"少私寡欲""清静无为"思想以及"神人""真人"的特征描写，更是对道教影响极大。道教徒修道就追求"寡欲"，追求清静，要求"宜重墙厚壁，不闻喧哗之音"，在感情上"喜怒为疾，不喜不怒"[①]，认为这样才

[①] 《太平经合校》附录《太平经圣君秘旨》。

能成仙上天。所以，一些民间传说都说到道教徒于僻静的山林中炼丹修道的事。如东汉时道教创始人张道陵曾于峨眉山修道，并留下著作《峨眉山灵异记》。秀丽挺拔的黄山上的三座峰中也有炼丹峰，传说黄帝曾在那里修道炼丹。而佛教追求"自我解脱""自我净化"，也总是希望能远离尘世，到僻静幽美的地方建立精舍，排除杂虑，习静修仙，获得佛果。传说佛陀释迦牟尼当年就是在荒林里的一棵菩提树下，静坐冥思了七天七夜，才达到涅槃的最高境界的。因此，佛教一进入中国，也便自然地与道教的栖居山林相契合。据《清凉山志》载，东汉永平年间（58—75年），印度高僧摄摩腾和竺法兰就于五台山上建造寺院，并以五台山与印度灵鹫峰（相传为释迦牟尼修行处）相似，将所建寺院命名为大孚灵鹫寺。它与洛阳白马寺为我国最早的两座佛教寺院。这种隐居林泉，于秀美山林中建造道观、佛寺的做法，大大推动了山水美的开发。

随着魏晋玄学的兴起，佛教又依附于玄学，并逐渐由小乘禅法的流行转入大乘般若学说的流行。这自然是玄学与大乘般若学比较接近的原因。因为般若学讲"空""本无"，讲"智悟"和反对执着名相，这与玄学的"贵无"的本体论和"言不尽意""得意在忘象，得象在忘言"（王弼《周易略例·明象》）的唯心主义认识论十分相似。因此，玄学家借用般若学的"空"等概念和唯心主义哲学理论来发挥他们的玄学理论，一些佛教学者用般若学迎合玄学，并借用玄学理论来解释般若学说。两者的互相吸收大致是同时进行的。

魏晋玄学重在清谈，在当时社会动乱、政治形势风云变幻、统治者之间互相钩心斗角之际，玄学家皆逃避现实，好谈老、庄，或注老、庄、《周易》以抒己志。尤其在晋以后，游山玩水逐渐成为社会的普遍风尚，尚静隐逸成为人们的最高理想。比如东晋玄言诗人孙绰和许询，"俱有高尚之志。居于会稽，游放山水，十有余年"（《晋书·孙楚》附孙绰）。被称为"佛教诗人"的谢灵运出为永嘉太守，遍游诸县山水，"动逾旬朔，民间听讼，不复关怀"（《宋书·谢灵运传》）。当时，名士与名僧共游山水也并不少见。人们往往把名僧与名士相提并论，与隐士同等看待。如陶渊明作《群辅录》，以董昶、王澄、阮瞻、庾凯、谢琨、胡毋辅之、沙门于法龙及光逸为晋中朝"八达"。孙绰作《道贤论》，以七名僧与"竹林七贤"相比拟：以竺法乘拟王戎，竺法护拟山涛，于法兰拟阮籍，于道邃拟阮咸，帛法祖拟嵇康，竺道潜拟刘伶，支道林拟向秀（《弘明集》卷三）。因此，玄佛的结合也推动了当时游历山水风气的勃兴。

审观魏晋南北朝宗教的发展，我们看到统治者对宗教的顶礼膜拜，帮助建立道观、寺院、佛塔，发起开凿石窟、制造佛像等做法，客观上也促进了山水美的发现和欣赏。

早在东汉时期，佛教刚刚进入中土，就于洛阳、五台山、徐州等地建立了佛寺，在豫州（今河南及山东西南）建立了佛塔，而且佛寺的规模非常宏伟豪华。两晋南北朝时期，统治者建寺、开窟、造像更为普遍和兴盛。例如北朝的北魏时期，据杨衒之《洛阳伽蓝记序》记载，当时的洛阳"京城表里，凡有一千余寺"，许多著名的寺院都是皇帝或太后所建，或者是官吏（尤其是阉官）舍宅为寺的，如报德寺、永宁寺、景明寺、瑶光寺等。北魏皇帝还命人在嵩山少室山下为天竺来的僧人佛陀造了少林寺（参见唐释道宣《续高僧传》）。这就把寺院更进一步推向了风景优美的大山怀抱，成为山水美的不可缺少的组成部分。北魏期间还大开石窟，魏文成帝令沙门统昙曜开凿了云冈石窟的五个大石窟（现存的第十六窟至第二十窟）。魏孝文帝迁都洛阳后，又开凿了龙门石窟。整个北魏期间，在龙门所开的石窟占整个龙门石窟总数的30%左右。此外，北魏还对甘肃麦积山石窟和炳灵寺石窟、河南巩义市石窟、河北南北响堂山石窟、山西太原天龙山佛洞等先后进行了开凿。整个南朝，更是佛寺成林，佛像遍地。仅建康（今南京）一地计数，东晋时佛寺有37所，而到梁武帝（萧衍）时累增到700所，足见其发展速度的惊人，而这与当时统治者的提倡与支持是分不开的。如刘宋，宋孝武帝造无量寿金像，宋明帝造丈四金像。南齐，皇帝也亲自为佛徒建寺。南朝建寺、造像到梁武帝时达到最高峰。梁武帝曾四次舍身同泰寺为寺奴，由群臣以一亿万钱奉赎回宫，这无疑给寺院经济以很大的充实，使佛教的发展既有政治基础又有经济基础。梁朝的佛寺达2846所，僧尼82700余人，居南朝之首。

很自然，那些为修道崇佛所建的道观、寺院成了山水美的组成部分，被人们作为游览观赏的对象。如北魏都城洛阳的佛寺多与自然山水及园林建筑融为一体，风和日丽之时，常有城中红男绿女出入其间，游览观赏，言诗属文。如凝圆寺，"地形高显，下临城阙，房庑精丽，竹柏成林，实是净行息心之所也。王公卿士来游观为五言者，不可胜数"（《洛阳伽蓝记》卷五《城北》）。当时的一些大诗人们不仅游览寺院，也都为它们写诗赋文。如谢灵运有《石壁立招提精舍》《石壁精舍还湖中作》等游佛教山寺后所作的诗，诗中曾描写过山寺的美景。陈后主也有《同江仆射（江总）游摄山栖霞寺》诗。还有不少诗人甚至皇帝为佛寺、佛像、佛塔作铭、题赞。而那些道士、僧人们也都对他们的隐居地表示无限的欣赏。如道士陶弘景在其《答谢中书书》中认为"山川之美，古来共谈"，并且生动地描绘了他的修道地句曲山（茅山）的美丽景色："高峰入云，清流见底，两岸石壁，五色交辉。青林翠竹，四时俱备。"

可见，在魏晋南北朝宗教兴盛的同时也带来了游览山水、欣赏山水美的勃兴。

二

从以上的历史考察可见，宗教与山水的结合是太紧密了。山水为宗教的立足与发展提供了自然条件，宗教徒栖居于山水又促进了山水美的发现与观赏。那么，到底是什么原因使得宗教和山水那么自然而紧密地结合在一起呢？

自然山水美的发现与整个社会的文化发展进程是分不开的，也是与作为"类"的主体的"人"的文化发展进程分不开的。这正如普列汉诺夫所说的，自然界"对我们的影响是随着我们自己对自然界的态度的改变而改变的，而我们自己对自然界的态度是由我们的（即社会的）文化的发展进程所决定的"，"在社会发展的各个不同时代，人从自然界获得各种不同的印象，因为他是用各种不同的观点来观察自然界的"①。在人类的野蛮时期，人与自然的关系是对立的，人把自然看作一种完全异己的力量。自然在人的眼中具有一种超功能的神秘性，人类屈从于它，无条件地崇拜它。随着人类社会实践的深入，人在改造自然的过程中把握了自然的一部分规律以后，才开始从实用的观点来对待自然界、使用自然界（抑或也掺进审美的观念）。随着人类对自然的逐步改造，即外在的自然人化的深入，人类的"那些能感受人的快乐和确证自己是属人的本质力量的

---

① ［俄］普列汉诺夫著：《论艺术》，曹葆华译，生活·读书·新知三联书店1964年版，第29页。

感觉"，即"感受音乐的耳朵、感受形式美的眼睛"①，以及内在的情感才愈是丰富起来，愈是复杂和细致起来。也只有当人的感官具有一定的丰富性时，人对自然山水的形式美才变得敏感起来，人的内在情感形式的复杂性和细腻性才会与自然山水的形式相对应："杨柳依依"才会与"我心伤悲"相比对；江离、辟芷、秋兰、申椒、菌桂、蕙芷、留夷、揭车、杜衡、秋菊、橘树等美花美草才会成为屈原美好情感的物化；兰亭的"茂林修竹""清流激湍"才会使王羲之感到"游目骋怀，足以极视听之娱"（王羲之《兰亭集序》）……也正是在这个时候，人的感觉器官才成为完全意义上的文化器官。

但是，劳动人民创造了丰富灿烂的文化，而使用文化的大权一开始便掌握在极少数人的手里。在原始社会里，掌握文化的是巫官，他们是民族部落中最有"智慧"的人。殷、周以后，掌握文化的是从事礼仪的祭司以及上层贵族的"士"（知识分子），文化在他们的手里得到了充分的发展。由于阶级对立的加深，受文化教育的权力也相对集中在贵族阶层。因此，完全意义上的文化器官的形成最先是在知识分子身上体现出来的。他们的文化程度愈高，便愈能推动文化的向前发展。而最先从事宗教事业的人，往往又是一些被称为"智者"的知识分子。宗教的推行与传播，也是最先在统治阶级上层进行，之后才普及到民间的。从社会文化的发展进程来看，宗教与山水的结合正是文化发展的历史必然，也是主体的"人"发展到成为完全文化意义上的"人"的必然结果。宗教徒栖身山水，也正是主体的"人"在追求一种与大自然的协调一致，追求一种"天人合一"境界的过程中的一个阶段和环节，代表了主体的"人"的发展历史。

从魏晋南北朝时期的社会背景来看，宗教徒的栖身山水与当时玄学家（社会中的知识分子）的追求隐逸在思想上、情调上是一致的。在曹魏和司马氏集团统治期间，大量名士被杀，如孔融、何晏、嵇康、"二陆"、张华、潘岳、郭象、刘琨、谢灵运、范晔、裴颜等，社会中有思想的知识分子逐渐走向脱离政治的道路，清谈之风日盛。面对社会动乱和活生生的人无辜地大量死亡的残酷现实，玄家哲学开始与魏晋文学中有关生死存亡的忧患意识一道从本体论角度思考人的价值和意义。如果说魏晋文学多是

---

① ［德］马克思著：《1844年经济学—哲学手稿》，刘丕坤译，人民出版社1979年版，第79页。

着重探讨人的存在的话,那么玄学则着重讨论天人关系,落实到具体问题上,则是讨论"自然"与人的关系,也就是宇宙"自然"与社会"名教"的关系。王弼、郭象、嵇康都讨论过"名教"与"自然"问题。如王弼主张"名教"本于"自然",出于"自然";郭象主张"名教"即"自然";嵇康则主张"越名教而任自然"。他们的观点集中到一起,则是贵"自然"。"自然"是"体",是"本";"名教"是"用",是"末"。按照这种观点,统治者要做到"无为而无不为",才是合乎"道"(或"天道"),人则要做到与"自然"合一,才是合乎"自然"。而只有求得"自然之和",才能获得美。玄学家在充满假、恶、丑的社会中要追求一种真、善、美的理想的实现是不可能的。他们主张"自然""任性"与虚伪的"名教"形成矛盾,他们主张"自然无为"与社会的争权夺利形成矛盾,只有自然山水才是他们真、善、美的寄托与化身。在他们眼中,自然山水是最"自然"的,是最"真"的,而这种"真"表现为社会意义就是"善",表现于美学则是"美"。这正是魏晋哲学的鲜明特点,也是中国哲学的鲜明特点。① 而宗教徒的追求在这一点上与中国哲学的追求又相契合,他们往往也用一种理想的观念把某种超人的神秘力量(如道教的"道"、佛教的"极乐世界"、基督教的"上帝"等)看作一种真、善、美的化身。当这种理想与社会发生矛盾时,自然山水自然成为他们求得精神安慰的对象,他们的心理形式与自然山水的形式形成了异质同构的关系。也正是由于这种契合,魏晋时期,玄佛才能合流,名士与僧侣才能同谈玄理,共游山水。总之,宗教与山水的结合正是由于玄学的兴起而更趋紧密了。

道教是中国土生土长的宗教,其思想渊源之一就是老、庄的道家思想。作为道家的老、庄,主张的是"高蹈出世",看似与儒家之"积极入世"相对立,但又实为儒家思想之补充。在儒家那里,"士"(知识分子)的理想抱负是"修身、齐家、治国、平天下",这实际已包含了两面:"治国、平天下"是必须"入世"的;而"修身、齐家"则既可"入世",也可不"入世"。所以,就有了"达则兼济天下,穷则独善其身"这两条道路。当仕途不济时,或与世之浑浊不合群时,就退而"独善其

---

① 此处得益于汤一介《论中国传统哲学中的真、善、美问题》一文中的观点,见《中国哲学范畴集》,人民出版社 1985 年版。

身"。在这一点上，庄子的逃世、"无为"也便可以与儒家知识分子的两重人格相契合，道家的"真人""圣人"在精神上也便可以与儒家的"圣人"相通。因此，先秦的儒、道实际上已经奠定了封建士大夫两重人格（"入世"与"出世"、"兼济天下"与"独善其身"）的基调，也形成了中华民族的文化—心理结构。

佛教作为外来宗教进入中国，首先必须适应中华民族的文化—心理结构。不如此，它就不能立足于中国的文化背景之上而求得发展。佛教毕竟是东方的宗教，它所宣传的义理与中国的儒、道思想并没有形成绝对的对立，反而在许多方面表现出殊途同归。如孔子叫他的学生各言其"志"，孔子唯独倾心于曾点的回答，即"暮春者，春服既成，冠者五六人，童子六七人，浴乎沂，风乎舞雩，咏而归"（《论语·先进》）。这种人生境界实际上包含了儒家对自由人格和完满人性的追求。庄子在《逍遥游》中则追求一种绝对自由的人生观。向秀、郭象的《庄子·逍遥游注》又进一步提出"适性为逍遥"的学说。佛教的"即色论"则讲"色不自色，故虽色而非色也"（僧肇《肇论·不真空论》），进而要求人由"有心"变为"无心"（"至人"之心），由"存神"变为"冥神""神悟""神朗"，以达到"二迹无寄，有无冥尽"。这也就是所谓"至人"的理想人格和最高的精神境界。支道林《逍遥游论》则说："至人乘天正而高兴，游无穷于放浪，物物而不物于物，则遥然不我得；玄感不为，不疾而速，而道然靡不适。此所以为逍遥也。若夫有欲当其所足，足于所足，快然有似天真，犹饥者一饱，渴者一盈，岂忘烝尝于糗粮，绝觞爵于醴醑哉！苟非至足，岂所以逍遥乎？"（《世说新语·文学》注引）他主张以绝对空寂无知来适应外界、支配外界，最后达到"逍遥"。支道林还反对向秀、郭象的"适性为逍遥"论，认为"夫桀跖以残害为性，若适性为得者，彼亦逍遥矣"（《高僧传·支遁传》）。他主张还得有一定的道德规范，这实际上是把向秀、郭象的"适性为逍遥"又拉回到维护现实的封建道德规范上来。因此，他的佛理与儒家强调的传统的封建道德又是相融合的。

正是魏晋时期这种儒、道、佛在理想人格方面互补的文化—心理结构，使得儒、道、佛三家对山水的看法也得到基本的统一。

前面我们曾说过，先秦儒家最早对山水的看法是"比德"说，即把山水看作人的道德品行的体现。这种看法发展到魏晋，在玄学家那里得到了进一步的发挥，同时又把佛家的说法拉入了玄学的范围。魏晋玄学，从思想实质看，是儒、道的合流。玄家尊老、庄，而推崇隐逸，但从儒家传统出发，又把栖逸山水看作一种与人品不可分割的高尚行为。虽然在审美趣味上，玄学比先秦儒家要进步许多，但在强调人格与山水的结合上，它仍然继承了先秦儒家的文化传统。最明显的表现是当时的以自然山水品评人物。如《世说新语》中所记载的"嵇叔夜之为人也，岩岩若孤松之独立；其醉也，傀俄若玉山之将崩"。又如，"王公目太尉：'岩岩清峙，壁立千仞'"。评山巨源则是"如登山临下，幽然深远"，评和峤是"森森如千丈松"，评李元礼是"谡谡如劲松下风"等。这实际上是以美的自然山水的外观来显示人的内在智慧和人格，与孔子说的"智者乐水，仁者乐山"实是一脉相承。

很自然，当时的人们把"隐士"当作"高士"来对待。"高士"的特征便是具有清朗风爽的外表和高远超脱的胸怀，而且是这两者的统一。《世说新语》中常见用"清远""清举""清通""清流""清真""清畅""清和""清蔚""清易""清便"等词来品评人物风貌。当时的人们不仅用这个标准去衡量品评名士、隐士，而且用以品评佛教僧侣。名僧的风格意趣，本身就是合乎名士的理想的。名僧谈玄理，游方外，实际上又是一个高尚的隐士。僧侣们当时也是迎合这样的理想，表现出他们的高逸的。因此，魏晋南北朝时期，山水不仅作为独立的审美对象进入审美领域，而且也仍然与善（人格的善）有着密切的联系。

正是在这种文化背景下，山水与宗教的联系日趋密切，并且日益进入中国的文化血脉，成为具有中国民族特色的山水美学观。所以，在后代文人学士的眼中，山水不仅可以作为审美对象来观赏，而且可以在其中寄托自己的感情和精神，或者把山水看作人的某些精神品质的表现。表现山水的诗、画也往往被看作作者精神品质的投射，是与人品不可分离的艺术品，从而形成了中国特有的"诗品即人品""画品即人品"的传统文艺观。也正因为山水与宗教的密切关系，所以，后世的士大夫（如白居易、柳宗元、苏东坡等）一旦仕途不得意，便皈依宗教，寄情山水。这条文化传统的长河绵延不断，给中国美学的"大观园"增添了璀璨的色彩。

（原载《文艺研究》1986年第5期）

佛经翻译理论与中古文学、美学思想

一

中古时期的佛经翻译既是一种宗教经典的翻译，又是哲学理论的翻译，同时还是一种文学的翻译。佛经翻译可以作为文学翻译来看，这不仅仅因为它翻译了一些文学故事，而且还因为它的语言翻译本身也是一种文学意义上的翻译。作为文学，佛经翻译自然逐渐为中国文学所吸收，并被融进中国文学，成为中国文学的一部分。而随着佛经翻译的发展所建立起来的佛经翻译理论，则多是从文学的角度去讨论翻译，它与中古时期的文学、美学理论有着密切的关系，本身也成为中古时期文学、美学理论的一部分。

佛经翻译理论与中古文学、美学理论的密切关系，首先表现在它的理论概念、范畴就是从传统的文学、美学理论中借用或引发出来的。这最早可追溯到三国时的译经僧人支谦。他的《法句经序》就借用孔子、老子的文学、美学观来阐述其对翻译的看法：

> 仆（指支谦）从受此五百偈本，请其同道竺将炎为译。将炎虽善天竺语，未备晓汉。其所传言，或得胡语，或以义出音，近于质直。仆初嫌其辞不雅。维祇难曰："佛言依其义不用饰，取其法不以严。其传经者，当令易晓，勿失厥义，是则为善。"座中咸曰："老氏称：'美言不信，信言不美。'仲尼亦云：'书不尽言，言不尽意。'明圣人意深邃无极。今传胡义，实宜径达。"是以自偈受译人口，因循本旨，不加文饰……①

这里所出现的雅与达、信与美、言与意、文与质等概念及范畴都出自

---

① 《出三藏记集经序》（卷七），金陵刻经处本。

先秦时期的传统文艺观与美学观。支谦的祖籍是月氏，而父亲在汉灵帝之世已来到中国，他也出生在中国，其实他早已汉化。他对中国学问相当精通，传载他避乱江南时，曾在孙权门下被拜为博士，并辅导东宫。他的翻译更受到中国老、庄的影响，在名词概念上常拿老、庄词语与佛教大乘经典词语相牵合。因此，在阐述翻译观点时，自然也沿用中国传统的孔、老之言。自他以后的译人在谈翻译时，几乎都沿袭他所开创的传统。如道安《摩诃钵罗若波罗蜜经钞序》在评价前人的出经时说："前人出经，支谶、世高，审得胡本难系者也；叉罗、支越（指支谦），斫凿之巧者也。巧则巧矣，惧窍成而混沌终矣。"① 道安在这里则从庄子的以朴为美的文艺美学观出发去指责支谦、叉罗的意译。又如僧肇评鸠摩罗什所译的《百论》是"质而不野，简而必诣"②，慧远评僧伽提婆所译的《三法度论》是"虽音不曲尽，而文不害意"③。这些都渊源于传统的文艺美学观。

　　从实质上看，翻译实际上是一种文化的转换。在佛经翻译初期，由于语言不甚精通的限制，更由于中印文化背景的差异，翻译的难度是很大的。为了找到两种不同文化的沟通点，译者自然而然地采用了中国传统的词语去翻译佛教的名词、术语，如用"本无"译"性空""真如"，用"无为"译"涅槃"，用道家的"吐纳"（入息、出息）去译佛教的禅观（安般）等。这实际上是为了缩短不同文化间的距离。而在佛经翻译初期，翻译往往是中外合作的，一般先由外国僧人背诵（初期译经没有原本）④，再由懂西域语言（不完全是梵语，有的是西域诸国语言，即所谓胡语）的中国居士或僧人翻译成汉语，再执笔写下来。语言的转换实则是文化的转换。在这种转换的过程中，中国人只能在自己的文化传统中去接受佛教文化。此时，译者如何对待翻译的过程，怎么表达自己对翻译的评价与认识，也只能站到中国文化传统里去，采用中国传统的文学理论和美学理论的词语。从这一点看，佛经翻译理论又可以看作植根于中国文化

---

① 《出三藏记集经序》（卷八）。
② 《出三藏记集经序》（卷十一）。
③ 《出三藏记集经序》（卷十）。
④ 佛教教义在五天竺和西域流传，开始都没有写本，所谓"外国法，师徒相传，以口授相付，不听载文"（《分别功德论》卷上）。《法显传》也载："法显本求戒律，而北天竺诸国，皆师师口传，无本可写。"这从汉哀帝元寿元年（前2）博士弟子景卢从大月氏使臣伊存面授浮屠经之事也可得到证明。

传统中的文学理论与美学理论。

实际上，中国翻译理论发展到近代，甚至是1949年以后，仍然还是采用中国传统的文艺美学观来表述其理论观点的。非常有代表性的如严复的"信、达、雅"，钱钟书先生就指出，这三字的提出早已见于支谦的《法句经序》中了①。傅雷1951年提出的"神似论"②、钱钟书先生提出的"化境论"③，都是渊源于中国古代的文艺美学理论的。这种情况也表明，中国历来就是把翻译当作一门艺术，从美学的高度去要求的。翻译理论实际上也便是文学与美学的理论。

佛经翻译理论与中古文学、美学理论的密切关系，我们还可从中古时期佛经翻译理论的中心议题看出。中古时期的佛经翻译理论主要就是讨论佛经翻译是直译还是意译的问题，文质之争成了贯穿中古佛经翻译全过程的中心议题。名僧道安、鸠摩罗什、僧肇、僧睿、慧远等都对翻译的文质关系问题展开了讨论，有关材料王元化先生在《文心雕龙创作论》中曾有列举，这里不妨再抄录出来：

《梁僧传》记道安之言曰："支谦弃文存质，深得经意。"

《出三藏记》卷十载道安《鞞婆沙序》④："昔来出经者，多嫌梵言方质，改适今俗，此所不取。何者？传梵为秦，以不闲方言，求知辞趣耳，何嫌文质？文质是时，幸勿易之，经之巧质，有自来矣，唯传事不尽，乃译人之咎耳。"

《出三藏记》卷七载道安《合放光光赞随略解序》："光赞护公执胡本，聂承远笔受，言准天竺，事不加饰，悉则悉矣，而辞质胜文也。"

《出三藏记》卷十载慧远《大智论钞序》："圣人依方设训，文质殊体。若以文应质则疑者众，以质应文则悦者寡，是以化行天竺，辞朴而义微，言近而旨远。义微则隐昧无象，旨远则幽绪莫寻。故令玩常训者，牵于近习，束名教者，惑于未闻。若开易进之路，则阶藉有由，晓渐悟之方，则始涉有津。远于是简繁理秽，以详其中，令质文有体，义无所越。"

---

① 参见钱钟书《管锥编》（第3册），中华书局1979年版，第1101页。
② 傅雷：《〈高老头〉重译本序》，见罗新璋编《翻译论集》，商务印书馆1984年版。
③ 钱钟书：《林纾的翻译》，见罗新璋编《翻译论集》，商务印书馆1984年版。
④ 这一条材料经王元化先生再次核对，他发现卷数与篇名有误，原抄为"卷八道安《摩诃钵罗若波罗蜜经钞序》"，应为"卷十道安《鞞婆沙序》"。此处遵王元化师之嘱，特意提出并更正。

《出三藏记》卷七载《首楞严后记》（作者不详）："饰近俗，质近道。文质兼，唯圣有之耳。"

僧祐《出三藏记》："方言殊音，文质以异，译梵为晋，出非一人。或善梵而质晋，或善晋而未备梵。众经浩然，难以折中。"

佛经翻译的文质问题主要是讨论文辞与经意的关系问题，即在翻译佛经时到底是仅仅传达佛经的内容就算了，还是应该在传达内容的同时尽量使文辞更雅，更具美文学色彩。实际上这也从文学的角度提出了内容与形式的关系问题。佛经翻译关于文质的讨论大致可分为三种意见：一种主张直译（偏于质），如道安；一种主张意译（偏于文），如鸠摩罗什；一种主张折中（文质相兼），如慧远。① 而梁代的文论之争基本上也区分为三派：一派是以裴子野、刘子遴为代表的守旧派；一派是以萧纲、徐摛父子、庾肩吾父子为代表的趋新派；一派是以萧统、刘勰为代表的折中派。② 这三派讨论的主要议题中也有文与质的关系问题。如裴子野从正统史学家和名教的立场，极力反对作文的靡丽之词；萧纲则鄙薄裴子野的文章"无篇什之美"，"质不宜慕"③；萧统主张文质并重，"夫文，典则累野，丽亦伤浮；能丽而不浮，典而不野，文质彬彬，有君子之致"④；刘勰也主张"文附质"，"质待文"，"是以衣锦褧衣，恶文太章；《贲》象穷白，贵乎反本。……使文不灭质，博不溺心，正采耀乎朱蓝，间色屏于红紫，乃可谓雕琢其章，彬彬君子矣"⑤。这些争论的展开促进了当时文学、美学理论的深化，而佛经翻译的文质讨论则可以说是这些争论的滥觞。⑥

从中古时期佛经翻译的发展来看，基本上是由质趋文的。据《梁高僧传》记载，东汉末期的译经多偏于质，以传达经意为主。如安世高的

---

① 参见罗根泽《中国文学批评史》（第1册），上海古籍出版社1984年版，第259～264页。
② 参见周勋初《梁代文论三派述要》，见中华书局上海编辑所编辑《中华文史论丛》（第5辑），中华书局1964年版。
③ ［南朝梁］萧纲：《与湘东王书》。
④ ［南朝梁］萧统：《答湘东王求文集及诗苑英华书》。
⑤ ［南朝梁］刘勰：《文心雕龙·情采》。
⑥ 王元化先生在《文心雕龙创作论》中早已指出了这一点，他说："魏晋以来，释家传译佛典，转梵言为汉语，要求译文忠实而雅驯，广泛地提到文质关系问题，开始把这一对概念引进了翻译理论。在这个基础上，刘勰提出的文质论就更接近于文学的形式和内容问题了。"参见王元化《文心雕龙创作论》，上海古籍出版社1984年版，第81～82页。

译经是"义理明晰，文字允正，辨而不华，质而不野"①，支谶的译经是"皆审得本旨，了不加饰"②，竺佛朔的译经是"弃文存质，深得经意"③，康巨译《问地狱事经》也是"言直理旨，不加润饰"④。这个时期属佛经翻译的初期，许多外国译者还不怎么懂汉语，有些是勉强翻译的。如维祇难应吴地人之请译经，维祇难不太懂汉语，就邀其同伴竺将炎共译，而竺将炎也"未善汉言"，所以译文只能是"颇有不尽，志存义本，辞近朴质"⑤。到两晋时期，译者大多数熟悉梵语与汉语，当语言上的障碍变得越来越少时，译文便更通畅，也更华美起来。如月氏僧人竺法护，《高僧传·本传》载其"随师至西域，游历诸国。外国异言，三十六种，书亦如之。护皆遍学，贯综诂训，音义字体，无不备识"。他译经时还有"善梵学"的中国居士聂承远父子的帮助，所以译文"虽不辩妙婉显，而宏达欣畅"。当然，他的译文也还是不稳定的，有时候又表现出"事不加饰"和"辞质胜文"的特征。到鸠摩罗什的时候，译文已趋向于讲究辞藻。《高僧传》载鸠摩罗什在凉州住了16年，通晓华语方言，所以，他不仅能看出过去译的经存在不少错误，决心重译，而且出自他手的译文也得到众僧的一致称赞。他的译文能做到既不拘泥于原文，又不损于原文意趣的再创造，力求传达出原文的神韵。如《妙法莲花经》中的"火宅喻"关于起火的一段，罗什这样译：

  于后舍宅，忽然火起。四面一时，其焰俱炽。栋梁椽柱，爆声震裂。摧折堕落，墙壁崩倒。诸鬼神等，扬声大叫。雕鹫诸鸟，鸠槃荼等，周章惶怖，不能自出。恶兽毒虫，藏窜孔穴。

把火的气势描写得十分生动。此外，还有北凉昙无谶的翻译也是十分讲究文采的。他译的《佛所行赞·守财醉象调伏品》写佛祖如来如何降服醉象：

---

① [南朝梁] 慧皎：《高僧传·安世高传》。
② [南朝梁] 慧皎：《高僧传·支谶传》。
③ [南朝梁] 慧皎：《高僧传·支谶传》。
④ [南朝梁] 慧皎：《高僧传·支谶传》。
⑤ [南朝梁] 慧皎：《高僧传·维祇难传》。

> 尔时提婆达，见佛德殊胜，内心怀嫉妒，退失诸禅定，造诸恶方便，破坏正法僧……于王平直路，放狂醉恶象。震吼若雷霆，勇气奋成云。横泄而奔走，逸越如暴风。鼻牙尾四足，触则莫不摧。王舍城巷路，狼藉杀伤人。横尸而布路，髓脑血流离。一切诸士女，恐怖不出门。合城悉战悚，但闻惊唤声。有出城驰走，有窟穴自藏。如来众五百，时至而入城。高阁窗牖人，启佛令勿行。如来心安泰，怡然无惧容。唯念贪嫉苦，慈心欲令安。天龙众营从，渐至狂象所。诸比丘逃避，唯与阿难俱。犹法种种相，一自性不移。醉象奋狂怒，见佛心即醒，投身礼佛足，犹若太山崩。莲花掌摩顶，如日照乌云，跪伏佛足下，而为说法言……

在佛祖如来出场前夕，烘托了十分浓烈的气氛，士女们的恐惧、规劝与如来的镇定形成了鲜明的对比。这一切昙无谶都译得富有文采。伴随着佛经翻译发展而发展的佛经翻译理论，基本上也是从主张偏于质而走向偏于文或文质相应道路的。而中古文学的发展趋势，则是在不断地"踵事增华"，越来越推崇美文丽词和雕琢章句。如果把佛经翻译的发展与中古文学的发展看作同一方向的两条平行线，自然未尝不可。但是，如果我们将这两条线的发展都放置在中古时期这一大的文化背景中去看，它们又都是当时社会风气、时尚、心理的产物，这时候，这两条线又是可以重叠在一起的，更何况，佛经翻译作为文学，正在逐渐渗透并融合到中国文学中来。因此，从这样的角度来看，我们把佛经翻译理论看作中古文学、美学理论的表现形态之一，也是完全可以的。

值得注意的还有，当时中国僧人和文人参加到佛经翻译工作中去，既沟通了佛经翻译文学与中国文学的关系，也沟通了中国文学理论与佛经翻译理论之间的关系，使两者的发展更趋于一致。比如帮助鸠摩罗什译经的道生、道融、僧睿、僧肇诸人，都是极富才学的人物。《高僧传》卷二"译经总论"中说道："时有生（道生）、融（道融）、影（昙影）、睿（僧睿）、严（慧严）、观（慧观）、恒（道恒）、肇（僧肇），皆领意言前，词润珠玉，执笔承者，任在伊人。"《高僧传·僧睿传》又载："昔竺法护出《正法华经·受诀品》云：'天见人，人见天。'什（罗什）译经至此，乃言曰：'此语与西域义同，但在言过质。'睿曰：'将非人天交接，两得相见？'什喜曰：'实然。'"僧睿提出修改词语，使句子变得更雅一些。又比如参加治改南本《大涅槃经》的谢灵运，就对北本《大般涅槃经》中舛漏粗鄙的文字进行过认真的修改、润色。《高僧传·释慧严传》载："大涅槃经初至宋土，文言致善而品数疏简，初学难以厝怀，严乃共慧观、谢灵运等依泥洹本，加之品目。文有过质，颇亦治改，始有数本流行。"谢灵运在修改《大涅槃经》时是起了很重要作用的，"文有过质"的南本改定过程中有着他的精心推敲。唐代释元康《肇论疏》卷上序里说："谢灵运文章秀发，超迈古今，如《涅槃》元来质朴，本言'手把脚蹈，得到彼岸'，谢公改云：'运手动足，截流而度。'"① 谢灵运的改动不仅使文意更加清楚，而且也显得文雅得多。比照南本与北本的文字相异处，发现有不少改动较好的句子。如北本《寿命品》之二："犹如日出时，除云光普照，是诸众生等，啼泣面目肿。"南本的前三句没有改动，而第四句则改为"恋慕增悲切"。这一改动使其辞避免了鄙陋，带上了南方诗歌的风气。又如《金刚身品》第二，北本的"非法非非法，非福田非不福田"一句，南本则改为"非法非非法，非福田非非福田"，一字之改，使句式变得更加整齐，上下呼应，呈现出骈偶色彩。梁代文人参加译经更受重视，梁武帝曾设译经博士。因此，中国僧人以及文人的参与译经，一方面将中国的学风、文风带入了翻译，另一方面又从佛经的翻译中吸收了佛经文学遣词造句以及文学描写的风格。这种双向的交流必然导致中国文学理论与佛经翻译理论的相互融合与渗透。

二

佛经翻译理论中的一些概念、范畴虽然是从古代文学理论和美学理论中借用或引发出来的，但是，由于它的研究对象是翻译，它所讨论的理论问题又有其独立的价值与意义，因此可以说，它从另一个方面丰富了中古时期的文学、美学理论。

（一）关于言与意的关系

无论是直译说还是意译说，两家讨论文质问题都涉及言与意的关系。直译派主张翻译只要能传达经典的原旨（意）就可以了，至于文辞的修

---

① 《大正藏》（第45册），台湾新文丰影印本，第162页。

饰无关紧要。为什么呢？因为圣人的意是很难传达的，更何况梵汉语言还有不同。因此，翻译时只需"径达"，或者"案本而传"的"实录"。道安的翻译理论就是这么主张的。他的"五失本""三不易"的翻译原则也建立在这种理论的基础之上。为了保证不"失本"，道安在对待"巧"（实质是"文"）与"质"的关系上，也认为应该以"质"为主。所谓"巧"，道安所指主要是两个方面：一是翻译时的删重去复，二是改旧适今。道安在这方面的认识是有一个过程的。在未到达关中以前，道安常用异译本（即"合本"）来做对照工作。在对照中，他对删略这一点是赞同的。如他用《放光》与《道行》对照，他认为《放光》经过删略以后，文字更流畅、更达意了。他说："斥重省删，务令婉便。若其悉文，将过三倍，善出无生，论空特巧，传译如是，难为继矣。"① 但到关中以后，在其他译人如赵政、慧常等的影响下，他改变了看法。如在译《比丘大戒》时，道安觉得过去的戒本翻译"其言烦直，意常恨之"，而现在的新译本依然如此，便叫笔受者慧常"斥重去复"，慧常却加以反对，认为戒就像礼，是不能删的。又说这是一师一师相传的，万一有一言与原本违背，就会被老师赶走。所以，"与其巧便，宁守雅正"。道安便赞同了这一意见，并且认为译烦为约者"皆蒲陶酒之被水者也"②。对改旧适今的"巧"，道安也是反对的。在《摩诃钵罗若波罗蜜经钞序》中，他说："前人出经，支谶、世高，审得胡本难系者也；叉罗、支越，斫凿之巧者也。巧则巧矣，惧窍成而混沌终矣。若夫以《诗》为烦重，以《尚书》为质朴，而删令合今，则马、郑所深恨者也。"③ 他认为，胡言的质朴和烦重都是时代的产物，在翻译时不能为了顺应今天爱好文饰的风气而去随便修改它，正如不能把《诗经》《尚书》改为今天的文体一样。如果那样做，"巧"是显得"巧"了，但窍成以后，混沌则死了。因此，道安对翻译中言意关系的论述基本上还是建立在庄子的自然全美和反对以言害意的美学思想基础上的。

而主张意译的鸠摩罗什对言意关系的认识却与道安不一样。他的翻译标准是，只要在不违背原本经义（意）并且能传达经旨（意）的情况下，

---

① 《道行经序》，见《出三藏记集经序》（卷七）。
② 《比丘大戒序》，见《出三藏记集经序》（卷十一）。
③ 《出三藏记集经序》（卷八）。

对经文字句做一些增加或删减，都是可以的。如他译《维摩诘经》，僧肇说他的译本是"陶冶精求，务求圣意，其文约而诣，其旨婉而彰，微远之言，于兹显然"①。他译《大智度论》，则"以秦人好简，裁而略之"②。译《中论》，他也是"乖阙繁重者，皆裁而裨之"③。在鸠摩罗什看来，翻译中的言意关系并不是简单的一对一的关系，言简并不一定就导致意也简。相反，只要"趣不乖本"，翻译时做一些必要的增或减不仅能使译文更为畅达，其文意也反而能更好地传达。如果死扣文句，译得结结巴巴，文意反而会受到损害。罗什的看法及翻译实践与魏晋玄学家们的轻言重意和言简意丰的理论有暗合之处，也与文学、美学理论中强调的"文约意广""文约旨丰"有暗合之处。看得出，罗什也受到魏晋玄学言意之辨的影响。

主张折中的慧远在阐述翻译中的言意关系时，也很有玄学的意味。正如上面所引，他认为翻译的文辞如果太质朴，经义（意）则不能很好地显露，显得深奥而难以理解；语言如果太一对一地直译、死译，经旨（意）反而会显得更加遥远，不便于把握。经义不能显露就会无象可见，经旨遥远就会无绪可寻。慧远的这一意见使人联想到王弼的话来，王弼在《周易略例·明象》中说过："尽意莫若象，尽象莫若言。言生于象，故可寻言以观象，象生于意，故可寻象以观意。意以象尽，象以言著。"总的来看，慧远比较接近"言不尽意"。慧远将魏晋玄学中的言、象、意引入翻译领域，实际上也开始了使哲学命题向文学命题转化的美学建树。他与罗什的意见都反映了他们是从美学的高度来要求翻译语言的。这也反映出了当时整个学界、文界内的风气。像佛教义学领域内对佛经经义的理解，当时的佛教义学家就常常援引魏晋玄学中"言不尽意"的观点来注释经义。④

言意关系也是中古文学、美学理论十分关注的问题。魏晋时期，第一个受言意之辨的影响而畅谈文学的是陆机，他的《文赋》一开始就谈意与物、言与意的关系。陆机虽然认为意称物、文逮意都是很难的，但他基

---

① 《维摩诘经序》，见《出三藏记集经序》（卷八）。
② 《大智释论序》，见《出三藏记集经序》（卷十）。
③ 《中论序》，见《出三藏记集经序》（卷十一）。
④ 参见王元化《文心雕龙创作论》，上海古籍出版社1984年版，第147～148页。

本上还持言能尽意的观点，主张言意双美。他说："其会意也尚巧，其遣言也贵妍。"他认为，言意要互相协调，要防止"或辞害而理比，或言顺而义妨""或文繁理富，而意不指适"等现象。刘勰对言意关系也有深刻的论述。他认为，"意翻空而易奇，言征实而难巧"，"至于思表纤旨，文外曲致，言所不追，笔固知止"①。他说的"意授于思，言授于意；密则无际，疏则千里"，范文澜先生说刘勰这句话"似谓言尽意也"②。王元化先生也说刘勰的见解不同于玄学家的言不尽意论。③ 钟嵘《诗品》也主张"文约意广"，反对"文繁而意少"，并进一步把"兴"说成是"文已尽而意有余"。他还主张诗歌的语言要达到"使味之者无极，闻之者动心"。中古时期文学理论中的言意之论都涉及文学语言的美学意义，它与佛经翻译理论中的语言问题的探讨都是魏晋玄学推动下的产物，两者之间有着一定的因缘。

（二）关于文体问题

与语言翻译的文质、言意问题相关联的是翻译的文体问题。佛经翻译，在道安以前的确是采用较古朴的文体，如汉末译的《四十二章经》，近似于《老子》的语录体。安世高的译经文体，也比较古朴。道安曾几次提到安世高的这一特点。如《大十二门经序》说："世高出经，贵本不饰，天竺古文，文通尚质。"④《人本欲生经序》又说："斯经似安世高译为晋言也，言古文悉，义妙理婉，睹其幽堂之美，阙庭之富或寡矣。"⑤道安自己也推崇以质朴的古体来翻译，他坚定地认为不能把经典的质朴文体译成流行的文体，这在前面所引《鞞婆沙序》他借用赵政的话里可以看出。

道安以及道安以前的翻译文体之所以大多数偏于古朴，原因大约有以下四个方面。第一，处于佛经初译阶段，为了迎合汉地人崇尚经典的需要，所以故意采用一些古朴的文体。如康僧会译的《六度集经》就迎合孙权崇儒的口味，不仅将佛教与儒家思想相牵合，用语也多采用古语，如

---

① ［南朝梁］刘勰：《文心雕龙·神思》。
② 范文澜：《文心雕龙注》，人民文学出版社1978年版，第500页。
③ 参见王元化《文心雕龙创作论》，上海古籍出版社1984年版，第149页。
④ 《出三藏记集经序》（卷七）。
⑤ 《出三藏记集经序》（卷六）。

《察微王经》说:"魂灵与元气相合,终而复始,轮转无际,信有生死殃福所趣。"① 第二,当时的僧人对汉语还不十分精通,所依靠的笔受者汉文水平也不是很高,还无法讲究辞藻。第三,道安、赵政也不懂梵文,对梵文文体并不了解,错误地认为梵文经典都是比较古朴的。站在不"失本"的立场上,他们多用古朴文体去译经。第四,当时"格义"风气的影响,僧人与笔受者都喜欢用外典(老、庄、儒的经典)来翻译佛经的概念、词语。许多中国僧人又都是精通外典的。所以,在译经时就不自觉地采用过去经书的文体。

但到鸠摩罗什时,则表现出了不同的风气。《高僧传·本传》载:"什每为睿论西方辞体,商略同异云:'天竺国俗,甚重文制,其宫商体韵,以入弦为善。凡觐国王,必有赞德,见佛之仪,以歌咏为贵,经中偈颂,皆其式也。但改梵为秦,失其藻蔚,虽得大意,殊隔文体,有似嚼饭与人,非徒失味,乃令呕哕也!'"罗什从佛经文体出发,认为梵转汉时虽然在大意上可以不失,但在文体上总是隔了一层,其宫商体韵不但不能翻译传达,就连文藻也会失掉。因此,他力图在译经文体上有所改进,使其既通俗化,又富有美文学色彩,同时又保留原作的丰姿,即后人评价他的"有天然西域之语趣"②。他译的《大庄严论经》就有这些特点。如卷第十四"鹿王经",散文部分十分口语化,采用的是一种通俗文体。经文开头是这样的:

> 我昔曾闻雪山之中,有二鹿王,各领群鹿,其数五百,于山食草。尔时波罗㮈城中有王名梵摩达,时彼国王到雪山中,遣人张围,围彼雪山。时诸鹿等尽堕围中,无可归依得有脱处。乃至无有一鹿可得脱者。尔时鹿王其色斑驳如杂宝填,作何方便使诸鹿等得免此难。复作是念。更无余计,唯直趣王。作是念已,径诸王所。时王见已,敕其左右,慎莫伤害,所恣使来。时彼鹿王既到王所,而作是言:"大王,莫以游戏杀诸群鹿用为欢乐,勿为此事,愿王哀愍,放舍群鹿,莫令伤害。"王语:"鹿王,我须鹿肉食。"鹿王答言:"王若须肉,我当日日奉送一鹿。王若顿杀,肉必臭败,不得停久。日取一

---

① 《大正藏》(第3册),台湾新文丰影印本,第51页。
② 《宋高僧传》(卷三)。

鹿，鹿日滋多。王不乏肉。"王即然可……

试比较康僧会译《六度集经》卷三《布施度无极经》第十八鹿王故事，就见出康僧会译经采用的是古体。经文开头部分如下：

昔者菩萨身为鹿王，厥体高大，身毛五色。蹄角奇雅。众鹿伏众数千为群。国王出猎，群鹿分散。投岩堕坑，荡树贯棘。摧破死伤，所杀不少。鹿王睹之哽咽曰："吾为众长，宜当明虑，择地而游。苟为美草而翔于斯；凋残群小，罪在我也。"径自入国。国人睹之，佥曰："吾王有至仁之德，神鹿来翔。"以为国瑞，莫敢干之。乃到殿前，跪而云曰："小畜贪生，寄命国界。卒逢猎者，虫类奔迸。或生相失，或死狼藉。天仁爱物，实为可哀。愿自相选，日供太官。乞知其数，不敢欺王。"……

罗什在译文中还插进韵文部分的翻译。他译的韵文部分是经过精雕细琢的，看得出他是力图通过韵散结合的方式使翻译文体更接近原文的美学风格。他译韵文也采用五言诗的形式，但不采用古体。如《大庄严论经》的"鹿王经"中鹿王准备代怀孕母鹿去死时说的一段偈语：

我今躬自当，往诣彼王厨。我于诸众生，誓愿必当救。我若以己身，用贸蚊蚁命。能作如是者，尚有大利益。所以畜身者，正为救济故。设得代一命，舍身犹草芥。

罗什并不是不能运用古体，他的汉语水平其实很不错，他写的《赠沙门法和》一诗就带有古气："心山育明德，流熏万由延。哀鸾孤桐上，清音彻九天。"这与他译经体中的偈颂是两种面貌。可见，罗什在翻译文体上是别具匠心的。

罗什对译经文体的改进还表现在他对音译的处理上。僧睿《大品经序》说到罗什在翻译时，"手执胡本，口宣秦言，两释异音，交辩文旨……与诸宿旧义业沙门释慧恭、僧䂮、僧迁、宝度、慧精、法钦、道流、僧睿、道恢、道标、道恒、道悰等五百余人，详其义旨，审其文中，然后书之。……胡音失者，正之以天竺，秦名谬者，定之以字义；不可变者，即而书之。是以异名斌然，胡音殆半，斯实匠者之公谨，笔受之重慎也。"① 罗什对于那些难以在汉语中找到对应说法的梵语字是坚持音译的，这种音译并不是随便译出而是经过仔细推敲以后才确定的。如对于人名、神名和一些不能翻译的专用名词，他一般都采用音译。这相较于之前的旧译中多用音译（如支谶）或尽量不用音译（如支谦），是一个很大的进步。这一方面避免了不用音译所造成的牵强或者由于音译过多而使译文难懂的弊病；另一方面，恰当的音译又丰富了汉语的词汇，同时还使得译文体保留了一些异国色彩，增加了文辞的美感。

此时采用通俗语言译经的还有北凉的昙无谶。他译长诗《佛所行赞》，用的是散文句法，不仅语言口语化，而且节奏多有变化，不少句子打破了汉诗五言体的传统节奏，但又注意声调的和谐流畅。这也给当时的诗坛树立了一种新的表现方式的楷模。

中古时期文学理论中存在的古今文体之争，也是与文质、言意关系讨论紧密联系在一起的。有的人主张复古，崇尚古体，如北魏的魏收、邢劭，西魏的宇文泰，北周的苏绰等；有的人主张今体，如沈约、萧纲、王褒、庾信等；还有的人主张古今兼采，如颜之推即提倡"以古之制裁为本，今之辞调为末"②。齐梁之际，作为今体代表的"永明体"就表现出向浅显和口语化方向发展的趋势，它的出现是想改革晋宋以来艰涩典正的诗风。永明体的创始人之一沈约就曾明确提出以"易"字为核心的革新主张。《颜氏家训·文章篇》载："沈隐侯（约）曰：文章当以三易，易见事，一也；易识字，二也；易诵读，三也。"永明体诗人就力图从当时的口语中提炼诗歌的语汇，使诗歌易于吟诵，显得协调流畅。如谢朓《吟竹诗》："窗前一丛竹，青翠独言奇。南条交北叶，新笋杂故枝。月光疏已密，风来起复垂。青扈飞不碍，黄口得相窥。但恨从风箨，根株长别离。"几乎全是口语。又如《江上曲》："易阳春草出，踟蹰日已暮。莲叶何田田，淇水不可渡。愿子淹桂舟，时同千里路。千里既相许，桂舟复容舆。江上可采菱，清歌共南楚。"其中借用了汉乐府的句子，同时又融入了吴声西曲的特点。沈约也取南朝乐府中常见的口语入诗，以丰富诗歌的表现力。如《石塘濑听猿》："噭噭夜猿鸣，溶溶晨雾合。不知声远近，

---

① 《出三藏记集经序》（卷八）。
② ［南北朝］颜之推：《颜氏家训·文章篇》。

唯见山重沓。既欢东岭唱，复仵西岩答。"而张融的《别诗》几乎全由白话提炼而成，读来朗朗上口："白云山上尽，清风松下歇。欲识离人悲，孤台见明月。"自然，永明体同时也讲究声律和排偶对仗，追求文字的清丽，这些美学上的追求与诗歌新体的改革是相关的。因为骈俪、对仗并不与口语化存在完全的对立，从口语中提炼出来的词汇仍可做到骈俪。只是后来宫体诗的出现，由于题材狭窄，诗风便逐渐走向浓艳绮丽和雕绘。齐梁之际正是佛教兴盛时期，文人中信佛者颇多，他们对佛经翻译文体的特点肯定也有所了解。因此，齐梁之际的这种诗风以及以易懂、易诵读为目的的诗歌革新理论与当时的翻译文体不能说没有一定的联系。而这些又与《文心雕龙》的出现有着密切的联系。《文心雕龙》的创作同齐梁文坛上存在的古今、新旧之争是分不开的。①

  中国文坛历来对翻译以及翻译家抱有成见，认为翻译之人不够"文雅"，就连谢灵运这样的大诗人兼翻译家，文史家对他的翻译都置之不理，②只是在佛教界才对他有较高的评价。而十分丰富的翻译理论也被古代的文学、美学理论家们冷落，这实在是可惜的事情。好在近代以来，佛经翻译理论的价值日益受到人们的注目，罗根泽先生的《中国文学批评史》里还专列一章予以讨论。我以为，随着研究的深入，这一宝贵的理论遗产当会享有更高的历史地位。

（原载《文艺研究》1988 年第 5 期）

---

① 参见萧华荣《齐梁文坛古今之争与〈文心雕龙〉》，见《文心雕龙》学会编《文心雕龙学刊》（第 2 辑），齐鲁书社 1984 年版。
② 参见钱钟书《林纾的翻译》，见罗新璋编《翻译论集》，商务印书馆 1984 年版。

中古志怪小说与佛教故事

魏晋南北朝时期的一大文学奇观是志怪小说思潮的兴起。鲁迅在论及此时期的志怪小说时说："中国本信巫，秦汉以来，神仙之说盛行，汉末又大畅巫风，而鬼道愈炽；会小乘佛教亦入中土，渐见流传。凡此皆张皇鬼神，称道灵异，故自晋讫隋，特多鬼神志怪之书。"[1]

佛教对魏晋南北朝志怪小说的影响，其途径和方式是多种多样的，它对中国古代小说的发展与成熟起了很大的刺激和促进作用。

一

在古代印度，流行最广与最早的要算是《佛本生经》（或译作《佛本生故事》）。

本生[2]，就是按照佛教轮回转生的观念讲述关于佛祖释迦牟尼在未成道以前作为菩萨修行的故事。

菩萨为成就种种福业，修布施、持戒、忍辱、精进、禅定、智慧六波罗蜜，欲渡生死大海而达到彼岸，累世转生，或为人，或为神，或为动物。南本《大涅槃经·梵行品》说："何等名为阇陀伽经？如佛世尊本为菩萨修诸苦行，所谓比丘当知，我于过去作鹿作罴，作獐作兔，作粟散王、转轮圣王、龙、金翅鸟，诸如是等行菩萨道时所可受身，是名阇陀伽。"

佛本生故事的形成并非完全是佛教徒的创造，其最初往往是佛教徒将流行于民间的传说、寓言、童话、笑话等小故事收集起来，加以改造，将其中的人、神、动物等附会为菩萨，从而组合成佛本生故事。

利用佛本生故事宣传教义，至少可以追溯到公元前2世纪的阿育王时

---

[1] 鲁迅：《中国小说史略·六朝之鬼神志怪书》，载《鲁迅全集》（第9卷），人民文学出版社1973年版，第183页。

[2] 本生，梵语作 Jātaka，音译为"阇陀伽"，语根 Jan 为"生"，所以译为"生"或"本生"。

代。阿育王时代正是佛教大力向外传播的时期,当时佛教逐渐从印度西北传入安息、大夏、大月氏、康居,而进入龟兹、于阗,继而传入中国内地。同时,佛教又向东南亚各国传播,如斯里兰卡、缅甸、泰国、老挝也都开始流行佛本生故事。这些地区的佛本生故事又在与中国华南、西南地区的文化交流中,通过海道与西南道传入中国的广东、广西、云南、四川、西藏等广大地区。在这些地区至今还流传的一些民间故事里,我们仍然可以看到佛本生故事的影响。①

中国自汉代始,就翻译佛本生故事。② 一些为佛所说的寓言、譬喻故事也传译了过来。③ 这些都是带有很强文学色彩的佛教故事,很适合宣传佛教教义,也极易为中国下层老百姓所接受。

印度佛教故事传入中国,除了翻译以外,还有一条途径就是口头流传。早期佛教僧人的传经并无原本所依,全靠背诵,许多经还是在宣讲时才由中国僧人或居士记载下来的。④ 僧人的传经自然也包括讲述佛教故事,如《贤愚经》就是一本佛教故事集。这些故事在还未被记载下来而又广泛流传的时候,就会"不得不随其说者听者本身之程度及环境而生变易,故有原为一故事,而歧为二者,亦有原为二故事,而混为一者"⑤。有的甚至被中国化,如东汉应劭《风俗通义》里的丞相黄霸断颍川娣姒争儿的故事,据钱钟书先生考,它与《贤愚经·檀腻羁品》第四十六的王断二争儿故事属同一类型。⑥ 而《贤愚经》的传译远在应劭所记故事之后。又如传为魏邯郸淳著《笑林》中的"不识镜"的故事,也与后汉支谶所译的《杂譬喻经》中的"瓮中影"故事相近,而其人物已改。⑦ 此

---

① 参见蒋述卓《〈召树屯〉与〈诺桑王子〉同源新证》,载《思想战线》1987 年第 6 期。
② 如后汉安世高译有《太子慕魂经》,康孟详译有《中本起经》《佛说兴起行经》,三国吴地僧人康僧会译有《六度集经》(共 91 篇,其中 81 篇注明为佛本生故事),支谦译有《菩萨本缘经》《佛说义足经》《太子瑞应本起经》,西晋竺法护译有《生经》《五百弟子本起经》,北凉昙无谶译有《佛所行赞》,刘宋宝云译有《佛本行经》等。
③ 如《撰集百缘经》《杂譬喻经》《贤愚经》《杂宝藏经》《百喻经》和《法句譬喻经》等。
④ 如《贤愚经》就是沙门昙学等在于阗听讲时所做的笔记。参见僧祐《贤愚经记》,见《出三藏记集经序》(卷九),金陵刻经处本。
⑤ 陈寅恪:《〈西游记〉玄奘弟子故事之演变》,见"国立中央研究院"历史语言研究所集刊编辑委员会编辑《历史语言研究所集刊》(第 2 册第 2 分册),中华书局 1987 年版,第 157 页。
⑥ 参见钱钟书《管锥编》(第 3 册),中华书局 1979 年版,第 1001～1002 页。
⑦ 参见钱钟书《管锥编》(第 2 册),中华书局 1979 年版,第 751～752 页。

后南齐时所译的《百喻经》也载一负债之人不识镜的故事。① 可见，通过口头流传，一些佛教故事也渗透到民间故事、传说、笑话中了。而志怪小说本来就有不少是根据民间的传闻而记录的，由于几经变易，里面留有佛教故事的痕迹，可能连作者本人也不知道。佛教故事口头流传的这一特点，使得佛教对志怪小说的影响和渗透显得很广泛。

魏晋时期，谈风正盛。清谈的内容一是品评人物，二是谈论玄理，东晋以后又杂入佛理。当时流行于士大夫阶层中的佛理主要是大乘般若学，自然较少涉及佛教故事，但是当时在士大夫阶层与下层人民中还流行戏谈之风，这是同讲故事极有关系的一种谈风。② 这种"嘲戏之谈"既谈"民间细事"，同时又说那些"可笑乐者"。那么，口头流传的某些受佛教故事影响的民间故事也便可能为士大夫们所吸收，或收入志怪小说之中，或改头换面用于文章之中。比如《宋书·袁粲传》载袁粲所撰的《妙德先生传》里，引用了一个"狂泉"的故事，据我看来，就与《杂譬喻经》中的"恶雨"故事相类似③，只是故事的结尾稍有不同。而它们之所以有差异，很有可能就是因为口头流传而发生的。

佛教故事还可以随着印度的戏剧和西域幻术的传入而影响民间和上层社会。戏剧是印度早期最发达的艺术，它的结构实际上是狭义的戏曲，其中音乐和舞蹈占重要地位，梵语"戏剧"一词就源于"舞"，所以产生于公元2世纪时的戏曲理论著作也名为《舞论》。④《史记·大宛列传》载："武帝元封三年（前108），安息以大鸟卵及黎轩善眩人，献于汉。"善眩人就是幻术家。《后汉书·哀牢夷传》又载："永宁元年（120），掸国（即缅甸）王雍由调，复遣使者诣阙朝贺，献乐及幻人。"幻术的内容是"能变化，吐火，自支解，易牛马头，又善跳丸"。而乐的内容没有说，也可能就指由音乐和舞蹈组成而演说故事的戏剧。清人纳兰性德在《渌水亭杂识》中曾说到梁时的大云之乐，作一老翁，演述西域神仙变化故事。王国维在《宋元戏曲史》中也说："……古之俳优，但以歌舞及戏谑为事，自汉以后则间演故事，而合歌舞以演一事者，实始于北齐。"至于

---

① 参见《百喻经》（卷二第三五），见《大正藏》（第4册），台湾新文丰影印本，第545页。
② 参见李剑国《唐前志怪小说史》，南开大学出版社1984年版，第229～235页。
③ "恶雨"故事见《大正藏》（第4册），第526页。
④ 参见金克木译《古代印度文艺理论文选·译本序》，人民文学出版社1980年版。

幻术，本来也就与佛教理论以及佛教故事有着密切的联系。佛教哲学从其"诸法皆空"的理论出发，认为世界上一切事物都不过是幻化而生，所以常常以"幻"来喻解"法空"，汉译佛典中就载有各种幻化故事。① 又由于中国本有方士道术一类的东西，所以，佛教初入中国时常常被看作黄老道术的一种。佛教为了扩大影响，有时也借助方术（包括幻术）吸引信徒。如东汉时来汉地的外国僧人安世高、康僧会都精通方术。而东晋时辅助石赵政权的佛图澄、为姚秦政权所器重的鸠摩罗什以及避难北凉的昙无谶都是懂咒术、幻术的。② 其中佛图澄清洗五脏的情节就属于幻术中"刳肠胃""自支解"一类。他做的空钵生莲花也是一种幻术。同样，鸠摩罗什的吞针也是幻术。③ 南北朝时，幻术流行，在民间的庙会上常与佛教等宗教活动联系在一起。④ 因此，佛教僧人的精通方术（包括幻术）以及幻术流行都有利于佛教思想以及佛教故事的流传。

此外，佛道两家的互相竞争也促使了佛教故事的流传与渗透。在中国，早已有神仙家一类的法术，道教兴起以后，为了与佛教争地位，更加注重法术。道佛斗争中常常发生所谓"斗法"事件。出于维护自己宗教地位的目的，各派教徒都非常注意收集并虚构一些故事，于是，佛道两教各自的"辅教之书"也便应运而生。不仅如此，佛道两教还往往互相借用对方的故事来渲染自己教派的神异性。如方士王嘉为了抬高老子的地位，说浮提国有两人，善书，有神通，能变形隐形，前来帮助老子撰《道德经》。⑤ 而关于天竺佛祖可以隐形变化的事，在后汉时已传入中国。三国时牟子的《理惑论》里就有记述。⑥ 王嘉《拾遗记》所写就是从佛教里借出来的。而喷酒灭火的故事，本在《神仙传》《楚国先贤传》《汝南先贤传》中出现，为方士法术，而佛教徒将其附会于佛图澄，说佛图澄也会喷酒灭火。佛教徒甚至还将佛经中的故事收集起来并加以分类，成

---

① 如《杂譬喻经》的"瓮中影"、《旧杂譬喻经》的"壶中人"、《生经》的木偶机关人、《杂譬喻经》的木师画师相诳、《大庄严论经》的幻师做木女于大众前做欲事然后分解木女使人知幻等故事。
② 参见《高僧传》及《晋书·艺术传》。
③ 我国宋代起幻术里就有"食针"这一节目。参见吴自牧的《梦粱录》。
④ 参见《洛阳伽蓝记》卷一"景乐寺"条，见［北魏］杨衒之撰，范祥雍校注《洛阳伽蓝记校注》，上海古籍出版社1978年版。
⑤ 参见［晋］王嘉《拾遗记》（卷三）。
⑥ 参见石峻等编《中国佛教思想资料选编》（第1卷），中华书局1981年版，第3页。

为一本佛教志怪故事杂集,这就是梁代沙门僧旻、宝唱等所集的《经律异相》。这种情况的出现当然是与佛道的互相竞争有关系的,同时也反映了魏晋南北朝时期人们以奇为美、以滑稽为美的一种审美倾向。

二

明人胡应麟说:"魏晋好长生,故多灵变之说;齐梁弘释典,故多因果之谈。"① 胡氏之论基本上是符合事实的。就魏晋南北朝志怪小说的内容来看,如果更严格地说,自东晋末期的简文帝时代开始,志怪小说中就已开始较多地涉及佛家之事了,如谢敷的《观世音应验记》和荀氏的《灵鬼志》。《观世音应验记》是第一部释氏辅教书,自然是要谈佛。而《灵鬼志》作为志怪,则首次较多地反映佛家故事,并与中国的鬼怪故事杂糅在一起。继之是成书于刘宋初的《搜神后记》,其中也是神仙、鬼怪与佛教故事一并记载的。再往后则是大量宣扬佛家因果报应一类的辅教书了。当然,东晋末期以前的志怪小说也不是绝然不杂佛家事,只不过是偶尔杂之而已。如葛洪《神仙传》卷五《壶公传》,载一壶公"常悬一空壶于屋上,日入之后,公跳入壶中,人莫能见"。这很有可能是受到康僧会所译《旧杂譬喻经》中的梵志吐壶、壶中又住人故事的启发。这种可能并不是不存在的,如成于东晋时的《列子》一书,有许多故事就是从佛教故事中化来的。② 如果从志怪小说受佛教思想影响的程度来划分,则可以分为东晋末期以前和以后两个阶段。因为东晋末期以后的志怪小说中已可以较多地见到佛教因果报应、轮回转生、念佛获救、观音应验等思想,至齐梁时甚至达到泛滥的地步,使得志怪小说变得题材单调、情节雷同。但是,如果从志怪小说受佛教故事形式上的影响来说,则可以把魏晋南北朝的志怪小说作为一个统一体来看,它们都是属于初步接触外来文化并稍有融化,而且为唐代传奇的出现做铺垫的过渡时期。

志怪小说对佛教故事形式上的接受,大致可以归为如下三类:

第一类,故事基本结构的袭用。

这种袭用表现为两种情况:一种是一开始时还表现为不标出处的照

---

① [明] 胡应麟:《少室山房笔丛》(卷二九)。
② 参见陈连庆《列子与佛经的因袭关系》,载《社会科学战线》1981 年第 1 期。

抄，而后才慢慢地将其中的人物、环境本土化；另一种则是一开始就采用移植翻版的手法，将佛教故事完全中国化，但故事的基本结构仍与原故事一致。前一种情况如《灵鬼志》所载"笼中道人"的故事，鲁迅在《中国小说史略》里早已指出这完全是抄袭佛教故事。到了梁吴均所著的《续齐谐记》里，这个故事的结构未变，但故事中的外国道人则改成了中国的书生。又如"鹦鹉救火"的故事，刘义庆的《宣验记》和刘敬叔的《异苑》都照抄佛典，① 同时，《宣验记》又记有一则"雉救火"的故事，鹦鹉换成了雉。后一种情况如殷芸的《小说》卷五载的民间笑话"贫人办瓮"，实袭用印度故事而来。故事说，一个穷人只有一只瓮的财产，晚上就睡在瓮中，但他幻想这只瓮卖出以后，得钱若干，于是不断翻倍，得利无穷；想到高兴时，他禁不住在里面跳起舞来，结果把瓮给踢破了。印度的《五卷书》中也有类似的故事。在《五卷书》里，那个穷人踢破的是一个粥罐，他幻想的内容也更丰富些，但故事的基本结构与"贫人办瓮"故事是一样的。《五卷书》中的这一故事虽在汉译佛典中没有见到，但印度僧人一贯喜欢借民间故事来宣传教义，此故事在当时随着僧人的讲经而流传到中国来也是有可能的。在中印文学刚开始接触的阶段，这种移植翻版的故事也并不是没有积极意义的。作者的抄袭、模仿给中国文学输入了新鲜的血液，对中国文学的发展有着潜在的影响。实际上，这种翻版故事在不同国度、不同民族间文学相互接触、相互影响的初级阶段是一个普遍现象。如日本江户时代的作家以中国小说为范本仿作翻版小说；中国近代刚开始接触西方小说时，也不标明出处就将西方小说当作中国小说刊载。

第二类，借用佛教文学故事的部分情节，掺入本国故事中。

这种借用是在中国本土故事的原型中，根据中国人的欣赏习惯和思想观念，借用佛教文学故事的部分情节，以丰富中国本土故事的文学色彩。这里我们且举两个例子。一个是胡母班为太山府君送信给河伯的故事。《搜神记》里载，胡母班从泰山旁边经过，被太山府君（中国的冥间之

---

① "鹦鹉救火"故事见于好几部汉译佛典中，最早见于吴康僧会译的《旧杂譬喻经》卷上，又见于苻秦僧伽跋澄译的《僧伽罗刹所集经》卷上、姚秦鸠摩罗什译的《大智度论》第十六卷"释初品中毗梨耶波罗蜜义"第二十七中、元魏吉迦夜共昙曜译的《杂宝藏经》卷二"佛以智水灭三火缘"。

主)召见,托他送信给女婿河伯;胡母班遵照太山府君的嘱咐,来到河边,一边敲打船只,一边呼喊河伯侍女的名字。一会儿,果然有一女仆出来,取了信去。后来,女仆又出来告诉胡母班,说河伯要见他,并请他闭上眼睛,于是胡母班就到水府中去了。河伯设酒食款待了他,还赠他青丝履。出水府时,胡母班再闭上眼睛就出来了。这个故事完全是中国式的故事,但其中的闭目入河、出河的情节,我认为当是从佛教故事中借来的。晋人法显译的《摩诃僧律》第三十卷中商人与龙女的故事就有类似情节。故事里一个叫离车的人捕捉了龙女,穿了鼻子牵着走。一个商人见了,十分同情,以八条牛同离车换取了龙女。龙女到一池边,变为人形,对商人说要报答他的恩情,于是邀请他入龙宫。商人从龙宫返回时,龙女送给他八饼金子,然后叫他闭上眼睛,即返回自己国中。这闭目入河、出河的情节绝不是偶然的巧合,而是《搜神记》故事借用了佛教故事的情节。因为胡母班送信的故事在《列异传》里就有,不过极其简单,只有几句话:"胡母班为太山府君赍书,请河伯,贻其青丝履,甚精巧也。"而在《搜神记》里则有了较丰富的情节。在丰富情节的过程中则借用了佛教故事的情节。再一个是鬼入人腹中作怪的故事。南齐人祖冲之的《述异记》载,陶继之为秣陵令时,错杀一乐伎。乐伎死之前说她变成鬼以后必当自己诉理。不久,陶继之便梦见乐伎来报仇,跳入自己口中,又落进腹中,然后再出来。没几天,陶继之就死了。颜之推的《冤魂志》中"梁武昌太守张绚"条也有类似情节。《录异传》还载有一鬼子的故事:鬼子因为母亲骂他,从母亲的手指钻入腹中。佛经故事中类似情节记载甚多,如《经律异相》载《弊魔试目连经》:"目连夜行,弊魔化作澈影入目连腹中。目连自念,吾腹何故雷鸣如饥负担。入定观见,即谓之曰:弊魔且出,莫娆如来及其弟子。魔即恐惧,所化澈影出住身前。"《经律异相》卷一四又载《降龙经》云目连降二龙,"变身入龙目中,左入右出,右入左出,如是次第从耳鼻出或飞入其口。龙谓目连在其腹中矣"。《中阿含经》卷第三十又云:"魔王化作细形,入尊者大目犍连腹中。"《增一阿含经》卷二八记目连降龙,"化作细身,入龙身内,从眼入耳出,耳入鼻出,钻啮其身"。这些魔鬼入人腹中或目连入龙腹中的情节不仅为志怪小说所借用,也为后来《西游记》中孙悟空与铁扇公主、金鼻白毛鼠精等魔王变法打斗时所借用。志怪小说虽然还只是"借用"佛教故事的部分情节,但也促使了中印文学的沟通与融合。

第三类，故事类型的袭用。

这是指志怪作者将印度故事类型移植过来，并与本民族的环境、特点融合起来，创造出一个地道的中国故事。

比如梦幻人生的故事类型。《搜神记》载：

> 焦湖庙有一玉枕，枕有小坼。时单父县人杨林为贾客，至庙祈求。庙巫谓曰："君欲好婚否？"林曰："幸甚。"巫即遣林近枕边，因入坼中。遂见朱门琼室，有赵太尉在其中，即嫁女与林。生六子，皆为秘书郎。历数十年，并无思乡之志。忽如梦觉，犹在枕傍。林怆然久之。

这一类人生如梦的故事在佛经故事里颇多。如康僧会译的《六度集经》卷二"布施度无极章·萨和檀王经"中，说文殊师利要试一试国王萨和檀的慈心，便化作一少年婆罗门到王宫中去，求国王布施功德。他要国王做他的奴隶，王后做他的侍婢。国王答应了。王后做侍婢后还生了一个儿子，但是被杀死。故事接着写道：

> 王与夫人虽得相见，不说勤苦，各无怨心。如是言语须臾之际，恍惚如梦。王及夫人，自然还在本国中宫正殿上坐，如前不异；及诸群臣后宫采女，皆悉如故；所生太子亦自然活……

在《杂宝藏经》卷二第二十四"婆罗那比丘为恶生王所苦恼缘"中，也有这样的梦幻情节。故事记述优填王子婆罗那喜爱佛法，出家为道，在林中树下坐禅，被恶生王侮辱痛打，心中十分懊悔，想罢道归家。他向师傅告辞，师傅留他住一晚。半夜里，师傅使他做了一个梦，梦里婆罗那王子回家，父王已死，他继承了王位；于是他便发兵去讨伐恶生王，结果兵败被俘，恶生王要杀掉他，婆罗那王子很害怕，想见师傅。师傅即出现在他眼前，教训他说：我常教你不要求胜心切，你不听，结果怎样呢？婆罗那王子答应如果救下他的命，以后再不这样做了。师傅便替他去说情，求恶生王宽恕；但恶生王手下的人不肯等待，就要下刀。正要下刀之际，婆罗那王子大为惊怖，失声大喊，梦便醒了。《大庄严论经》卷一二第六十五也载有同一故事，只是更加繁复华丽，中间还插有偈语、韵文。在

《搜神记》以前，中国虽然也有记梦的故事，但这些梦的故事大抵都是讲鬼魂的，而且往往把梦当作鬼神的启示，梦醒后就要占卜，梦的内容很少成为一个比较完整的人生段落。可见，《搜神记》里人生如梦的故事是袭用佛教故事类型而来的。这种故事类型在后来的小说中常常出现，如唐人沈既济的《枕中记》、李公佐的《南柯太守传》，清人蒲松龄的《续黄粱》等，都把人生几十年的种种遭遇合缩到一梦的短促时间内完成，佛教故事对它们的影响与启发是不可忽视的。

又比如离魂的故事类型。在印度，灵魂可以离开活的躯体去游行，或者在死后，灵魂又脱离躯体而另外存在，这是很普遍的观念。康僧会译《旧杂譬喻经》卷下说：

> 昔有人死以后，神魂还自摩挲其故骨。边人问之："汝已死，何为复用摩挲枯骨？"神言："此是我故身，身不杀生，不盗窃，不他淫、两舌、恶骂、妄言、绮语，不嫉妒，不嗔恚，不痴，死后得生天上，所愿自然快乐无极，是故爱重之也。"

而在中国，对于灵魂的有无问题，却一直存在着争论，南北朝时还围绕"形灭神不灭"的问题展开过一场大辩论。而在民间，由于佛教故事的流传，人们则接受了灵魂可以离开躯体活动的观念，并把离魂视为合理的事情，因为它能更自由地表达下层人民对自由生活的追求和渴望。在刘宋时期，志怪小说里首次出现了离魂的故事，如《幽明录》的"巨鹿有庞阿者"条载巨鹿石氏之女爱上同郡容貌俊美的庞阿，因而灵魂离开躯体前去会见。这一故事类型是从佛教离魂观念衍生出来的，对于表现真挚精诚的爱情十分有利。它通过离奇的情节反映出爱情力量的伟大，虽然夸张，但又符合人物感情活动的内在逻辑。所以，唐人陈玄佑的《离魂记》、元人郑光祖的杂剧《倩女离魂》等都借这一故事类型敷衍出精彩的爱情故事。

还有因果报应的故事类型。在中国先秦时期，宗教迷信中就已有简单的报应思想。如《尚书·汤诰》说："天道福善祸淫。"《周易·坤·文言》说："积善之家，必有余庆；积不善之家，必有余殃。"《墨子·明鬼》也说："鬼神之能赏贤而罚暴。"《左传》里也有鬼魂报冤或报恩的故事。如"庄公八年"载彭生变为大豕向齐侯报冤，"宣公十五年"载魏武子妾父亲的魂结草报恩。到魏晋时期，这类故事也出现于志怪中。如《搜神记》卷二〇里的灵蛇衔珠报隋侯、爱犬沾水灭火救主人等。这些可以说是传统故事的延续。值得注意的是，同卷里还载有孔愉买龟放生、董昭救蚁、庐陵太守庞企救蝼蛄都得恩报的故事，都十分类似佛教故事。《杂宝藏经》卷四写一沙弥本当七日命终，由于他救了一群有生命危险的蚂蚁而延长了寿命。《六度集经》卷三也载菩萨前身为大管家时，在市场上买下一龟放生，后来洪水到来时，龟驾船而来救下菩萨。《阿罗现变经》里也有这样的故事。这说明《搜神记》中的报应故事与佛教故事是有一定联系的，可能就袭用了佛教故事类型。南北朝时，因果报应思想盛行，这一类故事见于志怪小说也越来越多。这对唐代以后小说、戏剧中的情节结构也有深远的影响。

从中国志怪小说对印度佛教故事形成的接受情况，我们看到不同国度、不同民族间文学的相互袭用也是有一定条件的。

苏联的亚·尼·维谢洛夫斯基说："所谓袭用，务须具备同移自外域的题材和情节相对应的题材和情节环境。"① 中国和印度的文化背景虽有差异，但在某些思想方面也有契合点，如出世思想、宿命论、报应论等。正是由于有契合点，中国人才能比较快地移植佛教故事，并且在"有意或无意中用之，遂蜕化为国有"②。对佛教故事的袭用并逐渐融化的过程，也便是魏晋南北朝的志怪小说发生变化的过程。可以说，魏晋南北朝的志怪小说是在吸吮了外来文化乳汁以后在中国文化土壤中长起来的一丛奇葩。

三

佛教故事对魏晋南北朝志怪小说的启发和影响还表现在对艺术想象领域的开拓上。中华民族本不是缺乏想象力的民族。中国原始文化中也存在着万物有灵论、原始的自然崇拜和图腾崇拜。正如马克思主义创始人所指出的，在原始宗教里宗教的感情、想象、幻想都是人类发展的高级属性，

---

① ［苏］亚·尼·维谢洛夫斯基：《历史诗学》，转引自中国民间文艺研究会上海分会编《民间文艺集刊》（第4集），上海文艺出版社1983年版，第29页。

② 鲁迅：《中国小说史略·六朝之鬼神志怪书》，见《鲁迅全集》（第9卷），人民文学出版社1973年版，第192页。

它们与原始的诗歌、神话、传说和法律、政治是同时产生的。中国古代神话里也有着丰富的想象。进入文明社会后，由于所处地理环境和农业生产方式的制约，中原民族对时间、季节相当注重。而随着以血缘关系为基础建立起来的宗法社会制度的确立，重视血缘关系的延续导致了浓厚的尚古意识，自然崇拜也逐渐为祖先崇拜所取代。于是，历史的意识有了较早的觉醒。当时的宗教仪式也带上了政治化、伦理化的色彩。过去的神话也被引向历史化，诗歌、散文被引向政治化、伦理化。中原史官文化传统的形成，也给文学的艺术想象带来了某些限制。当然，在南方及沿海地区仍更多地保留了一些原始宗教意识，如充满神话意象的楚文化和齐鲁一带充满幻想的神仙方术。汉代是南北文化的综合，独尊儒术的大一统文化政策始终想把原始文化的感性力加以理性的清除，但盛行的阴阳谶纬与神仙方术又使两汉文化笼罩在一层神学的光圈之下，保留有原始宗教的某些痕迹。因此，两汉是想象力既丰富又受到限制的时代。这从汉赋就可以看出来。汉赋的想象力的确是丰富的，围绕着某一事物，汉人从多方面伸展开想象的触角。然而，汉赋失去了楚辞那种原始冲动和神话意象，就如汉代建筑的方正而平铺一样，其想象力也是平面的、受限制的。像《子虚赋》，无非是东、西、南、北、上、下都铺叙一番，最后则寓一点规谏之意。那么，当带有泛神论意味且具有强烈宗教色彩的佛教文学故事涌入中土时，中国文学的想象力也便受到了新的刺激。

首先，佛教打破时空的观念进一步开拓了志怪小说想象的余地。

佛教的空间观念是很独特的，它论天有多重，谈地有多层，脚下的地层及海底都是一个虚空的世界，是人物活动的空间。而众生又根据自身的"业"，在"六道"（即地狱道、饿鬼道、畜生道、人道、天道、阿修罗道）中轮回转生。佛教论时间是过去、现在、未来互相打通，甚至可以将几十年所发生的事情浓缩在另一极短的时间单位里去表现。佛经里有天上之城、水中龙宫以及地狱惨状的描写。这些都是佛教大胆想象的结果。而在魏晋志怪小说里，我们也看到了中国人描写水底世界的故事，如《搜神记》卷四载有一人进入水府，河伯嫁女并赠物给他。河伯的故事是中国的土产，《天问》《九歌》中都有关于河伯的记载，并想象河伯在水下拥有漂亮的宫殿，"鱼鳞屋兮龙堂，紫贝阙兮珠宫"①。西门豹治邺的故

---

① ［战国］屈原：《九歌·河伯》。

事还说明河伯有娶妻的习惯。而河伯嫁女并赠物的故事是《搜神记》以前所未见的。这一方面是民间故事的发展，另一方面也是受到佛教故事的启发。且不论这故事当中还有所谓"施功布德""出家做道人"一类表明与佛教有直接联系的词语，就故事情节本身也与佛教故事有类似之处。前文我们曾经引到《摩诃僧律》中商人救龙女的故事，其中就有入河与龙女赠金的情节。《杂譬喻经》又载一小儿戴隐形帽、穿履水靴入海中龙宫为国王求龙女为妻，而最后龙女持金饼砸死国王并与小儿结为夫妻的故事。① 因此，很难说河伯嫁女的故事没有受到这些佛教故事的启发。

至于南北朝志怪小说里那些描写地狱以及轮回转生的故事，则更直接地来自佛教。虽然这些故事还有简单套用的现象，在思想上无甚可取之处，但它毕竟成了一种独特的幻想形式和幻想素材，为当时和之后的创作提供了幻想的基础。

其次，佛教泯灭人与动物界限的泛神论意识为志怪小说的想象提供了艺术的营养。

在印度人眼中，一切生物都有主体行为与主体意识。佛经故事里讲释迦牟尼可以转生为各种动物，而各种动物又都有自己的"业"，它们都可以成为行为的主体。在佛典里，人与动物是没有界限区分的。而中国人则往往从儒家人文道德出发，把行为主体仅仅归为人。因此，佛典原文中的行为主体"生物"（jantu，sattva）在早期的汉译佛典里往往被译作"人"，在对佛教有所了解以后，"有情""众生"这些词才开始普遍使用。② 由于印度佛教中的泛神论意识，佛教故事中的主人公往往有动物，有的想象诙诡美丽，如九色鹿、孔雀王、六牙白象、鹿女莲花夫人等故事。而中国民间故事也有动物拟人化的传统，在此基础上的志怪小说也便比较容易接受佛教故事的泛神论意识，其想象的世界由此变得更加广大。所以，我们读志怪小说中那些物精变化故事，总为它们奇异的想象所吸引。如《搜神记》中的"毛衣女""蚕马"、《搜神后记》中的"白衣素女"、《幽明录》中的獭精化为少女等故事，想象都很奇特、美丽。虽然我们不能认证其中受佛教影响的标记，但考虑到观念的影响往往是潜在

---

① 参见《经律异相》（卷四四）。
② 参见［日］中村元《儒教思想对佛典汉译带来的影响》，载《世界宗教研究》1982年第2期。

的，印度观念经过中国民间的吸收、消化，即可能转化为国有化的形式出现。

再次，佛教故事关于佛、菩萨、沙门、鬼等神通变化的幻想情节及幻想形式也给志怪小说的艺术构思提供了借鉴。

魏晋时期盛行鬼怪故事，侈谈神仙变化。由于印度佛教的传入，在鬼神队伍里便增加了佛教的鬼神，如伽蓝神、阎罗王、魔、夜叉、罗刹、饿鬼等，并出现了中国鬼与外国鬼的杂糅。亚·泰纳谢在《文化与宗教》里说："造型艺术和文学手段所创造的死亡和鬼魂形象，是想象力最强烈的印象的表露。"[①] 印度佛教鬼魂观念以及地狱观念的加入，更进一步丰富了志怪小说关于鬼神故事的艺术想象。如《幽明录》中就载阮瑜之的姐夫，死后暂生鬼道，前来帮助阮家，四五年之后又转生世间。至于佛经中佛、菩萨、神、鬼的神通变化的幻想，更是令人咋舌。佛经里说，佛、菩萨以及修行成道的僧人都是具有无限神通的，他们可以"履水如地，履地如水，作十八变"[②]，也可以"踊升虚空，于中往返"[③]，也"能动天地，变身无数，更合为一。彻视无碍，石壁皆过。譬如鸟飞，无所触碍"[④]。这些自然也给志怪小说以启发。如《旌异记》中的"沙门实公"条载有沙门从屋上孔洞中飞进或从空中飞下的故事，《幽明录》《冥祥记》里还载有不少外国沙门的神迹，如耆域、竺佛调、犍陀勒、于法兰等。这些神通变化的描写在道教的神仙变化之外又开辟了新的想象领地，并表现出某些异国情调。

四

魏晋南北朝志怪小说在外来文化的刺激下，无论在艺术构思、人物描写上，还是在叙述方式、篇幅体制上都得到了很大的发展，但是，为什么说此时期还是"无意为小说"呢？我认为，所谓"无意"，也就是说，此时期的志怪小说还没有自觉地意识到自己本身，更进一步说，就是小说本

[①] ［罗］亚·泰纳谢著：《文化与宗教》，张伟达等译，中国社会科学出版社1984年版，第31页。
[②] 《杂宝藏经》（卷四）。
[③] 《佛说兴起行经》（卷上）。
[④] 《放光般若经》（卷五）。

体论的问题没有解决。从这一时期的文学理论来看，"缘情说"的提出、文与笔的区分以及萧统编《文选》的择取标准，都已经意味着文学在认真地寻找自身、确认自身，并且把自己从经、史之中划分出来而走上独立的道路。然而，这一时期文学的概念却是不包括小说的。那么，这一时期的小说作者们是怎么认识小说的呢？

在《搜神记序》里，干宝说他的创作动机就是"发明神道之不诬"。他的创作过程则主要是"考先志于载籍，收遗逸于当时"，即主要是收集民间以及一些古代史籍中的怪异之事。由于他真实地相信鬼神的实有，并且也想让人相信鬼神的实有，所以，他在创作时"博访知之者"①，力求做到"不失实"。正如其他人评价他的那样，他的确是要做一个"鬼之董狐"②。这就是说，干宝是把自己的小说当作记录历史一样来对待的。除干宝谈到对小说的认识外，梁人萧绮《拾遗记序》也对王嘉所著的《拾遗记》做了评价，实际上也是他对小说的看法。他说，王嘉作《拾遗记》是"殊怪必举，纪事存朴，爱广尚奇，宪章稽古之文，绮综编杂之部，《山海经》所不载，夏鼎未之或存，乃集而记矣"。这种评价自然是允当的，只要看一看《拾遗记》的体例，就可以知道它采取的是一种杂史的形式，取名《拾遗记》，也是这个意思。而萧绮整理《拾遗记》也是"删其繁紊，纪其实美，搜刊幽秘，捃采残落，言匪浮诡，事弗空诬。推详往迹，则影彻经史；考验真怪，则叶附图籍"。萧绮也是把小说附会历史并强调事件真实的。

干宝与萧绮的看法不能说是已经对小说创作有了自觉意识，因为他们并没有自觉地认识到小说的真正价值（审美）和本质特征（虚构），所以也就更谈不上将小说作为独立的文学体裁来对待了。

出现这样的小说看法，大致有以下四个方面的原因：

第一，先秦两汉神话、传说、历史彼此不分的传统的影响。先秦两汉时期，由于中华民族历史意识的早熟，往往将神话历史化，将传说历史化，因此，在一些正史里也纳入了神话与传说的材料，如《左传》记载了卜梦、鬼魂等怪诞不经的神怪之事，《史记》将传说中的黄帝等写入书内，《汉书》的《五行志》也记录了一些灾祥怪异的事情。不管当时作史

---

① ［东晋］干宝：《进搜神记表》。
② ［南北朝］刘义庆：《世说新语·排调》。

的人这样做的动机是什么,它所起的客观效果是使人将神怪之事不自觉地当作信史来接受。由于这一传统,魏晋南北朝时期的志怪作者记录下一些被正史遗弃下来的怪诞材料,并声明这些都是真实可信的事情,是很自然的。而在这种传统熏陶下的读者,在心理上也极易接受这种志怪的记录。

第二,魏晋南北朝造作杂史、杂传风气的影响。魏晋南北朝时期,撷拾传闻,造作杂史、杂传的风气十分盛行。《隋志》杂传类著录各种杂传,为六朝人所作的有145种。其中,有帝王的传记,如《帝王本纪》《汉武内传》《汉武洞冥记》等;有神仙的传记,如《仙人许远游传》《西王母传》《葛仙公别传》等;还有描写高士和高僧的《高士传》和《高僧传》。在这种风气之中,为鬼神列传,将志怪看作历史的一支也便不奇怪了。

第三,先秦两汉小说概念的影响。先秦两汉有"小说"这一名词,但其概念的内涵与魏晋南北朝以及唐代以后的小说概念都不一样,也与现代小说概念相去甚远。但既然先秦两汉有"小说"这一说法,也便对魏晋南北朝的志怪小说观念有一些影响。先秦时,庄子讲"小说","饰小说以干县令,其于大达亦远矣"①。庄子说的"小说",指的是那些不符合道家"至人无己、神人无功、圣人无名"思想的各家学说。在庄子看来,那些都是些浅薄的学说,离大"道"至"道"甚远,想用这些去求取高名美誉是根本不行的。汉代桓谭也提及"小说"一词。他说:"小说家合丛残小语,近取譬论以作短书,治身理家,有可观之辞。"② 他所讲的"小说",是指那些不合圣道的庸浅之论。所谓"丛残",师事桓谭的王充在《论衡·书解》中曾引他人之语解道:"……穿凿失经之实传,违圣人之质,故谓之丛残,比之玉屑。"而"短书"则指一切非经典的书籍。汉人称经书以外的书为"短书",因为两种书所用的简有长短之别。班固《汉书·艺文志》将小说这家置于诸子中最后一家,认为小说家最不足观,因为其他九家"虽有蔽短,舍其要归,亦六经之支与流裔",只有小说家是没有六经宏旨、不达圣意的浅薄之论。魏晋以后,经学虽然衰微,但儒家思想并非完全退出,这种重圣道、重经典的意识仍植根于人们的深层意识中,因而影响到小说作者对小说本身的认识。所以,尽管魏晋南北

---

① 《庄子·外物》。
② [汉] 桓谭:《新论》。

朝的志怪小说十分发达，参加收集志怪故事的人也很多，但他们也还是把志怪小说看作"微说"而已。① 他们虽然也认识到小说有观赏的价值，可以"游心寓目"，但同时又把它"广见闻"的价值提得很高。由于这样的认识，志怪小说始终没能作为一种文学体裁堂而皇之地进入文学的圣地。

第四，早期哲学本体论的制约。这是魏晋南北朝时期小说本体论没有解决的重要原因。中国早期哲学（从先秦到两汉）对世界本体的探讨是缺少玄想的。在中国早期哲学中，现象和本体之间的关系并不是截然分开的，它不像西方的此岸世界与彼岸世界一样，其间存在着不可逾越的鸿沟。《尚书》所开创的世界由"五行"（水、火、木、金、土）构成的传统，一直统治着对世界本体的探讨。而"五行"说是把世界的构成具体化、实在化，它认为世界的本体通过具体现象（"五行"）就可以把握。老子的本体论"道"看起来似乎有些玄想的成分，但"道"又是"有物混成"②的，"道之为物，惟恍惟惚。惚兮恍兮，其中有象。恍兮惚兮，其中有物。窈兮冥兮，其中有精。其精甚真，其中有信"③。这个"物"中的"精""象"也是真实存在着的东西，只是这种"精"还处于混沌状态而已。宋、尹学派则进一步明确地说这种"精"就是"气"，"道"也就是"气"。④"气"也是一个似虚而实的概念，那么，由"气"组成的宇宙也便是一个真实存在的实体。这种宇宙本体论的认识到两汉时仍然持续着，《淮南鸿烈》中的宇宙本体论就是如此，"道始于虚廓，虚廓生宇宙，宇宙生气，气有涯垠"，"天地之袭精为阴阳，阴阳之专精为四时，四时之散精为万物"⑤。正是在此基础上，中国哲学强调"天人合一"，讲究天人感应，再进一步则是把对本体的探讨与人事结合起来，导致了哲学的政治化、伦理化和务实化。由于早期哲学的这些特性，中国人的思维方式表现出重实际而少玄想的特点，对于与社会和人事距离较远的事则不愿去探讨，"六合之外，存而不论"，"未知生，焉知死"。所以，一位美国学者说："特别应该强调的是（如果把盘古神话除外）中国可能是主要的

---

① ［东晋］干宝《搜神记序》云："今粗取足以演八略之旨，成其微说而已。"
② 《老子·二十五章》。
③ 《老子·二十一章》。
④ 参见《管子·内业》篇。郭沫若先生认为《管子·内业》篇是宋、尹学派的文章，此处采用郭说。
⑤ 《淮南子·天文训》。

古代文明社会中唯一没有真正的创世神话的国家。中国哲学中也有类似情况。中国哲学历来对人类的彼此关系以及人对周围自然的适应特别关注，而对宇宙天体的起源却兴趣不大。"① 即使是盘古这样的创世神话，也不像西方的上帝一样立于世界之外，以意志去创造万有，而"文学艺术的想象是紧密联系着创世这个本质论上的问题的"②。在早期哲学本体论的制约下，中国叙事文学的本体也便不在于虚构与幻想，而仅仅在于记录真事。魏晋南北朝的志怪小说就是这样。这里可以举两个受到牵制的明显特征来说明。一个是它用阴阳五行理论去解释鬼神和物精的变化，把鬼神、物精都当作因为精气或五行的变化发生错乱才产生的实有事物，如干宝《搜神记》卷六的"妖怪论"和卷一二的"变化论"就是这么看的。另一个是它在记录故事时往往要强调"某某人说""某某人见"之类，即不管故事中是否有虚构，但作者的记录是有凭据的，总是力图给人造成一个真实可信的感觉。他们并不理解文学意义上的真实与虚构的关系，以为记下真事（哪怕是听来的）就是真实，而虚构的则一定是非真实的。正因为小说本体论没有建立，魏晋南北朝的志怪小说作者只能将志怪小说附着于历史，而不能意识到其可以成为一种独立的文学体裁。同时，这也导致了这样一种现象出现，即魏晋南北朝志怪小说的创作极为繁荣，却没有一个文艺理论家去对志怪小说进行研究，更谈不上理论总结了。

然而，魏晋南北朝的志怪小说也并非没有建立小说本体论的基础。随着印度佛教故事的输入，佛教故事里所包含的哲学本体论思想也介绍了过来。佛教哲学认为世界是虚幻不实的，它虽然也讲世界由"四大"（地、水、火、风）这些物质构成，但又从因缘论出发，认为"四大皆空""诸法皆空"，如龙树所说："未曾有一法，不从因缘生，是故一切法，无不是空者。"③ 佛教的大乘般若经典常爱用"如梦如幻"来说明事物的虚妄不实。如《道行般若经》卷五"分别品"云："诸法空，诸法如梦，诸法如一，诸法如幻。"《放光般若经》卷二"本无品"云："五阴如梦、如响、如光、如影、如幻、如炎、如化，终始不可得。"鸠摩罗什译的《大

---

① ［美］杰克·波德著：《中国的古代神话》，程蔷译，见中国民间文艺研究会上海分会编《民间文艺集刊》（第2集），上海文艺出版社1982年版，第299页。
② ［美］维克多·H. 麦尔著：《中国文学的叙事体的变革：本体论的假定》（上），杨义译，载《文学研究参考》1986年第6期。
③ 龙树：《中论》（卷四）。

品经》卷一云:"诸法如幻,如焰,如水中月,如虚空,如响,如犍闼婆城(即海市蜃楼),如梦,如影,如镜中像,如化。"这就是著名的"大乘十喻"。佛教看待世上一切众生(人物、动物)亦是如此。如鸠摩罗什译的《维摩诘所说经·观众生品》云:"尔时文殊师利问维摩诘言:菩萨云何观于众生?维摩诘言:譬如幻师见所幻人,菩萨观众生为若此;如智者见水中月,如镜中见其面像,如热时焰,如呼声响,如空中云,如水聚沫,如水上泡,如芭蕉坚,如电久住……如空中鸟迹……如梦所见已寤……如无烟之火,菩萨观众生为若此。"鸠摩罗什在解释什么是"法身"时也说:"佛法身者,同于变化。……如镜中像,水中月……幻亦如是,法身亦然。"① "法身可以假名说,不可以取相求。"② 而小乘佛教恶取空一派也认为蕴、处、界三科都是主观因缘条件互相作用的结果,是变化无常的,人由五蕴和合而成,是没有真实实体的,是虚无的,由此推及"四大"是空无所有。这仍然还是断定世界是虚妄不实的。

正是因为受这种视世界为虚妄不实观念的支配,印度人对于历史也是不注重的。印度虽然很早就出现史诗,但并不注重对历史的准确记载,"没有比印度人的年代记载更纷乱、更不完全的。没有一种民族在天文学、数学等方面已经如此发达而对于历史学却如此之无能"③。可以说,古代印度是没有历史观的。而这一些反映到文学上,就是把文学所描写的一切都视为假定、虚幻,文学不是为了记录什么、表现什么,而不过是创造某种幻影,就像幻术所做的一切。所以,在印度文学中常常出现"化身""化城""梦幻""幻影"等故事,作品中的一切人物、动物都被看作一种假定,他(它)们做什么、怎么做都是作者心的创造。在印度人的观念里,文学就是虚构与幻影。这种文学本体论便产生了印度大胆的文学幻想和丰富的想象力。那么,在魏晋南北朝时期文人喜爱佛教文学故事并有意或无意吸收的过程中,实际上便在无意识中将印度文学的本体论也接受了,其艺术虚构的意识也受到了新的刺激。于是,在魏晋南北朝的志怪小说里,尤其是梁、陈时期的志怪小说里,有些故事已具有较长的篇

---

① [姚秦]鸠摩罗什:《罗什大义·答真法身义》。
② [姚秦]鸠摩罗什:《罗什大义·答三十二相义》。
③ [德]黑格尔著:《哲学史讲演录》(第1卷),贺麟、王太庆译,商务印书馆1978年版,第132页。

幅，情节也较复杂曲折，人物以及故事都很完整，而且看得出已经是在"作意好奇"了。如《续齐谐记》的"赵文韶"条、《冥祥记》的"沙门慧达"条等，就是放入唐代传奇中也可以等而观之。因此，在佛教文学故事的刺激和促进下，魏晋南北朝时期的志怪小说为唐代传奇的出现，即中国小说发育成熟时期的到来，打下了良好的基础。

（原载《文学遗产》1989 年第 1 期）

试论佛教美学思想

佛教——这一东方世界的精神之花，包含着丰富的美学思想。由于它的存在，东方美学园地显得更加博大深远。笔者不揣冒昧，涉入佛教美学领域，在领略若许风光之余，将粗浅所得加以整理发表，以求教于明哲。

一、美是幻影

要说佛教不注重美，是说不过去的。在佛经里，我们常可见到一些美的描写。如对理想国犍陀越城的描写：

> 其城纵广四百八十里，皆以七宝①作城，其城七重，其间皆有七宝琦树；城上皆有七宝，罗縠缇缦，以覆城上；其间皆有七宝交露间垂铃。四城门外，皆有戏庐。绕城有七重池水；水中有杂种优钵莲华、拘文罗华、不那利华、须犍提华、末愿犍提华，皆池水中生间。陆地有蘹蓟华。如是众华，数千百种。②

对菩萨、比丘以及魔女的描写，也极尽美的刻画之工：

> （善现比丘）形貌端严，颜容姝妙，其发右旋，如绀青色；顶有肉髻，身色紫金；其目长广，如青莲华；唇口丹色，如频婆果；颈项圆直，修短得所；胸有德字，胜妙庄严；七处平满；其臂纤长，手指缦网，金轮庄严。③

---

① 佛经中对"七宝"的说法不一，《无量寿经》中以金、银、玻璃、琉璃、珊瑚、玛瑙、砗磲为"七宝"。
② 《道行般若经·萨陀波伦菩萨品》。
③ 《华严经·入法界品》。

但是，佛教从其哲学本体论出发，又从根本上彻底否定了一切的美。

按照佛教哲学对世界本质的看法，世间的一切存在，无论是自然还是人生，无论是世尊还是涅槃，统统都是虚幻的、无意义的。佛教从"缘起性空"理论出发，认为世界上的万有是没有本质的，它依缘而起，而无自性，"未曾有一法，不从因缘生，是故一切法，无不是空者"①。这种没有"自性"的世间诸有（法、相）便是一种似有而无的东西，正如《金刚般若经》所云："一切有为法，如梦幻泡影，如露亦如电。"鸠摩罗什译《维摩诘所说经》也说："（观众生）如智者见水中月，如镜中见其面像，如热时焰，如呼声响，如空中云，如水聚沫，如水上泡，如芭蕉坚⋯⋯"所以，在佛教哲学那里，不仅"四大"（地、水、火、风）皆空，众生（指一切生物）皆空，菩萨与佛亦空，连佛教的最高境界"涅槃"也是空的。这种目空一切的理论最集中的体现就是《大品经》所说的"十八空"。"十八空"不仅空掉了内部"六根"（"内空"），也空掉了外境"六尘"（"外空"），"空空"空掉一切诸法，"大空"还要空掉十方世界，到"第一义空"时空掉成佛的极致"涅槃"。那么，从这种哲学本体论引发出来的美的观念，也便是视美为空。因为"四大"皆空，自然界的美便是一种幻影；因为众生皆幻，美的动物（如美丽的九色鹿）、美的人体（如容貌姝好的妇女）便是一种幻影；因为"涅槃"（佛教中最高、最美的境界）亦空，世上便没有什么美的境界可言了。总之，佛教视美不过就是一种幻影。

美是虚幻的影子，这可以说是佛教美学思想的"第一义"。

然而，正如任何唯心主义美学一样，面对摆在眼前的活生生的美的客观现实，佛教美学也不得不在认识方法上玩弄技巧，以解决现实与观念之间的矛盾。这种认识方法来自佛教哲学的"非有非无"认识论。佛教将世界视为空、无，但对世界的万有如何加以虚化，就采用了一种"非有非无"的双遣双诠法。以龙树为代表的中观派就是以此法来抹平"万有"与"空无"的矛盾的。"中观派认为世界上的一切事物以及我们的认识，甚至包括佛陀、涅槃等等都是一种相对的、依存的关系（因缘、缘会），一种假借的概念或名相（假名），它们本身并没有独立的实体性或自性（无自性），所谓'众因缘生法，我说即是空（无），亦为是假名，亦是中

---

① 《中论·观四谛品》。

道义'。只有排除了这种因缘关系,亦即破除了执着名相的'边见',才能达到最高的真理,达到空或中道。"① 从因缘而生否定了事物的独立实体,只将事物看作一种"假号",事物便不是真实的存在。"若有不自有,待缘而后有者,故知有非真有;有非真有,虽有不可谓之有矣。"② "故知万物非真,假号久矣。"③ 这便将主观与客观混为一谈,从而填平了主和客、有和无之间的鸿沟。这种泯灭主和客、有和无界限的方法,同时也体现在佛教对空理(本质)的认识上。佛教认为,体认空理(本质)得从色(现象)入手,根据其"有不自有""色不自色"的基本出发点,即色悟空,也便是把色当作体认空理的媒介。空是一,色是多;空是永恒,色则表现为变迁的各种形态的万有。因此,世界万有都是空理的表现。"青青翠竹,总是法身;郁郁黄花,无非般若。"④ 佛教美学也正是从这样的认识方法出发,承认世界上有各种各样的美的形态,有美的山河大地,有美的城市,有美的人物、动物、植物,并对它们做了具体细微的刻画。虽然这种现实的美在佛教看来是次要的,只不过是佛性或空理的体现而已,但是,由于强调即色悟空,讲究从观照自然当中证悟空理,因而也在一定程度上注意到了现实中的美的现象,并且将美的观念转移或折射到了现实的美的现象上。这种观照自然应该说也是一种审美实践活动,客观上起到了注重现实美、促使人的审美能力发展的作用。僧肇说:"然则道远乎哉?触事而真。圣远乎哉?体之即神。"⑤ 佛教禅宗则强调从日常生活实践中悟道,而且往往由自然风物的触发而领悟佛理;魏晋南北朝时期的佛教僧人(如支遁、慧远等)游山玩水,并对山水诗产生起到推动作用。这些都说明佛教还是注重客观美的现象的。

从上述的分析来看,我们可以这样说,佛教美学对美是抽象否定而具体肯定的,在总体上则视美为幻影。这大约就是佛教美学大量地描写了美,而且也强调面对自然的美,最后却看不到它承认了美的原因。

有的研究者把佛教美学关于"美是幻影"的理论看作与柏拉图的美

---

① 黄心川:《印度佛教哲学》,见任继愈主编《中国佛教史》(第1卷),中国社会科学出版社1981年版,第542页。
② [东晋] 僧肇:《不真空论》。
③ [东晋] 僧肇:《不真空论》。
④ [唐] 慧海:《大珠禅师语录》。
⑤ [东晋] 僧肇:《不真空论》。

是"影子的影子",以及黑格尔的"美是理念的感性显现"一类唯心主义美学理论相类似的东西。如果从纯哲学的角度来看,它们的确有共同之点,那就是它们都否定客观世界的真实性,而把理念(理式、空理)看作最高的原则,一切均从理念敷衍而出。但是,佛教美学的理论却与柏氏、黑氏的理论有极大的区别。第一,"美是幻影"说不承认"模仿"说(哪怕是把客观世界看作理念世界的模仿也好),它认为客观世界完全是一种"心造"的幻影,感性世界完全是虚空的,"万法唯识","诸法皆空",甚至连理念本身也是空的。这与柏氏、黑氏把理念世界看作真实的迥然不同。可以说,这是东西方宇宙论的不同,是难以类比的。第二,"美是幻影"说还与对人生、对社会的看法紧密联系。佛教把人生看作苦海。主张人在现实世界里应该彻底禁欲,通过苦修去获得解脱,而解脱的办法就是将世界及人生虚幻化。所以,佛教美学对美好的世界与人生抱有一种敌视的态度,甚至用一些戒律强迫人们把美的看作丑的,例如用"九想"去破"六欲",就是把美好的人体想象成膨胀腐臭的死尸甚至是一堆白骨,就连世间最美好的女性身躯也不过是"革囊盛血",污秽难近。这种强行视美为丑的禁欲主义的做法,在柏氏、黑氏的理论里是没有的。相反,对感性世界里美的生命,他们不但不强行抹杀,而且还相当重视,尤其是黑氏,对灌注了理念的感性生命还加以礼赞,把活的生命当作自然美中的最高层次。可以说,"美是幻影"说与柏氏、黑氏理论的基本出发点也是截然相反的。

二、美是体验

佛教领悟空理的方法是即色悟空。佛教认为,实相是不可知的,涅槃是不可至的,要获取它们,只能是"觉"或"悟"。"玄道在于妙悟,妙悟在于即真。"① "真如""实相"以及"涅槃"如果已经获得,就叫作"觉行圆满"。这种"觉"或"悟"完全是属于心理学领域里的一种意识活动,它排除一切逻辑推理和语言论证,而只注重人的感官的直觉运动。所以,佛教十分重视人的心理作用。在其所谓"五蕴"论中,人的心理部分——受(感受)、想(想象)、行(意志)、识(意识)占五分之四,

---

① [东晋] 僧肇:《涅槃无名论》。

而生理部分——色只占五分之一。它的"六根""六境"理论也是强调"六根"（眼、耳、鼻、舌、身、意）对"六境"的接触与感受的。佛教哲学尽管始终把人的认识当作全部精神活动和心理活动的整体，但是，这种认识活动的过程却仅仅局限于直觉范围。它从直觉出发，而终极目的仍然还是直觉。当然，起点的直觉与终点的直觉是不可同日而语的，前者起于"无明"，后者则排除了"无明"，前者执着于"我"，后者则破除了"我执"，而终点的直觉是一种意识所达到的最高境界。在这一境界里，人无欲无虑，无牵无挂，物我同一，生死齐一，超然世外，处于一种完全无功利或不为任何利害所动心的境界，只为至高无上的佛理、真如所感动，沉浸其间，如醉如痴。这就是获"道"成"佛"的极致，也是进入最高审美境界的极致。而在这整个过程中，自始至终只有体认与觉悟，而没有逻辑推演与论证。正是因为这样的特点，佛教美学也便是一种地地道道的体验美学。它真真切切地告诉人们：美是体验的。

这种体验美学的一个最有代表性的实例，莫过于"拈花微笑"了。释迦牟尼拈花示众，众皆默然，唯有迦叶破颜微笑。释迦所拈之花，我们可以看作一种美的象征。而对这种美的传达以及领悟都不靠语言文字，只靠"花"以及"拈花"这一具象作为中介。迦叶破颜微笑，释迦便认为他已把握了真理（当然同时也是把握了美），就要将正法眼藏等付嘱迦叶，他无非是认为迦叶已掌握了所谓的"涅妙心"与"微妙法门"。这种"妙心"与"法门"就是一种不依文字、不假思索的直觉体验。迦叶之笑是会心的微笑，这表示他已经对释迦之意心领神会，也表明他已经完成了一次直觉认识的飞跃。这便是"悟"，是佛教体验美学的特殊心理活动，是一个始终带有"直觉地"这一特性的心理运动过程。

因为始终不离直觉，佛教体验美学中的"妙悟"也便具有了如下一些特征：

（一）直觉观照

要达到一种直觉的领悟，首先就需要直觉的观照。直觉观照是为直觉领悟做准备。直觉观照的对象是具体的事物，或自然山水，或花草，或日常生活用品，或人的形体动作等。因为按照佛教的法身理论或佛性理论，法身就分身在世间的一切事物上，佛性蕴藏于每个人的本性中。到了禅宗后期，甚至认为无情之物也有佛性。因此，要"证悟理体"，获取法身、佛性，就要观照一切自然，而且只能是直觉地观照，容不得做任何理性的推断。在这里，任何语言都是不起作用的。"一切法实性，皆过心，心数法，出名字语言道。"① "法名无思无虑，无相无作，无忆无念，净妙无缘，无有文字，亦无言说，不可显示。"② "观一切法，空如实相……如虚空，无所有性，一切语言道断，不生不出不起，无名无相，实无所有，无量无边，无碍无障。"③ 面对无形而可感、"匪质匪空"的法身、佛性，靠语言和概念去做理性的论证是不可能的。"言语道断，心行处灭"，唯一的通道就是直觉。而且，从直觉观照到领悟，其间的中介只能是事物的具象。如果参悟者具有慧根，遇物而触，得到启示，便可以使智慧与真谛契合无间，在刹那间"见谛""悟道"。唯此故，佛教美学的审美观照就特别注重事物的具象，也便尤其注重形象的塑造。

（二）舍筏登岸

虽然佛教注重具象，但是具象也只是"妙悟"过程中的"筏"而已。要悟得真理，还必须"舍筏登岸"，丢掉借以悟道的具象，跳出一般的思维规律，舍象求意。这便是"活参"。如果死扣具象，见山是山，见水是水，而对此山此水的深层蕴意和象外之意无所领会，那便是"死参"。比如迦叶见世尊拈花而笑，如果迦叶所得不过是莲花一枝的话，那便太辜负世尊了，其笑之所以是会心的笑，就在于他从世尊的动作中参透了世尊的用心：传道不用文字，即"不立文字，教外别传"。又比如智闲和尚"一日芟除草木，偶抛瓦砾，击竹作声，忽然省悟"，则是他从瓦砾击竹作声之中，觉悟到世间一切事物都是虚空的，就如击竹而发出的声音一样，无踪无迹。而志勤禅师"见桃花而悟道"，则是他见桃花几回落叶又抽枝，从而悟得佛教的因果轮回原理，地火水风，成环轮转，人有生老病死，在六道中轮回，而只有"真如"这一根蒂神识永恒存在。因此，从具象入手又不局限于具象，通过联想获得新的启示，悟得佛理，这就是佛教体验美学不同于一般思维的地方。这也就相当于中国古典美学里常说的"彻悟言外""彻悟象外"，它所追求的是"言外之味""象外之象"。

---

① 《大智度论》（卷一〇〇）。
② 《华手经·法门品》。
③ 《法华经》。

所以，在佛教典籍里，佛祖讲了许许多多的故事，他绝不是为讲故事而讲故事，而是每一个故事都有其寓意的，领会它，也便领会了佛祖所讲的真理。一旦得到真理，故事就可弃去了。那若干的譬喻故事也不过是"筏"。

另外，这种"妙悟"的"舍筏登岸"，还需要一种反常的思维，即把事物的具象从反面加以理解，然后抛弃。比如马祖道一在衡山坐禅，其师怀让则取一砖在石上磨。道一问他磨砖做甚，师答做镜。道一不省，还道："磨砖岂能成镜邪？"这便是缺乏反常的思维。怀让所为，无非是给道一以启示，磨砖既不能成镜，坐禅岂可能成佛？不凭智悟，只坐禅则是杀佛，不是成佛。这种"妙悟"的方式对参悟者的要求就更高了。

（三）个体性的体验

由于这种直觉体验不凭文字、语言、概念，因此其体验过程与体验结果就只能是个体性的。迦叶见世尊拈花而会心微笑，他的体验只是他个人的，而其他众徒无法知道。他的微笑之所以得到释迦首肯，是因为他的体验与佛之真理契合。佛教对这种个体性体验曾有非常形象的说法，叫作"如人饮水，冷暖自知"①。体悟真如佛性，犹如人饮水，冷热程度只有本人才有真切的体验与感受，他人无法取代，自身也无法给人以明确的传达。这种"饮水自知"式的个体性体验，禅师们曾将其誉为"一等学禅"。

佛教体验美学的这一特征并非是宣传神秘主义。在审美过程中，产生某种"只可意会，不可言传"的体验是经常出现的。只要是丰厚而有深刻意义的美，它的指向定是多方面的，它能够唤起审美者的美感，使审美者沉醉，却无法用语言表达，甚至也是无法用概念与语言去加以理解的。正如康德所说："所谓审美理念，是指能唤起许多思想而又没有确定的思想，即无任何概念能适合于它的那种想象力所形成的表象，从而它非语言

---

① 《坛经》载：慧明和尚向慧能求法。"慧能云：'汝既为法而来，可屏息诸缘，勿生一念，吾为汝说。'明（慧明）良久。慧能云：'不思善，不思恶，正与么时，哪个是明（慧明）上座本来面目？'慧明言下大悟……曰：'慧明虽在黄梅。实未省自己面目，今蒙指示，如人饮水，冷暖自知。'"《宛陵录》载黄檗断际禅师亦云："一等学禅，莫取次妄生异见，如人饮水，冷暖自知。"

所能达到和使之可理解。"① 因此，这种个体性的体验是存在的，也是合理的。

(四) 重视机缘的触发

佛教讲妙悟，曾有两种不同的悟法，一种是渐悟，一种是顿悟。渐悟说主张参悟者在直觉观照中有一个渐修的过程，累积日多，便会彻悟。顿悟说则主张参悟者的直觉运动是在刹那间完成的，只要参悟者有慧根灵性，用大智慧观照一切，便能在刹那间与真理契合，立地成佛、见道。这两种参悟方式，看起来是有很大区别的，但实质上并不矛盾。从渐悟的累积过程到最后的彻悟，同样有一个刹那间的飞跃时刻。而顿悟的产生也并非排斥平日的积累，实际上也来自平日里的一种自觉的、有意识的追求，只不过发生时带有一种偶然突发性而已。由于参悟的过程主要是主体心理的一种直觉运动，是具象与具象之间的推演，因而非常需要借助某种机缘的触发，来使具象与具象之间发生撞击，从而产生心灵的火花。而这种使具象与具象之间发生联系与撞击的心理机制，则主要是联想这样一种直觉的心理活动。比如，志勤禅师之所以能"见桃花而悟道"，是因为他平日里见桃花几回落叶又抽枝的现象积累渐多，而"这一日"又见桃花，有所触动，从而联想起事物的生生灭灭，悟出佛教轮回之理。《鹤林玉露》中曾载一女尼诗云："尽日寻春不见春，芒鞋踏破陇头云。归来笑拈梅花嗅，春在枝头已十分。"由于有尽日寻春的孜孜追求，因此最后才会因为梅花的触动而悟得春已来临。用此来比喻对佛理的妙悟过程是十分贴切的。

三、虚构与夸饰

佛教哲学视宇宙为虚空，并断定世界是虚妄不实的。世界之所以产生，是由于心之所造。"一切法皆从心生。"② "心生种种法生，心灭种种法灭，故知一切诸法皆由心造。"③ "夫百千法门，同归方寸；河沙妙德，

---

① [德] 康德著：《判断力批判》，宗白华译，商务印书馆1964年版，第160页。
② 《五灯会元》（卷三）。
③ 《黄檗断际禅师宛陵录》。

总在心源。"① 世界之所以还可见可感，只是因为它还是一种"假有"，不过它不是真有，而是一种"假号"。"譬如幻化人，非无幻化人，幻化人非真人也。"②

受这种"三界唯心"、世界虚妄不实观念的制约，佛教美学尤其注重虚构与夸饰。这是佛教美学的又一鲜明特征。

与基督教、伊斯兰教相比较，佛教典籍对佛教教祖的历史记录甚少，也很少记载佛教历史上的真实人物与真实事件。佛祖所讲的大量的故事，也都是佛祖为宣传教义所做的虚构。而在《圣经》与《古兰经》中，人们却可以寻找到基督耶稣与真主的使者穆罕默德的一些真实的历史。勒兰德·莱肯说，"圣经文学作者们往往描写真实的、历史性的人物"，并且"通常把他们的人物放在某一真实的历史背景中来描写"。③ 这便与佛经文学的处理大相径庭。

再拿《圣经》中的乐园与佛经中的净土意象做比较。尽管这两者都是宗教教徒们心目中的理想境地，都不是真实的，但《圣经》中的乐园描写却更具人间意味，对亚当与夏娃的描写是一幅质朴动人的景象。它写园中的树和果实，基本上是人间园地的折射，"耶和华上帝使各样的树从地里长出来，可以悦人的眼目，其上的果子好作食物"④。佛教对净土的描写则显出极大的虚构性，如《佛说观弥勒菩萨上生兜率天经》对"兜率净土"的描绘，简直就是想入非非：

尔时兜率天上，有……五百亿宝宫，一一宝宫有七重垣，一一垣七宝所成；……宝色有五百亿阎浮檀光，一一阎浮檀金光中出五百亿诸天宝女，一一宝女住立树下，执百亿宝无数璎珞，出妙音乐。……一一垣墙高六十二由旬，厚四十由旬，五百亿龙王围绕此垣，一一龙王雨五百亿七宝行树，庄严垣上。……四十九重微妙宝宫，一一栏楯万亿梵摩尼宝所共合成；诸栏楯间自然化生九亿天子、五百亿天女……诸女自然执众乐器，竞起歌舞。

---

① 《五灯会元》（卷二）。
② [东晋] 僧肇：《不真空论》。
③ [美] 勒兰德·莱肯著：《圣经文学》，徐钟等译，春风文艺出版社1988年版，第20页。
④ 《圣经·创世纪》第2章第9节。

《佛说弥勒下生经》描写弥勒净土则是：土地平整，如镜一般明净。人们想大小便时，地自然开，便完地自然合，毫无秽恶。地内自然生稻米，且无皮壳，极为香美。各种金银珍宝散落在地也无人去拾。更奇的是，树上自然生长衣服，极细极柔软，人们取下来就可以穿。这样的净土已丝毫没有人间的影子了。佛教为了宣传教义，吸引人们皈依，对净土理想是随意加以虚构的。

  同时，不同于基督教的一神论，佛教有时又透露出泛神论观念。佛教没有创世说，但认为佛的法身可以体现在世间一切事物上，佛可以任意化身，一时是神，一时是人，一时是动物。佛本生故事就是讲佛祖为菩萨修炼时，做过各种动物、神、王、人的因缘故事。因此，在佛教文学艺术中，人与动物没有界限，位置可以随意变换。这便导致佛教美学里虚构意识极为强烈。

  既然诸法皆幻，世界皆空，那么，在虚构的艺术描写中，任意夸张，便成为正常的事情，佛教戒律中虽然有"不妄语"一条，它主张不花言巧语，不说虚情假意的话。但是对于宣传佛教教义以及佛教中的理想境界，做一些大胆而不切实际的夸张与幻想，佛教又是允许的。佛经里说的无色界第四天，就是一种"非非想"，即一种非一般思维可了解的境界。于是，那些想入非非的描写并不是妄语，而是佛教徒出于虔诚之心的想象，不管怎么夸饰，也是不过分的。可以说，佛教美学在夸饰方面是不遗余力的。比如，为衬托佛的伟大，说佛的面相有"三十二相""八十种好"。佛有"千百亿化身"，可以变化为种种身；佛与菩萨也有无限神通，上天入地，入水出火，隐形，穿石壁无所触碍；能令三千大千世界纳入一毛孔，一毛孔容纳数世界；说饿鬼的数目，则有三十六种，有食气鬼、食水鬼、食法鬼、食血鬼、食肉鬼、食香鬼、食粪鬼、食炭鬼、食风鬼、食毒鬼等；为形容时间极长，就用"万劫"（一劫的时间是世界若干万年毁灭一次又重新开始的一个周期）；为形容时间之短，则说是"一刹那"（佛经里说一弹指顷有六十刹那）；为形容佛祖教化范围的广大，则是三千大千世界；为形容无限多，则用"无数恒河沙"来比喻，极尽夸饰之能事。

四、推崇完美

佛教的思维是十分注意辩证地看问题的，而且非常强调调和、折中，力求取得一种和谐、完美的效果。佛教里说的"不二法门"，就是通过清静去欲与智悟，将对立的两极加以消除，如将有漏与无漏、有为与不为、世间与出世间、生死与涅槃等对立的两极界限抹去，以达到高超、玄妙的"不二"境界。这时，烦恼即菩提，生死即涅槃，世间就是出世间，出世间也就是世间。这便可以获得大解脱。《维摩诘经》就大肆宣扬这种"不二法门"。龙树的中观理论，主张非有非无，提倡中道，"众因缘生法，我说即是无，亦为是假名，亦是中道义"①，也是为了泯灭存在与本质、主体与客体之间的界限，是一种折中思维。到天台宗，则有"一心三观"法，认为心可以从空、假、中这三方面去看待事物现象，认为它们是互不妨碍、相即相通的。空、假、中三层义理在任何境界上都有，随举一法，既是空，又是假，又是中，这就是用圆到的看法去看，所以又叫作"三谛圆融"。华严宗也强调"理事无碍"和"事事无碍"的圆通理论。

这种推崇完美的观念还表现在对成佛与进入涅槃的称谓上。佛，是梵语 Buddha 的音译，意译就是觉行圆满。成佛的标志是要达到两点，即自觉与觉他。达到这两点，就具有了一切种智，也便是觉行圆满，即他的智慧和功行都达到最高、最完美的境地。涅槃，是梵语 Nirvana 的音译，其义是圆寂。也就是说，修行者进入这一境界，就是智慧福德都取得了圆满的成就，进入了永恒寂静、最和谐、最安乐的境地，得到了完全的解脱。这也是一种完美。

佛教将这种推崇完美的观念推而广之，扩大到其他一切领域，在艺术领域里也得到充分的表现。比如对佛的形象的描写及塑造，就极强调圆。印度早期的佛、菩萨雕像，一般都面相丰圆，而且带有圆形的光背。一些壁画也多在佛像背后画上圆项光。佛书里对妇女的描写也多推崇圆满，比如比丘尼善现，"颈项圆直，修短得所"，"七处平满"，"其身圆满，相好庄严"②。《大庄严论经》写一淫女前往众人集会听法场所去妖惑听众，其

---

① 龙树：《中论·观四谛品》。
② 《华严经》。

中有人见了她后对她的形象做了描绘，也说她是"两颊悉平满，丹唇齿齐密"。佛教的这种审美趣味并非是孤立的，它是古代印度审美趣味的反映。比如巴特那出土的公元前3世纪孔雀王朝时代的雕刻《持佛药叉女》、印度桑奇出土的公元1世纪初叶制作的雕像《树神药叉女》、公元1世纪贵霜王朝时代犍陀罗地区出土的象牙雕刻《公主与侍女》，以及公元2世纪后半叶制作的雕像《逗弄鹦鹉的药叉女》，都体现出追求身形圆满的趣味。她们都有丰满的脸颊、丰腴的手臂、圆满的臀部，甚至连乳房也夸张地雕刻成过分标准的圆球形状，整个造型都给人以一种圆的感觉。①

再推及佛教的建筑，也是推崇圆的。佛书里描写城市时，常写它被七宝或宝树周匝围绕。至于印度佛教寺窟也常有圆形的塔，塔周有圆形的步廊，供教徒举行礼拜用。这从古代鄯善、和阗以及敦煌莫高窟的北魏时代石窟里，都可以见到这种形式，它们基本上是保持印度寺窟的形制的。

圆形，具有和谐、自然、完满等许多美的因素。古希腊美学家毕达哥拉斯在很早以前就在众多图形中推崇圆形："一切立体图形中最美的是球形，一切平面图形中最美的是圆形。"② 以圆为美的思想在中国古代也多见到。③ 圆代表了一种最高的境界，最理想、最完美的美学标准。佛教美学推崇圆的形象，圆应无方的思维活动、圆满的修行结果，就是力图追求一种完美。从这里，我们大概也可以理解佛教美学为什么会把美当作幻影，并且主张美是体验的，因为幻影的美只可体验而不可实求，它带有极大的神秘性，越神秘就越具有极强的吸引力，而不可实求的美也就高高在上，永恒存在，永远完美。而佛教美学的虚构与夸饰自然也是为了使至高无上的真如、佛性这一美的幻影显得更加尽善尽美吧。

（原载《云南社会科学》1990年第2期）

---

① 参见陈醉《裸体艺术论》，中国文联出版公司1987年版，第169～170页，图128、图129、图130、图131。

② 北京大学哲学系外国哲学史教研室编译：《古希腊罗马哲学》，生活·读书·新知三联书店1957年版，第36页。

③ 参见钱钟书《谈艺录》（补订本）"说圆"，中华书局1984年版。

佛教境界说与中国艺术意境理论

在佛教理论中，佛性，也就是人人都有的觉悟之性，包含着心和境，即人的心识和客观的境界这两方面的意义。而且，在《涅槃经》里，佛性首先是作为"佛界（因）"来译的；南朝竺道生论佛性，最重要的也便是境界。① 可见，佛教的境界说与佛性论有着紧密的联系。

两晋南北朝时期，佛性理论空前繁荣，而"境界"一词也便多出现于汉译佛典之中，如东晋佛陀跋陀罗所译的《华严经》、后秦鸠摩罗什译的《法界体性经》、北魏菩提流支译的《入楞伽经》《无量寿经论》、昙摩流支译的《如来庄严智慧光明入一切佛境界经》、梁僧伽婆罗译的《度一切诸佛境界智严经》（为昙摩流支所译之异译本）、真谛译的《中边分别论》《唯识论》《大乘起信论》《十八空论》等，都出现了"境界""法界""境"等词语。到了唐代，法相宗玄奘大师译出《瑜伽师地论》《成唯识论》《杂集论》《大毗婆沙论》《俱舍论》等，更是大谈特谈境界、法界，此风亦影响到华严宗、三论宗、禅宗等其他宗派。在这种学术风气与崇佛风尚的影响下，佛教的境界理论渐渐地渗透到文艺美学领域，从王昌龄的《诗格》和诗僧皎然的《诗式》开始，便明确地借用"境""境思""缘境""取境""造境"一类概念来进一步阐述文艺创作中的心物关系，并由此确立了艺术意境理论的基本理论形态。自此以后，运用佛教的境界理论和方法来进一步阐发并丰富文艺美学中的意境理论，便成为一种趋势，司空图、严羽、王夫之、王国维等就是这方面最有代表性的人物。佛教的境界说为意境理论的形成与完善带来了丰富的理论营养和思维方式上的启发。

一

佛教教义最基本的观点，是主张宇宙间一切事物都是因缘和合而生，彼此相缘相依而共存的。《阿含经》云："此生故彼生，此灭故彼灭；此

---

① 参见吕澂《中国佛学源流略讲》，中华书局1979年版，第119～120页。

有故彼有，此无故彼无。"这种缘起论是佛教观察世界、认识世界、洞明世界的基本方法。

依佛教缘起论的认识观，诸法皆不离识，世界上的一切物质现象都是心识的产物，而识有八识，即眼识、耳识、鼻识、舌识、身识、意识、末那识、阿赖耶识。此八识，每一识都由自种生，又都与其相应的心所为伴，从而了别境相。如眼识，依眼根生起，认识色境；耳识，依耳根生起，认识声境；鼻识，依鼻根生起，认识香境；舌识，依舌根生起，认识味境；身识，依遍于通体的身根生起，认识轻重冷暖滑涩等触境；意识，依意根生起，认识一切法境（法指一切事物）；末那识，依阿赖耶识见分为根生起，认识阿赖耶识见分而错觉为我，以为其境，于此境上去思量，所以又是思量义；阿赖耶识，依末那识见分为根生起，认识种子、根身、器界为境相，有含藏诸法种子及被第七识执藏之故，所以又是含藏义。前六根与六识基本上指人的感官系统的反应功能，后二根二识则掺入理性的成分。因此，佛教的所谓"境界"，也便是心（识）与境（也是心所，即认识的对象）的相缘相生。丁福保释"境"，云："心之所游履攀缘者，谓之境。如色为眼识所游履，谓之色境，乃至法为意识所游履，谓之法境。"① 依此解，境就是心认识的对象，只有为心所攀缘时，才成为境。释"界"，则说它除了有区别、说明事物种类或性质等意义外，还有"因"之义。"因"就是"生他物之原因也"，并引《百法疏》："界是因义，中间六识，藉六根发，六境牵生。为识为因，故名为界。"② 这与中国传统意义的"界"（区域之义）是不同的，它指的是原因、根据与条件。

归结起来，佛教论诸识与境的关系，主要有三个观点。一是识缘境相而生，即认为见色、闻声、嗅香、尝味乃至推理等认识功能，不能离开色、声、香、味、触等物质性的境相而生起，它们的出现以色、声、香、味、触等境互为根据或条件。二是离识则无一切境界相，即认为世间的一切客观外境皆由心造，"一切诸法，唯依妄念而有差别，若离心念，则无一切境界之相"③，"三界虚伪，唯心所作，离心则无六尘境界"④。上述

---

① 丁福保编纂：《佛学大辞典》，文物出版社1984年版，第1247页。
② 丁福保编纂：《佛学大辞典》，文物出版社1984年版，第804页。
③ 《大乘起信论》。
④ 《大乘起信论》。

两个方面主要揭示识与境的因缘和合关系,即心识为能缘,境相为所缘,彼无则此无,两者不相离。这也是后来禅宗口号"法不孤生仗境生"的来源。所以,在佛家那里,"根、识、境三法,互相依住,识依根及境生,而不从根境亲生。一切现象,相依有故"①。三是心还可以能动地待境取境乃至变境,而不仅仅是单纯的客观现象的反映。这一观点主要是说明佛教的心理活动有其能动性,比如心理活动时时作"意",跃跃欲试,以待境取境。当根与境相接时,心识自身就有一种力量,引导着心、心所共触一境,生起感觉,是为"触";触境以后,心则有一定的感受与印象,是为"受";在此基础上,识又会发生突变,能进行推理与判断,是为"想";想之后,识还会自己产生对所缘境相的处理,则为"思"。从作意到思,是由感性向理性逐步发展的过程,而其中心识具有能动的促进与变化作用。所以,佛教认识论又有境由识变之说,其中包含了识境之间互动互生的辩证关系,并着重强调了心识的主体能动作用。

　　至于"境"的内涵,佛教认为有三种。第一种是"性境"。性境是指一般的物质现象,如色、声、香、味、触等,皆是实有之境。依性境则引起现量。现量是指能缘识与所缘境,二俱现前,中间没有名言间隔,如眼见色、耳闻声等皆是现量。它"指的是纯感觉知识。确切地说,现量是人的智力离开了分别,并且不错乱,循着事物自相所得的知识"②。第二种是"独影境"。独影境有两种。一种是"有质独影"。此境的物虽是质有,但并不在目前,而是由意识分别想象其影相以为所缘。这实际上是一种记忆表象。另一种是"无执独影"。此境本无,只是由意识分别假想所起影相以为所缘,如龟毛、兔角等。这是一种幻想,是一种虚幻的境相。依独影境引起比量。比量是"人的智力循着共相从比度中认识事物"③,即可以根据记忆表象或幻想境相对某事某理从事物共相的角度用概念去进行推比。第三种是"带质境"。带质境亦有两种。一种是"真带质",如以心缘心,心所带之境相是真非虚。另一种是"似带质",如以心缘色,实见事物有青、黄、赤、白等色,但因事物只不过是假名而已,并无实质可带。依带质境引起非量。这是因为此量似现量而非真现量,似比量而非

---

① 熊十力:《佛家名相通释》,中国大百科全书出版社1985年版,第9页。
② 石村:《因明述要》,中华书局1981年版,第121页。
③ 石村:《因明述要》,中华书局1981年版,第120页。

真比量，是一种似是而非的错觉或妄执，故名非量。如杯弓蛇影，就是一种错觉或妄执。通观三种境，佛教所说的"境"既包括客观外境，也包括人的内心之境。佛教是把一切物质现象和精神现象都称为"境"的。

佛教境界说的这些理论观点及其思维方式，对古代文艺美学家界定意境的内涵以及论述意境的构成都产生了深刻的影响。

意境理论的萌芽，可以追溯到先秦时的《易传》和六朝时玄学的言意之辨。它们在哲学认识论上为意境论提供了基本的思维方式，即观物取象、得意忘象、得象忘言。而宗炳的"含道应物""澄怀味像"①、刘勰的"神与物游"②、姚最的"立万象入胸怀"③等理论，则旨在探索文艺创作中的心物统一问题。他们虽然没有直接采用当时佛学界已经出现的"境"或"境界"的概念、术语，却为唐代意境论的出现铺垫了基石。从文艺美学自身发展规律上来看，唐代意境理论是对心物统一问题深入探讨的产物。随着唐代文学艺术的繁荣，理论上出现一种新的概括与升华是完全自然的。至于它借用佛家的境界说来阐述艺术意境理论，则取决于当时的社会环境与社会风气，以及中国艺术家的思维方式对印度佛教思维方式的认同。

唐代诗论言"境"，首先见于王昌龄的《诗格》。④

王昌龄在《诗格》中说：

> 夫置意作诗，即须凝心，目击其物，便以心击之，深穿其境；如登高山绝顶，下临万象，如在掌中，以此见象，心中了见，当此即用。

此处所说的"境"，是指艺术家目击的客观物境。王昌龄认为诗人作诗，应以心击物，深入了解客观万象的境相。他在这里用了"击""穿"这样非常有动感的词语，其用意在于强调诗人之心对客观物境的穿透力。这便涉及意境的生成，说明意境乃是审美主体之心与审美客体即客观物境相互

---

① ［南朝宋］宗炳：《画山水序》。
② ［南朝梁］刘勰：《文心雕龙·神思》。
③ ［南北朝］姚最：《续画品》。
④ 本文引《诗格》，以《文镜秘府论》所载文字为据。参见王利器校注《文镜秘府论校注》，中国社会科学出版社1983年版。

融会的结果。

王昌龄又说：

> 春夏秋冬气色，随时生意。……目睹其物，即入于心；心通其物，物通其言。

这是继刘勰《文心雕龙·物色》之后，对心物关系所做的进一步阐述。两个"通"字，把心与物之间相因相通的关系极为恰切地揭示出来。在这里，物入于心，心通其物，其实也就是刘勰"写气图貌，既随物以宛转；属采附声，亦与心而徘徊"的另一种说法，这和他自己所说的"以心击之，深穿其境"也是相一致的。

王昌龄还谈到诗人艺术构思时情思与境的关系：

> 夫作文章，但多立意。……思若不来，即须放情却宽之，令境生。然后以境照之，思则便来，来即作文。如其境思不来，不可作也。

这段话里的"境"就不是指物境了，而是指诗人构思之时的内心之境或称"心象"。这时的内心之境，对诗人的艺术构思有触动与引发作用。诗人若构思艰难，就应放宽情怀，调动起记忆里的各种境象，以此来促动诗情。这也是谈意境创造中艺术家的情思与物象的相互生发关系。王昌龄此处的"境"相当于佛教"独影境"的含义，是指一种记忆表象和内心幻相。相对于客观物境，艺术家的这种内心之境并非真实的外在形象，而是经过艺术家加工过的"心象"。

如果说王昌龄的意境论尚属无意识地借用了佛学理论的话，那么，到了"江东名僧"皎然那里，则是有意识地运用佛教境界说的词语及其理论来阐述诗歌意境问题了。在其诗歌与诗论里，他说：

> 取境之时，须至难至险，始见奇句。①
> 夫诗人之思初发，取境偏高，则一首举体便高；取境偏逸，则一

---

① ［唐］皎然：《诗式·取境》。

首举体便逸。①
　　　　缘境不尽曰情。②
　　　　诗情缘境发，法性寄筌空。③
　　　　眄睐方知造境难，象忘神遇非笔端。④

这里的"取境""缘境""造境"等词语显然取之于佛典。不过，皎然没有简单地套用佛教词语，而是将其因缘相生的理论吸收过来，加以改造而使其具有概括艺术创造与艺术审美过程的意义。在论意境的创造上，皎然显然比王昌龄又深入了一步。王昌龄把心与"境"的相通相融当作创造意境的重要途径，皎然则不仅道出了"诗情缘境发"这一意境产生的奥秘，而且还提出了"缘境不尽曰情"的审美标准。他认为，意境的生成就是诗人之"情"与"境"的相互缘合。诗人在面对客观物"境"开始取境之时，就必须将"情"投入。而衡量诗境的高下，则要看其中的"情"能否"缘境不尽"，是否能产生"余味曲包"的艺术魅力。皎然的这一观点标志着意境理论的初步定型，同时也为后世美学家的意境是情景结合与统一说提供了最早的理论模式。皎然之后，美学家们谈意境的生成，便基本上沿着这一理论模式做进一步的补充、展开与完善。

　　晚唐的司空图提出了"思与境偕"⑤的命题，强调在艺术意境的创造过程中应做到情思与物境的互相契合。宋代姜夔论诗，主张"意中有景，景中有意"⑥；张炎提出"情景交炼"⑦；叶梦得要求"意与境会"⑧；范晞文认为"情景相融而莫分""景无情不发，情无景不生"⑨。到了明代，这类说法更多。诸如，"作诗本乎情景，孤不自成，两不相背""景乃诗之媒，情乃诗之胚，合而为诗""夫情景相触而成诗"⑩，"身与事接而境

---

① ［唐］皎然：《诗式·辨体有一十九字》。
② ［唐］皎然：《诗式·辨体有一十九字》。
③ ［唐］皎然：《秋日遥和卢使君游何山寺宿扬上人房论涅槃经义》。
④ ［唐］皎然：《奉应颜尚书真卿观玄真子置酒张乐舞破阵画洞庭三山歌》。
⑤ ［唐］司空图：《与王驾评诗书》。
⑥ ［宋］姜夔：《白石道人诗说》。
⑦ ［宋］张炎：《词源·离情》。
⑧ ［宋］叶梦得：《石林诗话》。
⑨ ［宋］范晞文：《对床夜语》。
⑩ ［明］谢榛：《四溟诗话》。

生，境与身接而情生"①，"情景混融"②，"神与境合""兴与境谐"③，"意境融彻"④等，都认为意境的构成应是心与物、情与景、神与境的有机结合与统一。

在这一点上，清代人有更明确的认识。清初画家布颜图就明确指出："情景者境界也。"⑤这是关于境界构成论最明了、最简洁的阐述。王夫之对情与景关系的论述最为充分，可以说是达到了高峰。第一，他认为，"情景名为二，而实不可离"，"夫景以情合，情以景生，初不相离，唯意所适。截分两橛，则情不足兴，而景非其景"⑥。因此，在文艺创作中，只要"情景一合，自得妙语"，若只"撑开说景者，必无景也"⑦。而优秀的艺术作品，必然是"景中生情，情中含景"⑧的。第二，他提出情与景既可以互相包容，又可以互相促进、互相生发、互相诱导。他说："情景虽有在心在物之分，而景生情，情生景，哀乐之触，荣悴之迎，互藏其宅。"⑨"情不虚情，情皆可景，景非滞景，景总含情。"⑩王夫之的这些观点，比之前人显得更为成熟，更准确地揭示出意境创造过程中情与境的相缘相生关系。而在精神实质上，又暗合佛教境界论的缘起观。王夫之以后，对佛学有一定造诣的王国维进一步明确提出，"境非独景物也。喜怒哀乐，亦人心中之一境界。故能写真景物、真感情者，谓之有境界。否则谓之无境界"⑪。又说："一切境界，无不为诗人设。世无诗人，即无此种境界。"⑫这些说法显然是从佛教境界论引申与转化而来的。王氏的意境不仅包括客观外境，而且也包括诗人的内心之境，这便使前人关于"境"的两种含义进一步明朗化。在《文学小言》里，他还提出："文学中有二

---

① [明]祝允明：《送蔡子华还关中序》。
② [明]胡应麟：《诗薮》。
③ [明]王世贞：《艺苑卮言》。
④ [明]朱存爵：《存余堂诗话》。
⑤ [清]布颜图：《画学心法问答》。
⑥ [清]王夫之：《姜斋诗话》（卷二）。
⑦ [清]王夫之：《明诗评选》（卷五）。
⑧ [清]王夫之：《唐诗评选》（卷四）。
⑨ [清]王夫之：《姜斋诗话》（卷一）。
⑩ [清]王夫之：《古诗评选》（卷五）。
⑪ 王国维：《人间词话》。
⑫ 王国维：《人间词话附录》。

原质焉，曰景曰情。"又说："文学之事，其内足以摅己，外足以感人者，意与境二者而已。上焉者，意与境浑；其次或以境胜，或以意胜；苟缺其一，不足以言文学。"他把意与境、情与景的混融一体看作优秀文学的内在标志。王国维的理论使古典意境理论得以最后完成。

值得注意的是，清代文艺美学家在论述意境的生成时，尤其重视客观物境的作用。如程哲在《渔阳续诗序》里说："夫诗之为道，缘情而发，亦即境而生。"吴乔也说："心不孤起，仗境方生。"① 王夫之则运用佛家学说，提出了以"现量"为衡评的即景会心论，用以强调"于心目相取处得景得句"② 的重要性。他说："身之所历，目之所见，是铁门限。"③ 又说："'僧敲月下门'，只是妄想揣摩，如说他人梦，纵令形容酷似，何尝毫发关心？知然者，以其沈吟'推敲'二字，就他作想也。若即景会心，则或推或敲，必居其一，因景因情，自然灵妙，何劳拟议哉？'长河落日圆'，初无定景。'隔水问樵夫'，初非想得：则禅家所谓现量也。"④ 此处，王夫之用现量来做类比，并非牵强附会，的确道出了两者的共同点。张文勋教授曾指出，王夫之的这一类比，正是根据现量的三个特征，即现实性、真实性、直觉性来强调诗歌创作的现实性、真实性和直观性。⑤ 王夫之在《相宗络索·三量》中对"现量"解释道："'现'者，有'现在'义，有'现成'义，有'显现真实'义。'现在'，不缘过去作影；'现成'，一触即觉，不假思量计较；'显现真实'，乃彼之体性本自如此，显现无疑，不参虚妄。"以此来衡量，王维的"大漠孤烟直，长河落日圆"也正是一种"一触即觉"的产物，给人以鲜明的形象性、直观性。还有，像"池塘生春草""蝴蝶飞南园""明月照积雪"一类的诗句，"皆心中目中与相融浃，一出语时，即得珠圆玉润，要亦各视其所怀来而与景相迎者也"⑥。这也是用"现量"之义来衡评的。在《古诗评选》卷四评阮籍《咏怀》"开秋兆凉气"时，王夫之提出："以追光摄景

---

① ［清］吴乔：《围炉诗话》（卷一）。
② ［清］王夫之：《唐诗评选》（卷三）。
③ ［清］王夫之：《姜斋诗话》（卷二）。
④ ［清］王夫之：《姜斋诗话》（卷二）。
⑤ 参见张文勋《佛学对我国古代美学的影响》，见《儒道佛美学思想探索》，中国社会科学出版社1988年版。
⑥ ［清］王夫之：《姜斋诗话》（卷二）。

之笔，写通天尽人之怀，是诗家正法眼藏。""正法眼藏"乃佛家用语，即佛所说的无上之正法，禅家以之为教外别传之心印。王夫之此处借用来指诗家创作的根本原则或法则，其用意亦在强调即目会心、因情因景。

王夫之引进佛家"现量"的理论来阐述意境的创造，使其理论更具思辨色彩。之后，王国维又提出了"不隔"说，这与王夫之的"现量"说是类似的。王国维的"隔"，即指缺乏现实性、真实性、直觉性。他举了"数峰清苦，商略黄昏后"和"高树晚蝉，说西风消息"为例，认为它们是"雾里看花，终隔一层"[①]，没有直寻事物的本相、自相。而"不隔"，便是那种"语语如在目前"，"其写景也必豁人耳目，其辞脱口而出，无矫揉妆束之态"[②] 的诗，是可以使读者一读便产生强烈直觉感受的艺术形象，如谢灵运的"池塘生春草"、欧阳修的"晴碧远连云"等。这种"不隔"也就是如佛学"现量"所要求的，是能缘识与所缘境，二俱现前，中间无"名言""名种"的间隔，是从事物自相本身就可获得的纯感觉知识。

从王昌龄、皎然到王夫之、王国维，意境论从初步定型逐渐走向成熟与完善，其间关于意境的内涵及其构成的论述，经历了一个逐步明确化、完善化的进程，而对佛教境界论的吸收，也有一个认同、消化、改造、转化的过程。王昌龄、皎然基本上直接认同了佛教境界论，并借用其概念提出了艺术意境理论。而到了明清，则开始了对佛教境界论的消化、改造和转化。如王夫之，他的整个哲学思想体系是属于唯物主义的，但这并不妨碍他吸收佛家的概念、术语以及思维方法，去丰富他的唯物主义美学思想。他运用了佛家"现量"的概念，而强调和突出的却是现实生活对文艺创作的重要作用。又如王国维，他在确定意境的含义以及意境的构成因素时，暗用了佛家的理论及其思维方法，而表面上却较少带有宗教色彩。这说明，古代的文艺美学家在吸收佛家理论的过程中是比较注意消化、改造和融会贯通的。

---

① 王国维：《人间词话》。
② 王国维：《人间词话》。

二

上文说到过,佛教把一切物质现象和精神现象都称为"境"。依照佛教哲学认识论,无论是客观外境还是内心之境,都不是实存的。境本来是没有的,只是因为有认识境的功能,所以才有与之相待的被认识的境相。这种被认识的境相是一种似外实境而实非境,属识相分,所以佛教有"唯识无境"之说。但无境者又不是绝对的无,它只是无识外之实境,并不是无内识自变之似境。《成唯识论》卷一云:"外境随情而施设,故非有如识,内识必依因缘生,故非无如境。"这就是佛教的"内有外无"说。而且,一切境相虽有千差万别的相状,但它们并无真实的自体,如梦幻泡影、镜花水月,可睹而无实体可得。正如《大毗婆沙论》所云:"境,通色、非色,有见、无见,有对、无对,有为、无为,相应、不相应,有所依、无所依,有所缘、无所缘,有行相、无行相。"因此,佛教的"境"是一种非有非无的虚空之境。另外,从缘起论的观点来看,借助于因缘就"生"种种事物,如果因缘不合,事物就"灭"。这很容易使人误认为有实在的"生""灭"。其实,"缘起说的本意是说无实在的生灭,若误解生灭为实有,则必须予以否定才能显示出它的本意"①。佛教的中道缘起说就主张无实生灭,只有假生灭,其正确的说法应是非生非灭。《大般若经》云:"一切法自性本空,无生无灭,缘合谓生,缘离谓灭。"《般若波罗蜜多心经》云:"色不异空,空不异色,色即是空,空即是色。……是诸法空相,不生不灭,不垢不净,不增不减,是故空中无色,无受想行识,无眼耳鼻舌身意,无色声香味触法,无眼界,乃至无意识界,无无明……无苦集灭道,无智亦无得,以无所得故。"熊十力先生曾经指出,佛家哲学"在宇宙论方面,则摄物归心,所谓三界唯心,万法唯识是也。……然心物互为缘生,刹那刹那,新新顿起,都不暂住,都无定实"②。所以,佛教是否认有实有的生灭之境相的。色即是空,空即是色,"一切法性皆虚妄见,如梦如焰。所起影象,如水中月,如镜中

---

① 吕澂:《中国佛学源流略讲》,中华书局1979年版,第181页。
② 熊十力:《佛家名相通释》,中国大百科全书出版社1985年版,"撰述大意"第6页。

象"①，"种种取相，皆为虚妄"②，一切境象都是非有非无、虚幻不实之象。

中国古代文艺美学家在讨论意境的审美特征时，显然从佛家所论的虚空之境那里得到了启发。他们认为，由于艺术意境是由艺术家心灵与客观物境相融彻之后而产生的一种精神产品，它的性质只能是一种心象。这种心象既是艺术家从客观物境那里获得的，又是经过艺术家心灵所陶铸的，其特征也便具有既虚而实、虚实结合的二重性。也就是说，这种心象既不脱离所感觉的客观外境，但又不完全是实在的客观外境，它可以是具体生动、可闻可见的形象，但又不是可以具体捉摸的实体，它是"可望而不可置于眉睫之前"③ 的虚实结合体。用现代美学观点来讲，它反映真实，但又不复制真实，它只是一种"真实的幻觉"（illusion of reality），或者说它是一种"创境"（created world）。既不能把它"与真实存在的真实对象的存在特性（ontic character）视为同一"，又不能认为它"毫不具有现实的特性"。它是"现实的扩展"，但又不是非现实的。④ 这里顺便要说明的是，我国当代美学界在一段时期内曾把意境的特征简单化，认为意境就是意与境的相加，前者等于主观，后者等于客观，于是意境便是主观与客观的统一。这种说法距离意境特征的把握不啻十万八千里，其最大的缺陷就在于它未能理解意境的虚实结合性。

皎然是最早用佛家观点来讨论意境虚实结合的二重性问题的：

> 夫境象非一，虚实难明。有可睹而不可取，景也；可闻而不可见，风也。虽系乎我形，而妙用无体，心也；义贯众象，而无定质，色也。凡此等，可以偶虚，亦可以偶实。⑤

皎然所说的"可睹而不可取"的景显然不是客观物景，而是成为艺术意境（即他说的"境象"）之后所包含的"物象"。所以，他又说意境所包

---

① 《说无垢称经·声闻品》。
② 《大智度论》（卷四三）。
③ 戴容州语。转引自司空图《与极浦书》。
④ 关于"创境"，可参见波兰现象学美学家英伽登的《文学艺术作品》。此处的引文见该书1973年的英译本，第218页。
⑤ ［唐］皎然：《诗议》。

含的"形"或"象",都只能是既可偶虚,又可偶实的"心象",因为它们"虽系乎我形,而妙用无体",虽"义贯众象,而无定质",它存在于想象的时空之中,是"可睹而不可取"的虚实结合体。正由于这种"境象"是一种虚实结合体,所以,它才具有审美的生发性、启示性,可以引起读者无穷的联想。实,使意境含有鲜明的形象性;虚,则可以蕴含无穷的含义,给人以想象的余地。基于这种认识,皎然创造性地把"象"与"比兴"联系起来,提出"取象曰比,取义曰兴。义即象下之意。凡禽鱼草木、人物名数,万象之中,义类同者,尽入比兴"①。又说:"兴者,立象于前。"② 他对于艺术意境所具有的形象性、审美联想的无限性有较明确的认识。

宋人严羽以禅喻诗,推崇"兴趣"。他说:

> 盛唐诗人惟在兴趣,羚羊挂角,无迹可求。故其妙处透彻玲珑,不可凑泊,如空中之音,相中之色,水中之月,镜中之象,言有尽而意无穷。③

他说的是唐人诗歌意境所具有的审美特征问题。与皎然相比,严羽对意境特征的描述更简练而传神。过去,不少人批评严羽引用佛家的说法使其表述过于神秘,其实,如果熟悉佛家的比喻法,反倒觉得他这样的说法比较恰切,深刻地揭示了诗之所以为诗的本质特征,亦即诗歌意境的内在审美特征。

在严羽看来,唐人之诗抒发的是一种情趣,这种情趣与外物达到了水乳般的统一,二者浑然一体,就像羚羊挂角,无迹可求。他这里使用的就是禅家常用的象喻。传说羚羊夜宿,挂角于树,脚不着地,纵使猎犬亦无迹可寻。禅宗语录常用此比喻不拘泥于语言文字的悟解。如雪峰义存禅师说:"我若东道西道,汝则寻言逐句;我若羚羊挂角,汝向甚么处扪摸?"④ 又如道膺禅师对众人说:"如好猎狗,只解寻得有踪迹底,忽遇羚

---

① [唐]皎然:《诗式》。
② [唐]皎然:《诗议》。
③ [宋]严羽:《沧浪诗话》。
④ 《五灯会元》(卷七)。

羊挂角，莫道迹，气亦不识。"① 另外的四个象喻——"空中之音，相中之色，水中之月，镜中之象"在佛典中也常用来说明对象的难以捉摸、不能实求。严羽认为，由兴趣所造成的艺术意境，也正是这种无迹可求的虚实结合体，它是"言有尽而意无穷"的。从"言"来说，是可以捉摸的，而"意"却是无穷的，艺术意境远远不只在"言"上，它显现于语言文字之中而又超越语言文字之外。这便是艺术意境既实又虚的特点，它是形象性、情感性与美感无限性的高度统一。

随着宋、元以后诗禅结合的发展，人们越来越习惯于用若有若无、不粘不着的虚实结合特征来谈论诗歌的意境问题。例如：

> 诗乎，机与禅言通，趣与游道合。禅在根尘之外，游在伶党之中。要皆以若有若无为美。通乎此者，风雅之事可得而言。②

> 作诗大要不过二端：体格声调、兴象风神而已。体格声调有则可循，兴象风神无方可执。……譬则镜花水月，体格声调，水与镜也；兴象风神，月与花也。必水澄镜朗，然后花月宛然。③

> 夫诗贵意象透莹，不喜事实粘著，古谓水中之月，镜中之影，可以目睹，难以实求是也。……言征实则寡余味也，情直致而难动物也，故示以意象，使人思而咀之，感而契之，邈哉深矣，此诗之大致也。④

> 诗者，幽明之际者也。视而不可见之色，听而不可闻之声，抟而不可得之象，霏微蜿蜒，漠而灵，虚而实。……故诗者，象其心而已矣。⑤

> 诗之至处，妙在含蓄无垠，思致微渺，其寄托在可言不可言之间，其指归在可解不可解之会；言在此而意在彼，泯端倪而离形象，绝议论而穷思维，引人于冥漠恍惚之境，所以为至也。⑥

---

① 《五灯会元》（卷一〇）。
② ［明］汤显祖：《如兰一集序》。
③ ［明］胡应麟：《诗薮·内编》（卷五）。
④ ［明］王廷相：《与郭价夫学士论诗书》。
⑤ ［清］王夫之：《诗广传》（卷五）。
⑥ ［清］叶燮：《原诗·内篇》。

汤显祖把禅境与诗境进行比较，认为两者都是用对物象的观照来表现无形无象的心，所以都以若有若无为美。他对若有若无的意境极为推崇，认为只有通悟此点才可言诗。胡应麟所说的"兴象风神"其实是意境的另一种说法。他认为，诗歌的兴象风神如镜中花、水中月一样，是非有非无的虚实结合体。王廷相则从意象具有虚实二重性的特点出发，认为诗之意境难以以实求是。若以实求是，则"寡余味"，"难动物"，而诗之意境应该是能给读者留下可以思索玩味的空间的。他也是把虚实结合视为诗歌意境之审美生发性的重要条件。王夫之把诗歌意境的虚实二重性视为艺术家"象其心"的结果。然而，"象其心"又必须是有象的、有物的，不过，它只是一种"心象"，在幽明之际、虚实之间，是若有若无的。所以，王夫之在论情景关系时，十分强调融情入景，化景为情，实则化实为虚，使虚实混融，达到情景妙合无垠（亦即诗歌的至境）。叶燮的美学思想实际上也受到佛学的影响，他肯定诗歌的妙境处于一种可言而不可言之间，可解而不可解之会的情状，它"至虚而实，至渺而近"，"划然示我以默会想象之表"，读者以想象迎之，便可以"呈于象，感于目，会于心"①。他也揭示了意境虚实结合的二重性特征。

中国古代绘画美学关于绘画意境虚实结合的审美特征理论受佛教的影响最大。古代画家、画论家在阐述绘画中空白与笔墨之间的关系（实际上涉及绘画的意境创造问题）时，往往借用佛家"色即是空，空即是色"的说法，并以这样的思路进行创作和评论。明代李日华在《紫桃轩杂缀》中说：

> 凡画有三次第：一曰身之所容。凡置身处，非邃密，即旷朗，水边林下，多景所凑处是也。二曰目之所瞩。或奇胜，或渺迷，泉落云生，帆移鸟去是也。三曰意之所游。目力虽穷，而情脉不断处是也。然又有意之所忽处，如写一树一石，必有草草点染取态处。写长景必有意到笔不到、为神气所吞处。是非有心于忽，盖不得不忽也。其于佛法相宗所云极迥色、极略色之谓也。

李日华在这里对绘画的虚实关系，尤其是虚的审美价值进行了细微的探

---

① ［清］叶燮：《原诗·内篇》。

讨。他讲了绘画的三个层次：身之所容是近景，多布实景，但仍注意疏密结合；目之所瞩是远景，则显得虚一些、朦胧一些；意之所游则是长景，往往是画的空白处，意到笔不到，但情脉不断。而这无色之处则正是充满意的所在，借用佛家的说法是"极迥色、极略色"。无限遥远的称为"极迥色"，无限微小的称为"极略色"，两者都是指"空界"的色。它们是无形的、不可目睹的，只能凭意识去领悟。

清代画论家关于绘画虚实结合问题的言论也很多，其中不乏对佛教理论的引申和转化。如华琳在《南宗抉秘》中指出：

> 白，即是纸素之白。凡山石之阳面处，石坡之平面处，及画外之水天空阔处，云物空明处，山足之杳冥处，树头之虚灵处，以之作天，作水，作烟断，作云断，作道路，作日光，皆是此白。夫此白本笔墨所不及，能令为画中之白，并非纸素之白，乃为有情，否则画无生趣矣。……

> 禅家云："色不异空，空不异色，色即是空，空即是色。"真道出画中之白，即画中之画，亦即画外之画也。

> 白者极白，黑者极黑，不合而合，而白者反多余韵。

华琳认为，画中之白，虽是笔墨所不及处，但亦是画中之画，甚或是画外之画，缺了它，画无生趣，有了它，反多余韵。而极白、极黑分布于画面上，看似不合，却是最符合绘画的审美原则的。从这一点来看，白即黑，黑即白，二者都是画中之画。这就是中国画家"以白计黑"的独特美学原则，它与西方的绘画原则大相径庭。西方美学家对东方绘画的这种"以白计黑"观十分钦佩。如现代美学家亨利·路策列尔说："……画布表面的空白一次又一次地透出亮光并坚决参与对整体物的作用。比人重要的是自然，比自然重要的是诸成分，比诸成分重要的是作为基础的空白，一切来自于这个空白而一切又化入其中。"① 华琳的理论，深刻地揭示了空白（虚）的艺术功能，而绘画意境的产生，正在于虚实相生、黑白相合。

---

① ［德］亨利·路策列尔：《论艺术的未完结性理论》。转引自［苏］雅科伏列夫《艺术与世界宗教》，任光宣、李冬晗译，文化艺术出版社1989年版，第143页。

在清代，与华琳持同样观点的画论家还有不少。如戴熙说："画在有笔墨处，画之妙在无笔墨处。"① 笪重光说："虚实相生，无画处皆成妙境。"② 方薰说："古人用笔妙有虚实，所谓画法即在虚实之间。虚实使笔生动有机，机趣所之，生发不穷。"③ 郑绩则认为画的本质就在于虚实结合，他说："生变之诀，虚虚实实，实实虚虚，八字尽矣。"④ 清代画论家谈空白，虽然是从探讨画法的角度出发的，但最后都涉及绘画的意境问题，他们认为画境的本质特征就在于虚实相生。

宗白华先生在《中国艺术意境之诞生》一文中曾说："中国艺术意境的创成，既须得屈原的缠绵悱恻，又须得庄子的超旷空灵。缠绵悱恻，才能一往情深，深入万物的核心，所谓'得其环中'。超旷空灵，才能如镜中花，水中月，羚羊挂角，无迹可寻，所谓'超以象外'。色即是空，空即是色，色不异空，空不异色，这不但是盛唐人的诗境，也是宋元人的画境。"⑤ 宗白华先生所说的"超旷空灵"，实也包括佛禅。晚唐以后，庄禅往往相通互渗，道家的"有无相生"与佛家的"色空不二"在诗境与画境中同时表现出来，往往难分彼此。

三

与意境虚实结合特征紧密联系的就是景外景、象外象、味外味的问题。古代艺术家把后者当作艺术的最高理想去追求，古代文艺美学家也把它当作理想的艺术意境去评论与衡量艺术作品。

景外景、象外象、味外味问题的探讨始于六朝。其时，玄学哲学借谈《易》《庄》《老》而侈谈言、意、象的关系。首先提出"象外"问题的是荀粲。据《三国志·魏书·荀彧传》注引何劭《荀粲传》载：

> 粲诸兄并以儒术论议，而粲独好言道，常以为子贡称夫子言性与天道，不可得闻，然则六籍虽存，固圣人之糠秕。粲兄俣难曰：

---

① ［清］戴熙：《习苦斋画絮》。
② ［清］笪重光：《画筌》。
③ ［清］方薰：《山静居画论》。
④ ［清］郑绩：《梦幻居画学简明》。
⑤ 宗白华：《美学散步》，上海人民出版社1981年版，第65页。

"《易》亦云圣人立象以尽意,系辞焉以尽言,则微言胡为不可得而闻见哉?"粲答曰:"盖理之微者,非物象之所举也。今称立象以尽意,此非通于意外者也,系辞焉以尽言,此非言乎系表者也;斯则象外之意,系表之言,固蕴而不出矣。"

荀粲认为,圣人在《周易》中是通过立象以尽意的,其精微的理论并非物象所能完全包举,所以还有象外之意。王弼在《周易略例·明象章》里,也非常充分地阐述了得象忘言、得意忘象之说:

夫象者,出意者也;言者,明象者也。尽意莫若象,尽象莫若言。言生于象,故可寻言以观象;象生于意,故可寻象以观意。意以象尽,象以言著。故言者所以明象,得象而忘言;象者所以存意,得意而忘象。……是故,存言者,非得象者也;存象者,非得意者也。象生于意而存象焉,则所存者乃非其象也;言生于象而存言焉,则所存者乃非其言也。然则,忘象者乃得意者也,忘言者乃得象者也。得意在忘象,得象在忘言。故立象以尽意,而象可忘也;重画以尽情,而画可忘也。

在玄佛合流、玄佛并用的思潮中,六朝佛学也采用"象外"说来阐述佛的至理的不可言传与佛的法相的不可实见,以及涅槃境界(佛教认为此是最高、最理想的境界)的超越形相。如僧肇认为:"圣智(指佛的智慧,即真谛、佛的真理)幽微,深隐难测。无相无名,乃非言象之所得。"① 而要认识无相的真谛,只有具有异于常人的神明才可洞察与把握,这便是圣人"不知而自知,不为而自为"② 的"无知"智慧。这种"无知"是一种不用理性思维的直观,看似"无知",却一切无不知。他认为,"斯则穷神尽智,极象外之谈也"③。只有具有这种无知而无不知的智慧,才可以穷神尽智,领悟超越形相之外的真理。又如竺道生认为:"夫

---

① [东晋]僧肇:《般若无知论》。
② [东晋]僧肇:《般若无知论》。
③ [东晋]僧肇:《般若无知论》。

至象无形，至音无声，希微绝朕思之境，岂有形言者哉？"① 这种超越音、言、形、相的至理妙法，如何才能探取呢？道生经过反复思考，终于"彻悟言外"，提出了所谓"忘言得意"的"慧解"法。他说："夫象以尽意，得意则象忘。言以诠理，入理则言息。……若忘筌取鱼，始可与言道矣。"② 又说："象者，理之所假，执象则迷理。教者，化之所因，束教则愚化。是以征名责实，惑于虚诞，求心应事，芒昧格言。"③ 道生认为，象是佛理的假象，千万不可执着，应该得意而忘象，也就是说，要真正获取的是象外之意。道生的学说带有较浓厚的庄、玄色彩，其思维方式基本上还是庄、老的一套。但凭他的聪慧，却使庄、老的思维方法与佛教的思维方法获得了相通。在当时所译出的《维摩诘经》里，也记载了维摩诘"默然无言"的思维方式。文殊师利问维摩诘："我等各自说已，仁者当说，何等是菩萨入不二法门？"其时维摩诘以"默然无言"对之。文殊师利叹曰："善哉！善哉！乃至无有文字语言，是真入不二法门！"④ 鸠摩罗什译《维摩诘所说经·弟子品》载维摩诘言："一切诸法，如幻化相。汝今不应有惧也。所以者何？一切言说，不离是相。至于智者，不著文字，故无所惧。何以故？文字性离，无有文字，是则解脱。"佛教认为文字是不得已才用之的，所以"性离"。对于佛法来说，"心行处灭，言语道断"。道生的"慧解"法当然也会从佛教那里得到启发和刺激。因此，很难说道生的思维方式纯粹属于庄、玄抑或佛教。道生之后，《高僧传》的作者慧皎也说："夫至理无言，玄致幽寂。幽寂故心行处断，无言故言语路绝。……故须穷达幽旨，妙得言外……"⑤ 可见，六朝时佛学界对"象外""言外"的讨论是较多的。

玄学与佛学的"象外""言外"之论作为一种思维方式，也渗透到文艺美学领域中。六朝时，在绘画美学理论中即出现了"象外"的说法。如谢赫在《古画品录》中评张墨、荀时说："风范气候，极妙参神，但取精灵，遗其骨法。若拘以体物，则未见精粹；若取之象外，方厌膏腴，可谓微妙也。"谢氏认为，张、荀之画的风范气候，不能执着于其"体物"

---

① ［东晋］竺道生：《妙法莲华经疏·序品》。
② ［南朝梁］慧皎：《高僧传·竺道生传》。
③ ［南朝刘宋］慧琳：《龙光寺竺道生法师诔》引，见《广弘明集》（卷二三）。
④ 《维摩诘经·入不二法门品》。
⑤ ［南朝梁］慧皎：《高僧传·义解论》。

如何，而应看其"象外"，从"象外"才可看出它们的微妙。谢赫的论述可以说是玄学"言不尽意"和佛学的"言语道断""极象外之谈"在美学理论上的第一声回响。宗炳在《画山水序》中也谈到"象外"的问题。他说："理绝于中古之上者，可意求于千载之下；旨微于言象之外者，可心取于书策之内。"在文学理论中，刘勰的《文心雕龙》虽然没有运用"象外"这个词语，但实际上也探讨了这个问题。在《神思篇》里，他说道："意授于思，言授于意；密则无际，疏则千里；或理在方寸而求之域表，或义在咫尺而思隔山河。"这与谢赫的"取之象外"、宗炳的"旨微于言象之外"的说法是相近的。同时，他又提到艺术作品里的"文外曲致"是语言所不能及的。在《隐秀篇》里，他说，"隐也者，文外之重旨者也"，"隐以复意为工"。他进一步解释说："隐之为体，义主文外，秘响傍通，伏采潜发，譬爻象之变互体，川渎之韫珠玉也。故互体变爻，而化成四象；珠玉潜水，而澜表方圆。"他认为，"隐"（相当于美学中"含蓄"的范畴）是多重义的，往往在于文外，并且具有无限的生发性，就好像爻象那样，可以不断变化，生生不息，又像水下珠玉，其光芒透过水面放射和扩张开去。这样的"隐"才会产生"余味曲包"的艺术魅力。六朝时文艺美学领域内的这种"象外""文外"以及"余味曲包"的理论，给后代关于理想意境论的阐述奠定了良好的基础。

中唐以后，禅宗兴起，进一步发展了六朝时玄、佛的得意忘象、不着文字的思想和方法，并以此作为其主要的思维方法。六祖慧能强调自性觉悟，其方式是当下便悟而不假文字。他说："诸佛理论，若取文字，非佛意也。"① 一些禅师也主张"莫向言语纸墨上讨意度""迷人向文字中求，悟人向心而觉"。"得意者越于浮言，悟理者超于文字。"② "佛本是自心作，那得向文字中求。"③ 有的还认为佛理是不可言说的，若要硬说，则"才涉唇吻，便落意思"④。唐代的刘禹锡首先提出了"境生于象外"⑤ 的命题，这是首次明确地把意境与"象外"联系起来的开拓性观点。皎然也多次提到"象外""象忘"在意境中的重要地位。他说："采奇于象外，

---

① [北宋] 赞宁：《宋高僧传·慧能传》。
② [唐] 慧海：《大珠禅师语录》（卷下）。
③ [唐] 希运：《筠州黄檗断际禅师传心法要》。
④ [唐] 普济：《五灯会元》（卷一二）。
⑤ [唐] 刘禹锡：《董氏武陵集纪》。

状飞动之趣，写真奥之思。"① 又说："假象见意。"② 他还讨论了"文外之旨"的问题，认为"两重意以上，皆文外之旨"，并且认为"文外之旨"有"三重意""四重意"等多层次的意义。他还说："但见性情，不睹文字，盖诗道之极也。"③ 把能超越文字之外而见出诗人情性、志向的诗歌当作理想的意境典范。他还主张："夫诗人造极之旨，必在神诣，得之者妙无二门，失之者邈若千里，岂名言所知乎？"④ 这与禅宗"不离文字""离言说相"是极为一致的。晚唐的司空图融会道、佛两家的思想，更明确地提出了"象外之象，景外之景"⑤ 以及"韵外之致""味外之旨"⑥ 的理想意境论。司空图追求的是象内与象外的统一，是虚与实、形与神、有限与无限的统一。他所标举的"不着一字，尽得风流"⑦，并不是完全抛弃文字，是要不粘着于文字。"超以象外，得其环中"⑧ 也有同样的意思，并不是主张完全抛弃环中之象而去追求象外之象，而是说不要执着于象内之象，方可得以领悟象外之象。这些与禅宗主张的不粘着于文字、不执着于假象之相而彻悟象外的观点是相通的。

司空图的理想意境论对后世产生了深远的影响。在他之后，无论是严羽提倡的"兴趣"，还是王士禛提倡的"神韵"，基本上未超出他定下的理论区域，从含义上来看，他的提法比严羽、王士禛更为明确。当然，在具体的阐述方面，严羽、王士禛的禅家色彩要更浓一些。如严羽把"兴趣"当作唐人诗歌的最高境界，并用一系列佛家的喻象来揭示它的特征，而其最后的落脚点仍在于"言有尽而意无穷"之上。他推崇的理想意境就是言外之意、象外之象。王士禛主张的"神韵"，也多用佛家的语言来表述。如：

或问"不着一字，尽得风流"之说。答曰："太白诗'牛渚西江

---

① ［唐］皎然：《诗议》。
② ［唐］皎然：《诗式》。
③ ［唐］皎然：《诗式》。
④ ［唐］皎然：《诗式》。
⑤ ［唐］司空图：《与极浦书》。
⑥ ［唐］司空图：《与李生论诗书》。
⑦ ［唐］司空图：《二十四诗品》。
⑧ ［唐］司空图：《二十四诗品》。

夜，青天无片云。登高望秋月，空忆谢将军。余亦能高咏，斯人不可闻。明朝挂帆去，枫叶落纷纷'。襄阳诗'挂席几千里，名山都未逢。泊舟浔阳郭，始见香炉峰。尝读远公传，永怀尘外踪。东林不可见，日暮但闻钟'。诗至此，色相俱空，正如羚羊挂角，无迹可求，画家所谓逸品也。"

唐人五言绝句，往往入禅，有得意忘言之妙，与净名默然，达摩得髓，同一关捩。①

王士禛十分倾心于司空图的《诗品》，曾多次表示他极信服司空图的"不着一字，尽得风流"之说，所谓"表圣论诗，有二十四品，予最喜'不着一字，尽得风流'八字"② 云云。翁方纲也指出，王渔洋的"神韵说"即在"'不着一字'之旨"③。可见，他的"神韵说"实际上追求的就是司空图所主张的"不着一字，尽得风流"与"味外之旨"的理想意境美。

意境理论是中国文艺美学中内涵最丰富、最能代表艺术作品审美特征的一个美学范畴。它的哲学来源有儒，有道，也有佛；从其发生发展的历史来看，则儒道开其先，佛学助其成，而主要的理论观点与思维方式，则由佛学的境界说引申、转化而来。意境论的最后完成表明，佛学理论对中国文化的渗透和影响是不可忽视的，其显著结果之一，乃是在与中国文化认同与消融的基础上，终于培养出了中国艺术意境理论这朵灿烂的艺术哲学之花。

（原载《中国社会科学》1991年第2期）

---

① ［清］王士禛：《带经堂诗话》（卷三）。
② ［清］王士禛：《带经堂诗话》（卷三）。
③ ［清］翁方纲：《石洲诗话》（卷八）。

宗教艺术的含义

古往今来，宗教艺术林林总总，在宗教本身发展的漫长历史中，宗教艺术也随宗教的发展而发展，在表现形态上也便显示出不同的面貌。

在原始时代，原始部落的人们给一切不可理解的现象都凭空加上神灵的色彩，一切生产活动也都与原始崇拜仪式联系在一起，如狩猎前的巫术仪式、春播仪式、收获前的祭新谷仪式，等等。在那个神灵无所不在的时代，原始部族并不认为诗歌、舞蹈、音乐、绘画是生产活动与宗教崇拜活动以外的另一类活动，而认为它们就是生产与宗教崇拜活动的一个必要环节。譬如原始诗歌，《礼记·郊特牲》中《蜡辞》所载的"土反其宅，水归其壑。昆虫毋作，草木归其泽"，就是在施行生产巫术仪式时的唱词，表达的是以巫术控制自然的愿望。譬如音乐，《吕氏春秋·古乐》中所载的"昔葛天氏之乐，三人操牛尾，投足以歌八阕：一曰载民，二曰玄鸟，三曰遂草木，四曰奋五谷，五曰敬天常，六曰建帝功，七曰依地德，八曰总禽兽之极"，也是与宗教祭祀、生产活动混融一体的。譬如绘画，法国南部拉塞尔山洞一尊约两万年前的浮雕，上刻持牛角的妇女形象，它与主持某种与狩猎有关的宗教仪式有极密切关系。詹·乔·弗雷泽在其名著《金枝》中，也对原始崇拜仪式中的音乐、歌唱、诗歌、舞蹈与宗教的混融性做过详尽的阐述。像原始部落的祈雨仪式，既有仿电闪雷鸣和挥动树枝沾水洒向人们的做法，也有实行斋戒后手持沾水树枝载歌载舞的欢乐活动。① 我国古代典籍《周礼·春官·司巫》所载的"若国大旱，则帅巫而舞雩"，也是一种以舞求雨的宗教仪式。因此，在原始时代，原始部族的艺术活动与宗教崇拜活动乃至生产活动常常是混融于一体的。在这种意义上，我们说原始艺术也便是宗教艺术。这里并不是要混淆物质生产与意识、观念的界限，而是因为原始人的经济生活决定着思想意识的产生。实际上，原始宗教仪式也好，原始艺术的各种形式也好，都是为着生产的目

---

① 参见〔英〕詹姆斯·乔治·弗雷泽著《金枝》（上），徐育新、汪培基、张泽石译，中国民间文艺出版社1987年版，第95页。

的的。

　　从原始人的思维特性来看，原始人在宗教方面把握与认识世界的方式也基本采取与艺术地把握世界相一致的方式，马克思曾经把这种把握世界的方式称为"实践—精神的"掌握方式①。原始人不凭理智与逻辑去判定世界，而凭感受。这种感受表现为：一是用感情去体验世界，二是用形象去直观地反映世界。比如关于天地的神话，关于山神、林神、水神的传说，还有那洞穴内带有巫术性质的动物绘画，无不表现出原始人的万物有灵观与"互渗"意识。凭着感受，原始人在岩壁上画上带箭的动物，就想象它已真实地被射中，下一次狩猎将会获得丰收；他们用牺牲去祭天地山林，也想象他们满足了神的愿望，同样，神亦将满足他们的愿望。所以，原始宗教崇拜与原始艺术都是充满神秘感情的产物，都是原始人把握世界、认识世界的一种方式。在原始阶段内，宗教的表达方式脱离不了艺术，而艺术的各种方式也都混融在各种原始宗教活动里。在这种意义上，我们说原始艺术也便是宗教艺术。

　　原始民族的神话自然也属于宗教艺术的范围。神话的产生同样源自原始人的万物有灵观。它是原始人对人类与一切自然现象、宇宙之间关系的感知，是将自然加以人格化解释的结果，是原始人畏惧自然而又力图理解自然的产物。在人类的幼年时代，原始宗教实际上是一种"神话宗教"，原始神话实质上也就是原始宗教的"神学"与经典。恩格斯曾把原始部落的神话归于原始人共同的宗教观念之中。② 现代西方美学家荣格从他的"集体无意识"理论出发，指出神话是原始人的灵魂。"原始民族失去了它的神话遗产，就会像一个失去了灵魂的人那样立刻粉碎灭亡。一个民族的神话集是这个民族的活的宗教。"③ 至今，保留在我国少数民族中的某些神话还与本族的宗教祭祀结合在一起，其神话成为祭祀时的经典与唱本。比如畲族的盘瓠神话。相传上古时代，高辛王掌管人间。盘瓠——一只由虫变化而来的龙犬，帮助高辛王平息了番王的作乱，娶了三公主为

---

　　① 中共中央马克思恩格斯列宁斯大林著作编译局编译：《马克思恩格斯选集》（第2卷），人民出版社1976年版，第104页。

　　② 中共中央马克思恩格斯列宁斯大林著作编译局编译：《马克思恩格斯选集》（第4卷），人民出版社1976年版，第88页。

　　③ Jung, C. G. *Collected Works of C. G. Jung.* Princeton University Press, 1979, Vol. 9, p. 145.

妻，而后生儿育女，繁衍成畲族。盘瓠神话既保留着原始社会图腾崇拜的痕迹，也是祖先崇拜的残留。畲民把盘瓠视为始祖载入《族谱》，并将盘瓠王的神话故事编成史诗《高皇歌》，亦叫《盘王歌》《龙皇歌》《盘瓠歌》，广泛唱颂。每三年，畲民都要举行一次全族大祭，举行迎祖仪式，跳舞唱歌，热闹非凡。其《盘瓠歌》是祭祖仪式中必唱的。有的地方，每一家族都保存一根刻有龙头（或犬头）的拐杖，称为"祖杖"，加以供奉。有的地方把盘瓠王神话绘成图像，称为"祖图"，逢年过节便在公祠中悬挂，以示子孙。① 又比如壮族宗教的祭祀唱本《雷水沌》中记述的一个创世神话：雷王在与太白的生死搏斗中，打败被擒，关在鸡笼里。他干渴欲死，骗得了伏羲兄妹的一碗米汤，喝下后得以发挥他的法术，逃回天上。上天后打雷下雨，天下洪水滔天，人都死了，只剩下伏羲兄妹，在金竹、水龟的帮助下幸存下来，后来兄妹结亲造出了天下人。这个创世神话是专供壮族的祭师师公在"安龙庆礼"祭祀期间唱的。这些唱本既是神话，又是宗教，同时又以艺术（或歌唱，或图画，或雕刻）的形式来表达。因此，把产生于人类幼年时期的神话称为宗教艺术是恰当的。

原始宗教活动中那些带艺术性的仪式也属于宗教艺术的范围。西班牙和法国岩洞的岩壁和顶部所留下的那些旧石器时代后期的人们所画的洞穴艺术，"在表达了个人或文化上的美感冲动的同时，至少还表达了文化上已建立起来的仪式。画出的动物常常是一个叠着另一个，即使旁边还有空余的地方也不用。这表明，这些图画既是为了仪式，也是作为艺术品而画的"②。我国的原始文化研究专家朱狄也指出，原始艺术"常常作为一种宗教的符号或巫术的符号在发生作用。这些实用的对象总是由于服务于实用目的而被制造出来，经过仪式化而成为一种文化传统"③。所以，那种与宗教仪式相结合的艺术，或者说是用艺术方式表现的宗教仪式活动都属于宗教艺术的研究对象。

当人为宗教取代原始宗教以后，艺术与宗教也便逐渐分离。这一方面

---

① 参见覃光广、李民胜、马飙等编著《中国少数民族宗教概览》，中央民族学院出版社1988年版，第419页。

② ［美］马文·哈里斯著：《文化人类学》，李培茱、高地译，东方出版社1988年版，第360页。

③ 朱狄：《原始文化研究》，生活·读书·新知三联书店1988年版，第472页。

是人们已脱离了野性思维的时代，进入了理性思维的阶段，生活的世界里不再完全是神统治的世界，艺术的世界中也不再完全以表现神灵为目的，表现世俗的生活为艺术开拓了更广阔的天地；另一方面，劳动的分工日益专门，也便产生了专门的艺术家与宗教家的区分。但是，尽管如此，宗教与艺术之间仍然有斩不断的联系。按照宗教的本性，宗教要求得到发展，仍然需要利用艺术为其服务。而事实上，在人类文明史上，宗教在相当长的一段历史时期内还统治着艺术、利用着艺术，有时甚至主导着艺术的发展。如古希腊罗马的绘画与雕刻、欧洲中世纪的教堂艺术、中国魏晋南北朝时期的佛教艺术，等等。如果说，鉴于原始时代宗教与艺术的混融性，而把宗教艺术的含义扩大化，可以称作广义的宗教艺术的话，那么，由于人为宗教时代艺术与宗教的分家，此时的宗教艺术则应该是狭义的宗教艺术，它应该有比较严格的规定性。

人为宗教时代的宗教艺术，应该包括下列范围。①宗教经典与宗教崇拜仪式中文学色彩较浓的神话传说、故事。如圣经中的洪水神话与伊甸园的故事、佛经中的太子成道故事等。既然它们已经融入宗教经典中，而且是用来宣传宗教教义，为宗教服务的，那么就应属于宗教艺术，成为宗教艺术的研究对象。像佛经《杂譬喻经》《百喻经》中的许多民间故事就是如此。②借用艺术形式宣传宗教教义、以宗教崇拜为目的的小说、诗歌、绘画、戏剧等。如魏晋南北朝时期一些以辅教为目的而创作的志怪小说、唐代变文中宣扬佛教教义的作品等。这里有两点值得注意。第一，判定是否属于宗教艺术，应该只看其目的，而不看其内容。因为写了宗教内容或宗教题材的艺术作品不一定都是宣传宗教教义和以宗教崇拜为目的的，有的甚至是反宗教的；而有些不一定是描写宗教题材的作品，甚至是世俗内容的作品，却宣传了宗教教义，是为宗教崇拜服务的。第二，宗教艺术是相对世俗艺术而言的。世俗艺术中受到宗教影响但其主要倾向并不是为宗教崇拜服务的艺术作品，应不属于宗教艺术范围。③与宗教教义、宗教仪式紧密结合的宗教建筑（包括神坛、祭台、教堂、寺庙、佛塔等）、宗教音乐、宗教绘画和宗教雕刻。

根据以上的分析，关于什么是宗教艺术，我试给它下这样一个定义：宗教艺术是以表现宗教观念，宣扬宗教教理，与宗教仪式结合在一起或者以宗教崇拜为目的的艺术。它是宗教观念、宗教情感、宗教精神、宗教仪式与艺术形式的结合。

　　当然，确定什么是宗教艺术与什么是非宗教艺术，并不像我们确定黑与白两种颜色那样容易，它需要我们对具体的对象做出具体、慎重的分析。

（原载《文艺研究》1992 年第 6 期）

试论原始宗教艺术的产生

洪野荒蛮的时代，面对那不可理解又不可抗拒的大自然，已经与动物分手而能运用工具、使用火的原始人便在原始意识中萌发出宗教的意识以及原始艺术的意识。当旧石器时代尼安德特人埋葬死者时，在尸骨的周围安放几只羚羊的角，或黄鹿的角，或几件燧石器，便已具有了宗教的意识与宗教仪式，这种仪式在当时也便有了宗教艺术的萌芽；当山顶洞人在尸体的周围撒上赤铁矿粉末，以及用这种赤铁矿粉末去染抹各种穿孔的骨坠、兽齿等装饰物时，也同样具有了宗教艺术的雏形。

是什么动力驱使原始人去做这样的仪式？又是什么动力驱使原始人堆砌成高大的祭坛，雕琢出惊心动魄的动物与神的面具，绘制出光彩夺目的岩画与洞穴壁画呢？是生命，是在原始生产条件与经济生活下形成的原始人的生命本能。

一、生存的渴望：寻找保护神

历史上已有无数哲人都谈到宗教起源于人的恐惧感与依赖感问题，休谟、费尔巴哈、罗素、马林诺夫斯基、弗雷泽、卡西尔等都对此有过论述。许多宗教史、宗教心理学、宗教社会学著作都引述过他们的观点，在这里我就不再叠床架屋地引述了，只想在分析宗教艺术的产生时对这些理论做进一步的阐发与分析。

原始人的恐惧感与依赖感的产生，取决于其生存环境。正是低下的生产工具，恶劣的自然条件与食不果腹、衣不蔽体的经济生活，决定了原始人不得不对宇宙自然现象乃至生产过程中所遇到的危险与困难产生一种焦虑感、恐惧感以及依赖感，于是才有了巫术礼仪和神话的产生。马林诺夫斯基在描述新几内亚东北梅兰内西亚地区的特罗布吕恩群岛土人的巫术与神话时说："凡是有偶然性的地方，凡是希望与恐惧之间的情感作用范围很广的地方，我们就见得到巫术。凡是事业一定，可靠，且为理智的方法与技术的过程所支配的地方，我们就见不到巫术。更可说，危险性大的地方就有巫术，绝对安全没有任何征兆底余地的就没有巫术。"① 比如土人们做山芋园的工作都用巫术，而培植椰子、香蕉、檬果等，便没有巫术。打鲨鱼这样的危险活动充满着巫术，而用毒去获取鱼这样比较容易、比较可靠的工作，便什么巫术也没有。造独木舟，因有技术上的困难，需要有组织的劳动，又是危险的事业，所以有与制造工作紧密联系在一起的复杂的巫术仪式。而造房子既没有危险，又没有偶然性，所以没有巫术。完全商业性质的小规模的以物易物，也完全没有巫术。而战争与恋爱等关乎自身命运的行为，则几乎完全为巫术所支配。② 在广西左江地区宁明县的花山崖壁画处，古代骆越人为祭祀水神而绘制出了比真人还大的表现祭祀仪式的场面。③ 据研究者考察，从1953年到1980年，左江地区因暴雨山洪造成的灾难性水灾，就达15次之多。可以推想，古代人为了避免灾难，求得生存，是多么盼望能寻找到一种保护神。因此，为了祈求水神的保护，人们以盛大的仪式跪拜水神，也便是很自然的了。由此而推论，原始人的山神、林神、石神等自然神崇拜无不具有祈求保护、逃避灾难的求生意识。

世界上许多民族都有关于远古时代的洪水神话与传说，那时，人类几乎被泛滥的洪水灭绝。如《圣经》中的"创世纪"写到洪水泛滥了150天，高山都被淹没了。地上有血肉的动物以及所有的人几乎都死了，旱地上鼻孔有气息的生灵几乎都死了，只留下挪亚和那些与他同在方舟里的家人和动物。中国少数民族中的葫芦神话也与远古时代洪水泛滥相关联。洪水淹死了几乎所有的人，只留下坐在葫芦里的兄妹二人，足见远古时代人类生存处境的困难。中国古代神话还记载，"四极废，九州裂……火燫焱而不灭，水浩洋而不息"（《淮南子·览冥》），可能就是地震或火山爆发引起的灾害。又如"十日并出，焦禾稼，杀草木，而民无所食"（《淮南子·本经训》），也是大自然产生变异而给人类带来的伤害。因此，原始人一方面要依赖自然界，从自然界获得生存的条件，他们要感谢自然界的恩赐；而另一方面，自然界又"作为一种完全异己的、有无限威力和不

---

① ［英］马林诺夫斯基著：《巫术科学宗教与神话》，李安宅译，中国民间文艺出版社1986年版，第122页。
② 参见［英］马林诺夫斯基著《巫术科学宗教与神话》，李安宅译，中国民间文艺出版社1986年版，第121～122页。
③ 参见宋兆麟《左江崖画考察记》，载《文物天地》1986年第2期。

可制服的力量与人们对立的，人们同它的关系完全像动物同它的关系，人们就像牲畜一样服从它的权力"①。加之自然界千变万化，包含着无穷的奥秘，这又使原始人对它产生了一种莫名的恐惧感和神秘感。这种心理的内在压力与生存环境的外在压力正是产生宗教崇拜的驱动力。

原始人的装饰往往也都带有巫术性质，也都间杂有运用装饰物来保佑自己，求得生存的安全感。希尔恩在《艺术的起源》中提到，"有些部族的士兵企图通过一种巫术的方式去取得勇气，非常向往血，想用他们认为有力量的动物的血去涂抹身体或去吃刚杀掉的公牛的生肉"②。原始部落的战士割下敌人的阳物做佩戴物，也是企图以夺得敌人最有生命力的东西来丰富自己的生命力。原始人佩戴兽骨乃至以兽皮来掩盖身体，或以兽角加在自己的头上，这些除了审美意义外，还具有求得保佑的含义。还有文身，格罗塞在《艺术的起源》里多从原始人审美的角度去叙述，但那似乎已是文身的意义比较远离其原始含义的时候的事，其最初的含义还是出于对生命的自卫。《汉书·地理志》说："文身断发，以避蛟龙之害。"有人认为，这是"以为纹刺了某种水族的花纹便可以混同于其间而不为所害"③。这自然有一定的道理，但文身也因各个部族对不同崇拜物（尤其是具有强大威力和生命力的动物）的崇拜而发生差异，刺上强大的动物图案或者本族的图腾以示获得某种保护与避邪的意义。又因为文身要忍耐痛苦的折磨，可以表现出被文身者的生命力，因而也成为一种具有旺盛生命力的象征。文身甚至在最后发展为一种民族的标志。如我国傣族至今仍保留着文身的习俗，德宏州傣族甚至还有一首姑娘唱的《劝纹歌》，歌词唱道：

> 你的皮肤又黄又滑，
> 和田鸡大腿一样难看，
> 青蛙的脊背脚杆花得多美啊！
> 你连青蛙也不如。

---

① 中共中央马克思恩格斯列宁斯大林著作编译局编译：《马克思恩格斯全集》（第3卷），人民出版社1971年版，第35页。
② 转引自朱狄《艺术的起源》，中国社会科学出版社1982年版，第138页。
③ 李旭：《回旋着生命主题的美——傣族古代美学思想分析》，载《云南民族学院学报》1991年第1期。

快去纹刺吧,
没有钱,我把银镯脱给你。
没有花纹算什么男人?
不刺花纹算什么真心?
你怕疼,就同田鸡住去吧!
你不刺,就去用女人的黄藤圈吧!
哪个还想与你说话呀!
……①

因此,傣族的文身"积淀着傣族由对个体生命的爱惜保护和推及种族维系的潜意识"②。许多人类学家在考察原始部落时也看到,那里的青年"一律都安静地忍受被切开皮肤的痛苦"③。而在非洲,苏丹努巴人的文身同样表现出极大的忍耐与克制力。法国学者奥斯卡·鲁茨记述道:"擅长这种部落习俗的柯瑟·戈戈担任光荣的手术师。她用一根坚硬的荆刺,挑起黛丝左肩胛骨上的皮肤,随后,用一把压舌板状的小刀前缘,坚定地切开一个狭口。她敏捷地重复这个过程,造成一排切口。鲜血不住地淌下,可是黛丝既不畏缩,也没流露出激动的神色。"④ 文身时如果怕痛,就会被人耻笑,视为懦夫。

原始人的女神崇拜同样也是出于希望受到保护和依赖的感情。S. 阿瑞提在《创造的秘密》里曾经分析神的产生。他认为,神是从目的因果论的概念中产生出来的,一个人把他早期的、直接的人际关系中所做的观察扩展为对整个世界的观察。如母亲有心有意地让孩子吸吮自己的乳房,爱抚他,把他抱在怀里等,以后,这个孩子就把他观察到的事件都归结为有意志的活动,"所以,孩子想到自己的母亲就产生希望与信赖的情感。以后这种希望与信赖的感情就扩展到自然界当中被看成是由好神赋予了生

---

① 李旭:《回旋着生命主题的美——傣族古代美学思想分析》,载《云南民族学院学报》1991年第1期,第51～52页。
② 李旭:《回旋着生命主题的美——傣族古代美学思想分析》,载《云南民族学院学报》1991年第1期,第52页。
③ 徐一青、张鹤仙:《信念的活史:文身世界》,四川人民出版社1988年版,第14页。
④ 转引自徐一青、张鹤仙《信念的活史:文身世界》,四川人民出版社1988年版,第33～34页。

命的那些事物身上"①。他还认为，原始人也是如此。食物的缺乏、天气的险恶、疾病的流行、外界的侵袭、野兽威胁着自己的生存等，都使原始人很快意识到了自身的存在是不安全的。因此，他们希望有善良的好神出来保护他们。"人们如果看到了被善良的好神赋予了生命的客观事物时，那种和善良母亲联系在一起的希望情感就会在更大的范围内被重新体验到。在这些神里，多数都是女性。"②所以，人类早期的女神偶像往往具有保护神的意味。如法国出土的大约产生于旧石器时代晚期的女神像"罗塞尔的维纳斯"，右手举着一牛角杯，像在主持某种仪式，具有浓厚的原始宗教的意味。还有奥地利出土的"维伦堡的维纳斯"，只有11厘米高，这大约是为了方便携带，具有咒术与保护的意义。有的女神像上甚至钻有小孔，便于穿挂佩戴于身上。弗雷泽在《金枝》里提到的内米湖一带的狄安娜女神，她不仅是树木与野兽的保护神，而且还是人工培育的植物和家畜的保护神；此外，她还能使妇女多生子女，并能减轻她们生产时的痛苦。我国云南麻栗坡大王岩1号崖画点，绘制了两位高达3米的女性祖先像，在她俩的下面，画有人、牛、植物等，也透露出先民们祈求女神保佑人畜兴旺繁衍的愿望。③由保护植物、野兽与家畜而保证了人类生存的物质条件，由保护妇女的生殖而保证了种族的繁衍，这些都与人类生存的渴望紧紧地联系在一起。

与祖先崇拜仪式紧密结合的宗教艺术也同样脱离不了寻求保护的依赖感。"祖先崇拜最初是从女性开始的，因此，人们自然地把自己的祖先塑造成了女性神祇。"④而女神自然又是人们依赖感的产物。祖先崇拜还来源于图腾崇拜，如我国鄂温克族、鄂伦春族都把熊当作自己的祖先，对熊有一些特殊的禁忌和崇拜仪式，猎熊必须进行一整套复杂的仪式。⑤朝鲜族的先民以熊、鸡、虎为图腾。彝族密且人每一姓都认定一株树作为本族的族树。这株族树便成为该家族的象征与保护神，人们像维护家族利益一样保护族树，严禁砍伐，严禁攀爬。每年阴历六月二十四日或八月十五日

---

① ［美］S.阿瑞提著：《创造的秘密》，钱岗南译，辽宁人民出版社1987年版，第313页。
② ［美］S.阿瑞提著：《创造的秘密》，钱岗南译，辽宁人民出版社1987年版，第314页。
③ 参见杨天佑《麻栗坡大王岩崖画》，载《云南文物》1984年总第15期。
④ 陈醉：《裸体艺术论》，中国文联出版公司1987年版，第25页。
⑤ 参见秋浦主编《萨满教研究》，上海人民出版社1985年版，第27～30页。

就举行祭祀族树的宗教仪式。① 图腾崇拜并不仅仅是人们把某种动物或植物视为祖先的问题，这种观念实际上体现了人们把自然生命与人的生命看作一个统一与连续的整体生命的存在。卡西尔说，图腾崇拜体现了一种"生命的一体性和不间断的统一性原则"②。在图腾崇拜里，人从动物、植物那里得到了生命，而始祖的生命又永远地保存在大自然的生命之中，并且永远保护着人类的生存。其间透露出了信仰图腾崇拜的先民强烈的求生意识以及对生命不可毁灭的坚定信仰。此外，祖先崇拜也是不割断生者与死者的联系。人们认为死者的灵魂仍然会在暗中保护生者。我国的佤族就特别注重人死后的安葬。他们认为，人死去是因为先死去的祖辈把他的灵魂叫去了。为了让死者的灵魂在另一个世界里能够如同人间一样地生活，就要把死者生前常用的东西作为陪葬。如果是男性，就放上烟斗、铁铲、长刀；如果是女性，则放进项圈、手镯和背篮等东西。而且，他们还认为，人刚刚死去时，灵魂不会马上离去，而是要等肉体全部腐烂后，灵魂才转入阴间世界。所以，有些地区在人死后的最初一个月里，还用一根竹管插到死者的嘴里，每天把食物灌进去，让灵魂吃饱。③ 之所以如此重视死者的安葬和尊重灵魂，是因为佤族相信灵魂有保护生者的作用。因此，为了尊重祖先，产生了许多祭祖仪式；为了尊重灵魂，产生了许多送丧仪式和安葬仪式，其间甚至还以娱乐的成分来讨好祖先的灵魂，目的都在于祈求保佑。

总之，对神的渴望与崇拜仪式以及相应产生的宗教艺术，反映了原始先民对生的渴望，是他们求生本能的一种心理反应。

二、两种生产的基本需求

马克思主义创始人之一的恩格斯在其名著《家庭、私有制与国家的起源》第一版序言中指出：

---

① 参见高立士《彝族密且人的原始宗教》，载《思想战线》1989 年第 1 期。
② [德] 恩斯特·卡西尔著：《人论》，甘阳译，上海译文出版社 1985 年版，第 107 页。
③ 参见覃光广、李民胜、马飙等编著《中国少数民族宗教概览》，中央民族学院出版社 1988 年版，第 246～247 页。

根据唯物主义观点，历史中的决定性因素，归根结蒂是直接生活的生产和再生产。但是，生产本身又有两种。一方面是生活资料即食物、衣服、住房以及为此所必需的工具的生产；另一方面是人类自身的生产，即种的繁衍。①

在原始宗教盛行的时代，原始人的宗教观念、宗教仪式及艺术方式，都为两种生产所制约，他们的思维、他们的行为（包括生存方式与宗教崇拜仪式）都紧紧围绕着这两种生产而展开。

从利于种族的繁衍来看，种族成员的多少成为衡量种族是否兴旺、是否能生存的关键，"氏族的全部力量、全部生活能力决定于它的成员的数目"②。比如狩猎、耕作需要众多的人手，部落间的战争则更需要众多强壮的战士。这样，原始人对种族的繁衍与生殖也便给予了极大的关注。关注性器官、崇拜性器官乃至刺激性欲，在他们那里丝毫没有后人所谓的色情意义，而只是一种生存的基本需要，是进一步增加人口与发展生产的需要。正因为如此，非洲的马绍纳人和马塔贝勒人，其"图腾"这个词就表示"姐妹的阴门"。③ 我国云南哈尼族的图腾也是女阴。④ 白族地区剑川石窟的"阿央白"也是一个女阴的象征。内蒙古磴口县默勒赫图沟畔和阿贵庙西北等地岩画上，则鲜明地刻画出女阴的形象。⑤《老子·第六章》所说的"玄牝之门，是谓天地之根"，也认为世界万物的根源在于那硕大无朋的女阴（女牝）。

在原始人尚不知道人的产生乃是男女媾和之后的产物的秘密的时候，往往把人的产生归之于女性单方面的结果。因此，早期的一些感生神话，都突出了女性喝水而孕、吞鸟卵而生人、见白气贯日而产子等女性的力量。而最早的女神始祖像，也便都突出了其性的特征，以表示其强大的生

---

① 中共中央马克思恩格斯列宁斯大林著作编译局编译：《马克思恩格斯选集》（第4卷），人民出版社1976年版，第2页。

② ［俄］普列汉诺夫著：《论艺术》，曹葆华译，生活·读书·新知三联书店1973年版，第58页。

③ 参见［法］列维·斯特劳斯著《野性的思维》，李幼蒸译，商务印书馆1987年版，第120页。

④ 参见兰克《原始的宗教和神话》，见中国民间文艺研究会上海分会编《民间文艺集刊》（第4集），上海文艺出版社1983年版。

⑤ 盖山林：《阴山岩画》，文物出版社1986年版，第114页。

育力。这种具有硕大乳房，凸出的腹部、臀部与明显阴部特征的生育女神像，在世界各地都有发现，而其形象与所表示的意义又几乎都是近似的。如我国辽宁喀左县东山嘴红山文化中的裸体女陶像，与欧洲出土的冰川时期的女性维纳斯是极其相似的。按照原始人的互渗思维，这些代表生育的女性神像不仅能保证人类自身的生产，而且可以保证自然界的丰产。所以，出土的一些史前女性裸浮雕像，她们往往被翻倒在地，面朝土地，与土地直接接触。而一些圆雕像，制作时将双脚简化为一根棒状的东西，明显是要便于插入土中才这样做的。在这里，妇女的生殖与土地的丰产发生了直接的联系，不过它们的含义并不是"土地为妇女树立了榜样"①，而应该是代表生育的女神具有保证土地也同样丰产的意思。

当原始先民在了解了男性的生育功能，从而产生了男女阴阳二气相合方可育出人类的意识的时候，原始宗教崇拜进入了对男性生殖器崇拜的时代，社会也从母系氏族社会向父权制社会过渡。

考古所发现的属于马家窑文化的柳湾出土的彩陶壶，上面塑有男性裸体像，性器官则被不成比例地夸大了。在秦安大地湾仰韶文化遗址、甘肃临夏张家嘴齐家文化遗址、湖北京山屈家岭文化遗址等地方，也都发现了一些陶、石、木等制成的阳具。在甲骨文里，"且"即"祖"，就是对男性生殖器形状的摹写。而夸大男性性器官的生殖崇拜艺术也在不少地方被发现。如在新疆呼图壁县的康老二沟与涝坝湾子沟汇流处（俗称"康家石门子"）的山岩峭壁上就发现有表现生殖崇拜的巨幅岩画。其中，表现男女媾和的图形则着意渲染和突出了男性勃起的阳具，尽力夸张其强壮有力。一位文化研究学者曾这样描绘过其中的一个场景："一头戴高帽的男性，浓眉大眼，大嘴高鼻，面部特征清晰，透示一股粗犷有力的男性气势。他右臂平伸，右手上举，左手下垂，把持了勃起的生殖器，其粗大几与人等，直接指向一迎面站立的女像。女性面目清秀，细腰长腿，形体俏丽，通体涂染朱红。在这一隐喻着男女交合的图像下，则是两列欢跳的小人。"② 如今在云南西盟佤族干栏式的"大房子"顶上，除看到鸟饰以外，

---

① 朱狄：《原始文化研究》，生活·读书·新知三联书店 1988 年版，第 287 页。
② 王炳华：《天山：远古的性崇拜——记新疆呼图壁生殖崇拜岩雕刻画》，载《美育》1988 年第 4 期。

还能看到突出生殖器的男像高踞其上。① 云南景颇族也在屋内树起木脑柱，木脑柱象征男性生殖器。而在木脑柱的基座上，有女性乳房的象征，并用钉子代表乳头。

由于认识了男性的生育能力，原始初民也便有了两性交媾化育万物的原始宗教思想，这是初民从自身的生育推及万物产生的泛化意识，于是天地有了阴阳之分，动物植物有了雌雄之别，一切事物都由阴阳二气交合孕育而生。中国古籍中所载关于人类与万物起源的说法，都谈到男女交媾产生人与万物的问题。如《周易·系辞下》说："天地絪缊，万物化醇；男女构精，万物化生。"《淮南子·精神训》说："古未有天地之时，惟像无形。窈窈冥冥……有二神混生，经天营地……于是乃别为阴阳，离为八极。"高诱注："二神，阴阳之神也。"《淮南子·览冥训》又说："至阴飋飋，至阳赫赫。两者交接成和而万物生焉。众雄而无雌，又何化之所能造乎？"因此，为了刺激人口的繁衍，就产生了一些表现男女性交的雕像、岩画、舞蹈等艺术形式。同时，按照其巫术的"相似律"和思维的"互渗律"，初民们又以这些表现男女性交的宗教仪式去刺激作物的生长。贝尔纳曾经指出："新石器时代社会所最关心的是农作物收成。故而对于原来由于女人，为着增多植物和繁殖植物，而举行的一些图腾仪式方面，就更重视，更予以发展。就中最表特征的是用人的交配来激励丰收的那些丰产礼节。"② 弗雷泽也说："（原始人）相信动物世界和植物世界之间的关系比它们的表面现实更为密切。所以他们往往将复活植物的戏剧性表演同真正的或戏剧性的两性交配结合在一起进行，用意就在于借助这同一做法同时繁殖果实、牲畜和人。"③ 比如原始初民的舞蹈中，就常有这种以刺激性欲、达到繁衍人口与作物目的的舞蹈。格罗塞在《艺术的起源》中曾提到澳洲人的科罗薄利舞以及华昌地族（Wachandi）的卡罗舞（Kaaro），说"这种舞蹈大部分无疑是想激动性的热情"，"跳舞实有助于性的选择和人种的改良"④。

闻一多先生在《高唐神女传说之分析》一文释《诗经》中的"万舞

---

① 参见汪宁生《云南沧源崖画的发现与研究》，文物出版社 1985 年版，第 100 页。
② [英] 贝尔纳著：《历史上的科学》，伍况甫等译，科学出版社 1959 年版，第 53～54 页。
③ [英] 詹姆斯·乔治·弗雷泽著：《金枝》（上），徐育新、汪培基、张泽石译，中国民间文艺出版社 1987 年版，第 473 页。
④ [德] 格罗塞著：《艺术的起源》，蔡慕晖译，商务印书馆 1984 年版，第 170 页。

洋洋"时说："《鲁颂·閟宫》曰'万舞洋洋'，閟宫为高禖之宫，是祀高禖时用万舞……而其舞富于诱惑性，则高禖之祀，颇涉邪淫，亦可想见矣。"① 这种具有诱惑性的舞，旨在增进人的自身繁衍乃至作物生长的祭祀仪式的一部分。这种利用模仿男女性交的舞蹈及其仪式，至今还保留在我国少数民族地区的某些宗教仪式与宗教戏剧、宗教节日里。如湖南湘西侗族地区的祭闪巴神（又称"野婆"，为该族主宰生育的女神，后来演变为男神）的仪式。祭祀中由两个巫师跳舞，一个巫师扮土地神，另一个巫师扮闪巴神。两神要跳象征交媾的舞蹈。此外，闪巴神还要说粗话，挑逗妇女，接着由一人牵一头猪上场，闪巴神此时则以巫杖置于胯下当作男根，不时对猪做交媾动作，其间遇到周围男女观众也要触动一下。最后，要从多子女的家庭中取一张席子，铺在祭坛附近，闪巴神在席子上模仿交媾动作。妇女则围观之，还要用裙子罩闪巴神。接着把席子抬到河边用火烧成灰烬。不育妇女可以把席灰带回家，放在枕头下，认为这样可以促使怀孕生子。② 这种祭祀仪式与求子、促使牲畜兴旺以及土地丰产都联系了起来。贵州台江县巫脚地区苗族的吃牯脏仪式，其中的"追女"活动，也表演象征性的交媾舞蹈。"追女"活动时，由一男子背负女性生殖器模型在前奔跑，另一男子背负男性生殖器模型尾追在后，追上时就让两个模型表演一次交媾动作。有的村子在"追女"时，追者还以弓箭射击女性生殖器模型，嘴里还喊着"夺张"（交配之意），女方则说"沙降"（繁荣之意）。全寨人都随声附和喊："中了！中了！"这种"追女"活动都要绕寨一周。③ 在云南腾冲一景颇族山寨还保留着一种原始舞蹈，舞蹈用夸大了的男女生殖器作为道具，跳舞时就用它们表现男女性行为，在1949年之前，舞蹈的高潮往往就是男女间真实的性交。④ 此外，景颇族还保存着原始的播种仪式。播种仪式一般在每年农历三四月间祭完庙社后进行。仪式由"董萨"（即景颇族的巫师）祈祷，求土地神保佑丰收，然后由两对男女青年进行播种。播种时，女子在前，手持硬竹制小锄打洞点种，男

---

① 闻一多：《闻一多全集》（第1卷），生活·读书·新知三联书店1982年版，第113页。
② 参见林河《〈九歌〉与沅湘民俗》，生活·读书·新知三联书店上海分店1990年版。
③ 参见宋兆麟《巫与民间信仰》，中国华侨出版公司1990年版。
④ 参见王元麟《论舞蹈与生活的美学反映关系》，载中国社会科学院哲学研究所美学研究室、上海文艺出版社文艺理论编辑室合编《美学》（第2期），上海文艺出版社1980年版，第120页。

子在后，用扫帚平土。① 这种仪式也象征着由男女"合种"（实际上是交媾的一种变形）才能保证农作物的果实获得丰收。在某些地区，在水稻扬花灌浆时节，夫妻还一起到田头过性生活。② 成都汉墓出土的汉代画像砖中，描绘了一些男女在桑树下交合的图画，也是利用男女的交配刺激桑业丰收的一种巫术习俗。

在贵州西北威宁县彝族山寨裸戛村还流传着一种原始傩戏"撮泰吉"（按彝文字面解释是"变人戏"）。内容是反映彝族祖先创业、生产、繁衍、迁徙的历史。"撮泰吉"的全过程大致如下：首先向祖先祈祷，跳铃铛舞（一种丧葬舞），用对白叙述彝族的迁徙史，接着扫瘟、去灾、买耕牛、播种、种收荞麦，最后向荞麦的兄弟姐妹进酒，跳狮子舞以庆丰收。而在种荞麦的过程中，有一段表演劳作间休息的场面，戴兔唇面具的嘿布，挑逗背娃娃的女性阿达姆（实际身份是五谷母亲，即谷神），并从阿达姆背后抬腿与之性交。戴白胡子面具的阿达摩发现后，追打嘿布，接着他与阿达姆性交。③

1989年年初，我在昆明看了由云南社科院邓启耀同志提供的云南民族艺术节"民族民间歌舞"的录像带，其中，哈尼族叶车人的"仰阿纳"鼓舞给我印象极深。舞蹈表现春耕栽插中的一段闲暇时间，男女青年相约游乐憩息。早晨，姑娘们头戴白布尖帽，短裤赤足，手撑白伞，到山梁上寻伴求友。男青年背鼓上场，与女青年谈情说爱。舞蹈中，男青年不断地击鼓摆胯，对鼓做一些性交的动作，而女青年则相应配合鼓声围绕起舞。据说，叶车人以前在鼓里放有谷物，男性对之做性交动作表示催发生殖，催发谷物。这种对田头性交动作的模拟，即以人类的两性结合促使谷物丰收的模拟巫术，反映了原始初民求生存的生命本能。"要活着并且要使之存活，要吃饭并且要生育繁衍，这些是人类在古代的基本需求，也是将来

---

① 参见覃光广、李民胜、马飙等编著《中国少数民族宗教概览》，中央民族学院出版社1988年版，第270页。

② 参见方纪生编著《民俗学概论》，北京师范大学史学研究所1980年版；李晖《江淮民间的生殖崇拜》，载《思想战线》1988年第5期；［英］詹姆斯·乔治·弗雷泽著《金枝》（上），徐育新、汪培基、张泽石译，中国民间文艺出版社1987年版，第11章"两性关系对于植物的影响"。

③ 参见李子和《论傩面具——以贵州省傩面具为中心》，见贵州省文化厅艺术研究室编《傩·傩戏·傩文化》，文化艺术出版社1989年版；庹修明《傩戏·傩文化——原始文化的"活化石"》，中国华侨出版公司1990年版。

的（只要世界存在的话）基本需求。其他东西当然也需要，用以丰富和美化人的生活，但是，如果不首先满足这些需求，人类本身就不能生存。因此，食物和子嗣这两样是人通过巫术仪式以稳定季节所主要追求的目标。"① 与宗教仪式紧密结合的原始宗教艺术也正是在这两种基本需求的基础上产生的。

三、心理与感情的调节

在原始初民眼里，一切物体都有神性，超自然的力量主宰着宇宙的万事万物。由此，可以想见原始初民神经的敏感、情绪的波动及心理上的不稳定应该比现代人要更厉害。天空闪过的霹雳、夜空中滑下的流星、出发打鱼途中碰上横放于地面的一条绳子、出门时听到乌鸦的几声鸣叫……在他们心上都要激起一阵阵难以平息的情绪。当多次的遭遇积淀成一种经验之后，便产生了许多的禁忌、咒语以及护身符，并由此萌生出许许多多的仪式。与之相适应的宗教艺术也便在某种程度上起到了抚慰绝望的心理，宣泄难以控制的愤怒与激情，弥补某种精神上的欠缺和表达某种良好愿望等作用。

马林诺夫斯基指出："人类生活上的每一重要危机，都含有情绪上的扰乱，精神上的冲突和可能的人格解组。这里成功的希望又须与焦虑和预期等相挣扎着，宗教信仰在乎将精神上的冲突中的积极方面变为传统的标准化。"② 这些人生的重要危急时刻是哪些呢？一般认为就是人生的转变时期，比如受孕、生产、青春期到来、结婚，乃至死亡。在这些生理转变时刻到来之际，人类都把它们看得很重，情绪上的压力很大，一种生命本能的紧张陡然上升。而关节礼的产生，就是为了调节与缓和这种心理上的紧张。因此，关节礼就常常伴有歌唱、舞蹈、戏剧等既具宗教色彩又含娱乐性质的活动。

如赞比亚北部恩登布人的男子成年礼，常伴有歌舞活动，母亲们与行

---

① [英]詹姆斯·乔治·弗雷泽著：《金枝》（上），徐育新、汪培基、张泽石译，中国民间文艺出版社1987年版，第473页。
② [英]马林诺夫斯基著：《文化论》，费孝通等译，中国民间文艺出版社1987年版，第78页。

割礼的男孩子们都在仪礼的相应阶段表现出一定的情绪。割礼一般要持续长达4个月的时间。行割礼前，男孩子们被带出各自的村子，到林中专门建造的营房去。行割礼的前一天，施行割礼手术的大人们唱歌跳舞，歌词中要表达他们对男孩子母亲们的反感，还提到将要发生的"杀戮"。这时，男孩子们与家里人坐在场地上，四周燃烧着火把。这一夜人们将纵情地舞蹈与性交。第二天清晨，母亲要亲自给她们的孩子喂饭，以表示最后的一次早餐。早饭后，施行割礼手术的人们眉上和额上都抹着红土，挥舞着刀跳舞。男孩子们要尽量不露出畏惧的表情。当施行割礼时，母亲们被赶走，她们开始号啕大哭，好像听到了报丧似的，而孩子们被施行割礼。割完后，男孩子们仍被安置在营地里，接着进行一系列的意志训练，包括经受恐吓、执行危险任务、遵守纪律等。当男孩子们全身涂上白色黏土表示再生以后，他们被交还给他们的母亲。起初母亲们痛哭流涕，后来发现儿子平安归来，于是破涕为笑，唱起欢乐的歌，尽情欢乐。女性亲戚和朋友围成一个外圈，高兴地唱歌和跳舞。保护男孩的卫士们在里圈跑来跑去，母亲们围绕着卫士起舞。男子站在旁边观看这旋转不停的人群，发出欢快的笑声。这时场地上尘云四起。① 在这个割礼的过程中，母亲们的表现是很值得注意的。她们一方面要表达对孩子们将从此离开母亲成为大人的一种恐惧和哀伤，另一方面又要承担安慰孩子、稳定孩子情绪的责任。而割礼中进行的歌舞则可以激起男孩子们的某种兴奋、激动，而将其害怕的情绪掩盖掉。所以，有学者认为，成年仪式是"将危机与转折控制在自己手中"，"用一种'庆典精神'经历它们，并超越它们，以焕然一新的姿态开始生活中的新阶段"②。

生命转换期的关节礼仪是如此，季节转换期的仪式也同样具有这种含义。对于农耕民族来说，季节的转换如同生命的转换一样重要，因为它直接关系到农作物的收成，与生存联系在一起。又由于春、夏、秋、冬四季就如同人的生命有诞生和死亡一样，原始人往往在季节转换的仪式中掺杂进对生命的歌颂与惋惜的情感。比如希腊神话传说中关于四季循环的解释

---

① 参见［英］维克多·特纳著《充满象征的森林：恩登布人的仪式》，康奈尔大学出版社1967年版；［美］马文·哈里斯著《文化人类学》，李培茱、高地译，东方出版社1988年版，第325～329页。

② ［美］维克多·特纳编：《庆典》，方永德等译，上海文艺出版社1993年版，第24页。

就与人的生命的死亡与复苏休戚相关。按照希腊神话的说法，宙斯和得墨忒耳美丽绝伦的女儿珀耳塞福涅在一片旷野上采集水仙花时，被冥间保护神（也是农业神）哈得斯发现。哈得斯把她劫入自己的马车中，带进了地下的黑暗王国。得墨忒耳得知后，产生巨大的悲痛，发誓要扼杀所有正在生长的农作物。宙斯担心会引起饥荒，加以制止。在宙斯的坚持下，哈得斯被迫同意让他的新娘每年有三分之二的时间返回地面。因此，当珀耳塞福涅春天返回地面时，得墨忒耳就感到极大的欢乐，同时，树木和田野上也繁花盛开。而一到秋天，当珀耳塞福涅勉强返回阴间时，得墨忒耳将再度产生悲哀，大地上的绿色植物也枯萎死去。因此，由这一神话，古希腊产生了许多与得墨忒耳和珀耳塞福涅有关的节日和神秘的仪式，得墨忒耳成为农业的保护神，珀耳塞福涅也成为丰产的女神。人们要向她们献祭公牛、母牛、猪、水果、蜂房、果树、禾穗、罂粟等农产品。这种颇具艺术意味的祭祀仪式，一方面表现了人类对大自然的恐惧心理。人们为了保持一种心理的平衡，创造了这样的仪式去百般地讨好神，祈求神的保佑。另一方面也是借庆祝珀耳塞福涅的返回人间，以及得墨忒耳高兴情绪的复苏，来宣泄人类的欢乐情绪。这种欢庆气氛便也掩盖了人类内心深处对大自然的恐惧，而使情绪得到一种平衡与稳定。这也是人类自我控制、自我调节的一种手段吧。

　　与宗教仪式结合的歌唱、吟诵、舞蹈、音乐等一些宗教艺术活动既表现了人的宗教需要，又表现了人的审美需要。而在这种活动中，一种情感的宣泄与激情的体验，都需要充沛的精力与体力来支撑。参与这种活动的主体常处于一种亢奋、迷狂的状态之中，他们边唱边舞，沉浸在与神沟通的兴奋情绪中，通过大量的手舞足蹈活动，直到累得筋疲力竭为止。艾尔汶·罗德曾对土耳其纪念酒神狄奥尼索斯的舞蹈做了形象的描绘：

　　　　庆典在山顶上进行，夜晚黑漆漆的，火把时明时暗。响起了喧闹的音乐、金属铙钹轰然的雷鸣以及大型手鼓钝重的响声，其间加入了使人癫狂的低沉的笛音……由这种粗犷的音乐激发起来的欢庆的人群一面跳舞，一面发出刺耳的狂呼声。我们听不到歌声，舞蹈的威力使这些人无喘息的余地，因为这不是规定动作的舞步，不像在荷马时代古希腊人在赞美诗的旋律中按舞步向前摆动。在狂放的、旋转的、冲击的轮舞中，欢庆的人群奔过山丘。很少化装……而是在衣服外面披上鹿皮，还有的在头上戴上角。头发蓬乱地飘舞着，队伍举着手，他们挥舞着短剑或酒神棒，把矛尖藏在常春藤的下面。就这样他们尽兴戏闹直到把所有的感情充分发泄出来，在"神圣的癫狂"中他们冲向作为祭品的、精选的牲畜那里，把这些猎获物分开并撕碎，用牙齿咀嚼着带血的生肉，这样狼吞虎咽地吃下去。①

他又说：

> 这种舞蹈庆典的参加者使自己处于一种迷狂中，他们的举止处于一种极度的兴奋。一种狂喜控制了他们，在这种狂喜中他们处于迷狂状态，表现出另外一个样子……这种极度的激发就是人们所要达到的目的。这种情感诱发的极大高涨具有一种宗教的意义，通过这样一种过度兴奋和举止扩展似乎就能与更高一级即上帝和众神的举止相联系和沟通。上帝是看不见地参加了他们的庆典活动或者就在附近，庆典中的大声喧闹就是要把附近的神吸引过来。②

因此，宗教艺术活动一方面是要调动起参与者的情绪，通过过度的亢奋与迷狂达到与神的沟通。这种激情的产生无疑也是求得心理平衡的途径之一。马克思主义文艺理论家乔治·汤姆森也指出过，原始人之所以通过在精神和肉体上都达到极限度的歇斯底里行为来表达他们的情感，其目的在于"借助极度的意志力，力求把幻想强加于现实"。"在这一点上他们是失败的，但这种努力却没有白费。由此，他们与环境之间在心理上的冲突被消除了，恢复了心理上的平静。所以，当他们回到现实中后，他们比起以前来是更善于与现实作斗争了。"③ 另一方面，这种艺术活动又不仅仅在于模仿，而是要借这些行为与动作表达自己的感情，在心理上与生理

---

① ［德］艾尔汶·罗德：《心理》（第2卷），图林根1910年版，第9页，转引自［匈］卢卡契著《审美特性》（中译本第1卷），徐恒醇译，中国社会科学出版社1986年版，第329～330页。

② ［德］艾尔汶·罗德：《心理》（第2卷），图林根1910年版，第11页，转引自［匈］卢卡契著《审美特性》（中译本第1卷），徐恒醇译，中国社会科学出版社1986年版，第329～330页。

③ ［英］乔治·汤姆森：《诗歌艺术》，见［英］戴维·克雷格：《马克思主义者论文学》，企鹅出版公司1975年版，第55页。

上都达到一种松弛，尤其在一些驱邪除瘟的巫术仪式活动中，巫师更是通过一些狂乱的动作来表示对敌对对象的征服。在我国东北、内蒙古等地萨满的跳神与驱邪活动中就常有这种表现。萨满跳神的主要形式是舞蹈。在跳神活动中，萨满戴神帽，穿神衣裙，戴上腰铃和铜镜，手持神鼓，依鼓声节奏起舞。他们常常要模拟与恶魔搏斗的情景，挥刀砍杀，击鼓驱鬼，常有许多惊险的动作。贵州松桃苗族的"布钩"傩祭活动，为了与凶神进行战斗，夺回被凶神勾去的魂魄，竟然调动一大群手持长矛、马刀、大铳等武器的男青年站在祭场内，听候祭司调遣。拿武器的人在祭司的指挥下，非常认真地向凶神反复冲杀。这时锣鼓齐鸣，杀声震天，俨然一场真正的战斗。① 这种与恶魔凶神搏斗的舞蹈，既表现出巫师对凶神的愤怒，同时也给被医疗者一种心理上的安慰。最后，因为征服了凶神，恐惧的心理随之消失，参与者都获得了一种轻松愉快的心情。

　　宗教艺术中的幻想也是建立在心理平衡与心理补偿基础上的。恶劣的大自然与神秘莫测的自然现象使原始人感到困惑与害怕，原始人总想对这些现象做出一些合乎规律的推测与诠释，并把人的行为与性格赋予自然，赋予动物，赋予神，以此来达到一种合理的解释，并满足自己的求知欲以及美好的愿望。这在那些宗教神话中表现得尤为突出。如关于太阳与月亮的神话、关于天地开辟的神话等，无不充满美丽的幻想。我国壮族有一则"太阳、月亮和星星"的神话，说日月是夫妻，星星是他们的孩子。太阳嫌孩子太多了，常常把他们抓来吃掉。月亮妈妈心疼孩子，所以每当太阳出来，她就带着儿女们躲起来，等太阳下山了，才带着孩子出来玩。星星们因为害怕被父亲吃掉，总是伤心地哭泣，所以每天早上都会在树上、草叶上见到星星们的眼泪，那就是露珠。在古代埃及神话中，日月星辰则是镶嵌在苍天女神努特身上的。努特女神是一个巨大的女人，身体拱盖着整个大地。传说大地神盖布原来是与苍天女神努特紧抱在一起的，是空气神舒将他们分开，并用手高举起闪烁的群星，顶天立地，形成宇宙，天地之间才充满了光明的。还如关于日食与月食，许多民族都认为是跑上天去的天狗去吃太阳、月亮造成的。而我国傣族关于月食的传说则认为，月食是月宫里的金青蛙遮住了月亮车前的灯，在谈情说爱。在这种宗教性神话

---

① 参见庹修明《傩戏·傩文化——原始文化的"活化石"》，中国华侨出版公司1990年版，第61～62页。

中,"人间的力量采取了超人间的力量的形式"①,而这种"超人间的力量的形式"恰恰弥补了原始初民探索大自然的奥秘与改造现实的不足,满足了原始初民的好奇心,同时掩饰了他们对大自然的恐惧。

四、群居本能的泛化

摩尔根在《古代社会》一书中分析胞族间的纽带联系时指出,胞族间的团结与联系,一是通婚,二是共同的宗教仪式。②而在本氏族内部,宗教以及与之配合的宗教艺术活动对于巩固氏族内的团结,无疑也起着积极的作用。之所以要用共同的宗教及其宗教艺术活动来维系氏族的团结,这是由原始初民对自然界的斗争与获取生存条件所决定的,也是原始初民群居本能的泛化,其目的在于使生产、生活能够顺利地进行,使氏族与部落得到更大的发展,形成更有力量的群体。因此,原始初民的宗教及其宗教艺术活动是一种集体的共同意识,是为了一个团体的利益而进行的有组织的群体活动。

按照西方对"宗教"一词内涵的界定,宗教带有"联系""联盟"或"契约"的含义。西方学者认为"宗教"(religion)一词源于拉丁文的 religio。根据卡塞尔《新拉丁文辞典》的定义,religio 意指:"对宗教礼仪和道德方面的良知良心的严格遵守,某种崇拜对象、圣物或圣地,对某个具体神的崇拜,人与众神之间的某种契约关系。"后来再引申,就不仅指人与神之间的互相联系,也指人与人之间的相互联系。宗教的意义也因此具有了社会性、公众性和系统性,尤其是在情感的联系上,更起到了一种整合与集中的作用。这在一些宗教仪式与宗教艺术中就体现得相当充分。

首先,当然是图腾与图腾艺术。一个氏族的图腾绝非个体崇拜的产物,而是氏族群体拥戴的结果,是氏族力量与精神的一种象征。一个氏族靠图腾来维系,而相近的图腾又可以组合成强大的部落,共同抵御外来部

---

① 中共中央马克思恩格斯列宁斯大林著作编译局编译:《马克思恩格斯选集》(第 3 卷),人民出版社 1976 年版,第 354 页。
② 参见[美]摩尔根著《古代社会》(上册),杨东莼等译,商务印书馆 1977 年版,第 237~238 页。

落的入侵,并与之抗争。《列子·黄帝篇》载:"黄帝与炎帝战于阪泉之野,帅熊、罴、豹、貙、虎为前驱,以雕、鹖、鹰、鸢为旗帜。"一个氏族的图腾往往用艺术的形式加以形象化,于是产生了图腾柱、图腾面具、图腾画幅、图腾纹等图腾标志。祭图腾的宗教仪式活动(也是宗教艺术活动)则成为巩固氏族团结、增强氏族的集体感与责任感必不可少的环节。比如我国海南岛的黎族,以身上刺图腾纹当作维系种族的手段。《海槎余录》载:"黎俗:男女周岁,即文其身。不然,则上世祖宗不认其为子孙也。"《黎岐纪闻》也载:"……女将嫁,面上刺花纹,涅以靛。其花或直或曲,各随其俗。盖夫家以花样予之,照样刺面上以为记,以示有配而不二也。"哥伦比亚一带的土人则习惯把图腾刻于屋梁上。易洛魁人把图腾刻于屋里。阿泰哇人村落中,各部族分区居住,每区门前也竖立图腾旗杆。① 我国畲族也在屋内供奉图腾杖(犬首或龙头杖)。在祭盘瓠的迎祖祭祀活动中,要在屋中悬挂盘瓠像。祭祖(即图腾)仪式分为以下四个步骤:

第一步,造祖宗寨,安置祖先和盘瓠画像,进而拜盘瓠,祈求祖宗保佑狩猎、农耕都丰收以及血财兴旺(血代表人口繁衍多,财代表丰产)。

第二步,由引坛师公带领新参加图腾的子弟入祭,即让成年少年把正式法名写在红布条上,拴在图腾杖上,表示他已是图腾成员。同时,还要由度法师公带领子弟"食口水",即法师含一口水,通过一根竹管吐入子弟口中。法师代表祖先,子弟食了他的口水,则表示得到了祖先的血液。

第三步,由征战师公带领子弟出去学法,经受各种考验。

第四步,在出征子弟归来后,所有参加祭祖的成年人都入座,规定老年人坐上排,少年坐下排;男子坐上排,女子坐下排,进行集体聚餐,唱盘瓠歌(即图腾史诗)。饭后送给每个人两块猪肉,让他们带回家中,给未参加者食用。②

挂图腾像、讲图腾史、给子弟举行加入图腾仪式等祭图腾活动(其中大部分具有艺术性质),其目的就在于加强氏族间的团结,并且使氏族的绵延得到巩固。

---

① 以上图腾材料可参见岑家梧《图腾艺术史》,上海文艺出版社 1988 年影印本,第 51、第 57 页。

② 参见宋兆麟《巫与民间信仰》,中国华侨出版公司 1990 年版,第 89 页。

在非洲社会，一种成人仪式也表现出了对群体和氏族的认同。该仪式规定，青年在进入成人社会时，必须吞吃一种由先前被接纳进成人社会的人的包皮制成的粉末，认为这样做了，才表示他的身体内融入了祖先们的精气和力量，融入了氏族中人的精气和力量。

其次，是宗教祭祀活动中的舞蹈与歌唱。格罗塞在《艺术的起源》一书中，对舞蹈的社会功能及其社会意义做了叙述。他认为，原始人在跳舞时，处于一种完全统一的社会态度之中，舞蹈的感觉与一致的动作使人置身其中就如处于一个单一的有机体中一样。"原始舞蹈的社会意义全在乎统一社会的感应力。"① 心理学家蔼理斯在《生命之舞》中也说："除了战争外，在原始生活中，舞蹈是有利于社会团结的主要因素；它实在是战争的最佳训练。舞蹈具有双重的影响力：一方面，它帮助了进化中行动和方式的统一；另一方面，由于人类天生是一种胆怯的动物，它具有给予勇气的珍贵功能。"② 加入图腾的入社舞蹈，要装扮成图腾的样子或戴图腾面具，要模仿图腾的动作。新成员还通过舞蹈学习生产技能，并且相信加入入社跳舞后就能得到图腾的特殊魔力，这无疑是氏族进行集体团结教育的最佳手段。比如在我国西南地区，一些有虎图腾崇拜的彝族就有祭虎的乐舞。他们自称虎族，彝语中的"罗罗""保罗"就含此意。明代《虎荟》卷三中说："罗罗——云南蛮人，景颇族'目脑舞'舞队行进路线示意图呼虎为罗罗，老则化为虎。"云南南涧县彝族每隔三年的首月（虎月）的第一个虎日大祭要表演母虎十二兽舞。云南楚雄彝族自治州双柏县彝族，每年农历正月初八到十五日的"虎节"之中要表演"虎舞"。身着虎装、脸画虎纹的"虎头"（往往由老人扮演）带领着八只"老虎"随着鼓点起舞。虎舞象征性表现虎祖先指导"虎子虎孙"们如何劳动，如何追根念祖，如何同心同德维系虎族……虎舞中人们还不断呼喊"罗哩罗"（在彝语中即指"虎呀虎"），即呼喊自己的图腾祖先。正是通过这样的图腾舞蹈，强化了同根意识，增强了民族的内聚力。云南景颇族的祭祖歌舞盛会"目脑纵歌"则是借祭祀乐舞来重温祖先迁徙的艰难历程，以表现一种对祖先的敬重和全族团结一致的精神。当董萨（巫师）主斋

---

① ［德］格罗塞著：《艺术的起源》，蔡慕晖译，商务印书馆1984年版，第170页。
② ［英］蔼理斯著：《生命之舞》，徐钟珏、蒋明译，生活·读书·新知三联书店1989年版，第53页。

过最大的"木代目脑"后,便举行开跳仪式。成千上万的景颇人踩着鼓点逐一进入舞场,在领舞人的带领下,严格按照目脑柱上的云纹蜿蜒舞行。先是由北朝南走,表现祖先由北方(相传是青藏高原)往南方迁移的过程。然后再由南向北,象征着重溯祖地,求得与祖先在心理与精神上的回归与汇合。舞蹈规定舞步一步也不能错,错了就会被祖灵怪罪,会遭受灾祸。那些看上去蜿蜒曲折如走迷宫的舞蹈队列,既再现了景颇先祖们围猎以及战斗列阵的情形,又表现了今人对历史的重温。还有一些送葬舞,也有维系家族、亲友团结的作用。如我国普米族人,家中死人后,在家停尸的时间,有的两三天,有的长达十几天,好让亲友前来与死者告别。在火葬的前一天晚上,亲友、村民纷纷来聚,举行大规模的聚餐。饭后,便在院内生一堆篝火,大家手拉着手,环火而舞,同时唱送葬歌。在我国,各民族的丧葬仪式几乎都通过对死去的年长族人的吊唁来起到一种增强家族的认同感和内聚力的作用。如纳西族的祭奠仪式中,由亲族哭唱的哀歌就充满一种强烈的家族团结观念:

> 你活着的时候,
> 在村寨立下了不可磨灭的功绩,
> 你教导族人道德为人,
> 你指点族人行善好施,
> 与贤能的人交结朋友,
> 与善良的人家缔结良缘,
> 你和我们同欢共乐,
> 有酒共饮,有茶共喝,
> 有福同享,有难同当。
> 百家烧着百塘火,
> 百塘火焰一样热烈;
> 千人怀揣千颗心,
> 千颗心思一样和好。
> 高高的雪山休想阻挡我们,
> 深深的江河休想阻隔族人,
> 九山燃烧的大火烧不散我们,
> 七谷泛滥的洪水也冲不散我们,

我们是无敌的宗族,
谁人也别妄想陷害我们。

在我们族人面前,
没有天灾人祸,
所有的人贫富均等,饱饿均匀,
不论大小,冷暖一致,
没有相互的轻视,
没有善恶不分,
如同成圈的牦牛角,合拢在一起,
不像失去蜂王的岩蜂,四处散飞。
像丝线缠绕的线球,结为一体,
不像马尾织的箩筛,相隔相离。①

  虽然这些祭奠哀歌是经过许多代人的加工与创造才形成的,但其最早的内容也必然具有团结全族、强化家族观念的含义。而有关祈雨的宗教性舞蹈,则更是一次巨大的集体活动,需要彼此配合默契。还有的舞蹈则体现出一种集体的忍耐力。如美洲西部大草原上的美洲土著居民跳的宗教性舞蹈"太阳舞"就是通过一种自我折磨来表现勇气和耐力的。"太阳舞"由萨满领导,舞蹈的人用一根绳子穿过自己的皮肤,把绳子拴在柱子上,他们围着柱子边走边舞,还使劲拉拽绳子,直到自己昏倒在地或皮肤撕裂为止。②

  对宗教艺术产生奥秘的探索是有积极意义的。一方面,我们了解到,宗教艺术产生的过程与原始人的社会与自然条件、经济生活、心理基础(尤其是个人或部族求生存、求发展的生命本能)有着极为密切的关系。早期宗教艺术之中所跃动着的勃勃生命激情也正源于此,乃至我们今天还为原始宗教艺术的生命力所感动、所倾倒。另一方面,对宗教艺术产生过程的探讨也为正确探索艺术起源问题提供了一条重要的途径。它至少使我

---

① 杨知勇:《西南民族生死观》,云南教育出版社1992年版,第303～304页。
② 参见[美]马文·哈里斯著《文化人类学》,李培茱、高地译,东方出版社1988年版,第321页。

们看到，艺术的起源与宗教的起源是分不开的，它们是一道产生的。在原始社会即原始宗教时代，原始宗教艺术也是原始艺术。从这个意义上来讲，艺术与宗教都起源于原始人的社会实践与混沌意识。正如我们前面已经说到过的，在原始时代，原始宗教、原始艺术本身又是原始生产活动中的一个不可缺少的环节，生产、宗教、艺术往往是三位一体混融在一起的，原始宗教与原始艺术本身即是原始人社会实践的一部分。这种实践行为的混融性便决定了思维意识的混沌性。艺术正是这种混融性实践与混沌性思维的产物。

（原载《文艺理论研究》1992年第6期）

论宗教艺术的世俗化倾向及其审美创造

从宗教的目的与要求来看，宗教总是把天国的神圣与现实的世俗相对立。宗教所孜孜追求的就是要灭绝世俗的享受，宣传的就是尘世的琐微与卑下，以衬托出天国的神圣与美好。但是，宗教在创建自己的教义体系和弘教时，却不可能与现实的世俗社会相脱离，而且宗教想象所创造的神圣形象与神圣境界也不可能毫无现实社会的影响存在。相反，为了推广教义并使其为普通民众所接受，宗教还要有意识地与世俗社会相适应，并选择恰当的宣传方式。宗教艺术作为宣教辅教的一种方式，世俗化是首先要面对且最为突出的问题。随着人类社会生活的丰富与发展，随着宗教艺术创造者身份与思想的越来越复杂，宗教艺术中的世俗化成分也就愈来愈多、愈来愈浓。从宗教与宗教艺术发展史来看，事实证明，宗教的神圣与现实的世俗性并不是完全对立的。宗教要存在下去，就必然与世俗社会相调适。而在这种调适的过程中，宗教及其宗教艺术就要接纳世俗的内容，有些时候，宗教与宗教艺术甚至还对社会的世俗化起到某种推进作用。

一

不管怎么说，宗教艺术中始终表现出追求神圣与肯定世俗的矛盾。作为宗教理想，自然提倡人应该为天国服务，要抑制住人的一切本能欲望，包括人的快乐本能与享受本能。但是在具体的宗教训诫与艺术描述中，宗教又不得不承认人的本能欲望是难以遏制的，比如《圣经》中的原罪故事，亚当、夏娃经不住蛇的诱惑，偷吃了美味可口的果子，这说明人所具有的感官欲望与美的愿望是天生的。《圣经·创世纪》中的上帝在经过6天的创造工作以后，也要像人一样休息与享受一下，于是有了星期日，他同样不能免除人的享受本能的支配。伊甸园中，也到处充满可以满足人的感官欲望的树木花草与食物，"耶和华上帝使各样的树从地里长出来，可以悦人的眼目，其上的果子好作食物"①。《圣经》中的《雅歌》是一篇描写爱情的诗篇，其中的许多比喻采用的就是以色味诱人的果子来形容爱情充满心间时那种快乐感受的：

> 我的良人在男子中，
> 如同苹果树在树林中。
> 我欢欢喜喜坐在他的荫下，
> 尝他果子的滋味觉得甘甜。

又如：

> 我妹子，我新妇，
> 乃是关锁的园，禁闭的井，封闭的泉源。
> 你园内所种的结了石榴，
> 有佳美的果子，并凤仙花与哪哒树，
> 在哪哒和番红花，菖蒲和桂树，
> 并各样乳香木、没药、沉香，与一切上等的果品。
> ……
> 北风啊，兴起！
> 南风啊，吹来！
> 吹在我的园内，
> 使其中的香气发出来。
> 愿我的良人进入自己园里，
> 吃他佳美的果子。

这最后一节诗内虽然隐含着性爱，但这种优雅的比喻是以一种世俗享受的方式出现的。这一方面是为了表现《圣经》的神圣，另一方面也使世俗的爱情显得神圣化。因此，《雅歌》中的爱情描写是一种宗教情调与世俗享受相混合的艺术描写。神圣与世俗的矛盾正是通过这种艺术描写协调一致的。

---

① 《圣经·创世纪》。

宗教中的天堂与仙境，也并非宗教所推崇的那种禁欲主义的超尘脱俗之地，相反，许多宗教中的天堂与仙境是一个充分享福的处所。宗教对来世的允诺最主要的就是享福与快乐，而这些幸福与快乐又都是从人间搬去的。这也就是说，人在世间所能够与所希望享受到的东西，在天堂与仙境中同样可以享受到，而且对它们的享受更加随心所欲。中国道教的仙境，在道教艺术的描写中往往是带上很浓的世俗色彩的。如《太平广记》卷七〇引《北梦琐言》中写张建章海上遇仙女，受仙女招待，"器食皆建章故乡之常味"。《太平广记》卷四七写唐宪宗游海上仙山，饮龙膏之酒，"酒黑如纯漆，饮之令人神爽"，等等。这些描写无不带有将仙境世俗化的倾向，真是"因知海上神仙窟，只似人间富贵家"。道教传说还说淮南王刘安升仙时竟能将家中的鸡犬也一同带到天上，使神仙生活还带上鸡鸣犬吠的田园村落色彩。魏晋神仙道教还创造了一种"地仙"的理想境界，成为"地仙"，既可在人间做官，享受人间幸福，又能在想做"天仙"时服下成为"地仙"时剩下的半剂金丹飞升上天。"地仙"生活正是世俗生活的补充与延长，也正是神仙们想充分享受世俗生活而又不碍其在天国永久享福的最现实的选择。

宗教艺术的世俗化还表现在神与凡人的融合性上。道教认为人人皆可成仙，只要人遵守道教教规，服金丹，修长生术，就可进入神仙境界。在道教小说《列仙传》的仙人队伍中，有帝王，也有宫女、门卒甚至乞丐，有商人、医师，也有补鞋的、磨镜的。道教小说中流行最广的八仙传说，其人物均由凡人修炼而成，都经历过贪嗔痴的考验。神仙道化剧中的神仙形象几乎都是人神参半的混合体。佛教艺术中的大肚弥勒佛像，也是一个非常世俗化的形象。他袒胸凸肚，咧嘴呵呵大笑，一副享尽人间幸福、化天下一切不快之事为快事的快活神情。还有济公，本俗人出家，却嗜酒贪肉，疯疯癫癫，于癫狂之中又常济穷护教，不乏菩萨心肠，为众生排忧解难。这些神佛形象，无不充满世俗的生活情调，并流露出人生应有的享受欲望。

宗教艺术的世俗化还体现在它对王权的依附上。两晋时期，佛教已认识到"不依国主则法事难立"，于是主动与封建王权相调适。到南北朝与唐代，佛教更出现了国教化的迹象，开始带有一些官方的性质。僧官制度的形成与发展多少也反映出僧侣已为官方所控制的趋势。僧侣也有意依附王朝，求得王朝的支持而加以发展。这种趋势反映到宗教艺术中来，就是佛教艺术对皇帝大臣的有意奉迎，以及官方意识在佛教艺术中的表现。如北魏时期，沙门统昙曜负责开建云冈石窟，为了突出北魏皇帝的教主地位，就有意将几尊大佛按照北魏几位皇帝的相貌加以雕塑。敦煌变文中的《佛说阿弥陀经讲经文》在叙述讲经功德时，就明显表现出对皇帝、朝廷卿相生活的祝愿：

> 伏愿我今圣皇帝，宝位常安万万年，
> 海晏河清乐泰平，四海八方长奉国。
> 六条宝阶尧风扇，舜日光辉照帝城。
> 东宫内苑彩嫔妃，太子诸王金叶茂，
> 公主永承天寿禄，郡主将为松比年。
> 朝廷卿相保忠贞，州县官僚顺家国。
> ……
> 普愿今朝闻妙法，永舍三涂六道身。
> 佛前坐持宝莲花，齐证如来无漏体。

有的讲经文还把皇帝比作佛，把王法比作佛法。在讲经文说完佛德以后，还要说一句"亦我皇帝云云"之类的捧场话。对王权依附所得到的直接好处，就是能发展寺院的经济。皇帝及其大臣们的施舍以及支持，常使寺院拥有大量财物和土地。魏晋至唐，一些寺院僧人因为皇帝的宠爱，过着豪华的享受生活，而一些寺院的建筑也辉煌无比，俨然一座人间乐园。难怪当时连许多皇宫中的公主、嫔妃也愿意在寺院中入尼修道。寺院做法事时还举行各种伎乐活动，《洛阳伽蓝记》载："至于大斋，常设女乐。歌声绕梁，舞袖徐转，丝管寥亮，谐妙入神。"① 在敦煌莫高窟壁画中，我们可以看到当时的伎乐歌舞状况。如第172窟南北壁上大型"净土变"画面中，就有佛说法时前台置伎乐歌舞的场面。实际上，佛与天部诸神也要享受伎乐，如敦煌壁画中的"飞天伎乐""歌舞天人"，都是轮流为诸天神作乐的，是供养佛的"伎人"。"飞天"形象的大量出现，也展示出人类快乐的基本本能及其对欲望的追求，实则也代表了人间信众的快乐欲求。

---

① ［北魏］杨衒之：《洛阳伽蓝记》卷一"景宁寺"条，见范祥雍校注《洛阳伽蓝记校注》，上海古籍出版社1978年版。

二

宗教艺术的世俗化还与民间世俗意识的影响和渗透分不开。

宗教艺术是为宗教的宣传服务的。为了扩大宗教的影响，使宗教教义更能为一般民众所接受，宗教艺术首先采用世俗的方式进行宣传。在印度，佛教常常与戏剧携手，在戏剧中灌输与宣传佛教的教义。佛教传入中国以后，在魏晋南北朝时期，就采取了造像、转读与唱导等形式。佛教造像本来是为了僧徒观像坐禅开悟的，但为了吸引一般百姓，佛教的像教法则主张应该首先使百姓从感官上接受佛像，进而崇信佛祖，皈依三宝。慧远在《襄阳丈六金像颂》中就认为这种做法是"拟状灵范，启殊津之心；仪形神模，辟百虑之会"，从而使得"四辈悦情，道俗齐趣，迹响和应者如林"。慧远在庐山上首创唱导制度，也针对不同的对象而选择不同的方式，对君王贵族，就引经据典，语言上也华丽典雅；而对一般庶众，则用通俗的形象和具体的事例来宣唱；如果是"山民野处"，则又是"近局言辞，陈斥罪目"①，直接讲述他们的罪孽，劝说其信佛皈教。可以说，唱导早就表现出"适俗"的倾向。唐代的俗讲，为了适应听众的需要或吸引人布施，则干脆抛弃南北朝时期谈空说有、宣讲教义的形式，而专门摄取佛经中的某些故事加以发挥，甚至还出现"假托经论，所言无非淫秽鄙亵之事"②，以至于朝廷也出面来干涉了。在敦煌变文中，除宣传佛教的因果报应、地狱轮回、人生无常等思想外，还夹杂着世俗的忠孝意识。如在《大目乾连冥间救母变文》中，目连对母亲的孝就是宣传的重点。目连救母的故事及其以后演变而成的多种目连戏之所以受到一般民众的热烈欢迎，其中宣传孝的成分起了很大的作用。变文中除讲宗教故事外，还讲一些历史故事（如《伍子胥变文》），也演唱民间传说故事（如《孟姜女变文》），还演唱当代的时事（如《张议潮变文》）。这些非宗教故事的内容中虽掺杂进一些宗教观念，但主要仍是世俗的忠孝报国、从一而终的伦理思想。另外，即使是在一些直接从佛经中改写过来的变文故事中，也同样渗透了民间的世俗意识。如《欢喜国王缘》是由《杂宝藏经》卷一〇

---

① ［南朝梁］慧皎：《高僧传·唱导论》。
② ［唐］赵璘：《因话录》。

《优陀羡王缘》改写的。经文中讲的是有相夫人出家,因功德升天;国王也让位于太子随之升天。而变文中,有相夫人持斋戒而升天,王也持八斋戒而升天,夫妻共住天上,享受净土园地之福。八斋戒则是戒律与人伦礼教的结合;夫妻共升天而永不离别,则把民间现世的夫妻爱情搬到了天上。还有《丑女因缘》,丑女因为深深忏悔前罪,为佛祖世尊亲自垂赐加被,忽然间就变成了容貌端庄、举世无双的美女,与驸马一起在人间过着幸福的生活。变文的重点也放在对现世幸福的向往上。

宗教艺术与民间的节日、风俗相结合的现象,也是民间世俗意识向宗教艺术渗透的重要途径。中国各地的节日必要迎神、游神,而佛教、道教的庙会又必然要演出宗教性戏剧,还有各种神诞节也要举行祭神歌舞活动。这些活动由于有广大民众的参与,往往会演变成全民性的娱乐活动。也就是说,名为娱神,实为娱人。如每年夏历的七月十五,佛教要举行最隆重的"盂兰盆会",而道教则把这一天定为中元节,热热闹闹地上演各种仙佛鬼神故事,盂兰盆节上演的《目连戏》,本是佛教用以宣传佛教因果报应与超度亡魂、地狱轮回思想的,是盂兰盆会祭祀仪式的组成部分。但经过长期的演变,后来它的娱神、驱鬼、祈福的宗教功能就不只局限于佛教了,在道教的打醮活动中也出现,民间的驱除疫疠、祓除不祥的驱鬼活动也用它。当演到招鬼魂与驱鬼魂时,百姓则齐声呐喊,鞭炮齐鸣,热闹非凡。这正是民间世俗的功利意识对宗教艺术的渗透。

民间宗教节日与祭祀活动中的宗教戏剧演出,为了迎合民众心理的需要,有时还插入俗戏,使俗戏与宗教戏混合为一,让宗教戏得以扩大延伸。不仅如此,一些与宗教禁欲主义大相悖逆的"淫戏"也时有出现,甚至使演出场地成为肆行谑笑、有伤"风化"的场所。所以在封建社会中,不少地方官就下令禁止在迎神赛会上演出"淫戏"。清代周际华在任地方官时就曾出令《禁夜戏淫词示》,其中说道:

> 民间演戏,所以事神,果其诚敬聿修,以崇报赛,原不必过为禁止。惟是瞧唱者多,则游手必众;聚赌者出,则祸事必生;且使青年妇女,涂脂抹粉,结伴观场,竟置女红于不问,而少年轻薄之子,从中混杂,送目传眉,最足为诲淫之渐。更兼开场作剧,无非谑语狂言,或逞妖艳之情,或传邪僻之态,说真道假,顿起私心,风俗之

浇，皆因于此。①

　　民众的世俗意识也促使宗教艺术做出某种迎合与改变。而宗教艺术也正是世俗的方式与意识，在寓教于乐之中向观众灌输宗教精神与宗教意识。

　　一些宗教故事由于在民间流传，也受到民间世俗意识的影响，发生了变异，最后成了世俗艺术。如白蛇的故事，本是一个民间宗教故事，说的是蛇妖经常出来害人，最后为道教真人或佛教法师降服。此故事在南宋时已在民间流传，最初白蛇是作为害人的妖出现的。明代洪楩《清平山堂话本》所选的《西湖三塔记》中，白蛇就纯粹是一个害人精。但经过民间说唱艺术的进一步演化，到了后来，文人黄图写成的《雷峰塔》传奇里，白蛇变成了一个被抛弃的妇女形象。她对爱情的忠贞，对所爱之人的关心爱护，最后被镇压，成为人们同情的对象。主题也转为谴责男子负心的世俗内容。虽然其中白蛇还是妖，但人情味很浓，她并不害人，有着温柔体贴的性格，执着地追求人间的爱情。结尾"塔圆"当中虽然也宣传了佛教的色空思想与宿命论观点，但戏的前半部分则充满了生活气息与世俗情调。白蛇与许仙的爱情悲剧完全是一种世俗的爱情悲剧。因此，黄图的《雷峰塔》传奇是在宗教的外衣下，潜藏着人间否定暴政、追求自由、渴望幸福的非宗教性的世俗艺术作品。

三

　　宗教艺术自然也包含着对美的追求，也有它的美学理想与美学价值。更重要的是，宗教通过宗教艺术将其宗教理想美学化、艺术化。换句话说，宗教艺术起到了一个将宗教理想进行美学转换的作用。比如，道教的神仙境界、佛教的西方净土、基督教与伊斯兰教的天堂理想，无不都是通过优美的艺术语言，将其美好的情景描绘出来的。但是，正如我们前文说到的，宗教的天堂理想与神仙境界并非完全没有世俗世界的影子，宗教艺术的美学创造也仍然采用世俗的方式来吸引信徒，实际上是把人的世俗欲望加以升华与净化，然后再以超现实的方式表现出来。神仙世界与天堂理想通过美学的创造而更具有宗教效应。因此，宗教艺术创造过程中的世俗

---

① ［清］周际华：《家荫堂汇存从政录》。

化渗透，在一定程度上促使了其美学效果与宗教效果的创造。

宗教艺术在其美学创造中之所以会受到世俗意识的影响，其原因大致有如下几个方面。

首先，这是由艺术创造本身的审美特性决定的。宗教艺术也是艺术。艺术的根本特征之一是源自现实又反映现实，追求理想又创造理想。宗教艺术要面对世间，教育众生，同样不能脱离现实，而且还要从世间取材，将世俗生活宗教化、艺术化。像《圣经》中的《雅歌》本来就是来自民间的爱情诗歌，其中许多诗句颇有民歌风味，它通过男女恋人间的相互爱慕之情的倾诉表达了人们对幸福爱情生活的渴望。佛教中的许多寓言故事也大多取自民间，虽然其中也寄寓着宗教性的劝诫与警示，但故事中体现出来的幽默、诙谐、机智与哲理又带有相当浓厚的民间色彩与世俗色彩。实际上，这是宗教将民间的故事加以改编，虽然给它涂上了一层宗教的色彩，但其民间艺术的审美特性仍掩盖不住。另一种方式则是，宗教艺术在创造艺术形象时，仍以现实生活为基础。由于现实的力量，世间生活的气息往往盖过宗教的意味，美的力量突出，宗教意义退为其次。比如拉斐尔所创造的宗教艺术形象，就具有浓厚的生活气息。在他的《西斯廷圣母》图中，教皇西斯廷二世虽身披华丽的绣衣，神情却显出忠厚长者的淳朴，他正做着恭迎与引路的姿态。圣母玛利亚怀抱圣婴基督，从云中飘然降落。她身材健康而壮实，衣装简朴，双足赤裸，像是一位来自农村的妇女，其温柔的眼睛里含着哀伤悲悯的目光，又像是人间的慈母。据说，圣母的形象是拉斐尔观察了许多美丽的妇女，然后选出最美的一个来做模特儿加以创造的。他还说过，由于美的人太少，不得不求助于头脑中理想的美的形象。这种尊重自然与理想创造的结合，使这幅著名的宗教画远远超出了它的宗教意义，而成为现实主义与理想主义相结合的艺术典范。路加·特·来登的宗教画《玛兰特纳的舞蹈》，画面表现的是法兰德斯乡间节日的欢乐气氛，而《圣经》中的宗教人物却只占有微不足道的地位。委罗内塞喜欢用《圣经》中的故事来表现庞大的宴会场面，他的《西门家的宴会》因为画了太多的现实人物，而受到宗教裁判所的审判，以至于他最后不得不把画改名为《利未家的宴会》。他的宴会画反映的主要是当时人们寻欢作乐的豪华生活，而画中的基督和圣徒们反而成了点缀。

其次，由于宗教艺术创造者的思想、性格、美学情趣和生活背景与宗教的要求形成差距，因此他们在创造宗教艺术作品时并不一定完全以颂神与宣教为目的，而是融入了时代精神、个人情感与美学理想，甚至他们所生活的社会环境也制约了他们的创作。这便使得他们的宗教艺术作品具有较浓的现实内容和世俗色彩。正是这种现实的内容与世俗的色彩，才使得宗教艺术作品超越宗教的内容，突破神性的束缚，闪现出美的光辉。如意大利文艺复兴时期的艺术家米开朗琪罗，由于他的人文主义思想和重视艺术传统的创作思想，他所创作的雕塑《哀悼基督》《摩西》等保持了相当强的民族与民间色彩，更突出了生活的真实感与性格的具体化。《哀悼基督》中的圣母一手枕着死去的基督，一手摊开，表现出一种无望的悲伤。那俯首沉思的神态流露出一位母亲的慈爱和忧思。这位怀抱着儿子尸体的母亲，令人想起了为祖国做出巨大牺牲的千千万万个母亲，她亦是作者祖国的象征。艺术家通过这一宗教题材，表现出了忧国忧民的人道主义精神。《摩西》所表现的是摩西突闻事变时的一刹那间的神态，集中地突出了他疾恶如仇和大义凛然的内心力量。《摩西》的创作正值意大利美第奇家族勾结西班牙军队在普拉图附近大量屠杀佛罗伦萨人之后。当时，艺术家为这件事感到非常愤慨，一种对叛国者无比愤恨的感情就凝聚到了《摩西》的创作上。圣经曾写到当摩西得知有人因恶人引诱而成了民族叛徒时，一怒之下摔碎了法版。米开朗琪罗的《摩西》就表现出摩西听说有人叛变后的愤怒神情。艺术家正是将自己的思想感情倾注于宗教题材的创作中，使其表现出现实感和人间的生气。米开朗琪罗曾经在保卫共和国的战争中与人民站在一起，反抗入侵的西班牙和教皇的军队，他还亲自担任过城防工事建筑的总领导。抵抗失败后，米开朗琪罗也成了俘虏，被教皇命令去完成美第奇家神庙的雕塑与壁画。这时的米开朗琪罗无比痛苦和悲愤，于是，在创作壁画《最后的审判》时，便通过描绘基督的审判，倾注了艺术家惩恶扬善的良好愿望。在这幅宗教画中，一大群为信仰而殉难的圣徒各自拿着受害时的刑具向基督诉说自己的冤屈：彼得捧着大钥匙，安德列带着十字架，而巴托罗米欧甚至提着他被迫害牺牲时剥下来的人皮。有研究者指出，这张人皮画上的面孔就是米开朗琪罗自己。画面中间的基督在听到圣徒们的倾诉后无比沉痛，他高举右手即将做出最后的判决。因此，画面的意义实际已超过宗教题材的善恶报应思想，而带有非常现实的反抗内容，这也使此画的艺术魅力变得更为丰富而深刻。

　　再次，宗教艺术又是受社会的美学思潮、美学趣味影响的。一个时代有一个时代的审美趣味与审美趋势，艺术总要表现时代精神与人民要求，艺术还随着时代的变化而变化。宗教艺术的发展史表明，它在随着时代变化而变化的过程中，也必然表现出世俗的倾向。它的世俗和它与社会美学思潮、美学趣味的融合，在意义上是相近相通的。这种"俗"不仅使宗教艺术反映的内容是现实的，而且使其在形式上也受到世俗的影响，在美学趣味、美学崇尚上也与世俗社会相一致。魏晋南北朝玄学追求简约，士大夫们追求清逸高超的脱俗人格，更讲究人的神明与内秀，社会上的审美趣味也走向重神、贵清、贵自然，这无论在艺术创作上还是在艺术品评、人格品评上都表现出来。这种时尚影响了当时的宗教雕塑与绘画，于是便有了那种秀骨清相的佛教人物，如顾恺之设计的维摩诘像，有"清羸"之容，为的是表现出人物高度的智慧与脱俗的风度。甚至，顾恺之《画云台山记》中设计的道教人物张天师也是"形瘦而神气远"。北朝的菩萨亦与当时社会的动乱和苦难的悲剧气氛相适应，充满了忧患感、悲凉感。还有那些苦修像则更是一副苦楚相。如敦煌莫高窟第248窟（北魏时造）中心柱西向龛的苦修菩萨像，眼窝深陷，皮肉松弛，肋骨凸现，枯瘦衰老。洛阳龙门石窟莲花洞（北魏时造）的迦叶像，虽然面部被盗，无法得知其表情，但他的身姿、动态以及前胸肋骨一条条显现，厚重的袈裟和手中的锡杖，都表现出他是一位历经长途跋涉、经过艰辛磨难的苦行僧。而莫高窟北朝壁画里，绝大多数主题都表现宗教"忍辱牺牲"，大量画面刻画人的生离死别，人被水淹、火烧、狼吃、虎啖以及被活埋、钉钉等悲惨场面。虽然描写的是宗教题材，但处处都反映出人间苦难社会的影子。在唐代宗教壁画中，供养人像则高度发展，世俗生活越来越在宗教壁画中占有较多的成分，连菩萨也像杜甫《丽人行》诗中所描写的妇女一样，丰腴健硕，装束大胆飘逸。盛唐时代肯定现世、重视自我的美学理想同样在宗教艺术中得到充分的反映。宋代则进一步出现俗世味极浓的罗汉像；寺庙中的罗汉像千姿百态，充满现世生活的气息，罗汉像还因此与老百姓的命运连在一起。① 像贯休所作的罗汉图，"那突目偃眉，张口赤脚的罗汉，充满了现世一般的市民表情，他们不再是高高台座上不可企及的有超

---

① 在江浙、四川、云南等地区，民间流行这样的风俗，认为进入罗汉堂，随意指一位罗汉为起点，顺右手方向计数，数到与他本人年龄相等的那个数时，所指的那位罗汉就将保佑数数者当年的运气。数数人自然要在这位罗汉面前多烧几炷香。

自然能力的神佛，他们事实上已经是我们非常熟悉的街坊邻居"①。在欧洲，当文艺复兴的人文主义精神兴起的时候，女神维纳斯的画像代表了一种新美学思潮的崛起，如佛罗伦萨画家波提切利的名作《维纳斯的诞生》，就使女神维纳斯带着文艺复兴初期人间的哀愁忧思和羞怯，踏着海的泡沫，乘着海贝登上欧洲大陆了。这是文艺复兴时期世俗理想代替中世纪禁欲、变态心理的希望之光。威尼斯画家提香笔下的维纳斯则是商人阶层现世享受主义与富足奢侈生活的反映，也是爱与肉欲的现实反映，如他的《乌比诺的维纳斯》，就十足是一位百无聊赖的宫廷贵妇。威尼斯人借对维纳斯的描绘，展示了一幅幅人世间的生活喜剧与爱情故事，那种带有几分野性、放荡、献媚以及挑逗的女神像，已全然失去神的意义，而变成俗世对肉体与爱的官能追求。它剩下的只是一个宗教的外壳罢了。

在当代西方社会，许多非传统宗教和教派都广泛地使用摇滚乐来布道，并按现代音乐节奏跳现代舞，有时还放映以《新约》为题材的影片和幻灯片。美国现代派神学家哈维·考克斯甚至断言，如果教会想跟上时代的步伐，就应当把游戏成分更多地使用于崇拜的仪式，并为教徒充分放松情感创造更多的条件。② 这一方面是为了适应西方当代社会的审美思潮，另一方面也反映了西方工业化社会中的宗教心理与社会心理。由于人们工作压力和社会压力的增大，造成了精神的极度焦虑，人们包括教徒更需要寻找情感的宣泄与释放。这种新的宗教艺术的出现，似乎又回到了宗教艺术最初的意义，即追求本能与感官的快感上。人的本能追求又以其顽强的生命力渗透到现代宗教艺术中来，其间也透露出了现代社会中的人对自身存在与生命价值的一种探寻。如同"绿色和平组织"一样，他们对环境与自然的注重，不啻对一种宗教的信仰和崇拜，其主旨仍是关注人类的生存与命运。

世俗向宗教的挑战、向宗教的渗透，正是促使宗教艺术摆脱神性的束缚，大踏步迈进美的殿堂的催化剂和推动力。

[原载《暨南学报（哲学社会科学）》1994 年第 4 期]

---

① 蒋勋：《美的沉思》，雄狮图书股份有限公司 1986 年版，第 125 页。
② [美]哈维·考克斯：《精神的诱惑》，1974 年版，第 156～159 页。

蒋述卓自选集

第一部分

中国文学批评与中国文学批评学术史选辑

把古代文论放到中国文化背景中去考察研究

古代文论作为一门理论科学，尽管它的研究对象是古代的材料，但它同样感到了一种方法与观念上革新的必要。

研究方法还是提倡多样化好。任何一种方法都不是万能的，研究者必然会根据不同的研究对象来选择不同的研究方法（比如对古代文论作家生卒年代的考证或对古代文论中关键性字词、术语的考辨与解释，就不能不沿用乾嘉学派的方法，虽然这种方法并没有过时），有时一个研究对象甚至需要采取多种方法（所谓微观与宏观相结合，便是综合的方法。其实，微观方法与宏观方法又是各自包括多种方法的）。我认为，不管采用什么方法，将古代文论放到中国文化背景中去考察研究是极为重要的。

中国古代文论之所以具有浓厚的民族特色，就因为它植根于中国文化背景，而中国文化背景及其传统从它一开始形成以来便与西方存在着差异。我们研究中国古代文论，正是为了揭示出我们的古代文学和古代文论是怎样在中国的文化背景中滋长起来的，它带有怎样的民族特色，其发生和发展有什么规律，它为世界文学理论提供了哪些有价值的东西。揭示出这些东西，对我们今天发展马克思主义文艺理论体系大有帮助。

将古代文论放到中国文化背景中去考察研究，首先应该注重考察中国古代文论产生的精神气候。过去，我们往往把"经济基础决定上层建筑"的原理简单化和形而上学化，而忽视社会的精神气候对思想理论的影响与制约作用。所谓精神气候，丹纳解释为"风俗习惯与时代精神"，其实这就是指社会心理。在经济基础与思想理论的关系中，社会心理是一种中介。丹纳曾经认为，精神气候可以选择艺术家，它"只允许某几类才干发展而多多少少排斥别的"。他又说，"由于这个作用，你们才看到某些时代某些国家的艺术宗派，忽而发展理想的精神，忽而发展写实的精神，有时以素描为主，有时以色彩为主。时代的趋向始终占着统治地位。企图向别方面发展的才干会发觉此路不通；群众思想和社会风气的压力，给艺术家定下一条发展的路，不是压制艺术家，就是逼他改弦易辙"①。他还就古希腊社会的精神气候对古希腊雕塑的影响和制约做过精彩的分析。从精神气候对思想理论的影响与制约方面，我们试着考察一下我国文论的开山纲领"诗言志"吧。"诗言志"的产生与《诗经》文学的产生有密切联系，但《诗经》文学又是在什么精神气候下产生的呢？现在许多研究者都谈到《诗经》文学中的忧患意识问题，我是赞同这种提法的。正是因为当时整个社会存在的忧患意识，才使得《诗经》中充满忧患意识。社会中的忧患意识是《诗经》文学产生的真正动力。不用说，当时的平民百姓有着饥寒劳苦与战争徭役的忧患，当时的统治者也不可能每日歌舞升平、宴乐宾客。周灭夏以后，一方面要防止异族的侵犯，另一方面要忧心忡忡担心自己统治的巩固，"以殷为鉴"正是这种意识的表现。不要因为《诗经》中还有《颂》那样雍容富贵的诗歌，就否定统治者中的忧虑。可以说，在当时整个社会中，深藏着不同性质的忧患意识。"劳者歌其事，饥者歌其食"，为了表达主体的人对这种忧患现实的心理感受，人们选择了诗歌这种抒情方式，而"言志"也便成为当时抒情文学的理论总结。这种由精神气候影响并制约文学发展趋向的事实，我们在魏晋南北朝文学及文学理论的发展中仍然可以看到。对魏晋文学自觉时代的到来和形成的精神气候，李泽厚同志在《美的历程》中有过精辟的论述。如当时战乱、瘟疫所带来的痛苦，使得整个社会在相当长的一段时间和空间里弥漫着对生死存亡的关心、哀伤以及对人生短促的感慨、喟叹。哲学怀疑论所包含的人本主义思想促使人自我意识的觉醒，促使文学的自觉时代迅速到来。魏晋南北朝时期还值得分析的是当时自然山水文学的产生。自然山水文学产生于晋代并非偶然。两晋社会，残酷的政治斗争和政治迫害以及名教的虚伪导致许多人远离现实，隐居林泉。"人生似幻化，终当归空无"，当哲学本体论的追求在玄言清谈中还不足以弥补精神上苦闷的时候，自然山水就被选择作为精神寄托的对象。人们要在自然山水中找到自己，确认自己，同时与自然合而为一。因此，当时的整个社会崇尚隐士，"竹林七贤"被人们看作高士。由崇尚隐士而爱好山林，爱好山林也就想通过歌颂山林来追求心理的平衡，自然山水文学也便蓬蓬勃勃地兴起了。

　　一个民族的文学以及文学理论的产生和发展，除了受社会、时代的精

---

① ［法］丹纳著：《艺术哲学》，傅雷译，人民文学出版社1983年版，第35页。

神气候所制约和影响外,还受本民族传统的思维方式以及传统性格所制约。研究中国古代文论不能不对中华民族的思维方式和传统性格进行研究,因为这种通过历史积淀所形成的思维方式和传统性格在颇大程度上决定了文学现象的深层意识结构。现在人们都谈论,中国较早地发展了抒情诗,而西方较早地发展了叙事诗;中国早期的神话没有古希腊神话发达。对这种差异产生的原因有过不少解释:有人认为,中国抒情诗之所以特别发达,是因为有史传文学代替了叙事方式;有人认为,中国早期神话没有古希腊发达,是因为中国没有宗教。其实,这两个问题应结合起来一起考察。从保存下来的神话中,我们知道无论东方还是西方,在人类早期都面临过大洪水时期。但在对待洪水的态度上,东西方却迥然不同。西方人面对洪水不是采取现实的态度,而是幻想着乘坐挪亚方舟逃生。于是对神的崇拜代理了心理的寄托,对命运及人生的感伤都寄寓于对神的祈祷声中,对神的赞颂留给了神话。这样,对神的祈祷充满着感情,使感情得以宣泄,而神话却只是叙述神灵的历史与生活。而中国人面对洪水则是老老实实地治水,一代治不了,下一代再治,神话里甚至天裂了也要将它补起来。这种积极进取、生生不息的精神构成了中华民族的传统性格。中国人自古以来就对"神""上帝"充满怀疑。孔子"敬鬼神而远之,可谓知矣",甚至"不语怪、力、乱、神";荀子提出"制天命而用之"。由于神的观念被社会的现实感所冲淡,为积极的进取精神所战胜,因此,早期对天的崇拜最终没有发展成为宗教,"天"倒与政权统治的权威牢固地结合在一起,帝王被称为"天子"。但是,人非草木,太现实的态度毕竟使人压抑,要得到心理平衡,就要寻求一种感情的宣泄。为了找到这种心理补偿,抒情文学便应运而生。当然,这只是其中一个原因。另一个原因我们不能不追究到民族思维方式的差异。中华民族早期思维方式是偏于感性的,是通过具象把握世界、认识事物的。象形文字的制作和八卦的造成基本奠定了中国"观物取象"的思维方式。这种思维方式以最感性的东西来表现理性的内容,同时又蕴含着一种艺术因素,甚至是抒情性的艺术方式,所以,中国的象形文字一直是一种"有意味的形式",直到今天,书法还作为一种艺术长盛不衰。正是这种传统的思维方式影响了中国抒情艺术的产生,影响了意境、意象理论的产生。人类最原始的思维方式是大致一样的,西方人最早的思维方式也是感性的,但由于西方早期科学家与哲学家一开始就卷入科学与宗教的冲突之中,感情与理性的搏斗时刻进行,对于他们来说，理性比感情更为重要，用科学来证明上帝的存在与否只能通过理性的分析与逻辑的推演。随着科学与哲学的发展，这种理性分析与逻辑推演逐渐占据主导地位，构成有特点的西方思维方式。

又比如中国悲剧与西方悲剧相比较，悲的意味要弱得多，这与中华民族性格是分不开的。前文说到，中华民族从早年起，积极进取精神一直是很强烈的，尽管忧患意识萦绕心头，但主体的内在意志和坚强的人格力量支持着人们与忧患现实做坚韧不拔的斗争。因此，人们在内心深处不愿看到自己的失败，总希望自己主体的人格力量取得最后的胜利。这种对主体的自信和对社会的责任感逐渐积淀于民族性格，表现于艺术就往往是以乐制悲，以善克恶，以圆补缺，以完美代不完美。因此，悲剧不悲，总要以"大团圆"来表示一个光明的尾巴。

谈到中国文学艺术的特点，我们不能忽视它的一个较为突出特点，那就是它与哲学的紧密结合、水乳交融。注意这一特点，也是我们将中国古代文论放到中国文化背景中去考察的一个关键。

从世界文学发展的普遍性来看，诗人与哲学家总是二位一体的。诗人写诗，总是带着他的哲学观点来看待世界、透视世界的。从这个意义上来讲，第一个诗人就是第一个哲学家。而哲学既是诗的升华与总结，同时又是诗赖以产生的深层意识。而关于诗的理论则可以视为诗与哲学的一种中介与桥梁。与西方相比，中国文学最显著的特点之一是它时时处处都闪烁着哲学的光辉。先秦文学本来就与哲学浑融一体。《庄子》《孟子》既是美文学，又是哲学著作；屈原的《离骚》《天问》则充满理性的怀疑和批判，是哲学上的怀疑主义。魏晋六朝，如果文学脱离哲学或哲学脱离文学都会变得黯然失色。唐代文学一开始便以强烈的宇宙意识和强烈的自我意识开始它的引吭高歌。"诗圣"（杜甫）、"诗仙"（李白）、"诗佛"（王维）各有自己的哲学根基，又都力图阐明自己的人生哲学观，努力塑造一种人生哲学境界。宋诗的说理并非诗歌的倒退，作家像苏轼、朱熹对哲学的孜孜追求，都在其作品中自然流露出来。明之李贽、汤显祖，清之曹雪芹，如果没有一种进步的哲学思想作为他们作品的底蕴，又怎能让人动情动心，达到认识社会的目的？

同样，文学理论作为文学与哲学的中介，它沟通着两者。它将哲学引进文学，又将文学上升为理论，总结为一种文学哲学。因此，古代文学理论的产生与发展就不仅仅只是与文学的发展相互联系，也深受哲学思潮和哲学观念的影响。古代文学理论中的许多理论范畴及其术语似乎都可以追索到它的哲学渊源，如"文气""言意""形神"等。拿"文气"说的产生与发展来说吧，在它的发展阶段中受到了不同时代哲学思潮的影响，因而呈现出不同的表现形态。先秦时期既是哲学上"气"的提出时期，又是"文气"说的萌芽时期。老子、庄子、《周易》以及宋尹学派都在哲学本体论上谈论"气"。这种围绕"气"的争论不仅成为后来中国哲学史上的气道之争、气理之争的"气"的最原始的模型，而且成为中国古代文论中"文气"说的理论渊源。"文气"说正是吸取哲学上"气"的概念，把它移植到文学上来的。先秦时期尽管文学与哲学还混合一体，但还是有人把"言"与"气"联系了起来，如从孔子始，就已经有谈论"辞气"问题的，① 孟子则进一步提出了"知言养气"说。尽管"气"在孟子那里被赋予了道德的含义，"养气"实际上成为道德修养的代名词，但这种"知言养气"说对后世产生了深远影响，后来许多作家、批评家谈修养都沿袭了孟子的说法。这可以看作"文气"说的萌芽。魏晋时期是"文气"说的正式提出时期。从先秦时期"文气"说的萌芽到魏晋时期"文气"说的正式提出，中间还有很长的一段时间。在这段时间里，由于天文学、气象学、医学的发展，对哲学上"气"的讨论进一步深入。董仲舒的阴阳五行学说，以及《淮南子》都在宇宙本体论上探讨"气"。值得注意的是，当时的一本医学兼哲学著作《黄帝内经》对"气"的研究做出了极大的贡献。它把宇宙阴阳"气"的运行、相互作用运用于对人体的研究，包含有朴素唯物主义因素和丰富的辩证法思想。在当时，许多哲学家、思想家都从《黄帝内经》中吸取养料，王充就是最有代表性的一个。而曹丕"文气"说的提出在很大程度上受到了王充和《黄帝内经》的影响。可以说，正是《黄帝内经》与王充的《论衡》为曹丕"文气"说的提出提供了科学的依据和哲学的基础。只不过，《黄帝内经》是间接影响，王充的《论衡》是直接影响罢了。"文气"说经过南北朝，得到了进一步的丰富与发展，刘勰的《文心雕龙》和钟嵘的《诗品》功劳最大。到唐宋以后，"文气"说则逐渐走向成熟和完善，并且从笼统到具体，从神秘到明确，从粗糙到精致。唐宋以后，根据"气"的地位的变化和替换，大致有这样一条发展线索，即"气"在"文以道（意）为主"（唐）—

---

① 《论语·泰伯》。

"文以理为主"（宋）—"文以神为主"（清）的发展中发展，其间都曾受到哲学思潮的影响。唐时期，儒道释三教合一，但气道之争仍然存在。哲学上的气道之争影响到文学，文学则提出了"文以载道""志在古道""文道合一"。此段时间，强调文章的"道"（内容）更重于文章的"气"，在道气关系上，"气"处于辅助地位。晚唐杜牧就明确提出过"文以意为主，以气为辅"①。"意"同"道"一样都是文章的内容。宋代，哲学上的气理之争同样影响到文学。当时的"文气"说，由于"二程"、朱熹的唯心主义理气观占统治地位，而出现了"文以理为主""学道为先，养气为助"的理论形态。清代"文气"说讨论得更全面、更深刻，也更具体。刘大櫆的"因声求气"将"文气"的神秘性破除了，而把"文气"落实到具体的音节和字句上；同时，他又提出"文以神为主"的说法，用"神"取代"气"的主导地位，认为"神者气之主，气者神之用，神只是气之精处"②。其"神"的概念不可能不受到当时哲学理气关系讨论的影响，尤其是哲学家王夫之的"神"的概念的影响。

　　文学与社会联系是多方面的，文学的发展也是由无数个力的平行四边形促成的。如果排除其他因素的诸多联系，只就文学来研究文学的发展规律，反而会流于一般化、表面化。而将中国文化中的诸多因素与文学的发展联系起来考察，将会帮助我们更深刻地认识文学的发展原因及其发展规律。因此，我们在考察文学时，除了要注意社会的精神气候、民族思维方式、民族性格以及哲学渗透与影响的因素外，还应注意科学技术的发展对文学及文学理论的影响。比如"文气"之"气"，最早使用的领域是天文学、气象学，接着才转入医学、哲学领域，最后移植到文学领域。又比如魏晋文学的自觉时代的到来与形成，除了当时社会的精神气候、哲学影响等因素外，纸的发明与使用恐怕也是一个不可忽视的重要因素。纸在东汉发明，首先，它取代了以前笨重的竹简，为魏晋文学的发达提供了物质基础；无论书写、阅读、携带还是传播，都给人们带来了便利。纸的使用加快了信息交换频率，而信息交换的加快与社会的需要又促进了文学的快速发展，同时促使了文学与社会的腾飞。因此，"洛阳纸贵"就不仅仅标志着文学的迅速传播，标志着文学的发展，也标志着社会文明的进步。

---

① 《答庄充书》。
② 《论文偶记》。

古代文学理论的发展虽然与中国文化背景中的诸多因素有密切联系，但它毕竟有自己相对的独立性，有自己符合逻辑的发展规律。这需要我们很好地运用马克思主义的唯物辩证法，用历史与逻辑相统一的方法来考察中国文学史及中国文学思想发展史。运用历史与逻辑相统一的方法来进行研究，就要求我们不要把中国文学史和中国文学思想发展史写成只是一部作家作品的编年史，而应该一方面把中国古代文学以及中国古代文论的现实的历史看作逻辑思维的出发点和基础，将历史的次序同观念、范畴的逻辑规定的推演结合起来考察；另一方面，又必须清除掉那些属于外在形式、属于局部应用范围的东西，在历史的现象中抓住逻辑发展的阶段和环节。历史从哪里开始，思维进程也就从哪里开始。中国古代文论的发展并不是直线发展的，各种理论范畴之间充满着矛盾。这些矛盾的运动推动着古代文论的循环往复的前进，往往是一个圆圈向另一个圆圈的发展过渡。而这种发展过渡并不是简单的重复，而是通过由肯定到否定、由否定到否定之否定的过程达到一个新的阶段。而且这种圆圈的构成并不一定完全以人物的年代先后为顺序，而以圆圈内观念与范畴的逻辑推演为顺序，当然，这种顺序与历史的次序在本质上是一致的。正如列宁给欧洲哲学史举的几个圆圈一样，不一定要以人物年代先后为顺序。列宁举出，古代：从德谟克利特到柏拉图以及赫拉克利特的辩证法；文艺复兴时代：笛卡儿对伽桑狄、斯宾诺莎；近代：霍尔巴赫经过贝克莱、休谟、康德到黑格尔，由黑格尔到费尔巴哈再到马克思。① 列宁所举的圆圈，都是清除其外在形式，把握它的基本概念而抓住它的发展环节的。如果说先秦时期的文论是以"诗言志"作为它的逻辑起点的话，那么，到汉代《毛诗大序》的"以礼节情"观则完成了第一个圆圈。如果说曹丕的"文气"说是魏晋南北朝文论的起点，到刘勰的《文心雕龙》则完成了第二个圆圈。在这期间，文与气、言与意、心与物、形与神、文与质等理论范畴的逻辑推演同历史的发展次序又是相一致的。唐代文论如果从陈子昂高标"兴寄"，提倡"汉魏风骨"而反对采丽竞繁的齐梁艳风开始的话，那么经李白、杜甫、白居易、柳宗元、刘禹锡到韩愈是一个圆圈的完结。在这期间，"道"与文的争论一直是螺旋式上升的。韩愈同时又是向宋代过渡的人

---

① 参见［苏］列宁著《哲学笔记》，中共中央马克思恩格斯列宁斯大林著作编译局译，人民出版社1974年版，第411页。

物。宋代之以理入诗、以散文入诗，其开山鼻祖就是韩愈。宋代的圆圈继续着理与文、道与文的争论，但较之唐又进入一个新的阶段。自明中叶开始，随着市民阶层意识的抬头，新文学的圆圈在激荡着个性解放与反个性解放的风云中螺旋式上升。如果说李贽、汤显祖算作开始，则曹雪芹以至开近代风气之先的龚自珍则是明清这一圆圈的终结。可以说，整部中国文学思想史就是一个由肯定到否定、由否定到否定之否定的过程，是由许多个小圆圈构成的大圆圈。

将古代文论放到中国文化背景下去考察研究，自然是一种综合研究法，它以马克思主义唯物辩证法为指导，以传统的文艺社会学的研究方法为主体，贯串历史和逻辑相统一的研究原则和方法，同时又融入比较研究法、系统科学的方法等。在这种综合研究中，如何体现系统科学的整体性原则、结构性原则、层次性原则、动态性原则、相关性原则尤其显得重要。体现这些原则，有助于我们打破单向思维和平面思维，建立双向思维甚至立体思维。而思维空间的开拓，将会促进古代文论研究新局面的开创。

目前，围绕中国文化传统问题正展开热烈的讨论，它所采取的研究方法更是多种多样，像文化人类学的方法、结构分析方法，甚至语义学方法、考古学方法等都在使用。注意吸收文化学研究领域内的研究方法与研究成果，会使我们获得新的视角和方法，受到许多启示。使中国古代文论研究同文化学研究的步伐相一致，同世界文化的发展趋向相一致，为当代马克思主义文艺理论的发展提供养料，应该是我们努力的方向。

（原载《文艺理论研究》1986年第3期）

论当代文论与中国古代文论的融合

讨论中国古代文论遗产如何"古为今用"实际上在20世纪50年代末60年代初就已开始，当时，周扬同志根据毛泽东同志关于文化继承与发展的一贯思想，提出了"建立中国自己的马克思主义的文艺理论与批评"的建议，其中要做的重要工作就是如何批判继承中国古典文艺理论遗产的问题。当时的《光明日报》《文学遗产增刊》以及一些文艺刊物都开辟栏目讨论古代文论，围绕着"风骨""文气"等古代文论中的某些重要命题与概念还展开过争鸣与商讨。

十年"文革"，在全盘否定中外文化遗产的极"左"思潮干扰下，"古为今用"被歪曲，古文论研究与其他正常学术活动一样被迫中止。党的十一届三中全会之后，随着思想解放的到来，古代文论研究掀起热潮，经过近15年的建设，古文论研究在广度与深度方面都有了长足的进步。但是，回过头来巡视古文论研究所走过的历程，我们觉得在如何做到"古为今用"且与当代文论有机融合上存在相当大的距离。原因何在？我以为关键还在于没有真正做到"今用"。

从古代文论研究者来说，这些年来虽然做了大量的概念、术语、范畴的释义以及命题理论意义的阐发工作，但由于较少了解当代文学创作实际，不敢轻易涉足当代文学批评，因此很难把自己的研究心得与当代文学理论和批评实践结合起来。固然，术业有专攻，要求古代文论研究者都能参与到当代文学理论与批评的建设中去是不现实的，但要求他们更多地关注当代文学创作与批评，并能从当代文学理论的建设与发展的角度去从事古代文论的研究并不算苛求。因为做到这一点，古代文论研究才更具现实意义，更具建设价值。

就从事当代文学批评与理论研究工作者而言，他们在批评实践与理论研究中更多的是使用西方文学批评理论、方法和术语。20世纪40～60年代是别林斯基、车尔尼雪夫斯基、杜勃罗留波夫，80年代以后则是西方20世纪的各种文学批评与批评理论和方法的流行，新批评、结构主义、心理分析批评、后现代主义、解构主义等，潮流一浪接一浪。西方理论与话语的大量涌入反而造成了中国当代文学批评与理论的"失语",这正是当代批评界忽视中国古代文论传统的继承,没有创造性地运用古代文论的理论、方法与术语的后果。

可以这么说,古代文论研究没有真正做到"今用",有中国民族特色的当代文学理论没有很好地建立,古今文论研究工作者、批评家都有责任。谈古代文论的现代转换,谈古代文论与当代文论的有机融合,没有古今文坛研究者、批评家的双方配合、携手共进是做不到的。如果没有一定的运用,双方就很难相互促进和共同提高,更谈不上融合。古代文论价值的转换、古代文论理论观点与思维方法的发扬,以及古代文论话语的转型,只有在参与现实之中,才可真正发挥出民族精神与特色的魅力,也才可进入当今文艺理论的大潮之中,也才有古代文论在真正意义上的实现"今用",亦即所谓"意义的现实生成"。正是由于"用"的意义越来越凸显出来,从某种程度来说,当代文学批评家、理论家就应该更多地进行"古为今用"的实践。这不是我们要走向传统,而是现实的需要与召唤,使得传统在朝我们走来。我们要实现中西对话,首先得先做好古今对话;我们要从"失语"走向"得语",就应该立足于本民族的立场,建立自己的理论话语体系,而传统理论话语就是我们当代理论话语体系大厦的基石。

于是,站在什么样的基点、寻找什么样的途径、采取什么样的继承方式来"用"古代文论,如何在"用"中让古代文论与当代文论达到有机融合就成为我们当下应该认真思考的问题。

第一,立足于当代的人文导向与人文关怀,面向当代人文现实,开展现实与历史的对话,吸收古代文论的理论精华。

文学理论作为面向人类精神与灵魂的精神产品,自然要面对当下的人文现实环境,要从关注当前人民的生存与发展现状的角度,站在解决当代人精神困惑与精神文明建设的高度去研究文学,从事批评,提出理论观点,融合古代文论。应该说,在注重人的精神道德取向,面向社会现实,提升人类灵魂方面,古代文论是相当有成就的。孔子、孟子、庄子、刘勰、陈子昂、韩愈、白居易、李贽等人的文学思想都是出于对社会、人类精神状况的忧虑与关怀而提出来的,其针对性、批判性与建设性的意义都是不可低估的。比如孔子的"礼乐""诗教"思想,就包含着对塑造理想文明社会、培养理想文明的文化人格的一种价值导向。他提倡以"仁"

为本,以"礼"为用,礼乐结合,共同实现"仁"的道德理想。他倡导"尽善尽美"的中和之美的审美理想,也成为中国文化传统中的精髓,对塑造中华民族性格有着深刻的影响。孔子的"有德者必有言"与孟子的"知言养气"说对作家自身修养的强调,也对后世具有深远的影响。又比如荀子,在如何处理"欲"的问题上,他既不像道家那样提倡"少私寡欲",也不像墨家那样提倡"非乐"的节欲,他肯定欲望的存在与产生的必然性,主张对人的欲求加以引导,关键在于使人的思想达到"中理"(即合理)。"心之所可中理,则欲虽多,奚伤于治?欲不及而动过之,心使之也。心之所可失理,则欲虽寡,奚止于乱?故治乱在于心之所可,亡于情之所欲。"① 因此,社会的治乱问题不在于欲求的多少,而在于思想是否中理。只要做到"重己役物",而不要"以己为物役"②,就可以"养乐",正当地享受音乐。孔、孟、荀的上述思想在当今建设社会主义精神文明的过程中都是具有启示意义的。邓小平同志曾说过,"我们十几年的最大失误在于教育"。所谓"教育",主要指思想的教育。如今我们有的文艺作品放弃崇高的理想追求,也避讳言"道德"二字,有的还专打"擦边球",在"黄"与"非黄"之间寻找刺激,以求得作品的畅销,这与用正确的道德观、价值观去培养一代新人的文化人格是背道而驰的。个别作家与演员追求金钱至上,见利忘义,也败坏了精神文明创造者的声誉。那么,在建设当代的文学理论与批评理论的过程中,我们难道可以对传统文论中那些强调艺术要有助于道德人格培养、有助于人的思想情操净化以及主张真善美结合的观点视而不见、弃而不用吗?

又比如古代文论中的自然之美,它主张追求艺术创造的自然天成,反对矫情饰性与繁采寡情,这亦是值得我们当代文论认真去借鉴与运用的。当代文学创作中为文造情、装腔作势、矫情饰性者不少,但我发现很少有批评家会运用古代文论中的"自然真美"理论去批评。按理来说,当代人追求生活节奏的明快,追求性格开放任性而行,为减轻精神压力会更亲和自然,也更能接受"自然真美"的理论。然而,我们的文学创作却完全抛弃古典"天人合一"与自然天放的传统,追随西方走刻意求奇、求新、求怪的道路。批评家也惯于和乐于使用西方批评术语,用后现代主义

---

① 《荀子·正名》。
② 《荀子·正名》。

的一套框架来规整这些作品，两者相互呼应，使文学创作越来越难以理解，也越来越失去意义。从关心当代人的精神与心理健康方面而言，当代文论应该融汇古代文论中"自然真美"的理论，引导文学创作在有益于人民的身心健康方面发挥作用。

　　第二，立足于民族精神与民族性格的继承与发扬，寻找古代文论的现实生长点，探索其在理论意义上和语言上的现代转换。

　　我们当代人虽然在思想上、语言上与古代人有了差异，但我们的思维、行为仍然生长在民族精神与民族性格这棵常青的大树上。文化传统的延存、文化血脉的接续，使古代文论与当代文论的融合有了基础与可能。当代文论要继承和融进古代文论的一些重要理论命题、基本概念、基本范畴与术语的话，应该多从民族精神与民族性格上去考虑，在古今文化精神相通的基点上激活古代文论，这样才能更准确地找到古今文论的契合点，才能更好地实现古代文论的现代转换。

　　古代文论中重视艺术生命的理论就充分体现出了中华民族重生、卫生、畅生、赏生的文化精神。古人把文的创生与天地相打通，把艺术世界看作与人的心理、心理世界以及天地宇宙相通相连的一部分，艺术的生命与人的生理生命、心理生命乃至宇宙生命存在一个大系统之内。人为五行之秀、大地之心，人之文效法自然，自然充满生气，山川草木均含有性情，俱着生意。文之抒情、画之写意，莫不通过山水具貌写出自己的性情精神，这正是中国艺术富有生命力的原因。而为文者须养气。此气包含有天地自然之气、人文道德之气以及人的生理心理素质等，亦关乎人的生理和心理健康。作书作画可以养气长寿，作文不宜钻研过分，使得神疲气衰，应"率志委和""贵闲"，这又关乎卫生、养生之道。艺术的功用除治国辅政扶民之外，又具备"卧游""畅神""赏玩"等功能，对人感性生命的发扬与精神的寄托都有益处。古代文论还对艺术生命的有机统一、整体连贯表现出高度的重视，"气脉一贯""一气呵成，神完气足"等说法表达了对具有内在生命力的有机整体观。除此之外，古代文论还强调艺术生命的内在张力，"气韵生动"并非只限于具象，更在于其能促使人产生无穷联想，故气韵之特点是"生者生生不穷，深远难尽"。"流动""飞动"等又包含着对生生不息、跃动飞扬的艺术生命的褒扬与提升。古代文论正是用这些范畴、概念去揭橥中华文化精神的底蕴与精髓的。

　　当代文论可不可用这些充满民族特点、体现民族文化精神的术语、范畴来构建理论话语呢？我想，如果当代文论在整个理论体系构建的大思路上能够从西转向东，能够在体现民族文化精神上多去尝试的话，应该是可以实现转型的。比如关于艺术创作过程的理论，完全可以从艺术家生命与宇宙生命的交往，艺术家生命精神的激发、高扬、投射，艺术与社会、人生、自然的对话乃至艺术生命的完成等的角度去阐述，其间可以把物感说、心物融合论、文气论（包括养气说、气贯论、气韵论等）、风骨论、阳刚阴柔美论等一并纳入并加以整合，形成一个艺术生命的创作系统理论。有论者说，"中华美学就是生命的美学，就是以独特的方式感悟生命和开垦生命的美学"①。我以为中国古代文艺理论亦可作如是观。那么，当代文论要具有活泼泼的生命，要建构具有生命力的文艺理论系统，怎么可以把高度重视艺术生命的古代文论排斥在外呢？高度重视生命质量与生活质量的当代人又怎么可能抛却"自家宝藏"不用而到西方去寻求所谓生命理论呢？用"风骨"、阳刚阴柔去评价学者散文、文化散文、小女人散文以及当代的小说创作又有何不可呢？

　　古代文论中关于"艺道合一"的理论，关于儒、释、道人格与艺术境界相通的思想，也体现着中华民族精神与民族性格，具有鲜明的中国特色。"艺"与"道"一，表现了中国文人对从事艺术事业的高度尊重，从"艺"不仅仅是技巧，也不仅仅是事功，而是与求"道"闻"道"相合一的盛事，是贤者品德与智慧的表达。"艺"与"道"合，还指示了艺术可符合天地自然宇宙的规律，可以揭示自然之理、社会人生之理。正因为如此，艺者的人格才与"道"相通，与艺术境界相通。儒者的风流温雅、道者的飘逸自然、释者的清寂空明，在在都与艺术的境界相伴相生。人生即艺术，境界透人格，古代文论对"道"、对境界的追求与人格的培养与完善是分不开的。而当代文论缺乏的正是这种精神。如果能继承这种精神，于现实中提倡艺术对人文理想的追求，正确认识艺术创造、艺术批评与人格完善的一致性，也就能认真地吸取古代文论的精华，严肃地对待文艺创作与文艺理论。

　　第三，从继承思维方式和批评形式入手，将古代文论特有的思维方式以及独有的批评方式与技法融入当代文学批评与文论中去，创造具有鲜明民族特色的当代文论。

---

　　① 张涵、史鸿文编著：《中华美学史》，西苑出版社1995年版，第5页。

古代文论中的辩证思想非常突出，它充分体现了中国古代哲学的思维方式与民族特点。有无相生，虚实相成；阴阳奇偶，对待并立；动静相宜，浓淡相补；和实生物，同则不继……古代文论中陈述两两相对的范畴与强调"叩其两端"的辩证思想既丰富又深刻。这与现当代西方文论偏爱极端、喜执片面形成强烈对比。中国当代文论在某种程度上也染上西方色彩，某些批评家喜欢西方的尼采、弗洛伊德，但偏偏忘记了中国的孔子、老子、刘勰。在思想方式与方法上，某些批评家把中国古代"叩其两端"、强调和谐的思想简单地视为折中主义，而更喜欢过犹不及的肯定与否定。中国古代哲学与古代文论的适中精神与中道的思维方式是一笔很有价值的遗产，当代文论完全可以将其吸收并化为自己的思想方法，并且用以指导自己的文学批评。思想方法的渗透是无形的，是"润物细无声"的，接受并继承中国古代文论的辩证思维方式将使当代文论受益无穷。比如现在一谈文艺理论体系的建立就是黑格尔的"正—反—合"式的逻辑体系，或者是从"孤独""狂欢"论起的西方文艺理论模式，为什么不从中国古代文论的辩证思维中吸取营养，改变一下现有的思考角度与思维方式呢？

中国独有的感悟式批评方式也有待重新发掘它的价值。这种感悟式的批评看似缺乏逻辑分析，但它背后潜藏着批评家的全部文化智慧和审美经验，绝不只是一种随意性的印象批评。这种感悟式批评至少在三方面是值得我们重视的。一是整体的艺术把握。这种整体把握把艺术看作一个有内在生命的有机整体，不主张概念性的知识分解和逐层逐级的逻辑推理，而提倡对艺术作品"意"与"象"的整体把握，认为这样方可避免对艺术批评对象的肢解与撕裂。二是以喻象的方式接近被评的对象，做到"以生命形式显示生命"①。喻象方式虽然不是确指的、明晰的评价，但很符合艺术批评"言不尽意"与形象思维的特点。从接受美学角度来看，喻象方式更尊重读者，留下更多想象的余地，更能体现中国艺术作品具有"韵致""意境"的创造方式。喻象方式也是"若即若离"的艺术把握方式，其妙处正在"可能与不可能之间"。喻象方式最常见的形式是以具备活泼泼生气、饱含生命趣味的生命形态来比喻文学作品，它既包含生趣盎

---

① 此处采用朱良志的说法。参见朱良志《中国艺术的生命精神》，安徽教育出版社1995年版，第257页。

然的大自然的生命形态，也包含人的生命形态，如身躯、心理器官以及神韵气度等。这种具有生命感的生命喻象运用于文学批评，可以展示艺术的生命精神，是以生命对接生命，以生命形式显示生命。三是于会心处画龙点睛，道出精髓。这主要表现在那些评点式的批评方面。所谓会心处，也是感悟豁通处。评点批评虽然是一种灵活的随文批评形式，但它注重文本的解读，注重批评者感受的引发。看似缺乏理论色彩，但往往以精练的语言搔到痒处，点到枢机处，道出评点者的独到心得。这三个方面于我们当代文论而言，都是应当继承的。就第三方面来说，目前已有新的探索，如漓江出版社推出的李国文评点《三国演义》、王蒙评点《红楼梦》和江苏古籍出版社出版的陈美林评点《儒林外史》等书籍，就是一种尝试。当然，当代批评继承的不仅仅是感情式批评的形式，而更应该从精神上去吸取其理论精华，并创生为当代批评的新形式。

在此文中，我突出强调了"用"，这绝不是提倡实用主义，而是本着理论必须联系实际与实事求是的原则，对古今文论的研究与建设提出一点建设。没有"用"的实践，就还可能流于空谈；没有"用"的探索，就不知道古今转型的艰难；没有"用"的过程，就很难达到有机的融合。这个过程肯定是很艰苦、很痛苦的，可能会经历相当长一段时间。从王国维起就已开始了现代文论的转型，至今已快一个世纪了。然而，我们的工作做得并不令人满意。古代文论的研究者、批评家都有责任来推进古代文论融合的过程，更有责任尽快地创建中国当代文艺理论话语和理论体系。时不我待，"用"字当先。"用"是动力，是机会，是实验，也是成功的希望。

（原载《文学评论》1997 年第 5 期）

说 "飞动"

"飞动"一词在中国古代文艺美学中是经常运用的，但是，人们仅仅把它看作一个比喻词，很少追究它的美学内涵，把它当作一个美学范畴来看待。实际上，如同"气韵""势""自然"一样，"飞动"一词具有丰富的美学意蕴，它既代表了一种独特的美学风格，也代表了一种独特的美学思想。

一

中国古代很早就崇尚"飞动"。这始于宗庙建筑与青铜铭器艺术。《诗经》记载：古代亶父为营周室，"乃召司空，……作庙翼翼"①；又载周宣公筑宫庙，"筑室百堵，西南其户，……如跂斯翼，如矢斯棘。如鸟斯革，如翚斯飞"②。殷周时期的青铜器内，有一"莲鹤方壶"（今存于中国历史博物馆），壶顶上莲瓣中央立一展翅欲飞的白鹤。青铜器纹饰中还常见旋转缠绕的蟠螭纹、双体龙纹、双头龙纹、卷体龙纹以及夔纹、凤纹，它们都在狰狞与怪诞之中透露出飘逸洒脱之态。在一些镜盘上还雕绘有龙蛇虎豹、星云鸟兽的飞动形态。可见，先民们在劳动中早就产生并积淀下对飞动之美的审美感受。

汉代起，中国的书法艺术蓬勃兴起，一些书法家开始对书法艺术做理论上的探讨，其中就认为书之笔画、结构、布局必须具有动势。后汉崔瑗的《草书势》说："……抑左扬右，望之若欹；竦企鸟跱，志在飞移；狡兽暴骇，将奔未驰；或黜点染，状似连珠，绝而不离；畜怒怫郁，放逸生奇。……是故远而望之，摧焉若陨岸崩崖；就而察之，一画不可移。"托名为蔡邕所作的《笔论》曰："为书之体，须入其形，若坐若行，若飞若动，若卧若起，若愁若喜，若虫食木叶，若利剑长戈，若强弓硬矢，若水

---

① 《诗经·大雅·緜》。
② 《诗经·小雅·斯干》。

火,若云雾,若日月,纵横有可象者,方得谓之书矣。"为追求动态之美,蔡邕还创造了"飞白体"。"飞白"之书,乃取其笔画若丝发处谓之"白",取其笔势飘举逸放谓之"飞"。刘劭《飞白书势》就盛赞飞白体的流动之美,说飞白之体"有若烟云拂蔚,交纷刻继,韩卢接飞,宋鹊游逝"。东晋时卫夫人之《笔阵图》对书之点画也要求具有动态之势,她用"高峰坠石""陆断犀象""百钧弩发""崩浪雷奔"等比喻来形容字的点竖撇钩等。南朝梁武帝萧衍《评书》褒贬古今各家书法,也尤重潇洒飘逸的飞动之态,他常常运用某些具有动势的形象来比喻书体的飞动,如说"王右军书字势雄强,如龙跳天门,虎卧凤阁""薄绍之书如龙游在霄,缱绻可爱""索靖书如飘风忽举,鸷鸟乍飞""钟繇书如云鹄游天,群鸿戏海",等等。庾肩吾则将书法正、草的流动性特点描绘为"烟花落纸将动,风采带字欲飞"。这些都是从中国书法重线条、结构之美的特点出发,提炼出尚"飞动"的审美趣味。

汉魏两晋南北朝的绘画、雕塑也重视流动婉转优美的线条,如出土的汉代青铜雕塑"马踏飞燕",传达出极具飞动之势的奔马神情,是中国古代难得的杰作。敦煌石窟艺术中的"飞天"人像,那飞腾的舞姿与飘荡飞举的饰带,更令后人叹为观止。"中国雕刻也像画,不重视立体性,而注意在流动的线条。"① 中国的绘画因为重线条的流动,还带有舞蹈的意味。舞蹈的特质也在于线条运动。汉代傅毅《舞赋》曾以蛇蜿龙等形体的运动姿态来比喻舞蹈动作:"蜲蛇姌嫋,云转飘曶,体如游龙,袖如素霓。"在理论上,魏晋南北朝时期之重"传神""气韵",重"骨法",也是重笔墨之有生气与活力。② 而绘画之笔墨本来又与书法之线条相通,笔墨之势亦乃是线条、点画之势。因此,书画雕刻之重飞动之势就奠定了"飞动"这一美学范畴的基本含义,即重视艺术语言(在书画就是线条)的活泼灵巧、艺术结构的生动变化。

至于在语言艺术方面,南朝梁时刘勰在《文心雕龙·诠赋》篇里也认为,"延寿《灵光》,含飞动之势"。这里的"飞动之势",是指王延寿《鲁灵光殿赋》的语言。该赋以精微生动的语言,描摹了宫殿构造的种种画面,凡阶堂壁柱、扉室房序,栌枅栭穿,以及栋窗之雕刻,榱楣之绘

---

① 宗白华:《美学散步》,上海人民出版社1981年版,第41页。
② 比如传说中张僧繇"画龙点睛"的故事,龙一旦被画上眼睛,则生动传神,腾飞而去。

画,一一铺陈,皆得营造之精意,读之觉鸟革翚飞之状,如在眼前。它还描写了许多飞动的动物形象,有飞腾的龙,有愤怒的奔兽,有张翅飞动的凤凰,有蜿蜒曲折的蛇,有互相追逐的猿猴,等等。作者的描写千变万化,随色象类。在《诏策》篇的"赞"里,刘勰又推崇皇帝发布的号令是"腾义飞辞"。《檄移》篇中又认为檄文的要点就在于它的"植义扬辞,务在刚健"。《风骨》篇说:"是以怊怅述情,必始乎风;沈吟铺辞,莫先于骨。故辞之待骨,如体之树骸;情之含风,犹形之包气。结言端直,则文骨成焉;意气骏爽,则文风清焉。若丰藻克赡,风骨不飞,则振采失鲜,负声无力。"又说:"夫翚翟备色,而翾翥百步,肌丰而力沈也。鹰隼乏采,而翰飞戾天,骨劲而气猛也;文章才力,有似于此。"刘勰所说的"风骨"仍包含语言在内。若语言不能带动起内容,就会导致"肌丰而力沈",就会使得"风骨不飞"。因此,他说的"风骨"也就与"气"、与"风力"紧紧联系在一起。他所推崇的"风清骨峻,遍体华光"的美学理想里也就包含着对"飞动"之势的追求。他所说的"情与气偕,辞共体并"①也就是后来唐代皎然所说的"语与兴驱,势逐情起"②之所本。

唐代,窦蒙在总结前人创作经验的基础上,把"飞动"作为一种美学概念提炼出来并加以释义。在《语例诗格》中,他说,"若灭若没曰飞","如欲奔飞曰动"③。归结起来,"飞动"一方面追求的是隐显起伏的百年的变动,另一方面则强调腾举飞跃的动势。

真正把"飞动"作为一个美学理想并大力提倡的是唐代诗僧皎然。他所说的"飞动"可包含两层意思:一是语言的活泼生动,二是全篇的结构呈动态的变化。

前者如他在《诗议》中说到的:

> 诗不要苦思,苦思则丧于天真,此甚不然。固当绎虑于险中,采奇于象外,状飞动之句,写冥奥之思。夫希世之珠,必出骊龙之颌,

---

① [南朝梁] 刘勰:《文心雕龙·风骨》。
② [唐] 皎然:《诗式》。
③ 北京大学哲学系美学教研室编:《中国美学史资料选编》(上册),中华书局1980年版,第275页。

况通幽含变之文哉！①

这个"状飞动之句"，大致与刘勰说的"含飞动之势"一样，都在于写出具有生命活力的事物相状。《文镜秘府论》引唐代崔融《唐朝新定诗格》"十体"说，其中就有"飞动"一体，其云："飞动体者，谓词若飞腾而动是。"所举例则是"流波将月去，潮水带星来"和"月光随浪动，山影逐波流"两个诗句。这里的"词若飞腾"，实则是只注重某些表示动态的词语。宋人魏庆之《诗人玉屑》卷四的《风骚句法》中也有所谓"龙吟虎啸（飞动）"之说，其举例是"野云低度水，檐雨细随风。乱云低薄暮，急雪舞回风"，与崔氏之论亦无差别，与皎然之说也相一致。可见，注重文辞的动势描绘是"飞动"的基本要求。这里顺便说一下，崔融把"飞动"当作诗之一体，这"体"既是诗中的类型区别，同时也具有风格上的意义。司空图《诗品》中还列有"流动"一品，其义近"飞动"，说的也是一种美学风格。所以，古文论中的"飞动"也具有风格的意义。

后者如皎然在《诗式·明势》中所说的：

> 高手述作，如登荆、巫，觌三湘、鄢、郢山川之盛，萦回盘礴，千变万态（文体开阖作用之势）。或极天高峙，崒焉不群，气腾势飞，合沓相属（奇势在工）。或修江耿耿，万里无波，欻出高深重复之状（奇势互发）。古今逸格，皆造其极妙矣。

他以山川起伏变化的形势比喻诗人作品的流动变化之态，其着眼点就不是辞，而是全篇的结构了。联系他在评诗时的观点来看，他说的文势的确着眼于全篇结构的变化。《诗式》卷二《作用事第二格》中说：

> 夫诗人作用，势有通塞，意有盘礴。势有通塞者，谓一篇之中，后势特起，前势似断，如惊鸿背飞，却顾俦侣，即曹植诗云"浮沉各异势，会合何时谐？愿因西南风，长逝入君怀"是也。

一篇之中，文势起伏不平，似断实续，正是产生"飞动"感受的奥秘所

---

① ［日］遍照金刚：《文镜秘府论·南卷》引。

在。皎然之论"势",上承刘勰之论"势",又开启后人之论"飞动"。刘熙载论庄子之文云:"文之神妙,莫过于能飞。庄子之言鹏,曰'怒而飞',今观其文,无端而来,无端而去,殆得'飞'之机者。乌知非鹏之学为周耶?"① 刘熙载论"飞",正是着眼于庄子之文的整体特点,即它的笔意的纵横捭阖与结构的缥缈奇变。如《逍遥游》篇,起篇写大鹏南飞,即联想到俯瞰九万里之下大地的景象;为了解释鹏能飞九万里的原因,又以"水之积也不厚,则其负大舟也无力;覆杯水于坳堂之上,则芥为之舟,置杯焉则胶,水浅而舟大也"作为引证;因蜩与学鸠之笑大鹏,又引出对适莽苍者、适百里者、适千里者的议论;继而又从斥鴳的取笑大鹏论及小大之辩,虚构了肩吾与连叔的对话,其中又引出了对藐姑射山之神人、宋人有善为不龟手之药以及樗之臃肿不中绳墨而被匠者弃等寓言故事。忽而写天,忽而写地,忽而道东,忽而道西,迷离恍惚,姿态横生,而至关键处则一语点明主旨。该收则收,该放则放,时断时续,于奇幻怪异之中使人感受到"飞动"之趣。故刘熙载又说过:"庄子之文如空中捉鸟,捉不住则飞去。"② 这"飞去"之文的确不仅仅指措辞,而偏重于结构的起伏变化。

苏珊·朗格曾经说过,"要想使一种形式成为一种有生命的形式",其首要条件就是这种形式"必须是一种动力形式",也就是说,它"必须是一种变化的式样"③。综上所论,"飞动"一词所要求的正如苏珊·朗格提到的一种具有动力形式的艺术形式,它的实质就是追求一种活泼跳跃、流动不居的有生命的艺术形式,从而赋予艺术作品以美的价值。这正是"飞动"所包含的美学底蕴。

二

然而,在古代艺术家眼中,"飞动"之获得又不仅仅限于文辞与结构这样的形式因素,它与作品的内容(文意)以及艺术家主体的精神(心

---

① [清]刘熙载:《艺概·文概》。
② [清]刘熙载:《游艺约言》,见徐中玉、萧华荣校点《刘熙载论艺六种》,巴蜀书社1990年版,第342页。
③ [美]苏珊·朗格著:《艺术问题》,滕守光、朱疆源译,中国社会科学出版社1983年版,第49页。

灵、性情）等又有着密切的联系。因此，在论及"飞动"的产生时，也便涉及下列几方面的因素。

（一）"飞动"与文理的自然流动

《易传》论卦象之产生乃取乎天地自然，近取诸身，远取诸物。而其论文章之取象，则有《涣·象传》云："风行水上，涣。"其卦象为☴☵，即上为风，下为水。风行水上之涟漪，即为自然之文章。刘勰《文心雕龙·原道》论人文之产生，也袭用《易传》之观点，云："心生而言立，言立而文明，自然之道也。傍及万品，动植皆文，龙凤以藻绘呈瑞，虎豹以炳蔚凝姿；云霞雕色，有逾画工之妙，草木贲华，无待锦匠之奇，夫岂外饰，盖自然耳。"这里的"自然"与"自然之道"，也就是说人文乃是天地万物本身的固有表现，是自然而然的产物。因此，作文也就要顺乎文之本性，不可刻意雕琢。比如文章本来就要求像风行水上之涟漪一样要具有一定的华丽的辞藻，而这些华丽的辞藻又是自然获得的，不是故意造成的。所以，刘勰的《文心雕龙·明诗》云，"感物咏志，莫非自然"；《隐秀》篇残文又说，"晦涩为深，虽奥非隐；雕削取巧，虽美非秀矣。故自然会妙，譬卉木之耀英华；润色取美，譬缯帛之染朱绿"。永明体诗人谢朓还主张"好诗圆美流转如弹丸"①。所谓"圆美流转"，既指声律的和谐，也指内容的表现顺乎情理，二者均具有自然之态。这也正是获得"飞动"之趣的基本条件。晚唐美学家司空图还从道家的自然主义出发，在《诗品》中专设"流动"一品，认为诗歌必须具有生动流转之势，"若纳水𨍏，如转丸珠"。

"风行水上"的自然之论，到苏洵、苏轼父子处则得到更进一步的发挥。他们以此对文理的自然流动之势做了精辟的阐述，并把"风行水上之文"当作最高的美学理想。苏洵说：

"风行水上，涣。"此亦天下之至文也。然而此二物者岂有求乎文哉？无意乎相求，不期而相遭，而文生焉。是其为文也，非水之文也，非风之文也。二物者非能为文，而不能不为文也，物之相使而文出于其间也，故此天下之至文也。今夫玉非不温然美矣，而不得以为

---

① 《南史·王昙首传附王筠传》。

文;刻镂组绣,非不文矣,而不可与论乎天然,故夫天下之无营而文生者,唯水与风而已。①

他强调的是"风"与"水"的无意相求与不期而遇。也就是说,顺其物之自然而产生的文才是最美的。清代纪昀在《水波砚铭》中说:"风水沦涟,波折天然,此文章之化境,吾闻之于老泉。"纪氏所言亦深得苏老泉之真谛。刘熙载则说庄子之文"尤缥缈奇变,乃如风行水上,自然成文也"②。这种风行水上的缥缈奇变正是与庄子之文的飞动密不可分的。苏轼的自然流动论则把苏洵风行水上的意思用另一种方式做了形象的表述,其《文说》云:"吾文如万斛泉涌,不择地而出,在平地滔滔汩汩,虽一日千里无难。及其与山石曲折、随物赋形而不可知也。所可知者,常行于所当行,常止于不可不止,如是而已矣。其他虽吾亦不能知也。"这就是他自己的文章,其情思意绪往往不受任何束缚,顺其自然而得到生动的表现。苏轼所说的"与山石曲折,随物赋形"之语,实际上说的也就是文理之势。这种含义其实刘勰也说过,《文心雕龙·定势》说:"势者,乘利而为制也。如机发矢直,涧曲湍回,自然之趣也。"苏轼《答谢民师书》中还以类似之语去评他人诗文,说:"……大略如行云流水,初无定质。但常行于所当行,常止于不可不止。文理自然,姿态横生。"所谓"文理自然",在这里绝不仅仅指语言与结构的自然,它同时包括作家思想感情的自然流动,也是作品内容的自然展开。

(二)"飞动"与空白

"飞动"自然要求在内容上达到通脱、透活、自然、高逸,但是,如果"飞动"所带动的内容太沉太重,就无法"飞"起来。因此,古人讲"飞动",多强调内容的不黏不脱、若即若离。状物而不泥于物,用事而不牵于事。这亦即说"飞动"所带动的内容应具有一定的空隙,而不是密不透风的。宋张炎《词源》说:"词要清空,不要质实。清空则古雅峭拔,质实则凝涩晦昧。姜白石词如野云孤飞,去留无迹……"又说:"白石词……不惟清空,又且骚雅,读之使人神思飞越。"清人周济的《介存

---

① [宋]苏洵:《仲兄字文甫说》,见《嘉祐集》(卷十四)。
② [清]刘熙载:《艺概·文概》。

斋论词杂著》则说:"初学词求空,空则灵气往来。"空白与间隙正是产生"飞动"之趣的因素。这里实际上涉及艺术的虚实相生规律问题。因为艺术只有虚实结合,方能表现出活泼而有生命的艺术世界。如中国画,不仅线条之间存有空白,而且构图之间留有空白,甚至还有"计白当黑"的创作方法。空白之处正是天地灵气的往来之处,使人依然感觉其间充满着动荡的生命。

皎然谈"飞动",则恰恰强调"飞动"不能过于轻飘,相反,应该具有一定沉实的内容。若"飞动"只是一种空无负重的飘逸,就会显得脚下无根基,这"飞动"也不是真正的通脱与飘逸。其《诗式》说到"诗有四离"时说:"虽尚高逸,而离迂远;虽欲飞动,而离轻浮。""诗有六至"条又说:"至苦无迹,至近而意远,至放而不迂。"姜夔的《白石道人诗说》也认为,"韵度欲其飘逸,其失也轻"。这便使"飞动"之论显得更为全面、更为辩证了。

(三)"飞动"与艺术家的心灵与性情

"飞动"与艺术家的主体精神又有着深刻的关系。艺术家之心灵与性情是"飞动"产生的重要源泉。古人论此,大多强调艺术家心灵之境的清、逸、奇、趣。因为只有经过艺术家清、逸、奇、趣心灵的熔铸,方能产生活泼泼的生命情调。清与逸,指的是艺术家的林泉之心。只有超脱的心境,才有山林之趣与林泉之心,也才有高逸之思。唐殷璠《河岳英灵集》卷中论储光羲诗云:"储公诗,格高调逸,趣远精深,削尽常言,挟风雅之迹,浩然之气。"宋黄休复《益州名画录》论孙位,说他"性情疏野,襟抱超然……禅僧道士,常与往还"。其画有"龙拿水汹,千状万态,势欲飞动","非天纵其能,情高格逸,其孰能与于此耶"。艺术家的这种心态是一种自由、无束无缚的心态,用庄子的话来说,是一种能"游"的心态,也是一种"饮之太和,独鹤与飞"①的心态。因为脱离了钻营与名利,以审美的满足为其最高目的,其艺术也就能"乘云气,御飞龙,而游乎四海之外"②。所以,艺术家能"游"的精神,便能使艺术充满内在的自由的生命,呈现出"飞动"之趣。奇与趣指艺术家的智慧

---

① [唐]司空图:《诗品》。
② 《庄子·逍遥游》。

之心。心灵之奇表现出艺术家独有而奇异的个性，他不同于常人而显得才气横溢；心灵之趣也是艺术家智慧灵敏的表现，"趣者，生气与灵机也"①。智慧的流动则成为心灵之趣，成为艺术之趣。如李白之诗想象奇特、气势宏大，"奇横酣恣，天风海涛，黄河天上来"②；"其歌行之妙，咏之使人飘扬欲仙"③。这种才情横溢的诗来自李白那桀骜不驯的个性，来自他那超奇洒脱的心灵。像他的"天生我材必有用，千金散尽还复来"④，像他的"且放白鹿青崖间，须行即骑访名山。安能摧眉折腰事权贵，使我不得开心颜"⑤，像他的"长风破浪会有时，直挂云帆济沧海"⑥，莫不是"风发胸臆，泉流唇齿"的"欲飞"之语、之诗。因此，汤显祖说："天下文章所以有生气者，全在奇士。士奇则心灵，心灵则能飞动，能飞动则下上天地，来去古今……"⑦ 袁中道的《刘玄度集句诗序》则说："凡慧则流，流极而趣生焉。天下之趣，未有不自慧生也。山之玲珑而多态，水之涟漪而多姿，花之生动而多致，此皆天地间一种慧黠之气所成，故倍为人所珍玩。"

（四）"飞动"与气韵

"飞动"更是与气韵有关。南齐谢赫《古画品录》所列画之六法，居其首者乃"气韵"。按钱钟书先生的标点，该句应为"气韵，生动是也"⑧。气韵正是艺术品"生气远出"的生命所在。气韵是作品中的一种节奏和韵律，它能产生一种流动感。应该说，有了气韵，也便有了流动，有了生气，有了飞动。古代艺术家对此发表了不少真知灼见。宋人郭若虚《图画见闻志》云："人品既已高矣，气韵不得不高；气韵既已高矣，生动不得不至。"明人顾凝远说："六法中第一气韵生动，有气韵则有生动矣。"⑨ 清人方薰还说："气韵生动，须将生动二字省悟。能会生动，则气

---

① ［清］史震林：《华阳散稿》。
② ［清］方东树：《昭昧詹言》，评李白诗《灞陵行送别》语。
③ ［明］王世贞：《艺苑卮言》卷四。
④ ［唐］李白：《将进酒》。
⑤ ［唐］李白：《梦游天姥吟留别》。
⑥ ［唐］李白：《行路难》。
⑦ ［明］汤显祖：《玉茗堂文之五·序丘毛伯稿》。
⑧ 钱钟书：《管锥编》（第4册），生活·读书·新知三联书店2001年版，第1353页。
⑨ ［明］顾凝远：《画引·论气韵》。

韵自在。"①

艺术品的气韵问题，既与墨法的淋漓酣畅有关，也与艺术形象的神似有关，它有时又指艺术家独有的精神气质，有时又指天地间一团元气、真气在艺术作品中的体现，所涉及的就不单单是艺术形式问题，它同时也涉及意（内容的）、神（作家的）、天（天地自然的）。所以，古人多强调气韵的可得而不可知、可遇而不可求。然而，古人无论是论墨法之气韵，还是论主体之气韵，最终还将落实到生动上，追求的还是一种动态美。如清人恽格评董源之画，说："北苑画正峰，能使山气欲动，青天中风雨变化。气韵藏于笔墨，笔墨都成气韵。"② 山本是静的，但董源之笔能使"山气欲动"，这也就是笔墨之中饱含气韵的结果。笔墨之生动则能化静为动。

三

中国艺术家对"飞动"之美的崇尚，究其根底，实则是中华民族精神之体现。那重视天机活泼、自由和谐的生命形式，来自中古哲学对生生不息的宇宙节奏（"道"）的体悟，也来自中国哲学"天人合一"的自然主义意识与把握世界空间的思维方式。

中华民族很早就对宇宙之道进行哲学探讨。《易经》中卦辞到爻辞的推演变化，象征着宇宙森罗万象变化以及万物相异相承、相生相续的生命模式。《易传》论《易》之"三义"，其中就有"变易"："生生之谓《易》"③，"天地之大德曰生"④，"易之……为道也，屡迁，变动不居，周流六虚，……唯变所适"⑤，所强调的正是宇宙天地的法则和生命节奏。这一宇宙的法则与节奏适用于宇宙人生乃至艺术的一切变化现象上。人们懂得这一法则与节奏，就能知天地之大德，就能获无穷的生命。"知变化之道者，其知神之所为乎。"⑥ 老子之论"道"，亦主张"道"的变化功

---

① ［清］方薰：《山静居论画》。
② ［清］恽格：《南田论画》。
③ 《易传·系辞上》。
④ 《易传·系辞下》。
⑤ 《易传·系辞下》。
⑥ 《易传·系辞上》。

能,"道生一,一生二,二生三,三生万物"①。老子观念中的"道"是循环变化不已的,所以,他重视事物间的矛盾及其转化,"有无相生,难易相成"②,"反者,道之动"③。庄子亦继承老子的思想,认为万物无不循环变化,推衍不已。"万物皆种也,以不同形相禅,始卒若环,莫得其伦。"④ 他也重视"反"的作用:"无以人灭天,无以故灭命,无以得殉名,谨守而勿失,是谓反之真。"⑤《易》及老、庄的自然主义宇宙观既讲自然法则(变),又讲人在自然中的地位,也就是说,人要顺应自然的法则,明了其变化之道,才能处事不惊不忧,以不变应万变。

按照先秦时期的哲学,是主张宇宙之道与人生之道合一,人生之道又体现于生活制度、礼乐制度之中,因此,"道"也就表现于"艺"中,"道"是"艺"的源泉和灵魂,"艺"则以形象与生命体现出"道"的存在。这种"天人合一"的哲学观也便产生了"道艺合一"的艺术观。而"道"的精神实质——流动变化也就成为艺术"飞动"之美的灵魂。比如"飞动"之崇尚艺术形式如线条、语言、结构的流动,就与《易》之"道"论有极深的渊源关系。《易》曰:"一阴一阳谓之道。"那一阴一阳就是用最简单的线条"—"与"- -"来概括形而上之道。中国哲学正是以"动"的节奏与变化来把握宇宙与人生的,一阴一阳的互动变化能生出无穷的宇宙万有,天依此而行健,人依此而自强不息,艺依此则充满生气。清代画家石涛曾把这艺道合一的关系概括为"一画"说,云:"太古无法,太朴不散,太朴一散,而法立矣。法于何立?立于一画。一画者,众有之本,万象之根,见用于神,藏用于人……"⑥ 他把绘画的根本法则看作秉承宇宙之法,因此,艺术语言即线条也就与宇宙自然的法则"道"相融合,据"道"而立的"一画"(线条)也就具有流动不居、能生出无穷艺术生命的功能。

其次,我们还要溯源到中国人的泛灵论意识,即认为世界万物包括山川草木动物都有灵性。这是一种原始宗教观念,它是建立在自然与人的原

---

① 《老子·第四十二章》。
② 《老子·第二章》。
③ 《老子·第四十章》。
④ 《寓言》。
⑤ 《庄子·秋水》。
⑥ 《石涛画谱·一画章》。

始亲和基础上的自然主义意识，它潜伏着"天人合一"的原始文化基因。这种原始的自然主义意识反映到艺术中，则构成中国艺术观中的山川有灵论。先秦两汉描绘龙蛇虎豹、星云鸟兽，为什么会具有如此流衍回环的生命节奏，会呈现出异样怪诞的生气，其原因也就在于当时的人们深感这些奇禽异兽、日月星相都具有神奇的灵性与魔力。南齐画论家宗炳曾说，"山水质有而趋灵（一作"趣灵"）"，"夫圣人以神法道，而贤者通；山水以形媚道，而仁者乐"①。所以，中国艺术家不仅认为山川可以体现出宇宙之理，而且认为山川都有精灵与生命，于是通过观察并描绘山川，既可以洞见造化之功，也可以把握到自然万物生命的真宰。当艺术家真正做到凝神遐想、与物冥通时，也就必然要求触及山川万物那活泼泼的生命。宇宙之中，高山流水，茂林修竹，鸢飞鱼跃，兔走龙腾……无不是活生生的生命图画。要将这些图画用艺术的手段再现或表现出来，也就必须要传达出那跃动的生命。因此，中国艺术家一直都很重视创作时体物、入物、与物合一的心态。苏轼说："与可画竹时，见竹不见人。岂独不见人，嗒然忘其身。其身与竹化，无穷出清新。"② 草虫画家曾无疑画草虫，日夜苦心地观察，"方其落笔之际，不知我之为草虫耶，草虫之为我也"③。这种忘我与物我合一的心境恰与庄周之与蝴蝶融为一体是一样的。中国画家还往往把山水人格化、情趣化。在他们看来，山水皆有性情。山水皆具人态，"春山淡冶而如笑，夏山苍翠而如滴，秋山明净而如妆，冬山惨淡而如睡"④。"凡画山水，最要得山水性情。得其性情，山便得环抱起伏之势，如跳如坐，如俯仰，如挂脚；自然山性即我性，山情即我情，而落笔不软矣。水便得涛浪潆回之势，如绮如云，如奔如怒，如鬼面；自然水性即我性，水情即我情，而落笔不板呆矣。"⑤ 也正因为中国艺术家的这种山川草木皆有灵的观念，使得他们创造出了与万物具有同样生命的艺术品。因此，中国艺术家笔下的山川景物的生命就绝不仅仅是艺术家本人的主观生命情调的投射或移情，也不仅仅是代山川而立言，确切地讲，是艺术家的生命与大自然的生命融为一体。而只有生命与生命的对接与融洽，

---

① 《画山水序》。
② 《书晁补之所藏与可画竹》。
③ ［宋］罗大经：《鹤林玉露》（卷六）。
④ ［宋］郭熙：《林泉高致》。
⑤ ［明］唐志契：《绘事微言·山水性情》。

才可能造就艺术灵动的生命。

　　此外，"飞动"这种重视变化与流动的艺术精神还来自中国人观察与把握世界空间的思维方式。《易经》中的八卦是由阴阳二气周而复始、无往不复相构成的。八卦的组成最后成一个环形，以代表世界周而复始的变化，并且还代表空间方位的八个符号。① 我们的先哲凭什么采用这种空间意识呢？《易传·系辞下》说是先哲"仰则观象于天，俯则观法于地，观鸟兽之文与地之宜，近取诸身，远取诸物"。足见这是先哲根据自身的切身体验体悟出来的。由这种环形的空间观则形成了中国艺术处理空间的两个特点：一是盘桓流转的变化，二是移步换景的流动。中国山水画，正是以艺术家为中心，描绘他身所盘桓、目所绸缪的景色，尺幅之中，重山叠水，由远而近，重重景物，盘桓流转而归之于艺术家自心。山水画、山水诗与园林艺术，又多采用移步换景的空间处理。这种运动透视的方式其根源依然是《易经》中那"唯变所适"的思想方法。在古代，有人甚至把八卦运用于舞蹈，创造了八卦舞谱，依照八卦的八个方位来规定身体每一部位动作的运动流程，自然也是以盘桓流转作为规范的。《淮南子·脩务训》云："令鼓舞者绕身如环，动容转曲。"张衡《舞赋》云："裛纤腰而互折，媛倾倚兮低昂。"因此，在这种艺术空间里，也就产生了一种流动感，从而赋予艺术品以生命的节奏，产生"飞动"之趣。

　　"飞动"——这一体现中国艺术精神的美学范畴同样灿烂地体现着中华民族的生命意识与灵动、自由、和谐的精神。

（原载《文学遗产》1992年第5期）

---

　　① 此处沿用吕子方《古代标志空间方法的符号八卦》一文的观点，还可参见《神秘的八卦》（广西人民出版社1990年版）一书。

中国古典文论表达方式的东方特性

中国古典文论是在东方文化的土壤中培植生长起来的，它在批评方式、内容与形式的结构、表达方式以及内在精神等方面都有着鲜明的东方特性，表现出了丰富的中国文化内涵。本文只择取中国古典文论表达方式的东方特性进行论述。

一、具象表达方式

中国古典文论常用具象来表达审美感觉，而不像西方古典美学那样靠抽象的理论概念进行逻辑推演来表达审美判断。因此，在中国古典文论中，我们很少看到批评家使用判断作为审美评价，其表达审美评价的主要手段是批评家和读者共同进行的"品"。"品"加"评"所构成的"品评"则成为中国古典美学最主要的审美评价方式。

中国古典文论运用的主要是一种具象性意识，它用比喻、象征等手段，把具体物象与抽象性道理融合在一起。具象不仅体现抽象的宇宙之理（道），而且也通向人的心灵宇宙。从庄子到魏晋时期的郭象，都认为山水即天理（道），从"以玄对山水"到"庄老告退而山水方滋"，中国古典文论重视具象性意识的审美传统变得更为牢固。传为晚唐司空图所作的《二十四诗品》，将中国古典文论这种"随象运思""思与境偕"的方式推向极致。他评价各种诗歌的风格和意境，都是通过一个具体形象体系的描绘来完成的。可以说，司空图的论诗是将具象、哲理、美学、诗融合成一体的典范之作。而他的论诗，其基础还是在于"辨示"。他认为，"辨于味，而后可以言诗也"①。可见，他重视的还是一种强烈的感官感受。不同于钟嵘的是，他认为对"味"的理解不能停留在诗的表面的感官感受，还应该达到它的深层含义，所以他特别强调诗的"醇美"，认为"醇

---

① ［唐］司空图：《与李生论诗书》，见北京大学哲学系美学教研室编《中国美学史资料选编》（上册），中华书局1980年版，第316页。

美"之"味"才能具有"韵外之致"和"味外之旨"。这种具象性意识正好符合中国古典文论追求含蓄、隽永的要求，也体现了东方民族综合型思维而非分析型思维的特点。

二、辩证灵活的表达方式

中国古典文论表达方式的特殊性还表现在它常常使用辩证的、流转变化的范畴。这些范畴如同中国语言传统中的对偶艺术一样，往往是两两相对的，如"阳刚"对"阴柔"、"形似"对"神似"、"虚"对"实"、"巧"对"拙"、"动"对"静"、"雅"对"俗"，等等。这些范畴看似相互对立，但在中国古典美学的范畴论述中，并不看重它们之间的对立关系，而更看重它们之间的相互转换变化、相互包容和相反相成的关系，如"虚实相成""刚柔相济""静中有动，动中有静""化俗为雅，雅俗相和""大巧若拙"，等等。再推而广之，还产生一些对偶性的理论命题，如"诗中有画，画中有诗""以形写神，形神兼备""不似之似似之"，等等。

辩证灵活的表达方式使用的概念和范畴都是流动变易的，表面看来是缺乏准确的纯逻辑的界定性阐述，但由于它着重在揭示范畴之间相互转换变化的关系，反而更能把握艺术内部的联系，从更深一层来说，相对性的范畴具有它内在的合理性。中国哲学家方东美认为，中国哲学有生之理、爱之理、化育之理、原始统会之理、中和之理、旁通之理。而"旁通一词统摄四义：一、生生条理性；二、普遍相对性；三、通变不穷性；四、一贯相禅性"[①]。中国古典文论范畴的辩证性深得旁通之理。正是在概念与范畴的辩证运动中，审美意义才得以生成。这正是中国古典美学相对性的妙缔。

也正是从这一点出发，我们透过中国古典美学辩证灵活的表达方式触摸到中华民族审美思维的元结构：太极思维。从那酷似阴阳二鱼流转运动的太极图像中，我们能解读出上古时期中华民族重视生命律动和变易决定一切生命的思维模式。一阴一阳之谓道，阴阳交替，产生消息起伏、循环

---

① 方东美：《哲学三慧》，见黄克剑、钟小霖编《方东美集》，群言出版社1993年版，第349页。

往返的宇宙，产生相接相续的四时，产生出动态万千的艺术世界……太极思维包含着阴阳的相反相成、矛盾互补、对立统一并且互相转换的丰富哲理。

三、言简意丰的表达方式

中国古典文论在语言的表达方面崇尚简洁。由于它的许多理论术语与概念都是从其他领域如哲学、军事、饮食以及自然界借用而来，而且不少还采用喻象方式，因而使得其理论术语和概念留有较大的意义联想与扩张空间，具备了实现意义超越语言的可能性。比如，"味""态""势""趣""神""兴会""妙悟"等，都是简洁而意义非常丰厚的理论术语。就"神"而言，从哲学之"神"到艺术之"神"，具有了多种相互转移、借用的意义，其内容在不同的时空环境中有着不尽相同的理论内涵。哲学界的"神"乃是"精气"活动的结果，在医学领域同"精"连为一体为"精神"，特指主宰人的生命现象，在宗教界则指与形体相对立的灵魂。到了艺术领域，"传神"之"神"指刻画对象的精神实质，"畅神"之"神"指创作主体的精神与感情，"神思"之"神"指的是艺术构思过程中的艺术想象活动。

中国古典文论的这种表达方式自然与汉语言文字的特征密切相关。汉字是属于表意体系的文字，字形和字义有密切关系，汉字形体的构造就有"六书"的说法，即象形、指事、会意、形声、转注、假借。象形是汉字构造最基本的原则，会意、形声在多数情况下以象形为基础。这种构造方式使得汉字本身逐渐有了本义、引申义的区别，存在着一字多义的现象，汉语言在发展过程中也存在着言简意繁的状况。《周易·系辞》很早就指出："书不尽言，言不尽意。……圣人立象以尽意。"随后，也便产生了言、象、意三者之间关系的讨论。到了魏晋，玄学还将言、象、意关系的讨论上升到形而上的哲学高度。王弼《周易略例》亦云："夫象者，出意者也；言者，明象者也。尽意莫若象，尽象莫若言。"由于汉语言及其汉语文学本身有着"言不尽意"和"得意忘象"的特征，故在理论术语和概念的表达上也认为"言"在传达功能上是有局限的，而"象"在内涵和指向上比"言"更宽泛、更精致。而"象"却是比"言"更简化的，建立在"象"基础上的"言"也不得不趋于简易，所以中国古典文论不仅注重具象的表达方式，而且在概念、范畴的表述上也力求以简易为上，并力求多用形象去表达，但意义则可以多层而繁复。这也是中国古典美学重视隐秀、含蓄的重要原因。

　　此外，中国古典文论的这种表达方式还与中国经学中的解经传统相关。中国经学中的解经是一种典型的具有东方特色的阐释方式。经是原典，围绕着原典，中国的经学解释可以做出多种的延伸性阐释，其中包括各种无意或有意的误读。如对《周易》的阐释，解易家围绕着卦象可以展开丰富的联想，引发出多重的成系列的意义。如对《诗经》的阐释有"诗无达诂"的说法，围绕着《诗经》中某句诗可以延伸出历史、道德等多层含义。在中国的解经传统中，作为原典的"经"是"简"的，而阐释是可以"繁"的；圣人之言是"简"的，阐释圣人之言可以是"繁"的。解经正是要将原典和圣人之言的意义扩大和延伸。正是在这一阐释传统的延续中，中国古典文论，尤其是原创性著作的表达方式往往是遵循言简而意丰这一原则的。

（原载《光明日报》2001 年 8 月 1 日）

论中国古代诗学的原创意识

　　中国古代诗学中的不少理论、观念、概念都是具有原创性的，如"诗言志""诗缘情""情境""意境""神思""风骨""气韵""滋味""兴趣"，等等。中国古代诗学之所以能自成体系，并在世界文明中占有重要地位，与它的原创性质极为有关。虽然中国古代诗学中有"以复古为创新"的方面，但这种因袭性只是在传统形成的一定时间内有效，一旦达到某种限度，传统的部分成分与结构还将突破，创新又会到来。同时，这种因袭性的形成，也可从另一侧面说明中国原创性诗学形成较早，其基础坚实，且符合延续上千年的社会类型和文化实情，形成的传统就会显得耐性强、延续久。

　　追究中国古代诗学的原创意识及形成，如下几点值得重视，而且对当今的理论创新都有启示。

　　（1）注重符合基础文类的发展实际。

　　美国比较文学学者厄尔·迈纳在其著作《比较诗学》中提到，中国诗学这种"情感—表现"的原创性诗学是在抒情诗的直接背景中产生的，早期欧洲诗学"摹仿诗学"则建立在戏剧的基础上，而戏剧是一种再现的文类。① 这说明一种原创性诗学的形成与它所基于的基础文类相关。中国古代诗学最早的"言志"说、"缘情"说都是基于抒情诗的，"志"与"情"通，"情""志"其实可合而为一。《毛诗大序》论诗之产生，提出"物感"说，就是基于从人的感情受物所感，人心动荡，而形成音乐与合乐而吟的诗。"物感"说突出的是艺术的感情因素，"情"于是成为中国古代诗学中的核心范畴并得到不断的衍生。至陆机而有"诗缘情而绮靡"，至刘勰而有"情以物兴""物以情观"的情物论，至王夫之则有深广宏大的情景论。研究古代文论的著名学者王文生教授更将情境理论当作中国抒情文学思想体系中的核心课题来进行研究，提出"只有'情境'

---

　　① 参见［美］厄尔·迈纳著《比较诗学》，王宇根、宋伟杰等译，中央编译出版社1998年版，第33页。

才是抒情文学基本质素的准确概括和抒情文学结构的最好标志"①。抒情文学作为中国的基础文类,与中国的其他艺术门类触类旁通,相互融会,使得在基础文类基础上形成的诗学理论、观念、概念也可在其他艺术门类中得到恰当的运用,如绘画、书法领域中有"畅神""散怀"之说,有"意境""气韵""形神"之说,而古代戏曲、戏剧理论仍然运用"情采""入情""情真""情理""传神""意趣神色"等概念。这说明,以抒情文学为基础文类而形成的中国古代诗学是真正代表中国古代各种艺术门类的理论,是最富原创意识的理论。

基础文类之所以重要,就在于理论必须符合文学发展实际,必然是从基础文类的大量实践中总结提炼出来的。否则,脱离文类发展实际的理论就没有生命力,也就谈不上创新,更谈不上属于原创。中国当代文艺理论面临的基础文类虽然已经分化,各种文类共同生长,但在当代大众文化兴盛的时代,叙事性文学尤其是影视创作成为最热门的文类,理论工作者应注意从最热点的文类中寻找规律,提出中国式的具有原创性的理论。这将是中国当代文艺理论建设的创新之路。

(2) 具有中国文化的本土特点,符合中国人的思维方式。

迈纳在谈到原创性诗学的产生时还提到:"一种原创性诗学不是在某一特定文化体系发轫之初就出现了,而是出现于紧随其后的某个时期,在诗人由无名氏变成公认的作者、诗被赋予独立性存在之后。"② 中国古代诗学是在中国文化体系已初步成型的情形下出现的,它的出现深深受到中国哲学体系与思维方式的影响,带有十分浓厚的东方色彩。比如"物感"说,就受到中国先哲宇宙观的影响。中国先哲认为,宇宙由阴阳二气构成,阴阳二气相互运动变化又相互补充,并且对应五行(五种物质)、五方(五种方位),还可在人的身上产生感应。总之,天人感应理论认为天地万物与人都存在着"以类相动""倡和有应"的关系。此种具有浓厚原始思维特征的宇宙论使抒情文学中的"物感""心动而情发"理论得以顺理成章地发生。又比如"文气"说、"气韵"说,也是中国诗学特有的概念与范畴,它们与中国的"气"论哲学密切相关,有着深刻的文化内涵。

---

① 王文生:《论情境》,上海文艺出版社2001年版,"前言"第11页。
② [美]厄尔·迈纳著:《比较诗学》,王宇根、宋伟杰等译,中央编译出版社1998年版,第32页。

中国古代诗学谈"气",是将天地之气、人身之气与艺术作品之"气"打通来论的,"气"不仅是宇宙万物的灵根,而且贯穿艺术作品通体的生命。一体俱化的生气浩荡流淌,铸成艺术生命的生气远出、空灵飞动。这种"文气"论与西方文论中谈的作品"生气灌注"是完全不同的,同时也是西方人难以理解与把握的理论。因此,中国古代诗学本土特色的形成有着深刻的文化机制。

中国文字是象形的,远取诸物,近取诸身,是从对天地万象的观察感悟中加以适当概括与抽象的符号表现。《周易》哲学中的卦象,源自具体物象,反映了从具体到抽象的思维过程,也体现了具象与抽象同存并用的运思方式。中国古代诗学的许多术语、概念、范畴也深深地体现着中国人具象与抽象同存并用的思维方式。如"风骨""滋味""气韵""兴趣""神""逸""飞动"等,表面看来朦胧飘忽,难以明确界定,但它却具有具象与抽象同存的特点,让人能感悟到它丰富的内涵和多边的意义。中国古代诗学的这种表达法在今天似乎难以继承,因为今日学者已经完全习惯于用抽象去思维与表达,但在古代的文化背景中却是原创性的。钱钟书先生在 1937 年发表的《中国固有的文学批评的一个特点》一文中曾提到,像"风骨"这样的文论范畴,正是人化或生命化特征的具体呈现,是新颖的生命化的文学批评术语。它比起西方文论,在某种意义上要"深微得多"。钱先生还指出这种人化文论在理论上的诸多好处。① 钱先生之所以特别看重中国古代文学批评的长处,我以为主要还是看重它的中国特色以及原创意义。

(3) 创造了一套独特的理论话语和理论体系。

中国古代诗学是有自己适合于抒情文学的理论体系与理论话语的。它以"物感"为起点,以感情为核心,以心物融合、主客统一的意境为最高追求,串起涉及创作论、作品论、鉴赏论、批评论等方面的诸多理论概念、术语、观念和范畴。刘勰的《文心雕龙》当然是"体大思精"的典范,是具有完整理论体系和一整套理论话语的代表作。实际上,不同时期的不同理论家、批评家或多或少都创造了自己的理论术语,为抒情文学理论体系做出过贡献。如钟嵘的"滋味"说,陈子昂的"兴寄"说,王昌龄的物境、情境、意境"三境"说,殷璠的"兴象"说,皎然的"取

---

① 参见钱钟书《中国固有的文学批评的一个特点》,载《文学杂志》1937 年第 4 期。

境""取势"说，严羽的"兴趣""气象"说，公安三袁的"性灵"说，李贽的"童心"说，以及王士禛的"神韵"说，等等，这些术语的提出从不同侧面丰富了中国古代诗学的理论话语，成为中国抒情文学理论体系的有机组成部分。中国诗学的形成并非是由一两个人完成的，而是在中国文化传统和文化背景中由一代又一代的理论家、批评家不断探索与实践才完成的。一个理论家所提出来的理论体系毕竟是有限的，后人还要不断突破与超越它。正是在不断突破与超越当中，中国诗学理论体系和一整套诗学话语才成型、完整。同样，西方文论也不是每个人都像黑格尔那样具有完整体系的。西方"摹仿诗学"的形成也经过了从亚里士多德开始到后人不断丰富发展的过程。

（4）不少理论家敢于提出己说，敢于借鉴与改造外来术语，包括借用与改造其他艺术门类和学科的术语。

在中国古代诗学中，不少理论家提出自己的理论主张都是具有强烈针对性和现实性的，如陈子昂针对齐梁文风的弊端以及它在初唐文坛的影响，提出了"兴寄"说；严羽针对南宋诗坛"以文字为诗，以才学为诗，以议论为诗"的弊病而大胆地营造了自己的理论体系和一系列独到的理论术语，如强调"别材""别趣"，主张以"妙悟"为学诗门径，以"兴趣""气象"为诗之追求。他的诗禅说也是大胆借用禅宗术语而融进自己的理论体系中去的。中国古代诗学的不少理论术语都是借用的，如"风骨"是借用人物品鉴中骨相学的，"取势"是借用《孙子兵法》中的军事学术语的，中间还可能经过了围棋学与绘画理论的转借。"中和""滋味"等也是从中国的饮食文化中转借过来并加以改造的。作为僧人的诗论家皎然，其提倡的"取境"说就直接取自佛教。佛经《大乘义章》中就有"六识相望，取境各别"的说法。"意境"说也从佛经中借用，被改造成最有特色的诗学理论术语。苏联理论家巴赫金借用音乐学中的"复调"术语创造出了复调小说理论，被视为了不起的理论创造，而中国古代诗学向不同艺术门类和其他学科的借用不是也体现了创造性吗？

中国当代文艺理论的创新除了从最热点的文类中寻找理论的新生长点之外，还要立足于中国的现实国情与文化土壤，既要坚持与时俱进的文艺观念，又要继承与发扬中国古代诗学思维方式和表述方式的优势，还要充分深刻地理解中国文化精神的精髓。在创造当代中国特色的理论体系与理论话语时，要在大胆引进外来理论、概念、术语的时候加强消化、改造与融会的工作，真正做到"以我为主"，使其成为符合中国当代文艺发展实际的有机组成部分。敢于创新，对当前文艺理论工作者来说不难做到，而善于创新却是要潜心思考与勇于实践的。在党的十六大精神的指引下，理论创新成为每个理论工作者的内在需求，理论的前进也如同社会的发展一样，不进则退，形势逼人。在中华民族文化复兴的伟大进程中，理论研究如果滞后于文艺与社会的发展，那将是有愧于伟大时代的。

（原载《文艺研究》2003年第2期）

多维视野中古代文论的现代转换

在近 20 年来的文学理论界，还从来没有像"古代文论的现代转换"这一命题的讨论持续这么长久的。有的学者想以"伪命题"的说法终结这场讨论，但事过几年，还是有认真的学者重提这一问题，并从中西文论融合的角度论述了古代文论的现代转换的重要意义及其可能。[①] 古代文论的现代转换这一问题之所以被再度重视起来，一方面是由于当代中国文艺理论学科建设的迫切需要，另一方面也说明这一命题具有再度开发与挖掘的空间。如果我们不再只执一端，而是从多个视角出发继续讨论这一命题，将有助于古代文论的研究和当代文艺理论学科的建设。

（1）从全球地域化视野看，古代文论的现代转换问题具有实现本土文化建设和中华文化伟大复兴的意义。

当今世界文化思潮从总体上看是越来越趋于全球化，但这种全球化主要是指全球范围内国与国、地区与地区之间的相互联系、相互依存、相互补充，而不是指全球文化一体化、单一化。而在许多国家和地区，对于全球化的问题也有不少相反的看法：有的反对全球化，尤其是反对以英美文化为核心的霸权性的全球化；有的则主张保持与建设本土文化以抵抗全球化。在全球化的浪潮中，地域化的问题逐渐浮出水面。出于政治、经济以及文化发展的需要，一些带有地缘意义的政治、经济组织应运而生，如东盟、博鳌亚洲论坛以及不断扩大的欧盟等，美国近期在中亚国家中推行的"颜色革命"也带有明显的地缘性色彩。于是，在全球化的背景下，又出现了"全球地域化"这一词语，意指全球范围内地域性的文化在不断增长。

笔者早在 1997 年就在一篇题为《论本土主义与全球一体化的冲突与融合》的文章中提到："本土主义的存在完全取决于文化差异，取决于文

---

① 详见顾祖钊《中国文论：直面"浴火重生"》一文所载刘飞博士对钱中文、杨义、童庆炳、顾祖钊四位教授的访谈，载《社会科学报》2005 年 3 月 31 日第 6 版。

化传统的延传。"① 并指出本土主义与现代化并不冲突；本土主义与全球一体化既有冲突，也有融合。如今看来，全球地域化与全球化之间的关系是本土主义与全球一体化问题的延续和扩展。

从国际文化交流的角度看，理论是无国界的，理论作为人类共同的文化财富，谁都可以享用，相互之间的借鉴与影响符合文化发展规律。但从理论生产、创造与继承的角度看，理论又具有本土性和国别性，它的创造带有一定的传统继承性，并具有地域或国别色彩。古代由于交流不便，理论生产的地域性很强；在当代，理论生产的地区性色彩同样不可避免。国情不同，理论生产者个人的文化背景、文化传统、文化立场不同，都会使其生产的理论带有地域性，如萨义德的"东方主义"也是具有全球地域化色彩的。近20年来，中国引进了不少西方的新理论，但在传译、传播过程中有诸多误读产生，使它们在中国被改造。比如后现代主义传入中国后，曾被人称为"伪后现代"，这正是因为国情的不同而产生的变异，属于理论转换过程中的再创造，这种再创造也带有地域性。

正是在此意义上，古代文论的现代转换的提出和继续讨论是本土文化传统自然延续并实现其在当代的创造性转换的必然要求，符合文化生产与继承的发展规律。中国当代文艺理论的生产与创造是在有中国特色的社会主义文化背景中进行的，具有鲜明的中国性。它既要根据当代中国的文艺经验进行理论创造，也要吸收中国古代与现代文论的优良传统，还要吸收西方古代、近代、现代文论的精华，这也是符合理论创造与继承的发展规律的。西方文论被吸收到中国当代文艺理论中来，不会也不能照搬，要进行创造性转换。而从文化传统的自然延续和内在要求来看，中国当代文艺理论界要求实现古代文论的现代转换也是很自然的，这是本土文化建设的必然发展和内在要求，也是为了在21世纪中叶实现中华文化伟大复兴而提出的客观要求。

（2）从传统文化的创造性转换以及古代文论现代转换的实践结果看，古代文论实现创造性的现代转换是有经验可借鉴的。

中国传统文化自20世纪初开始，就处于是否需要保持、是否可以实行现代转换以及如何转换的争论中。五四时期，一部分人文知识分子主张

---

① 蒋述卓：《论本土主义与全球一体化的冲突与融合》，载《广东社会科学》1997年第4期，第128页。

反叛中国传统文化，追求西式文化，提倡以西方文化为主干建立新型的中国文化。他们提出完全不要读中国传统的书，因为传统的东西阻碍了中国的发展，必须抛弃，有个别学者甚至大声疾呼要全盘西化。而另一部分人文知识分子则认为要守护和回归中国传统文化，要保护中华文化之根，在返本的基础上实现创新，在还乡的同时进行"灵根自植"。他们中的一些人也并不完全排斥西学，主张承受和回抱中国的文化传统，在优美的文化精神传统中立定脚跟，"再在自己的立场上发展内在的宝贵生命和创造精神……再原原本本地去看西方文化，以取法乎上，得乎其中"①。这就是后来被称为新儒家一派的典型主张。新儒家一直以来都在进行着传统文化创造性转换的实践，从20世纪20年代到六七十年代，这项实践曾取得丰硕的成果。只是因为1949年以后，新儒家中的一批人流散到港台地区与海外，而当时中国内地又鲜有哲学家，就是如冯友兰等，也由于一定的压力而改弦易辙，故到了20世纪80年代后期，以至于提到新儒家，大多数中青年学者还是甚感陌生。新儒家立足于儒家思想，并根据20世纪世界的变化，援西入儒，返本开新，对儒家文化进行了重新阐发和弘扬。新儒家的价值不仅仅在于他们对中国哲学做出了创造性的贡献，还在于他们对传统诗学进行了创造性的现代转化。侯敏在其博士论文《有根的诗学——现代新儒家文化诗学研究》中曾对新儒家的文化诗学进行过全面的研究，指出新儒家不仅从中国哲学的宇宙观、人生观、本体观和价值观出发，建构了以"人化"—"心化"—"生化"为中心的中国诗学理论体系，而且还对中国古代诗学中某些具有民族特色的理论范畴和美学观念，用现代意识和话语加以阐释。如他们分别以道、境、和、游、心等范畴为轴心，开展了对中国传统诗学的诠释。侯敏认为："20世纪末，国内学界提出开展中国古代文论的现代转换。其实，这项工作新儒家早就开始实践了。"② 笔者认为，这一提法是符合事实的。新儒家所进行的古代文论的现代转换，其经验是值得我们重视的，那就是对本土文化的充分自信，在立足中国哲学与文化传统的基础上与时俱进，志在为20世纪的社

---

① 方东美：《原始儒家道家哲学》，见黄克剑、钟小霖编《方东美集》，群言出版社1993年版，第43页。
② 侯敏：《有根的诗学——现代新儒家文化诗学研究》，上海人民出版社2003年版，"导论"第10页。

会、人生寻找新的人生哲学与生命诗学，同时容纳吸收西方古典与当代哲学的思维与精神，自创成体系的中国诗学话语。

在中国现代诗学建设道路上，除了新儒家一派外，还有像朱光潜、朱自清、闻一多、宗白华等一些属于审美派的哲学家与艺术理论家也在进行着传统文论的现代转换的实践。朱光潜在对西方悲剧心理学进行充分研究的同时，思考了中国诗论的问题；朱自清对古代文论中的重要范畴和概念进行了仔细的清理和现代诠释；闻一多运用西方人类学理论对中国古典文学现象进行了阐发；宗白华则着重对"意境"理论进行了深入的研究，建立了一套重视艺术生命与揭示艺术意境理论有机构成的新的"意境"理论。宗白华的理论中有王国维理论的影响，也与新儒家一派中的"生生诗学观"有内在相通之处，但他更多地立足于分析中国艺术审美，在一种中西比较、中西融合的思维中创建具有现代意义的生命美学。如果说朱光潜、闻一多等人的文化诗学实践还是"融而未明"的话，那么宗白华的理论则建构了现代中国文化诗学的初步形态。宗白华等人所进行的传统文论的现代转换的实践，也创造了可资借鉴的方法和途径。还有一位重要的理论家的现代转换实践值得重视，那就是王元化先生。他在20世纪70年代末出版的《文心雕龙创作论》中，既运用中国传统的考据、义理、词章相统一的诠释方法，又运用中西比较的方法，站在现代理论的高度，运用当代理论的解剖刀，对《文心雕龙》的重要理论命题、概念、范畴进行了现代诠释，挖掘出它们在当代的重要价值。王元化先生所主张的古今、中外、文史哲"三结合"的综合研究法也对中国文化诗学的建构做出了杰出的贡献。

（3）从用中国智慧解决中国问题的角度看，古代文论的现代转换途径是多元的，前途是光明的。

古代文论的现代转换问题之所以还受到一些人的质疑，原因大约有二：一是认为虽然口号与观念都提得不错，但转换的成绩并不显著；二是在转换实践中，有的学者将其简单化了，比如将转换理解成一种挪移，用古代文论的范畴去解释当代文学的问题，这自然会造成一种生硬和不合。其实，现代转换首先应该有一种思维方式的调整，有一种对当下文艺生存状况的精神回应。中国传统文论凝聚的是中华民族的智慧，我们首先应学会用中国智慧去解决中国的问题。

禅宗的创立就是用中国智慧创立中国理论的典范。禅宗的思维方式是不立文字、以心传心。禅宗对印度佛教的吸收并不拘泥于文字，而重在以中国式的感悟去领悟佛教的精神，从而实现印度佛教的中国化。我们在进行古代文论的现代转换时，由于古代与现代的文化语境已经发生转换，就应根据当下的需要，从继承古代文论的精神与思维方式出发，而不是简单地进行一种词语和概念的挪用，或者简单地用古代文论的概念、范畴去解释当代文论的现实。那种认为古代文论的概念、范畴在当代还可使用就谓之可以转换，否则就不可转换的看法与做法，都是僵硬和缺少中国智慧的。

  前面笔者提到新儒家文化诗学的现代转换经验是值得重视的，主要是他们注重在精神传统上继承，根据当下生存境遇的思考去对古代诗学的概念、范畴进行现代诠释，不是简单地将个别与部分词语挪移，而是做一种整体上的现代整合。但是，我们在学习这种经验时，又不得不对新儒家文化诗学的整体发展做更深入的拷问，因为古代文论传统并非儒家一家，还有道、佛部分。此外，在构建当代文论新话语、新体系时，也不可能完全儒家化。因此，古代文论的现代转换途径是多元的，对古代文论传统进行现代诠释与激活的方式也将是多样的。

  在思维方法上和表达方式上，古代文论的现代转换也不可能简单地沿用古代文论传统的重感悟、直觉和形象表达的方法，而应将感性与知性、理性逻辑结合起来。因为经过这一百年的训练，中国人在语言表达上已经习惯于现代白话文的表达，而现代白话文的语法是受西方影响的，中国人也习惯于用逻辑推理的思维去思考问题和表达所思考的结果。因此，将感性与理性、直觉与逻辑结合起来，才是正确的选择。之所以提出要保持感性和直觉，是因为中国的这一文论传统还有其鲜明的民族性。现代转换不能丢掉民族性，更不能放弃中国的文化立场，否则就不能形成理论的主体性。创造中国话语既需要理论的自信，又需要选择一种正确的话语表达方式和思维方式。笔者相信，充满智慧的中国人经过努力，一定会找到解决问题的办法。但是，丢弃传统去找肯定会陷入迷途，这正如禅宗批判的：放着自家宝藏不用，而到处外求，终会一无所获。我们需警惕这种流浪式的外求。

[原载《浙江大学学报（人文社会科学版）》2006 年第 1 期]

新时期中国古代文论研究 30 年述评

逝者如斯，新时期中国古代文论研究的 30 年已成为一段学术史。改革开放以来，学术思想和学术研究不断走向解放和创新。这一时期的古代文论研究开拓了崭新的领域并取得了丰硕的成就，是 20 世纪 20～40 年代、50～70 年代两个时期所无法比拟的。

一、思想解放与研究领域的拓展

新时期之初可以说是一个蓄势待发、拓荒起步的时期。首先，20 世纪 20～40 年代的古代文论研究为新时期提供了基础和参照，这主要体现在"诗文评"资料的整理和中国文学批评史的撰写上。从 1927 年陈钟凡撰写的第一部《中国文学批评史》印行，到 1934 年郭绍虞和罗根泽的《中国文学批评史》（上）、方孝岳的《中国文学批评》，再到 1944 年朱东润的《中国文学批评史大纲》，为后世的文学批评史写作提供了蓝本。其次，50～70 年代的古代文论研究受苏联文论的影响而造成停滞，这是学术史上值得反思的一个镜鉴。这一时期，以建立"民族化的马克思主义文艺理论体系"为指导，往往给研究对象贴上现实主义或浪漫主义、唯心主义或唯物主义、内容与形式等二元对立的标签，忽视了文学本身的规律。因而，卸下思想包袱，检讨机械唯物主义的影响，反思研究目的和实现价值定位，重新回归学术本位，以辨清研究方向，成了新时期古代文论研究迫切需要解决的问题。

纠正思想教条化是一个思想不断解放、研究领域不断拓展的过程。1979 年，第一次中国古代文学理论学术研讨会召开。这次大会扭转了长期以来对待古代文论遗产古今、中西对立的态度，把古代文论研究提上了新的日程。这次大会成立了古代文学理论学会，标志着新时期古代文论研究的复苏。《文艺理论研究》杂志 1980 年第 3 期对"文艺与政治"问题进行了集中讨论，发表了丁玲、徐中玉、钱谷融、敏泽、黄药眠、白烨等人的系列文章。徐中玉就文学政治化的弊端进行了反思，"在解放以后，特别在五七年以后，由于政治上'左'的东西越来越多，而且层出不穷，最后发展到了封建法西斯主义，实行文化专制"。文学"把'为政治服务'，'从属于政治'作为文艺工作的总口号，作为文艺的唯一任务，要求一切文艺作品都要反映一定的政治斗争，都要配合一定的政治任务，理论上显然不合适，实践证明也非常有害"。① 1980年，中国古代文论学会第二次年会召开，这次年会就古代文论的现实主义问题进行了热烈讨论。黄保真的《中国古代文学和文学理论研究中的现实主义问题质疑（之二）》一文，就文艺理论界长期以来把现实主义奉为唯一圭臬和永恒规律，以现实主义裁剪中国古代文论的做法进行了反思。② 以对"文艺与政治"问题的检讨为开端，学术界就政治控制文学进而把古代文论简单化的错误倾向进行了反思。走出阶级斗争和"政治工具论"对学术研究的遮蔽，为重新认识文艺的自身规律及其古代文论的当代意义奠定了思想基础。

思想解放带来了研究领域的不断拓展。

（1）既有文学批评史著作，更有思想史、门类史著作。

由黄保真、成复旺和蔡钟翔著的五卷本《中国文学理论史》（1987），意在对文学理论史编写中极"左"思想的影响进行反思，开风气之先。而以纯文学和杂文学为纲，论述中国文学理论的发展，这是对文学批评史草创时期郭绍虞、罗根泽的《文学批评史》著作的回归和借鉴。复旦大学七卷本的《中国文学批评通史》（1996），是其中阵容最为强大的一部。该通史注重对中国文学批评做综合的探索，对时代背景、文学体类和文学批评家与文学批评关系做了全面的清理。罗宗强主编的《中国文学思想通史》代表了中国古代文论研究史撰写的一种新思路。罗宗强认为，文学思想史与文学批评史、文学理论史既有联系又有区别，其研究目的在于描述文学思想发展演变的面貌，探讨影响文学思想发展演变的各种原因，以及对不同的文学思想进行评判。还有门类史的编写，新时期诗学、词学、小说理论、戏曲理论都出版了史著，体现了中国古代文论作为一门学科其研究逐渐趋于全面和细致。

---

① 徐中玉：《从实际出发看问题》，载《文艺理论研究》1980年第3期。
② 参见黄保真《中国古代文学和文学理论研究中的现实主义问题质疑（之二）》，见古代文学理论研究编委会编《古代文学理论研究丛刊》（第4辑），上海古籍出版社1981年版，第50页。

（2）新时期古代文论研究的另一领域是对专著的校释、考订和对材料分门别类的清理。

在文论专著研究方面，《文心雕龙》的校注和释义成果最丰。20世纪初，《文心雕龙》的系统校勘主要有黄侃的《文心雕龙札记》（1914）和范文澜的《文心雕龙注》（1929），新时期则有王利器的《文心雕龙校证》（1980）、杨明照的《文心雕龙校注拾遗》（1982）、詹锳的《文心雕龙义证》（1989）、林其锬和陈凤金的《敦煌遗书文心雕龙残卷集校》（1991）。此外，理论研究方面，有王元化的《文心雕龙创作论》（1979）、詹锳的《〈文心雕龙〉的风格学》（1982）、牟世金的《〈文心雕龙〉研究》（1995）。但对《文心雕龙》文体论的重视仍然不足，专著方面仅有林彬的《文心雕龙文体论今疏》（2000）。

钟嵘《诗品》也格外受到关注。曹旭收集了《诗品》的50种版本，他的《诗品集注》（1994）和《诗品研究》（1998）体现了研究中资料全面搜集整理对研究的基础性意义。张伯伟的《钟嵘诗品研究》（1993）不仅重视资料的考证，还从文化的角度对《诗品》与《周易》、儒学和玄学的关系进行了论述。传统方法和释义方法的结合，代表了专著解读的一种新倾向。张伯伟与曹旭《诗品》研究的一个共同点是对海外资料的重视，这也是新时期以来资料整理的一个重点。资料整理与研究密切结合，这是新时期以来古代文论研究的一个重要特点。

值得一提的是，新时期以来资料考证的成就，特别是对《乐记》《诗格》和《二十四诗品》作者问题的考证，使人们从整体上反思传统考据研究方法对于古代文论研究的重要性。张伯伟的《全唐五代诗格汇考》（2002）和《稀见本宋人诗话四种》（2002）、卢盛江的《文镜秘府论汇校汇考》（2006）则参考域外诗学资料对古代文论著作进行了考证和整理。这体现了古代文论研究界对端正学风的高度重视，学者们在注意吸取新方法的理论营养的同时，也同样注重传统研究方法的发扬和学术基本功的锻炼。

资料整理的成就主要体现在对各种文体、各个艺术门类资料的全局性考察。郭绍虞主编的四卷本《中国历代文论选》、陈良运主编的《中国历代诗学论著选》，都是系统性的著作。词学方面，有唐圭璋的《词话丛编》（1986）、张惠民的《宋代词学资料汇编》（1993）；小说理论方面，有黄霖和韩同文的《中国历代小说论著选》（1982）、丁锡根的《中国历代小说序跋集》（1996）；戏曲方面，有俞为民、孙蓉蓉整理的《历代曲话汇编·唐宋元编：新编中国古典戏曲论著集成》（2006）。这些著作对古代文论资料进行了分门别类的清理。

（3）新时期范畴研究得以展开和深入。

中国古代文论范畴是整个古代文论之网的理论结晶，是深入研究古代文论理论内涵的一条切实之路。

20世纪80年代初期，范畴研究主要集中在意境、风骨等范畴方面。之后，中国人民大学出版社的"中国古典美学范畴丛书"从美学的角度出发，综合文学艺术、哲学和政治等诸多方面，对各个范畴进行了多角度、多层次的整理。其中，陈良运的《文与质、艺与道》（1992）、袁济喜的《和——中国古典审美理想》（1989）、涂光社的《势与中国艺术》（1990）、蔡钟翔和曹顺庆的《自然·雄浑》（1996）、汪涌豪的《中国古典美学风骨论》（1994）分别对各个范畴进行了全面的清理。有的学者从文化学的角度对文论范畴进行研究，如赵沛霖的《兴的源起——历史积淀与诗歌艺术》（1987）。范畴的系统研究方面，汪涌豪的《范畴论》（1999）以宏观的视野分析了中国古代文论范畴形成的内部规律，即古代文论范畴与创作风尚、古代文论范畴与文体的关系，剖析中国古代文论范畴的逻辑体系。

（4）研究领域拓展到过去被视为禁区的地方，如形式问题、宗教问题。

以前，受政治意识形态的影响，文论界以"革命现实主义"作为文学评价的唯一标准，文学艺术的美的规律被全盘否定，文学完全成了政治的传声筒。人们往往给注重探讨艺术规律如声律美、形式美和意象美的理论戴上"形式主义""唯美主义"的帽子，对文学内部规律的忽视造成了研究中的许多盲点。

新时期对古代文论形式规律（言意、声律、文体等）和美学特质（风格、意象、意境、滋味等）的文学内部研究有所开拓，如吴承学的《中国古典文学风格学》（1993）、《中国古代文体形态研究》（2000）都是这方面的力作。文学中的宗教问题也得以解禁，过去，司空图、皎然的诗歌理论曾被视为"纯艺术论""唯心论""反现实主义"和"神秘主义"，而新时期对佛教之于古代文论思维方式和美学特质的影响问题受到了特别的重视，并成为学术领域的一个重镇。由于对文学与宗教关系的重视,许多问题的研究得以深入。如白居易的《与元九书》曾被看作"一篇最全面、最系统、最有力的宣传现实主义、批判形式主义的宣言",但忽视了白居易的禅宗意识;而萧驰的著作《佛法与诗境》(2005)剖析了白居易诗中"不为物所转"的思想,认为这一个案显出禅宗思想推动了中唐诗人突破魏晋以来"感物"诗学传统,① 不仅将白居易的文论思想研究推向了深入,更将"感物"理论的研究推向了深入。

二、研究方法的多元化与研究目标、研究价值的多元化

新时期之初,对西方心理分析方法、原型批评方法、语言学方法、现象学方法、解释学方法、接受美学方法的借鉴,为文学创作和文学理论研究拓展了思维空间。中国古代文论研究的文化学方法、比较方法以及阐释学方法,都是在这一时期明确地提出并加以实践的。

(1) 文化学的研究方法为古代文论研究开辟了新思路。

中国古代文论的文化学研究是对中国古代文论进行哲学、宗教、社会心理等多方面的考察,这符合中国传统文化文史哲不分家的特点。20世纪80年代初,王元化先生提出了中国古代文论研究的"综合研究法",即古今结合、中外结合、文史哲结合,② 正是基于对这一传统的深刻认识。

具体而言,中国古代文论赖以成长的文化语境主要有儒家、道家、佛教思想,理清中国古代文论和诸家思想的内在关联,成了研究之重镇。陆晓光的《中国政教文学之起源——先秦诗说论考》(1994)、李炳海的《周代文艺思想概观》(1993)都是对儒家文论起源的有力阐述。刘绍瑾的《复古与复元古:中国古代复古文学理论的美学探源》(2001)对由儒道思想产生的中国复古文化及复古文学理论进行了追根溯源。佛教与古代文化之关系方面,曾祖荫的《中国佛教与美学》(1991)、蒋述卓的《佛经传译与中古文学思潮》(1990)和《佛教与中国文艺美学》(1992)对佛教观念和思维方式对中国古代文艺美学之影响的探索,开风气之先。皮

---

① 参见萧驰《佛法与诗境》,中华书局2005年版,第166页。
② 参见王元化《论古代文论研究的"三个结合"——〈文心雕龙创作论〉第二版跋》,载《社会科学战线》1983年第4期。

朝纲和董运庭的《禅宗的美学》（1995）、张节末的《禅宗美学》（1999）对禅宗思想与美学关系的研究，是扛鼎之作。萧驰的《佛法与诗境》（2005）对佛教之"境"与文学之"境"的研究，资料细密翔实，对意境范畴发生的历史渊源重新进行了检讨，是新近不可多得的力作。

关于士人心态、生命精神与古代文论关系的研究，是20世纪80年代以来研究向深层方向发展的结果。首先，是对古代文论生命精神的发现。袁济喜的《六朝美学》（1989）、罗宗强的《玄学与魏晋士人心态》（1991）重在描述魏晋玄学的士人心态的面貌；朱良志的《中国艺术的生命精神》（1995）对中国艺术的生命精神进行了系统、全面的阐释。其次，是对古代文论与当代人文精神建设之关系问题的探讨。张少康的《走历史发展必由之路——论以古代文论为母体建设当代文艺学》（1997）、袁济喜的《文化关注：中国古代文论研究的新增长点》（2000）、蒋述卓的《禅与中国当代文艺精神建构》（1999）探索了古代文论生命精神和当前人文精神的建设问题，从精神层次就古代文论的传承问题进行了积极的探索。

（2）比较的研究方法对古代文论研究的启示。

新时期以来，比较诗学作为一门学科开始进入人们的视野。钱钟书的《管锥编》（1979）、王元化的《文心雕龙创作论》（1979），都标志着比较诗学的复兴。

比较诗学理论的系统建构方面，曹顺庆的《中西比较诗学》（1988）、黄药眠和童庆炳的《中西比较诗学体系》（1991）、饶芃子等的《中西比较文艺学》（1999）都在比较诗学影响研究特别是平行研究方面取得了成绩，说明比较诗学在自觉地向系统性比较的方向迈进。

台湾地区和海外华人学者对庄子的阐发研究也是这一时期的一个重要景观。20世纪60年代以来，徐复观、刘若愚和叶维廉都尝试以现象学来阐释《庄子》。在比较诗学理论的建构中，叶维廉的《比较诗学》（1983）主张把双线或单线文化的探讨导归语言、历史、文化三者的复合体的中心，以此作为重新考虑批评理论的解构和再构的主要途径，体现了海外华人学者对比较诗学理论的自觉建构。

文化研究、比较研究的实质是一个阐释问题，不能片面地否定古代文论的现代阐释只是东附西攀，因为只有在这种交流和汇通中，才谈得上当代文论的建设，才谈得上古今、中西文论有效的沟通。

（3）借鉴西方的阐释学、系统论等新理论、新方法对古代文论进行研究，在新时期以来形成一个潮流。

20世纪70年代末80年代初期，钱钟书以及海外华人学者张隆溪、叶维廉、叶嘉莹开始接触西方的阐释学和接受理论。80年代，叶维廉在台湾发表了《秘响旁通：文意的派生与交相引发》《中国古典诗中的传释活动》《与作品对话——传释学初探》等系列文章，尝试建立中国的"传释学"。这一时期，运用阐释学思想解读古代文论，如对"味"范畴、"诗无达诂"思想的解读，成了研究的热点。另一个热点是对中国文学阐释学的建构。1998年，汤一介开风气之先，提出了"能否创建中国的解释学"问题，① 并在随后的文章中对这一问题进行了深入的讨论。著述方面，李清良的《中国阐释学》（2001）、周光庆的《中国古典解释学导论》（2002）、周裕锴的《中国古代阐释学研究》（2003）都对中国古代的阐释学思想进行了系统研究，是对中国阐释学理论体系的自觉建构。系统论也是古代文论研究中的重要理论和方法，它为古代文论提供了一种整体性思维。上述中国阐释学的创建就是系统论思想整体思维方式的运用，又如张利群的《庄子美学》（1992）就对庄子的内在体系进行了剖析。这些新理论、新方法拓展了古代文论的研究领域，对发掘古代文论的现代价值做了有益的尝试。

以多学科、多角度、多方法的跨文化的视野研究中国古代文论是一种新的价值取向，它意味着学界对一元中心或二元对立思维方式的反思。如钱中文所言："当今的现代性，应当是一种排斥绝对对立、否定绝对斗争的非此即彼的思维，更应是一种走向宽容、对话、综合、创造同时又包含了必要的非此即彼、具有一定价值判断的亦此亦彼的思维。"② 古与今、中与西是处于流动状态之中的，食古不化或唯我独尊都不利于拓展研究视野。价值取向的多元是对机械唯物主义的拨乱反正，它为正确处理古与今、中与西的关系提供了有益的借鉴。

---

① 参见汤一介《能否创建中国的"解释学"?》见陈平原、王守常、汪晖主编《学人》（第13辑），江苏文艺出版社1998年版。

② 钱中文：《文学理论现代性问题》，载《文学评论》1999年第2期。

三、对中国古代文论现代价值的重新发现

对中国文论由"失语"而引发的"现代转换"问题,是 20 世纪 90 年代后期以来学界探讨最为持久的一个问题。1996 年,曹顺庆《文论失语症与文化病态》一文指出当代文艺理论研究最严峻的问题是"文论失语症",中国文论界"失语"是由于中国古代文论面对当代文学的缺席。曹顺庆的这一思路可概括为由"失语"到对"现代转型"和"重建中国文论话语"的关注,其实质是对古代文论现代价值的探索。

1996 年在陕西召开的"中国古代文论的现代转换"研讨会就"古代文论现代转换"问题进行了集中的讨论。讨论这一问题的出发点在于:古今相通与对接的基础和起点在哪里?"转换"的有效性在哪里?从何处出发去转换?"转换"牵涉的问题是多方面的。陈洪、沈立岩《也谈中国文论的"失语"与"话语重建"》(1997) 一文认为,传统文论自身的弱点妨碍其直接转化为现代意义的文论话语系统。王志耕《"话语重建"与传统选择》(1998) 一文提出中国古代文论在今天的语境已经缺失,只能作为一种背景的理论模式或研究对象存在,但古代文论所栖居的文化家园将永远是我们的母体。朱立元《走自己的路——对于迈向 21 世纪的中国文论建设问题的思考》(2000) 一文则就此提出不同的看法,他认为:当代文论的根本危机不是"失语",而是疏离文艺发展的现实;建设新世纪的文论只能立足于现当代文论新传统,而无法以中国古代文论为母根;现当代文论传统本身就是古代文论不断进行现代转换的动态过程。对于迈向 21 世纪的中国文论来说,重要的是立足当代,古今对话,中西融通,综合创造。

20 世纪 90 年代末,学术界就 20 世纪中国文论对现代性追求的历程进行了讨论。钱中文从文学理论的现代性出发,认为文学理论的建设面临三种文论传统,建设新的文学理论就应从现实的传统起步,以现代文论为主导,充分融合古代文论和西方文论。古代文论的现代转换正是文学理论现代性的要求。体现现代性的文学理论应该是一种建立在平等对话的人文精神的基础上的文学理论。[①] 以 20 世纪中国文论的现代性历程这一历史

[①] 参见徐新建、阎嘉《面对现实 融汇中西——"西方文论与中国文论建设"学术讨论会综述》,载《文学评论》1999 年第 1 期。

整体和理论高度观照古代文论，古代文论的民族特色问题、古今传承问题被赋予了新的内容。强调有机汲取古代文论的内容以建设当代文艺学，成了学术界的一个共识。

更深层的问题在于，如何实现古与今、中与西的对接。党圣元受西方哲学阐释学的启发，从价值哲学的角度对古代文化研究中存在的古与今、中与西的问题进行反思，认为在中国传统文论研究中，古与今、中与西的视界融合对于传统文论经典诠释具有重要的学术意义。他说："超越'荣今虐古'与'荣古虐今'之二元对立之途径，只能是对文化视界融合的高度重视，并把这种融合不断推向深入，在不断的良性的深度的视界融合与古、今思想之间不断的诠释学循环中，古文论思想的无限丰富性才会不断地得以展现，同时中国现代文论的理论视界才会不断地得以拓展，中国现代文论视界之自主性才会不断地得到加强，进而才可能成为丰富世界诗学思想的一支重要的文化精神力量。"① 基于对20世纪以来中国文论研究中中与西、古与今问题的反思，提倡在多元对话中实现中国古代文论当代性的意义，是对实现古代文论当代价值的进一步探索。

"古代文论的现代转换"绝不是一个伪命题。它所提出和要解决的问题意义重大而深远，它是从对20世纪中国文论历程的深刻检讨中得出的命题，又贯串着对中西文论交汇价值取向的思索，其着眼点与归宿是当代文艺理论的建设，它牵涉到的其实是中国文论历史的纵深和未来的走向。20世纪初以来，王国维、郭沫若、朱光潜、闻一多、宗白华面对民族的文化现状和现实生存，在古代文论的基础上，融入了自己的时代感受和美的想象，他们的文论建设与这一时期社会的现代性进程是一致的。中国现代理论学者在中西方思想的交汇中成就了自己的文论话语，现当代文论的历史一直是在多元综合中继承和延续着传统文论，选择和接受着西方文论。新时期，传统文化精神也有一定的承续，因而古代文论仍有其用武之地，如对废名的诗歌，如果不从佛教的空观入手进行解读，就很难获得至解；而对当代"新道家"作者如汪曾祺、阿城的作品进行解读，如果不去追溯道家"喜怒哀乐不入于胸次"的自然境界，则不能探得深髓。因此，古代文论在一定程度上并未完全失语，它依然存活在今天的文学

---

① 党圣元：《传统文论诠释中的视界融合问题》，载《中国社会科学院研究生院学报》2006年第6期。

世界。

综观新时期的古代文论现代价值讨论，从 20 世纪 50～60 年代以建立"民族化的马克思主义文艺理论体系"为指导，到 80 年代对古代文论民族特色的强调，再到 80 年代后期对"建立具有中国特色的马克思主义文艺理论"的探讨，以及 90 年代下半期以来的现代转换讨论和对古代文论当代价值的探索，其核心是古代文论能否及如何通向现代。对古代文论当代价值的探索，其核心在于如何处理古与今、中与西的关系，这是全球化时代赋予古代文论研究者的文化责任。这一问题为我们重新认识和评价中国古代文论的民族特色和现代意义提供了新视角，也为实现中西文论的比较和对话提供了一个平台。民族特色不会成为文化交流的障碍，中外文化交流史上，佛经翻译理论就"可以看作是植根于中国文化传统中的文学理论与美学理论"①。文化间的交流往往会形成不同文化对话的一些共同论题，进而实现理论的整合和创新。

四、结　语

当前古代文论研究必然要面对两个方面的工作。首先是理论还原，正如罗宗强所言，"第一步而且最重要的一步工作便是还原"②，即还原古代文论的理论面貌和文化语境，这是最为基础的工作，没有还原的现代转换只能是蹈空。其次是理论阐释，中国古代文论研究是一个古代文论作为传统文化走向现代的过程，处理古与今、中与西之间矛盾的办法不在于抛弃传统或背离西方。我们应该以整体的眼光、对话的姿态实现中西文论的互通。以现代文艺学的视野，以多学科、多视角、多方法的融合，寻找古与今、中与西之间的结合点，对古代文论的价值进行更深入的研究，这是适合当今的文艺批评体系建构的基点。当代文学创作实践对文学理论提出了新的挑战，当代文论正处于新变之途中，正如释皎然在《诗式》中所言："作者须知复变之道。反古曰复，不滞曰变。"从这个意义上说，理论是处于生长过程中的，它有着传统的基因，更有着时代的新质，而它的生命力就取决于它应对新的文化现象的能力。

---

① 蒋述卓：《佛经传译与中古文学思潮》，江西人民出版社 1990 年版，第 6 页。
② 罗宗强、卢盛江：《四十年古代文学理论研究的反思》，载《文学遗产》1989 年第 4 期。

展望未来，我们应该继承古代文论中富于人文精神的部分，这正是现实赋予传统的活力之所在。中国古代文论对诗性体验的追寻、对自然意趣的激赏和对和谐精神的崇尚，都是当代人文精神建设中不可或缺的资源。不同于当代大众文化的平面化，古代文论往往直指心灵幽深之处的澄明，从而在自然和自我之间建立起默契的桥梁。从这一意义上来说，研究古代文论意味着继承合理的精神遗产以弥补当代文化生态的空虚，意味着新时期的文论建构必然成为连接过去与未来的创造性活动。

（原载《学术研究》2008 年第 7 期）

反思与求变
——关于中国古代文论研究方法的再思考

写下这一题目的时候,我的思绪仿佛又被拉回到20世纪的90年代中期(1994—1997年)。那个时候,我们许多学者都在讨论中国古代文论的"失语"与"转换"问题,为此,不少刊物,如《文学评论》《文艺争鸣》等都发表过此类问题的多篇文章,笔者亦曾参与这场讨论。时间一晃又是十七八年了,我们重续这一问题的讨论又将站在什么样的出发点和落脚点上呢?我想,那就是再度反思,旨在求变。

张江先生在2014年提出的对当代西方文论特性的"强制阐释"的反思和对我国当代文论构建应走"本体阐释"道路问题的建议①给我们打开了一条新的思路,那就是:我们所做的中国古代文论研究是否也存在着一种用西方文论"强制阐释"中国文论的问题?我们如何在中国古代文论研究之中构建起"本体阐释"的方法论意识和研究途径?

"强制阐释"在中国古代文论的研究领域是确实存在的,这种现象不仅存在于文学领域,也存在于哲学、语言学等领域,也不是20世纪80年代后才开始,而是在20世纪初就已开始。梁启超、王国维、胡适等学术大师就是先行者。胡适因其《中国哲学史大纲》而被誉为第一个用西方学术方法系统研究中国哲学史的人。后来的哲学家冯友兰也明确指出过:"西洋哲学史之形式上的系统,实是整理中国哲学之模范。"②王国维的《宋元戏曲考》和《〈红楼梦〉评论》也是运用西方文论模式,如用"悲剧"概念与范畴来阐发中国文学的。对此,当时的学者虽有所警觉,但并未意识到他们日后对学科建设和理论研究模式影响的危害。梁启超就批评过胡适的《中国哲学史大纲》,认为它是以实验主义为基准来研究中国

---

① 参见毛莉《当代文论重建路径:由"强制阐释"到"本体阐释"——访中国社会科学院副院长张江教授》,载《中国社会科学报》2014年6月16日;张江《强制阐释论》,载《文学评论》2014年第6期(《文艺争鸣》2014年第12期转载)。
② 冯友兰:《怎样研究中国哲学史?》,见《三松堂全集》(第11卷),河南人民出版社1992年版,第361页。

哲学的，常有强人就我的毛病。① 王国维用西方的"悲剧"观念来评论《红楼梦》，就认为唯有《红楼梦》的结局才符合一悲到底的概念，并看作中国文学史的例外。殊不知这种强人就我的模式让我们在中国戏剧归类时产生了若干困惑甚至难以自圆其说，在界定什么是中国古典悲剧时左右为难。

有学者在分析王国维的失误时指出："王国维历来以治学严谨著称，而《〈红楼梦〉评论》却不少生搬硬套、牵强附会之处，最显著之处，就在于把《红楼梦》视为不折不扣的叔本华思想的文艺版，这实际上是把一部作品纳入某个先验的和既成的理论构架之中，以一个先验的僵硬框架为标准，来剪裁活生生的文艺现象，难免削足适履和削头适帽，因为把叔本华这双鞋子和这顶帽子套在《红楼梦》上面并不一定合适。"② 历史地看，这些学者以西方的观念、方法、术语、范畴来研究中国语言、文学、哲学，开启了学术现代化的旅程，是有贡献的，但由此带来的强人就我的弊端一直得不到纠正，随着意识形态发展的进程，反而愈演愈烈。

大作家茅盾接受苏俄的文艺理论，在 20 世纪 60 年代所写的《夜读偶记》里就完全套用西方文论模式，把中国文学史简单地归为现实主义和反现实主义的斗争史。由于茅盾的政治地位高，这种观点一出，连中国文学史的编写都得按照这一模式来进行。即使是到了改革开放的 20 世纪 80 年代，在古代文论研究，尤其是《文心雕龙》的研究领域内也照样依此模式去套。如用浪漫主义与现实主义去解释"奇正"的范畴，认为"奇"是浪漫主义，"正"是现实主义。用内容与形式的关系去解释"风骨"，认为"风"是形式，"骨"是内容；因为内容决定形式，所以"骨"是决定"风"的；等等。在中国古典诗学发展历史研究上，也有学者照搬黑格尔"正—反—合"的逻辑体系去演绎和建构中国古典的诗学思想史，认为中国诗学在古代也有一个螺旋式发展的进化过程，有一个"正—反—合"的否定之否定的圆圈演化史。③

用西方的模子套用中国古典文论的研究，其实在香港与台湾地区流行

---

① 参见耿云志、王法周《〈中国哲学史大纲〉导读》，见胡适撰，耿云志等导读《中国哲学史大纲》，上海古籍出版社 1997 年版。

② 代迅：《断裂与延续——中国古代文论现代转换的历史回顾》，西南师范大学出版社 2002 年版，第 82 页。

③ 参见萧华荣《中国诗学思想史》，华东师范大学出版社 1996 年版，第 16 页。

得更早。台湾地区比较文学界在20世纪70年代就开始盛行,并冠名为"阐发派",被认为是"比较文学中国学派"的实绩。代表性学者有古添洪、杨牧、周英雄、郑树森、袁鹤翔等人。虽然这种模子套用法时常受到人们的批评,但流风所及,并不为研究者所抛弃。让人不解的是,在大陆地区后来也时常有学者照搬巴赫金的"复调"小说理论或者"狂欢化"理论模式去分析中国古典小说或民间文学,这似乎成了一种潮流。在文化研究领域亦如是,照搬西方模子几乎成为研究套路。文化研究的本土化问题也亟待解决。

对中国古代文论的研究,如何做到既能尊重原意,又能阐发新意的探索,一些学者已经开始了有益的探索。虽然还没有提出一个"本土阐释"或"本体阐释"的模式来,但也提出了许多有建设性和启发性的意见,有的还通过自己的研究实践做出了示范。像童庆炳的《中国古代文论的现代意义》一书,在2001年的时候就针对中国古代文论研究的学术策略问题提出了"三大原则",即历史优先原则、对话原则、自洽原则。[1] 此书是童庆炳先生在给学生讲课的讲稿的基础上修改而成的,既有很强的理论性,也有很强的示范性和可操作性。他所提出的"三大原则"对学生从事古代文论研究有很强的指导性,对所有的从事古文论的学者来说,具有普遍的指导意义。后来,他在"文艺学与文化研究丛书"的"总序"里针对"文化诗学"的研究方法问题,又重申了这三条原则,并增加了第四条"联系现实问题原则"。也就是说,童庆炳先生此时已把他在中国古代文论研究的学术策略上升为"文化诗学"的研究策略。同时,在此"总序"里,他还严肃地指出:"我们不必照搬西方的文化研究。"因为西方的文化研究主要特色是一种政治批判,它们的关键词及其研究是从西方的历史文化条件出发的,并由此而形成了西方的一批文艺学流派,而"我们的文化研究则要走自己的路,或者说要按照中国自身的文化实际来确定我们自身的文化诗学的思路"[2]。

童庆炳先生提出的"历史优先原则",说的是将中国古代文论进行

---

[1] 参见童庆炳《中国古代文论的现代意义》,北京师范大学出版社2001年版,"导言"第1~3页。

[2] 参见李珺平《中国古代抒情理论的文化阐释》,北京大学出版社2005年版,"总序"第1~5页。

"还原"的工作，即将中国古代文论放回到它所产生的文化、历史语境中去研究，考察古文论作者的论点的原意、与前代思想的继承关系、背景因素、现实针对性等。当然，这种还原一般是不可能完全做到的。① 依照我的理解，这是所有对待古代文化遗产应取的态度，也是一种实事求是的研究态度。在研究中保护好古人的原意是极其重要的，是对古人的一种尊重。但吊诡的地方在于，古人在解释前人的经典时常常借题发挥、牵强附会。如汉儒的解《诗》与宋人朱熹的解《诗》，就大有强人就我的毛病。对于他们对前人经典的解释，也要用"还原"的原则，将它们的动机、背景、成效、利害关系讲清楚。因此，"还原"的原则首先要做到的，应该是从中国古代文论产生的背景、文化环境包括文化语境、动机以及所产生的成效、提供的智慧出发，抱着尊重与实事求是的态度，尽量去"接近"古人的原意，而不是一上来就将它们纳入西方文论的"模子"或者用现代文艺学的观点去套用或解释它们。关于这一点，我在1985—1988年师从王元化先生攻读中国文学批评史博士学位时，得到王先生的指导与其主张"三结合"的研究方法的启发，就曾撰文阐述要将中国古代文论放到中国文化背景中去考察研究。我认为，"中国古代文论之所以具有浓厚的民族特色，就因为它植根于中国文化背景，而中国文化背景及其传统从它一开始形成以来便与西方存在着差异。我们研究中国古代文论，正是为了揭示出我们的古代文学和古代文论是怎样在中国的文化背景中滋长起来的，它带有怎样的民族特色，其发生发展有什么规律，它为世界文学理论提供了哪些有价值的东西"②。当时我着眼的还是古代文论研究的外部因素的研究方面，并未从其内涵与内部研究入手，但所提出的要重视考察中国古代文论产生的文化精神气候、重视它们所受到的本民族传统的思维方式以及传统性格的制约、重视它们的文史哲融合的特点等，对于中国古代文论研究的"还原"问题还是有价值的。关于这一点，我认为，美国学者厄尔·迈纳在其著作《比较诗学》中，从东西方文化体系尤其是文类的不同指出它们各自形成了原创性诗学的方式，是值得我们借鉴的。他指出，西方诗学是亚里士多德根据戏剧定义文学而建立起来的，于是形成

---

① 参见童庆炳《中国古代文论的现代意义》，北京师范大学出版社2001年版，第2页。
② 蒋述卓：《把古代文论放到中国文化背景中去考察研究》，载《文艺理论研究》1986年第3期。

了"模仿—情感"的诗学,而中国诗学是在《诗大序》的基础上产生的,其文类基础是抒情诗,于是便产生了"情感—表现"的诗学。① 从文类基础的分析出发就是一种从历史文化语境出发的"还原"态度,是对东方文化的实事求是的研究态度与尊重的态度,而不像黑格尔那样,只从西方哲学的视角出发来否定中国哲学的存在。

  当然,在20世纪80年代中期,我的思维方式也还是比较僵硬的。同样,在《把古代文论放到中国文化背景中去考察研究》一文里,我提出要用历史与逻辑相统一的方法来考察中国文艺史及中国文学思想史,还简单地套用列宁给欧洲哲学史举出的几个圆圈,认为中国古代文论围绕着一些关键的理论范畴形成了一个圆圈又一个圆圈,并认为,"整部中国文学思想史就是由一个由肯定到否定、由否定到否定之否定的过程,是由许多个小圆圈构成的大圆圈"②。提历史与逻辑相统一的方法在当时是一种时髦,但是现在看来,这样简单的套用未免就有了用西方"模子"去归并中国古代文论的简单化毛病,也有一种理论在先、观念在前,然后将中国材料往理论框架里装的毛病。前文提到的萧华荣先生的著作《中国诗学思想史》也正是在这种思维定式下写成的。萧华荣先生是指导我的博士生导师组的副导师之一,他与陈谦豫先生一起协助王元化先生指导我,并一起都做我的副导师,他们当时也都受到王元化先生崇拜黑格尔哲学的影响。若干年后,王元化先生对他运用黑格尔哲学逻辑方法问题有过重要的反思,我在此就不多言了。我那时也迷恋这种逻辑思维方法,企图用这种"正—反—合"的模式去研究中国古代文论中的"文气论",但后来发现这根本难以规范"文气论"内涵的复杂性和丰富性。文章写了近两万字,总觉得难以满意,只好彻底放弃。后来运用新的综合研究方法包括系统论的研究方法,重起炉灶,才完成了《说"文气"》一文③。这篇文章努力从中国文化语境出发去探讨,就显得更实事求是了。

  我之所以提我的这一段研究历程,主要就在于说明,如果要建立"本体阐释"的话,"历史优先原则"而不是"观念优先""模子优先"

---

  ① 参见〔美〕厄尔·迈纳著《比较诗学》,王宇根、宋伟杰等译,中央编译出版社1998年版,第1～49页。

  ② 蒋述卓:《把古代文论放到中国文化背景中去考察研究》,载《文艺理论研究》1986年第3期。

  ③ 《说"文气"》一文载于《中国文学研究》1995年第4期。

是极其重要的。童庆炳先生所说的"对话原则",指的是古今对话、中西对话,其实质还是不要强人就我。他指出:"古今对话原则的基本精神是:把古人作为一个主体(古人已死,但我们要通过历史优先的研究,使其思想变活)并十分地尊重他们,不要用今人的思想随意曲解他们;今人也作为一个对话的主体,以现代的学术视野与古人的文论思想进行交流、沟通、碰撞,既不是把今人的思想融会到古人的思想中去,也不是把古人穿上现代的服装,而是在这反复的交流、沟通、碰撞中,实现古今的融合,引发出新的思想与结论,使文艺理论新形态的建设能在古今交汇中逐步完成。"① 在古今对话中应该这么做,在中西对话中也应该这么做。在这方面,钱钟书先生的《七缀集》所收的七篇文章给我们做出了典范。如其中的《通感》《诗可以怨》,文风平缓,娓娓道来,绝无强人就我的毛病。吾师王元化先生的《文心雕龙创作论》也是这么做的。他在论述某一创作理论问题时,往往将西方人关于这一理论问题的阐述作为附录列于文后,而不是用西方理论去强释中国问题。这种善于给读者留下想象空间和发挥余地的做法,反而使理论研究更有中国特色。童庆炳先生秉承他的老师黄药眠先生的传统,也是这么做的。他在进行中西对话时,往往要仔细分析中西文化间的差别,而不是强中就西。比如他比较中国的"虚静"说与西方的"心理距离"说,认为它们有相通之处,那就是认为审美必须摆脱现实的功利欲望的束缚,使人的内心处于一种"澄明"状态,这样才有可能去发现普遍事物的美的一面。但是,两者又有很大的区别,即"虚静"说是心胸理论,"心理距离"说则是注意理论。因此,"虚静"要靠长期的"养气""养心"而成,而"心理距离"只是一种注意力的调整,心理定向的临时转变,与人格心胸无关。② 同样,中国的艺术"物化"论是"胸次"理论,要靠长期的修养和体验,没有刻骨铭心的体验,是不可能达到"物化"境界的,并举秦观的词《踏莎行·郴州旅舍》最后两句"郴江幸自绕郴山,为谁流下潇湘去"为例来加以佐证。而西方的"移情"说是注意理论,在物我之间,主体把注意力放在自身感情上面,于是面对着物所引起的情,形成大脑皮层的兴奋中心,因而发生强

---

① 童庆炳:《中国古代文论的现代意义》,北京师范大学出版社2001年版,"导言"第3页。
② 参见童庆炳《中国古代文论的现代意义》,北京师范大学出版社2001年版,第119～123页。

烈的负诱导作用，抑制了周围区域的兴奋，使人的注意力从物移到情，甚至物我两忘，物我互赠，而专注于情。① 这便是一种很有节制但又非常注意从中西文化环境不同出发的对话，从而能够更深入地揭示出中国文论的现代意义。我在论述中国文论中的"文气"说与西方"风格"说时，也这么分析过，认为如果简单地把"文气"与西方文论中的"风格"一词等同起来，是不恰切的。西方文论认为"风格即个性"，其"个性"偏重于作家的心理素质方面。而"文气"一词还强调作家的血气和精力，主张个性之中的人身之气以血气为内核，然后通过内养外养才形成一定的创作心理素质。而在这心理素质中，对道德养成又强调得较多。同时，它还从天人合一的角度独特地强调了对天地之气的吸收。这种近乎气功炼气式的人身之气是西方"个性"理论所没有的。同样，"文气"说中的艺术之气也不仅仅是"风格"，它的含义比"风格"更宽泛、包容面更广。它不仅包括语言风格、文体风格，还包括艺术的魅力、艺术的生命力与内在精神力量在内。因此，由人身之气化为艺术之气所形成的"文气"理论要比西方文论中的"风格即人"这一命题的内涵丰富得多，其美学意义与价值也深刻得多。②

童庆炳先生说的第三条原则——"自洽原则"指的是要达到逻辑的自圆其说，也相当于张江先生所指出的"强制阐释"的第三种毛病，即逻辑的自相矛盾。我想，这是从事任何学术研究都应该遵循的最基本原则，规避逻辑自相矛盾的毛病，这恐怕是学者从事学术研究最基本的底线了。

童庆炳先生后来加上的第四条原则是"联系现实问题原则"，虽然是就"文化诗学"研究来说的，但对古代文论的研究也是有意义的，当然这条原则也可以包括在古今对话的原则之内。之所以专门列出来，我认为是旨在阐发古代文论的现代意义或者实现古代文论的转换时要指向当下的社会发展现实尤其是文艺发展的现实。1997年时，我也提出过类似的意见，当时从"用"的方面强调得比较多。我在《论当代文论与中国古代文论的融合》一文中，提出了三点意见，认为：一要立足于当代的人文

---

① 参见童庆炳《中国古代文论的现代意义》，北京师范大学出版社2001年版，第119～123页。

② 参见蒋述卓《说"文气"》，载《中国文学研究》1995年第4期。

导向与人文关怀，面向当代人文现实，开展现实与历史的对话，吸收古代文论的理论精华；二是要立足于民族精神与民族性格的继承与发扬，寻找当代文论的现实生长点，探索其在理论意义上和语言上的现代转换；三是从继承思维方式和批评形式入手，将古代文论特有的思维方式以及独有的批评方式与技法融入当代文学批评与文论中去，创造具有鲜明民族特色的当代文论。① 我认为，"没有'用'的实践，可能流于空谈。没有'用'的探索，就不知道古今转型的艰难。没有'用'的过程，就很难达到有机的融合"②。现在重读旧文，我还觉得我们"用"的实践开展得太少，大家不习惯于用中国古代文论的思维方式与语言表达方式去评论当下文艺，因为老觉得用西方文论的思维方式与语言表达方式更顺手。习近平总书记在中央文艺座谈会上的讲话中说到我们作家的作品要有筋骨，有温度，这就是很中国化的文艺评论方式。为什么我们的文艺评论家要抛却"自家宝藏"不用，却偏爱西方表达方式呢？正因为我们不熟悉用、不喜欢用，于是中国当代文论就愈发与古代文论隔离、疏远乃至失语。

古代文论研究的求新求变，并不是跳跃式的、断裂式的求新求变，从"温故而知新"中我们会知道如何求新求变，在"温故"中会渗透反思，在反思中我们会知道哪些该变、哪些东西该有新的增长点、哪些路向与途径已然向我们展开。这也便是我这篇文章重提旧事旧文的意向所在。

（原载《文艺争鸣》2015年第1期）

---

① 参见蒋述卓《论当代文论与中国古代文论的融合》，载《文学评论》1997年第5期。
② 蒋述卓：《论当代文论与中国古代文论的融合》，载《文学评论》1997年第5期。

蒋述卓自选集

第三部分

文艺学与比较文学学科理论选辑

消费时代文学的意义

一

　　文学是否面临着一个消费时代，许多人还是持怀疑态度的，有的人甚至拿中国东西部的不平衡、整体还在建设小康社会之中来否定消费时代的到来。

　　法国学者让·波德里亚（Jean Baudrillard）在马克思提出的历史变化的三个阶段（即前商品化阶段、商品阶段和商品化阶段）的基础上提出了第四个阶段，即消费社会阶段。在消费社会中，不仅仅是商品数量的极度扩张问题，而是商品太多，反客为主去制造人们的各种需要的问题。人们的消费行为不仅仅是一种经济行为，而且转向为一种生活方式和文化行为。综观世界经济发展大势，全球进入了消费社会已成为大多数专家认可的事实。

　　中国经济正处于向市场经济加速转型并尽快完善社会主义市场经济体制的时期。尽管我国现在还存在着东西部发展的不平衡，城市和乡村、山区发展的不平衡的情况，但在总体上已进入了一个消费社会的中级发展阶段。随着收入的稳定增长，居民在满足基本的生活需要——吃的同时，用于娱乐、旅游、休闲等享受性消费的支出也在增加。2002年我国城镇居民家庭恩尔格系数已为37.7%，比1998年的57.5%下降了19.8%；2002年与1996年相比，下降了10.9个百分点。彩电、冰箱、洗衣机、空调、影碟机、热水器等耐用消费品已逐渐成为居民家庭生活的普通用品；家用电脑、笔记本电脑、轿车等高档消费品也渐次进入居民家庭；住宅需求也成为城镇居民共同追逐的消费热点。① 有专家认为，当前要考虑的不是实行适度消费政策，而应该是继续扩大内需，促使我国将巨大的消费潜力转

---

　　① 参见陈新年《消费经济转型与消费政策——关于如何进一步扩大消费的思考》，载《经济研究参考》2003年第83期。

化为现实购买力,才能保持国民经济长期发展的后劲。① 因为近十年来我国的最终消费率和居民消费率呈不断下降的现象。这种高储蓄、低消费的现象对国民经济是不利的。

无论是从经济发展的现实还是从将来的走向来看,扩大内需、刺激消费既是发展我国经济的政策,也将是我们不得不认可的事实。

再从文化消费角度来看,在我国,文化消费的严重不足更是我们要引起高度重视的问题。据统计,在中国居民的文化消费中,绝大部分是教育消费。就2001年来说,教育支出人均428.3元,而文化娱乐支出仅122.3元,文娱耐用消费品支出139.4元,教育支出占的比重显然过大。② 仅就图书市场而言,2000年中国人均购书5.55册,29.77元,而1999年,美国图书销售240.2亿美元,人均约为100美元,折合800多元人民币。③ 从生产与消费相互制约、相互促进的关系看,文化消费的严重不足将不仅直接影响到文学艺术的生产与发展,影响到国民经济的正常运行,而且还会影响到整个国民素质的提高。没有文化消费的主体,繁荣与发展文学艺术生产亦将成为空想。

因此,面对消费时代的来临,我们确实不能采取鸵鸟政策了。波涛汹涌的消费时代的到来已经成为我们不可躲避的事实。作为批评家、理论家、文化人,我们也应该以经济学的眼光去看待社会问题,既不要对消费社会的到来采取躲避政策,也不要对消费社会抱有偏见,而应该承认事实,积极应对。这才是实事求是、与时俱进的态度。

二

在当下消费时代,文学面临两个最大的问题,一个是消费时代的文学究竟是什么,另一个就是消费时代文学的意义问题。围绕着第一个问题,前几年已展开过讨论,虽然没有什么定论,但有些学者的观点,如彭亚非

---

① 参见陈新年《消费经济转型与消费政策——关于如何进一步扩大消费的思考》,载《经济研究参考》2003年第83期。

② 参见李康化《文化消费:扩大内需的有效路径》,见江蓝生、谢绳武主编《2003年:中国文化产业发展报告》,社会科学文献出版社2003年版。

③ 参见贺剑锋、刘炼《我国图书买方市场的特征及对策研究》,载《出版科学》2001年第4期。

的《图像社会与文学的未来》和费勇的《什么是我们这个时代的文学》①给这个问题的思考提供了新的途径。而在文学的意义问题上，一些批评家、理论家们却更多地流露出担忧：一是文学艺术的商品化会导致文学艺术意义的减弱，尤其是教育意义的衰减；二是在刺激消费过程中，其他领域对文学艺术的借用或利用带来的日常生活审美化会使文学艺术的"诗意"泛化，继而削减文学艺术的感染力；三是文学艺术的商品化会造成文学艺术创造性与个性的丧失，从而导致文学意义的流失。

应该说，要弄清楚这三个问题确实是一个复杂而艰难的课题，而且这也是一个正在变化和正在实践中加以解决的问题。这些问题实际上法兰克福学派早已提出并讨论过，然而，对这些问题的看法却存在着困惑和争论，结论也并不一致。对这些问题的探讨一直在进行着。

从文化经济学的角度看，文学艺术的商品流通过程中并不仅仅是流通财富，它也会生产和流通着意义、快感和社会身份，所以读者（受众）从作为消费品的文学艺术中仍可获得意义和快感。他们选择什么样的文学艺术实际上也决定着他们的文化价值观。正如约翰·费斯克所指出的那样，消费者"在许多商品中选择特定的一种，对消费者来说，选择的是意义、快感和社会身份"②。商品流通过程中的意义和快感可以有强弱之分、多少之分，但并非文学艺术作为商品流通之后就只会减弱它的意义。意义是否减弱或者保持与增强，主要取决于文学艺术本身所具有的社会与艺术价值。从传播学角度看，文学艺术作为商品交换流通量越大，其意义的影响面也越大，其社会的效益也会越大，它们所具有的社会价值会得以放大。如果从赢得更多的交换（流通）机会看，作为商品的文学艺术倒还要更认真地去考虑它的艺术价值和社会意义，因为拙劣的艺术商品只会败坏消费者的胃口，并加速它退出市场的速度。比如粗制滥造的肥皂剧与蹩脚的言情武打小说。从营销角度看，作为商品的艺术，同样必须树立自己的品牌意识，也要制造得精致优美，以吸引更多的消费者。如张艺谋的电影和他的其他艺术制作，他通过多种艺术手段创造一种唯美主义的氛围，就是力图以精美的制作赢得更多的市场与消费者。张艺谋是想走市场

---

① 彭亚非文、费勇文载《文学评论》2003年第5期。
② ［美］约翰·费斯克：《大众经济》，见陆扬、王毅编选《大众文化研究》，上海三联书店2001年版，第134页。

道路的，事实上，他在《红高粱》和《秋菊打官司》制作成功后，就一直在探索电影的市场化道路。他能将《一个都不能少》《我的父亲母亲》这样并不具备轰动效应的题材打造成具有轰动效应的作品，就在于他懂得一些市场之道。后来人们批评他的《英雄》与《十面埋伏》，认为它们并不成功，这恰恰是因为他太想树品牌了，没有把握好文学意义与市场的互动关系，反而损坏了它们的市场效果。我想，张艺谋是会在市场化的探索中不断总结经验教训，取得更好成就的。他编导的《印象刘三姐》在民间文化的再创造与市场化运作的融合上就取得了进步。

  文学艺术作为商品生产与流通之后，是否一定会减弱或失去教化功能，甚至引起道德上的滑坡呢？这也不是绝对的。必须承认，文学艺术作为商品去生产，它所注重的当然会是市场，但在市场占有与道德滑坡之间并不存在必然的联系。这正如市场经济兴起与道德的沦丧并不存在必然的联系一样。资本渗入文化生产以后带来的"道德恐慌"从18世纪以来就一直存在，正如英国文化评论家特里·洛威尔所指出的，"18世纪，小说的兴起引起广泛的攻击，小说被指责在道德上对思想薄弱的妇女和仆人产生了有害的影响，而她们是这一新形式的热切的消费者。从教堂到评论界，小说受到一致抨击。这一现象在20世纪30年代的电影和50年代的电视身上重新出现。这次的恐慌同样集中于意志薄弱的儿童和青少年，担心他们会沉溺于放纵地模仿媒体上播放的暴力内容"[①]。在中国，明清戏剧、小说在兴起之时，也曾受到官方的道德抨击，认为它们是"诲淫诲盗"，有的地方官还颁布禁令禁演"淫戏"，如清代周际华在任地方官时就曾出令《禁夜戏淫词示》，其中说道："民间演戏……惟是瞧唱者多，则游手必众；聚赌者出，则祸事必生；且使青年妇女，涂脂抹粉，结伴观场，竟置女红于不问，而少年轻薄之子，从中混杂，送目传眉，最足为诲淫之渐。"[②] 这亦是将"道德恐慌"对象锁定于妇女和青少年身上。即使在20世纪90年代末和21世纪初，人们也一直担忧电视剧《还珠格格》中的"小燕子"形象会影响青少年，使他们的道德追求发生偏向。现在，当《魔戒》小说和电影出场时，又有人担心青少年会坠入幻想，对历史

---

  ① [英]特里·洛威尔《文化生产》，见陆扬、王毅选编《大众文化研究》，上海三联书店2001年版，第128页。

  ② [清]周际华：《家荫堂汇存从政录》。

与现实不做区分，干出一些荒诞不经的事情来。其实，人们看到的只是资本渗入文化生产以后"可能存在"的负面影响，或者是一旦有极个别的个案出现，就以个案推及全部，造成"道德恐慌"的声势，而对它在道德方面产生的积极影响，甚至在文学想象领域的拓展作用却估计不足，同时对当代青少年所具有的知识面和接受力也缺乏正确的评估。比如青少年喜爱的《魔戒》《哈利·波特》中同样渗透着有关正义、善恶等伦理观念的教育，通俗歌曲中同样也可承担主流意识形态中的道德教化功能，像李春波演唱的《一封家书》《工作》、陈红演唱的《常回家看看》等，其中也贯串了孝敬父母、增强家庭责任感以及忠于职守、干好本职工作等朴素的道德教育。从影响与收效上说，这些歌曲的歌词远强于那些空洞枯燥的道德教育报告和报纸上充满陈词滥调的高头讲章。

在当今消费社会中，文学艺术常常被其他的文化现象，如广告传媒、时装表演、商品包装、各种节庆等所借用，并渗透到大众的日常生活之中。这种借用造成了许多亚文学艺术现象，或称为文学边界的扩大，从而形成审美的泛化或称日常生活审美化的态势。对此文化现象，我们究竟应该如何应对？

首先，我们应该看到，文学艺术的这种被借用不是什么坏事，对文学艺术的发展来说，反而会起到一种形式上的拓展与推进作用。历史上文学艺术常常被宗教所借用，产生诸如西方的教堂音乐、教堂壁画以及中国敦煌的变文等。宗教看重的正是文学艺术的感染力。当今的广告借用文学增强它的影响力和感染力，若有独创性，亦可能产生广告文学这一新的文学体裁；主题公园中不乏大型歌舞，这种大型歌舞亦可独立成为一种形式，区别于晚会歌舞形式，将来诞生出的精品亦可能成为大众文化中的艺术经典；通信借用文学创作具有很强文学性的短信，短信文学的产生也呼之欲出（实际上，这种形式我们在《世说新语》中不是也见过吗?）。网络文学更是借助网络的普遍使用而正逐渐形成它独有的文学体裁、语言等形式特征，并且改变了读者的阅读习惯，甚至改变了受众与生产者的相互关系。从马克思主义的观点看，当物质生产条件包括技术发生一定变化之后，意识形态包括文学艺术等上层建筑在内都会产生或快或慢的变化。一个时代有一个时代的文学艺术，在当今信息时代与消费时代，文学艺术发生扩容、变异并产生变种，应该是可以理解、容忍并逐渐接受的。

其次，文学艺术被其他领域所借用带来的日常生活审美化也并非坏事，而是好事。在全面建设小康社会的进程中，大众对美好生活的追求欲望只能是越来越强烈。大众要求自己的衣食住行越来越趋向于审美化，而生产者为了适应消费者的需求而将审美"灌注"于产品中，会成为消费社会的正常态势。美理应属于大众。大众在美的产品与全社会制造美的氛围中得到美的熏染，进而提升自身的素质又有什么不好呢？在送人的礼品包装盒上印上唐诗，不是既富人情味又富艺术性吗？在逛商场时顺便观赏它布置得美轮美奂的陈列橱窗，不也赏心悦目吗？宽敞舒适又富艺术趣味的购物环境我们会排斥吗？刺激消费当然是销售商的目的，但对"灌注"其中的艺术性，难道我们就只有反感、排斥吗？日常生活成为审美文化的一部分，艺术也成为美好生活的一部分，艺术生产又成为文化制作的一部分，亚文学艺术现象亦能给大众带来美的享受，诗意泛化一下又有什么不妥呢？

  再次，对什么是消费社会中的"诗意"问题，也应有一个新的理解。拿中国画来说，昔日描写幽壑高林、渔樵寺庙谓之有诗意，到"岭南画派"创始人高剑父以及现代国画大师齐白石等人，描写平民百姓以及百姓日常生活器物也不能说它就缺乏诗意。徐悲鸿画马固然符合传统的诗意，但写实写史的题材，如《田横五百壮士》等也有诗意。当今的一些文入画，或将候车的白领、闲居弄猫的妇人画进画中，也不能说就无诗意了。茅盾文学奖得主、长篇小说《白门柳》的作者、广东画院院长刘斯奋，他的画撷取日常生活现象入画，不仅入时，而且也揭示了日常生活的诗意。当今油画界描写日常生活成为画家们的共同倾向。2004 年第 10 届全国美展，广东作者孙洪敏的《女孩·女孩》画的是两个入时但又精神疲惫的女孩，其意义也是较丰富的。此画曾获得银奖提名。① 细想一下，西方的一些优秀画家，过去描写的也多是贵族的日常生活，如洗浴、梳妆、宴会等，这既是时尚，同时也充满诗意。如今的画家本着"笔墨当随时代"的精神，把笔触放到平民的日常生活中，只要思想深刻，也同样会获得诗意。在科学技术发达的时代，通过一定的技术，诗意还可能被放大和加强，如灯箱广告中的巨幅照片、电视中富有诗意与视觉冲击力的广告片等。在这一点上，我倒很赞赏法兰克福学派代表人物之一本雅明，他认为在机械复制时代，以电影等为代表的现代机械复制艺术的诞生，虽

---

① 参见《南方日报》2004 年 9 月 12 日第 7 版。

然使得传统艺术的"光韵"(相当于"诗意""韵味")消失,但因为它把艺术品从"对礼仪的寄生中解放了出来"①,使艺术成为大众的东西,从而使得艺术的功能、价值以及接受都发生了根本改变。既然现代艺术的功能、价值以及接受都发生了转变,为什么"诗意"就不会发生转变呢?在当代社会,我宁可将"诗意"理解得更广泛些,正如海德格尔所说的,人应该诗意地栖居在大地上。这里的"诗意"不仅指人类应具备精神家园,亦指人与自然、人与人之间、人与社会之间的和谐关系。当代文艺具备丰富而深刻的思想,给陷入物质迷茫当中的人以启蒙与警醒,让人在现实中重建对合理生活的希望与信心,不也是当代社会的"诗意"吗?

至于文学艺术的商品化是否会造成文学艺术创造性和个性的丧失,这是一个尚存争议的问题。本雅明和詹姆逊都认为艺术的商品化会损害艺术的创造性,尤其是詹姆逊认为,在后现代文化时代,艺术的独一无二性消失,成为模仿的"类像"。丧失创造性和艺术个性的现象在当今的文艺生产或文化生产中固然存在,因为文学艺术作为商品流通,自然会造就一批制造"通货"的生产者。但购买艺术的大众口味也是变化的,到一定的时候,他们就不会满足于"通货"而要求接受"精品"了。其实,在商业竞争激烈的消费社会,文学艺术要在市场竞争中脱颖而出并赢得市场的占有量,如果没有强烈的个性与创造性,消费者也是不买账的。优秀的艺术生产者既要考虑市场需求,又要在适应市场中坚持其艺术理想和艺术个性。巴尔扎克曾经为了市场而写作,但他在大量创作中也留下部分具有创造性的精品。莎士比亚的剧作也曾迎合过大众的口味,但他创作的优秀作品仍然是所有剧作家中最多的。在消费社会,连物质产品的生产也要打个性的品牌,才能吸引更多的消费者。如手表、手机、微型洗衣机等,其工艺设计师在能保证其功能实现的前提下,也越来越追求外形的个性化和独特性。最近,德国的皮勒(Piller)教授首次提出了"个性化批量生产"的概念,即客户(购买者)可以借助互联网等工具参与到生产过程当中,自行设计所需要的个性化产品,再由厂家组装、生产和配送。戴尔公司的电脑已开始实施按用户要求组装各种个性化电脑。瑞士的一些手表厂可以让客户参与手表的设计。皮勒教授的研究小组正伙同阿迪达斯公司,在网

---

① [德] 瓦尔特·本雅明著:《机械复制时代的艺术作品》,王才勇译,中国城市出版社2002年版,第17页。

站上请消费者自行设计运动鞋,并由其他用户参与修改,最后再由用户投票选出最受欢迎的款式进行批量生产。作为精神生产的文学艺术作品,更要面临大众的品头论足,如像戏剧、电影、电视连续剧等,如果缺乏独创性和个性,就会被大众无情地抛弃。因此,在市场经济与消费时代,艺术的商品化同样也向艺术的独创性提出了更高的要求,关键在于艺术家和理论家是否能够应对这种要求与挑战,拿出更具独创性的作品来。

三

以上是我为消费时代文学的意义问题所做的辩护,目的是想从积极或正面的方面去理解文学存在的价值以及发展的前途问题。我总觉得我们当前的理论界、批评界对文学存在的价值、文学的意义、文学的发展路向过于悲观。一些理论家、批评家总是认为当前的文学由于受到价值多元与市场经济的冲击,意义趋于贫困化、平面化、低俗化,有的甚至持一种"新左派"的立场,认为当前文学已完全丧失批判性而沦为金钱与肉欲的奴隶,是与消费社会、市场经济合谋扼杀了文学。我以为这些看法有失辩证法。我不否认当前文学确实存在一些弊端,但这些弊端的解决只能靠发展。发展也是文学得以生存与发展的硬道理。20世纪90年代以来,文学大大发展起来了,这应该是事实。比如90年代始,作家和批评家都开始重视叙事,实现了从"写什么"到"怎么写"的重大转变;文体大大发展,单散文一项就出现了许多突破;小说创作中也有像阿来的《尘埃落定》、陈忠实的《白鹿原》、张平的《抉择》等重磅作品,其价值并不逊色于20世纪80年代的作品;还有文学与电影、电视的联姻,既形成了电影、电视的繁荣期,反过来,电影、电视又扩大了文学的影响力,吸引了大量观众等。这些都极大丰富了人民群众文化娱乐与精神的需求。可以肯定地说,当前文学并没有衰退和走下坡路的迹象,更没有要"终结"的预兆。如果当前的文学正在变得无意义、无价值,正在当着金钱的奴隶,那文学还有什么前途呢?发展又有什么意义呢?消费社会的到来真的就成了文学的克星了吗?技术时代的到来真的就会使文学从地球上彻底消失吗?我看未必。像中国宋元明时期,文学亦曾面对过市场,经历过消费与肉欲泛滥时期,但宋元话本中不也是有佳作留存吗?"三言二拍"不也成为中国文学的经典,其中不是也不乏追求精神至上的优秀之作吗?即使是颇存争议的《金瓶梅》，不也风风雨雨撞入到 21 世纪来了吗？想当年这些东西都曾是迎合过市场和大众的，它们倒也构成了中国文学中有意义的部分与环节。当今文学在迎接市场经济和消费社会的挑战中，依然在寻找和探索新的定位、新的意义、新的价值，出现了许多新的转变和转机。我对消费时代文学的前途是充满希望的。

文学是人学，是关注人、研究人、研究人与社会，以及人与人之间关系的精神生产。古往今来，文学充满了对人类和社会的爱，歌颂也罢，批判也罢，都是为了追求人类与社会更美好的前程。自 20 世纪现代主义文学产生以来，似乎文学表现对人类、社会绝望的成分较多，但正如阿多诺所言，人们正是从卡夫卡式的绝望之中看到了希望，得到了拯救。从批判中得到拯救，从绝望中获得希望，这正是文学的人文关怀。用佛家语说，这是大慈悲。文学与文化研究之所以相通，是因为它们在本质上都渗透着批判精神，充满着对人类社会的拯救关怀。这种人文关怀精神在 21 世纪不会过时，往后恐怕也不会过时，除非文学不再是由人来创作。人文关怀在各个时代有不同的表现形式，在 21 世纪，文学及其文学研究只要坚持批判、拯救，并实现对现实的超越，大方向就不会错。这可能是文学之所以还为人们所热爱而未能被终结抛弃的原因。

（原载《文学评论》2005 年第 6 期）

流行文艺与主流价值观关系初议

随着中国工业化、市场化、城市化进程的快速发展，也随着媒介科技化的高速发展，中国的文艺生产与消费也步入了"高铁时代"。文艺领域中雅与俗的界限愈来愈模糊，"它不仅是中国当代文化的独特现象"，而且是"全球化语境下一种具有普遍性的文化景观"。[①] 雅与俗的相通与融合也呈不可逆之势，并逐渐为消费者接受，成为"文化大餐"中的"美味佳肴"。最典型的例子莫过于2012年中央电视台制作的春节联欢晚会了。在这次晚会上，中国顶尖歌手宋祖英与国外大牌歌手席琳·迪翁搭档用流行手法演绎了中国民歌经典《茉莉花》，郎朗与侯宏澜联袂演出了钢琴与芭蕾合作的艺术品《指尖与足尖》，等等。中国社会自从进入21世纪这十余年来，流行文艺承接20世纪90年代以来的发展脉络，正呈泛漫之势，并逐渐填充着大众文化消费与文化想象的空间，它们看起来好像是在主流文化的边缘上跌跌撞撞，实际上却在与主流文艺和主流价值观的摩擦与互动中不断扩大着自己的地盘。这背后究竟有什么文化原因？对流行文艺的价值观到底怎么评价？流行文艺与主流价值观真的存在巨大的鸿沟吗？本文试图对流行文艺与主流价值观的关系做初步的探讨。

一

我这里用"流行文艺"而未用常见的"大众文化"一词，是想将文章的讨论面缩小一下。流行文艺实际上是大众文化的一部分，用它可以将如花园广场、购物中心、游乐场等大众文化现象排除在外，而只讨论以文学艺术面貌出现的文化现象，如青春文学（韩寒、郭敬明、张悦然、落

[①] 朱立元：《雅俗界限趋于模糊——90年代"全球化"语境中的中国审美文化之审视》，载《常德师范学院学报（社会科学版）》2000年第6期。其实，雅俗界限差别不那么明显的观点很早就见于西方的大众文化理论当中，如约翰·斯道雷的《文化理论与通俗文化导论》、多米尼克·斯特里纳蒂的《通俗文化理论导论》、阿兰·斯威伍德的《大众文化的神话》等。

落的文学)、网络文学中的流行创作样式(如悬疑小说、穿越小说、耽美文学等)、流行歌曲、流行电影和电视作品(如《失恋33天》《步步惊心》等)、电视娱乐节目(如《星光大道》《中国好声音》等)、时尚杂志(如《瑞丽》等)。如果硬要给出一个定义,我以为可这样去界定:流行文艺是指受人民普遍喜欢和热烈追随并带有某种商业性、时尚性、娱乐性的文艺样式和文艺现象。流行文艺的特性也由此而呈现,那就是大众性、商业性、娱乐性、追随性以及高技术性。其中,娱乐性是主体,制造粉丝是其商业模式,充分利用高科技如互联网、以声光电技术为主的大众传媒以及信息通信技术等是其成功运作的重要手段。

流行文艺的存在已不可回避,而且它还无孔不入、无处不在,它极大地影响着人们的日常生活,影响着人们的生活方式、思维方式和价值观念。在文艺愈来愈被人们当作消费品与娱乐品的时代,流行文艺所提供的文本却让人们感觉到逐渐变得眼盲与脑残,并心甘情愿地接受其在生活与行为方式上的指导。但它同时也给大众带来愉快与意义。流行文艺的制作更多地是由文化工业过程来决定,也更多地根据消费者的反馈去调整。流行文艺所创造出来的文艺新内容、新样式以及冒出来的新词汇与新观念引起了热烈的争议,对其中包含的价值观也存在着反差很大的评价,有的甚至是陷于冰火两重天的境地。

究竟如何看待流行文艺中的价值观?它与主流价值观存在多大的差距呢?

二

这里涉及到底什么是主流价值观的问题。有的人认为,我国现在价值观混乱,根本不存在什么主流价值观;有的人则认为当前的主流文化已经就是大众文化了,主流价值观就是大众文化所表现出来的价值观;等等。但我认为,从当前中国的文化现实所表现出来的状况看,主流价值观还是国家所提倡的价值观,它是有强烈的意识形态性的,是一种具有价值导向的文化理念,它体现的还是国家与民族的意志,如党的十八大报告中所倡导的社会主义核心价值观就是主流价值观的集中体现。简言之,社会主义核心价值观从三个层面上体现为二十四个字,即富强、民主、文明、和谐(国家层面),自由、平等、公正、法治(制度层面),爱国、敬业、诚信、友善（公民层面）。① 应该说，这种主流价值观的导向是符合人民大众的价值追求和内心愿望的。这些价值观并不是悬在空中的口号，而在于大众个体的积极实践，以求得国家意志与大众意愿的统一。

从当前社会文化发展的状况看，大众文化包括流行文艺与政府倡导的社会主义核心价值观还存在一定的差距，有时甚至会出现个别背离的现象，但我们并不能由此而以偏概全，抹杀大众文化在积极践行社会主义核心价值观即主流价值观方面所做的努力，大众文化所体现出来的价值观追求与主流价值观之间并不存在天然的鸿沟，相反，大众文化包括流行文艺在发展实践中还为主流价值观提供了积极的因素，并作为创新的内容逐步被主流价值观所接纳。流行文艺能为大众所喜欢与追随，总有它的理由，它们至少在以下几个方面做出了积极的努力，并为主流价值观提供了积极的因素，还与主流价值观产生了互动的影响。

第一，坚持个体精神与感性领悟的表达方式。

回顾20世纪80和90年代的文学发展历程，有着青春冲动的青年文学都是具有个性反叛精神的，如刘索拉的《你别无选择》、徐星的《无主题变奏》、崔健的《一无所有》、余华的《十八岁出远门》等。这种追求个体精神张扬的文学传统到了21世纪的青春文学中依然存在，而且走得更远。韩寒的出道其实也是由纯文学杂志《萌芽》这一青年文学的摇篮培养出来的。而后来他与郭敬明、张悦然等的迅速崛起却脱离了正统文学期刊的羁缚，踏上了商业性很强的流行文艺之路。但正是这些青春文学（或称"80后"作家现象），强烈地表达出了校园青年在成长中的个性精神：孤独、忧伤、骚动，以及对传统教育体制的反叛。他们对成长过程的反思并非没有价值，而是真实地反映出了这一代青年人对社会传统教育体制的看法、对新的人际关系的评价以及对自我价值如何实现的思考。也正因为如此，电视剧《还珠格格》中的小燕子形象才那么为他们所喜爱，不为别的，就是小燕子那种叛逆、敢说敢爱敢恨的个性精神感染了他们。他们不像50和60年代的中年人那样只是怀旧，而是在青春反思中前行。20世纪90年代是整个社会怀旧思潮盛行的年代，陈小奇的歌曲《涛声依旧》、李海鹰的歌曲《弯弯的月亮》、"老照片"系列图书的出版等浸透着

---

① 参见胡锦涛《坚定不移沿着中国特色社会主义道路前进，为全面建成小康社会而奋斗——在中国共产党第十八次全国代表大会上的报告》，人民出版社2012年版，第29页。

怀旧的情绪，透露出新旧转型过程中淡淡的忧伤，那种时代的忧伤情绪也未必不对"80后"文学青年产生影响。当然，我们很难将中国的青春文学与美国赛林格的《麦田里的守望者》以及杰克·凯鲁亚克的《在路上》去相互比照，但我们也注意到"80后"的前辈们如崔健、北岛、王朔、马原、余华等，分明都受到过赛林格与凯鲁亚克的影响。① 这些文学界前辈的作品也未必不对"80后"文学青年产生影响。有文化学者兼批评家指出，"在80后作品中，我们会发现一种青春自由的过度发挥，就是过分注重人物的率性而为，而缺少了反思与批判，甚至没有价值判断"②。这种批评当然是道出了他们的缺陷并且是一剑封喉的。但仔细想一下，想指望"80后"的作者有多深刻的理性思考，有过重的反思与批判，这很难符合他们的身份。他们只凭自己的感觉行事，只凭自己的感悟去写作，他们多多少少有一种"我拿青春赌明天"的勇敢，有一种"何不潇洒走一回"的豪爽。这与他们的前辈们经常思虑过多、犹豫行事是大不相同的。当50年代出生的人还在考虑要不要出远门时，他们已经唱着"快乐老家"，背着行囊，骑着或开着车"自由飞翔"了。"活出敢性"③ 不仅仅是韩寒一个人的价值追求，也成了"80后"一代青年的共同心声。

其实，青春文学也是有价值判断的，它们既有忧伤，也有温情，既有彷徨，也有励志，它们的爱情观总体上看还是健康的。青春文学的作者当中既有卫慧与春树，也有落落与周云蓬，《杜拉拉升职记》中有压抑也有进取，《失恋33天》则真实地记录了他们如何从困惑与困境中走出而获得心的自由和新的爱情的心路历程。谁又能说周云蓬的《中国孩子》里的价值观不是以人为本的先行吟唱呢？他们中的很多人都是唱着《阳光总在风雨后》④，扬起青春的激情踏上创业与打拼之路的。

当青春文学独树一帜可以单飞之时，它们也没有忘记与主流价值观相

---

① 参见张闳《"我就要要走在老路上"——〈在路上〉的中国漫游记》，见朱大可、张闳主编《21世纪中国文化地图》（2007年卷），商务印书馆2008年版，第116～120页。

② 陶东风：《青春文学、玄幻文学与盗墓文学——"80后写作"举要》，载《中国政法大学学报》2008年第5期。

③ "活出敢性"是韩寒在一则广告中的用语，"敢性"一词在其《我所理解的生活》（浙江文艺出版社2012年版）中也屡次提及。

④ 歌曲《阳光总在风雨后》中有歌词"谁愿藏躲在避风的港口，宁有波涛汹涌的自由"，其间充满青春的勇敢与激情。与此类励志歌曲类似的还有《从头再来》《飞得更高》等。

切近。如郭敬明主编《最小说》杂志，其宗旨就是这样去表达的："以青春题材小说为主，资讯娱乐以及年轻人心中的流行指标为辅，为青少年提供一个真正能展示年轻才华的原创文学平台，杂志将更注重对于年轻人才的多方位开发，年轻资源的累积和培养，展现真正是有中国文化精神的新青春文学，以积极、健康、时尚的青春文学品质奉献读者！"①

第二，寻求与主流文艺相接近的主题与内容，在与主旋律若即若离、若隐若现的表达中透露出对主流价值观以及传统文化的拥抱与热爱。

从2003年当年明月在网络上"用讲故事的方式说历史"发表他的《明朝那些事儿》开始，网络文学开始了以"草根"身份说史、说古典、说文化的新潮。紧随着的，则是网络文学的奇幻/玄幻小说以及"穿越小说"的出现，言情、悬疑、盗墓等文学现象也蜂拥而起，其中有影响力的作品，如《鬼吹灯》《盗墓笔记》《藏地密码》《步步惊心》《梦回大清》等风靡网络并走红于出版界，并且一直影响到21世纪头十年的影视剧的改编与播出。在这些"梦回"或"清穿"的文艺生产中，传统显然表现出它强大的优势，或许这些作者在回避现实，而借传统来言说现实并透露出他们对治国理政的理想，多多少少也表达了他们对历史与现实的反思。他们无力去改变现实，于是寄托于历史而发泄他们的郁闷；他们无途径去出谋参政，于是就借拥抱传统来表达他们对"重塑人生""改变命运"以及"再造中国"的遐想。那些"重生"招牌的小说，如《重生于康熙末年》《重生之贼行天下》《重生之大涅槃》等都表达出来一种面向中国、面向世界的宏大叙事。

这种对传统的热爱之风的确又不是凭空而起的，其实在电影界早已为之，而且从大牌导演刮起。最早是以李安的《卧虎藏龙》获得奥斯卡奖为发端，引发出国内导演的武侠热、历史热、传统热，如《神话》《英雄》《无极》《刺秦》《赤壁》《画壁》《画皮》《关云长》等，继之而来的则是荧屏上的清宫戏泛滥，以至于造成"四爷太忙"的混乱现象。到最后，传统只变成了一个幌子，只是编剧与导演在那自说自话而已。这种风气其实又与20世纪90年代以来一直劲吹国学之风不无关联。

再放大一点看，其实拥抱主流价值观以及传统文化最成功的是流行歌曲，它们借言说文化之名成功地将热爱中华文化、热爱祖国等主流价值观

---

① 郭敬明主编：《最小说》"杂志动态"，"新浪读书"网站（http://booksina.com.cn）。

所提倡的东西毫无缝隙地对接并融合到了一起。从最早张明敏演唱《我的中国心》开始，这种对重大主题的拥抱就一直未断过。《中华民谣》《大中国》《我的名字叫中国》《红旗飘飘》《好大一棵树》《亚洲雄风》以及2012年春晚上的流行歌曲《中国范儿》与《中国美》等，此类型主题的歌曲一出再出，而且还可以流传开去。而在香港与台湾地区，则又有林夕、方文山与周杰伦的联手合作，刮起了"古典风""民族风"，打造了如《东风破》《发如雪》《青花瓷》等具有古典意象的歌曲作品，满足了大众对精致、华美、和谐的审美期待。中国内地的跟风则以推出了"凤凰传奇"和李玉刚的《新贵妃醉酒》为标志。可以这么说，流行歌曲是所有文艺样式中最为主流文艺所宠爱的，是最能与主流价值观不谋而合并能承担起构建主流价值观重任的一种文艺样式。它能堂而皇之地登上中央电视台这主流媒体的舞台尽情挥洒它的才华，并能为上上下下所接受，可谓风光无限。当然，流行歌曲中也有与主流价值观相悖却又能在暗地里行走而不被人发现的，它们宣扬的价值观显然是有违现有道德观的，如《香水有毒》《广岛之恋》等，不过因为它形态小，唱者也不一定深究，也就被放过了。流行歌曲的"大"功自然将其"小"过掩盖掉了。

第三，在思想禁区的边缘试探并做微小的突破，给读者带来新观念和新生活方式的冲击。

20世纪90年代后期，日本的耽美文化流入中国。互联网兴起之后，耽美小说不断涌现，并逐渐形成了耽美圈。与这有关的电影《霸王别姬》《断背山》也逐渐为社会大众所接受。于是，耽美由日本的"唯美""浪漫"之义逐渐演化为中国的独特含义，即被引申为同性之间不涉及繁殖的恋爱感情。"耽美同人"的概念也便流行开去。耽美文学的出现开始是在思想禁忌的边缘上试探，但慢慢地发展，则有了新的价值表达，即超越性别限制，超越生物的冲动，而旨在追求真情真爱。同时，它在一定程度上也提升了女性对自身身份的认同，在争取两性平等上有了新的价值评判。耽美作家吴迪曾自述过她的写作史，其中的创作心理与价值诉求也是很值得重视的。①

---

① 参见吴迪《一入耽美深似海——我的个人"耽美·同人"史》，见广东省作家协会、广东网络文学院（筹）编《网络文学评论》（第1辑），花城出版社2011年版。

如今，在消费主义盛行与奢靡之风泛滥之际，网络上又流行开来一种"小清新"的流行文艺作品，虽说它们带有浓烈的小资味道，与主流价值观并不十分切合，但其清新的格调也给文坛带来另一种独特的风景，同时也是对过度消费主义所做的反叛。

从流行歌曲对爱情的表达与诉求看，其细微的变化也透露出来价值观的悄然变迁。20世纪80年代，流行歌曲对爱情的诉求还是总要与社会、与祖国联系在一起的，如《血染的风采》《十五的月亮》《月亮走我也走》等，其情感诉求的背后还隐含着一个"大我"。但在进入90年代之后，情歌则渐渐缩小到个人的范围，甚至表现为一种私密的语言，有的还表现出一种对游离于婚姻之外的第三种感情的容忍（如《心雨》一类），有的又表现出对恋人分手或无法结合之后的大度（如《分手后还是朋友》《只要你过得比我好》），还有的则表现了失恋之后的自我疗伤、自我坚强（如《再回首》《梦一场》《好久不见》等）。难怪很多年轻人将此类情歌当作失恋后的精神慰藉，它们的确能起到抚平心灵创伤、帮助失恋者走出心理困境的作用。在这些情感的表达中多多少少体现出了一种新的价值选择：宽容、理性地对待爱情和对恋人的尊重，以及无论分分合合，一切为对方着想的情感付出。爱情至上，恋人至上，这在一定程度上也提升了社会文明的程度。虽然看起来流行歌曲每次都是一点点地在突破，但累积起来却成为推动社会文明向前发展的动力。自然，情歌中也有不健康的杂音与噪音，但与健康情绪的情歌比较起来，它们所占的比例还是很小的。

第四，叙事表达姿态上的平民化与艺术形式上的创新。它们与主流文艺形成了鲜明反差，推动了主流文艺放下身架并重视起叙事表达与形式创新的问题。

流行文艺最大的优势在于它的平民姿态，用通俗的话说就是非常接"地气"。它用老百姓的眼光去观察日常生活，用日常生活的语言去表达它的叙事，也用与老百姓一样平视的眼光去看事情，故能得到上上下下的喜爱。如电视剧《蜗居》《媳妇的美好时代》等。再回顾一下，当年电视剧《还珠格格》热播的时候，也不过是将皇宫生活平民化，将皇帝凡人化而得到老百姓的热捧而已。我们经常会批评流行歌曲的口水化、直白化、浅薄化，但恰恰是流行歌曲的这一特点，让它插上了翅膀，迅速地飞入大街小巷。从一定角度来说，流行文艺很有点"三贴近"（贴近生活、贴近实际、贴近群众）的味道。这一点，韩剧在中国的热播也多少给中国的流行文艺乃至主流文艺好好地上了一课。

至于艺术形式的创新，无疑又是流行文艺的另一大优势。穿越，看起来好像是这几年的创新，但细究起来，它不过是唐代传奇小说传统的继承与变异而已，如《南柯太守传》中的一枕黄粱故事就是典型的穿越。而且这种形式也不仅仅是中国人在玩，外国人玩得更多。如电影《午夜巴黎》不是穿越得更离奇也更出彩吗？当然，在网络文学中大家都来玩穿越，于是就形成了一阵风，因为穿越更容易让作者表达他们的内心期待。艺术形式上的松绑与创新让网络写手平添了更加丰富、更加自由的艺术想象。如网络小说《盗墓笔记》《鬼吹灯》等，说奇谈怪，悬念丛生，再加之在创作时就与读者产生互动，在艺术的形式表达上很能满足读者的阅读期待。为了迎合视觉文化时代读者的需要，现在的流行小说又采用文艺加动漫的方式出版，以新颖新奇而又饶有趣味的艺术形式吸引眼球，争取读者。

三

毋庸置疑，流行文艺也存在着诸多缺陷与弊端，比如低俗、粗糙、芜杂、思想性不纯正、艺术性不强等，但是，因为它们的流行性，在社会上形成了强大的影响，一时间人们倒弄不清到底它们是主流还是主流文艺是主流了。因此，如何促使主流文艺乃至主流价值观与流行文艺形成良性的互动关系，则是我们应着重去加以研究的了。

首先，主流文艺应给自己松绑，放下身段，努力贴近大众的实际生活，接好"地气"。

主流文艺是以国家体制为主导、以舆论做引导的文艺。要给自己松绑，就是不要老带着体制和面具跳舞，要将主流价值观化为具体的、形象的、活生生的平民意识和平民生活形态。主流价值观包括主流文艺不能"生活在别处"，而应该回归平民大众的生活之中，否则再好、再正确的舆论引导也会被神化并被束之高阁。我们现在的主流文艺似乎有一种通病，一接触到重大题材就概念先行或主题先行，喜欢用一些大而空的语言去言说，给人留下的印象并不深刻，也不易让人记住。有时候，高雅的艺术降低身段，放平心态和姿态，反而更能为大众所喜欢，而贯串其中的主流价值观也就自然地走进大众的生活当中。比如2013年3月底在中国美术馆举行的许鸿飞雕塑展就解构了过去视雕塑艺术为高雅艺术的理念，建立起了一种新的平民化的雕塑语言。许鸿飞通过诙谐、幽默的"肥女"雕塑，表达出来一种乡村与都市生活的日常叙事方式，洋溢着一种对幸福生活的享受，对劳动、健康、生命高度关注与热爱的温暖情怀。这种"接地气"的雕塑深受大众的喜爱，谁又能说从它们当中不会体会到主流舆论与价值观的引导呢？

其次，主流文艺要具备与流行文艺共生共荣的观念，除主动拥抱流行文艺之外，还要向流行文艺学习，重视市场营销的经验，在争取更广泛的读者（或观众）方面迈出更大的步伐。从历史的经验上看，高雅文化要赢得大众，也必须得到市场的认可，市场认同会使高雅文化走得更远。如世界顶级男高音卢西安诺·帕瓦罗蒂录制了普契尼歌剧中的《今夜无人入睡》这首歌。1990年，他花了不少力气才使它成为英国流行音乐排行榜的首位。1991年，他又在伦敦海德公园举行免费音乐会，参加人数为10万人以上。他之所以深受大众的欢迎，与他主动拥抱市场、拥抱大众相关，而他在商业上的成功并没有使他的演唱掉价。[①] 在中国，主流文艺也发生了很大的变化，中国作家协会开始吸纳流行文艺作家包括网络作家入会，"五个一工程"评奖也将图书出版的印数、戏剧演出的场次、电影放映的观众数制定为评奖准入的门槛，电影《建国大业》《建党大业》也开始走明星路线，等等。如果从提升文化软实力、实现文化走出去的战略方面去考虑，流行文艺更易在外国人中产生沟通的效果，其次才会是民间艺术和高雅艺术，最后才是体现本国各阶层共有的主导价值观的主流艺术。[②] 主流文艺如何吸收流行文艺在形式上创新、在市场中行走、在读者或观众中互动的经验，形成自己更有特色、更有吸引力的艺术趣味，将会更有助于国家文化软实力的提升。我们不妨也学学韩国的经验，将电视剧作为国家工程的运作模式，将主流文化变成流行文化和时代的风尚。这样

---

① 参见［英］约翰·斯道雷著《文化理论与通俗文化导论》（第2版），杨竹山、郭发勇、周辉译，南京大学出版社2001年版，第9页。

② 参见王一川《艺术的隐性权力维度》，载《创作与评论》2013年2月号（下半月刊）总第159期。

既能宣扬主流价值观，又能赢得大众的喜爱和可观的经济效益，还可以走出国门，影响世界。

在流行文艺方面，也要充分意识到，如今的大众不再是被动的受众，而是有着抵抗性与挑战性的大众。文艺产品的丰富性就像一个大超市，大众有了更多的挑选自由。如果流行文艺只停留在玩技巧、重技术层面而不去强化思想深度和提升审美趣味的话，大众将会自动抵抗它的产品。在网络互动时代，大众评论的口水也会将艺术的次品淹死。当代的大众对文化含量高、创作精美的产品的需求在不断增加。其实这种现象在国外的后工业社会时期早就存在过。正如德国的一位文化学者指出过的，"当代消费文化正在从大众消费向充满审美和文化意义要求的消费过渡。文化的观念在商品的价值评估中起着日益重要的作用"①。消费需求结构的改变要求流行文艺做出相应的调整，从通俗靠近高雅，从高雅吸取养分，并最终实现俗与雅的合流，这将会成为流行文艺的可取之路。从当前的状况看，非主流的流行文艺在逐渐形成潮流，并都在争取主流的认可，而主流文艺也在向它招手（我不用"招安"一词，因为那显得有"庙堂"与"江湖"之分），并力求两者形成合流。摇滚歌手汪峰的创作与演唱之路就明显表现出这种合流的趋势。从价值引导上说，主流价值观要发挥提供道德框架的作用，而流行文艺又可在价值新标准的建立方面提供某种新的因素，同时亦承担着伦理教育和增加国家软实力的任务，两者的互动与互补是可以做得到的。

综而观之，流行的东西未必都是好的，但流行的中间必定有好的。主流文艺是大河，流动是缓慢的；非主流的流行文艺是小溪，快而急，充满活力，它汇入主流之中则可推动主流的发展。流行文艺与主流价值观之间并不存在着不可跨越的鸿沟。

丹尼尔·贝尔在《资本主义的文化矛盾》一书中申诉自己的文化批判立场时说过他是一位文化保守主义者，而我在做上面的阐述时为流行文艺辩解过多，但我并非文化上的激进主义者或新潮的鼓吹者，相反，我希望主流文艺与流行文艺两者合流，这是一种文化折中主义。其实，这些观

---

① ［德］彼得·科斯洛夫斯基著：《后现代文化——技术发展的社会文化后果》，毛怡红译，中央编译出版社1999年版，第126页。

点早在我前几年的文章《消费时代文学的意义》①中已有萌芽。在自然科学领域做科学研究,经常会有"试错"的尝试,并能得到人们的宽容。如果我们在文化研究方面也能持宽容的态度,允许一部分人也尝试一下"试错"的味道,或许更能激发人们探求真理的热情。就请大家将此文当作"试错"的探究去读吧。

(原载《文学评论》2013年第6期)

---

① 蒋述卓:《消费时代文学的意义》,载《文学评论》2005年第6期。

文化研究的本土化：功能与原则

　　文化研究进入中国已有 20 余年了。20 世纪 90 年代初，文化研究基本上处于翻译、介绍并初步应用阶段，其间亦存在着诸多的弊端，如生硬套用、简单比照等。进入 21 世纪，文化研究学者则开始对其进行反思，其中反思最得力者当数陶东风。他在《批判理论的语境化与中国大众文化批评》一文中，对以援引西方文化理论尤其是法兰克福学派的批判理论分析中国大众文化所形成的"负面性"质疑表达了遗憾。他指出："从方法论角度说，一个不争的前提是：西方的研究范式与中国的本土经验必须形成良性的互动关系。我们应当从中国的实际问题出发创立或引用合适的理论，而不是从理论出发制造或夸大中国的所谓'问题'。"[①] 后来，他又在 2004 年的一篇文章中阐述了他在文化研究方面的转型过程。他的思考主要还是聚焦在如何考虑文化研究的中国语境问题，即反省西方批判理论在中国的适用性问题。[②] 到了 2010 年之后，对文化研究的反思又进入一个新的阶段，其中以盛宁的文章《走出"文化研究"的困境》最为典型。在此文里，盛宁不仅指出了中国"文化研究"一开始就陷入了一种认识的误区，"硬是把一个原本是实践问题的文化研究，当成了理论问题没完没了地加以讨论，而把必须做的正经事却撂在了一边"，而且鲜明地倡导"把对文化研究的理论兴趣转向具体的个案分析"，同时在运用时，"还得看我们的研究和批判能否对现行文化价值观的重构产生积极的影响"。[③] 与此同时，还有朱国华的文章《阿多诺的大众文化观与中国语境》（《文艺研究》2012 年第 11 期）、赵凯的《大众文化的定位与批评尺度——兼与陶东风商榷》（《文艺研究》2013 年第 6 期）以及陶东风的《核心价值体系与大众文化的有机融合》（《文艺研究》2012 年第 4 期）

　　[①] 陶东风：《批判理论的语境化与中国大众文化批评》，载《中国社会科学》2000 年第 6 期，第 144～145 页。

　　[②] 参见陶东风《研究大众文化与消费主义的三种范式及其西方资源——兼谈"日常生活的审美化"并答赵勇博士》，载《河北学刊》2004 年第 5 期。

　　[③] 盛宁：《走出"文化研究"的困境》，载《文艺研究》2011 年第 7 期，第 5～13 页。

等，都就文化研究的本土化问题提出了各自的意见，代表了这两三年来对中国文化研究的范式与方法的集中反思。

在本土化问题上，中国的文化研究究竟存在什么弊端？我们应如何构建中国文化研究的本土化？在理解多数学者反思的基础上，本文还想就这两个问题进行探讨。

一

文化研究在引入中国后，对文化思想界起到了很大的助推作用，其最大的功劳就是为研究者开辟了研究的对象和研究视角，为分析大众文化现象提供了理论和方法。20世纪80年代至90年代初，理论界流行的是结构主义、后现代主义，虽然也采用文化研究的某些理论，但也只是在文艺批评领域内，并非全面铺开，如当时用来分析大众文化现象包括对"张艺谋神话"的批判，多是用"民族寓言"类的后殖民理论以及新历史主义等，运用文化研究理论将大众文化作为专门的对象进行分析还是在20世纪90年代中期之后。随着"日常生活审美化"命题讨论的展开，文化研究的对象逐步扩大并日益明朗，研究视角也随之拓展，如性别视角、身份视角、政治文化视角等，其中以陶东风的广告分析、戴锦华的电影分析等最有影响。

随着文化研究的逐渐变热，也随着文化研究理论的逐渐展开，文化研究的弊端也逐渐显露。深究起来，中国的文化研究至少存在着以下三大缺陷：

（1）文化研究的对象太大、太泛，缺乏具体的、细小的个案分析，使得文化研究流于表面。有的研究看似使用了文化研究视角，得出的结论却平平常常。例如将"9·11"作为一个大文本现象来做文化分析，继而谈到美国与第三世界的关系，就显得空洞，没有专业知识的支持，还会显得外行。又如运用葛兰西的文化领导权理论来分析中国"十七年文学"现象，看起来是使用了文化分析法，但实际得出的结论还是大家都能想得到的，并没有特别令人感到新鲜与独到之处。

（2）视西方文化研究理论为一个笼子，将中国的文化现象统统都往笼子里装，似乎装进去了就能解决问题，而缺乏对中国问题有针对性的分析与诠释。这种"照搬法"的理论分析常给人以隔靴搔痒之感，而对中国问题的分析与解决却无多少助益。关于这一点，陶东风以尼尔·波兹曼的"娱乐至死"理论在中国的被滥用为例进行了批判性的反思，并称之为"西方文化理论在中国的被绑架之旅"①，他的意见是很有针砭性和启发性的。从学术创造的角度看，对于"照搬法"，说轻一点，是一种理论的懒惰，说重一点，则是拉虎皮做大旗的吓人之术。

（3）文化研究虽然也有强烈的问题意识，但往往是不顾中国国情就简单地将中国问题与西方问题相联系，将两者混为一谈。让笔者感到十分困惑的是，我们的学者用西方理论家在资本主义社会中得出的批判理论，如美国丹尼尔·贝尔在《资本主义的文化矛盾》中提出的理论，以及尼尔·波兹曼根据美国社会分析得出的理论，来分析并批判社会主义中的文化现象，它们之间难道就没有区别吗？这种分析不会出现错位吗？这种不顾中国国情的分析的实效性不是很值得怀疑的吗？

二

其实，文化研究在中国就应该根据中国国情的分析而产生变异，这才叫西方文化理论的中国化。文化研究要接地气，也要顾及中国当下的现实问题，从现实问题出发，而不是从理论框架出发，否则依然是毛泽东所批判过的"教条主义"或"本本主义"。这是我们在构建本土化的文化研究时必须清楚的立场问题。以马克思主义为指导，以中国当下问题为基点，以西方文化理论为参照，这是我们做文化研究的最佳选择。

那么，什么是"中国问题"呢？有哲学工作者指出："我们这里所说的'中国问题'，是指改革开放以来中国在特殊的历史境遇和发展环境下所衍生出来的、关涉中国未来社会健康发展的核心问题。"② 将这一概念移植到文化研究中，笔者以为也是适用的。因为这一概念既照顾了历史与当下，也考虑到了未来，关键还在于有"特殊的历史境遇和发展环境"的限定。而"中国问题"既特殊也一般，既有历时性也有共时性，在具体分析"中国问题"时就要充分考虑到它的变异性和丰富性。

---

① 陶东风：《理解我们自己的"娱乐至死"——一种西方文化理论在中国的被绑架之旅》，载《粤海风》2013 年第 5 期，第 37 页。
② 邹广文：《当代哲学如何关注"中国问题"》，载《哲学动态》2013 年第 3 期，第 9 页。

中国当下的文化现象就有着它的丰富性与变异性。比如摇滚，在西方后工业社会里，已经产生了"金属摇滚"和"死亡摇滚"，反映出后工业社会中的人的心理状况。但在中国，摇滚则成了"平民摇滚"或"全民摇滚"（如"凤凰传奇"的摇滚之风），它并没有更多的工业化色彩，细究起来还带有鲜明的农牧时代的色彩（草原歌曲风格的影响）。网民嘲笑它们是"农业重金属"，并且具备全民狂欢与嬉戏的味道（如《最炫民族风》《郎的诱惑》等），有的甚至成为广场上老头老太太跳健身舞的伴奏乐。而汪峰的摇滚，又成了励志歌曲的同义语。如果我们硬要拿西方摇滚精神去批判中国当下的摇滚，说它们丧失了摇滚的反叛精神，是"伪摇滚"等，就可能很不到位，也不会为老百姓所接受，我们所持的可能还是精英文化或小众文化的立场。中国的问题就是将文化引进后迅速本土化，正如将带有贵族色彩的桌球引进之后，城乡各地都摆上了桌球，连小市场边也会出现一元一盘的桌球游戏。又如现代舞，邓肯创立的现代舞在美国属于大众文化，引入中国后则成了小众文化。

这就是中国大众文化的变异性。它抽离西方文化发展的历史和政治语境，功能性地成为本土大众的日常文化需要，没有了反叛的姿态，缺乏亚文化的"抵抗"和"风格"，更缺乏与现实政治的对话，而成为一种人类学意义上的日常实践和娱乐需要。从詹姆逊的后现代主义文化逻辑来看，这是一种扁平化，但这种扁平化却不是晚期资本主义的符号过剩和精神分裂所致，而是一种从大众文化匮乏到大众文化权利实现的过渡阶段的文化现象，属于普通大众日常精神领域的自主化、去政治化的过程。它仍然属于中国社会世俗化的历史进程的一部分，是社会大众参与建构新的社会价值的过程。不如此看待，我们就难以理解中国近年来电影票房的飞涨，更难以理解全民热议《中国好声音》《爸爸去哪儿》的现象。二三线城市电影银幕建设的大力推进是中国电影票房飞涨的原因，但相比于欧美国家，我们电影票价的虚高仍然是制约很多人看电影的障碍，不要说很多打工一族，就是在校大学生平均观影人次也是很少的。这意味着大众的文化接受仍然较为匮乏。另外，我们可以看到每年生产的很多电影、电视产品因为缺乏必要的宣传资金和商业卖点，没有播放的渠道，而电视收视的单一指标又导致对高收视影视作品类型的过度跟风，导致抵达受众的文化类型的过于单一和质量低下，因而《中国好声音》《爸爸去哪儿》的全民热议的出现，与20世纪90年代全民空巷观看电视剧《渴望》一样，都是文化匮乏的一种表征，只不过这种匮乏是节目品质的匮乏。因此，大力发展文化产业，生产更多质量上乘、风格多样的文化产品来满足不同层次和差异的文化需要，仍然是大众文化所面临的最直接的现实。对大众文化产品进行价值分析并维护大众文化发展的文化生态就成为本土文化研究最重要的功能。事实上，社会上对大众文化的褒与贬，文化研究学者对本土30年大众文化的变迁的认识，主要还是立足于大众文化的价值取向的角度，比如对20世纪80年代流行音乐的启蒙价值的肯定和对当下大众文化的拜金主义取向的分析，只不过受到西方文化研究的影响，对当下中国社会价值问题的认识存在错位，未能充分认识当下社会价值思潮的复杂和主流价值重建的未完成性，过于强调主导文化与新生文化之间的对立，而没有看到当下主流文化和价值观与大众文化及其价值观之间的互动。

  一种大众文化的性质应该从其所处的历史语境和基本功能来分析和定位，而不是从先设的理论框架和政治立场出发来评价。因此，构建文化研究的本土化，首先必须避免陷入"理论陷阱"。针对中国问题进行分析时，应该是只将西方理论作为参照，而不是作为框架去套用，有什么问题就分析什么问题，该用什么理论就用什么理论，而不是将中国问题当作西方理论的诠释，更不能像某些经济学家那样将自己的分析当作政策的诠释。实际上，早在1995年，徐贲就在《文学评论》上发表了《美学·艺术·大众文化——评当前大众文化批评的审美主义倾向》一文，一针见血地指出国内文化研究所存在的，以审美主义和道德论批评和贬损大众文化的倾向，而这种倾向的理论资源就是阿多诺的群众文化理论。在对阿多诺理论的解读基础上，徐贲进一步指出："如果说阿多诺的'审美主义'把艺术当作改革社会的唯一希望，那么，他的'精英主义'则反映了他对大众认识能力的彻底丧失信心。这两者都是阿多诺具体生存处境的产物，不能当作具有普遍意义的理论来运用。"① 因此，他呼吁"走出阿多诺模式"，不再把阿多诺的理论"当作一个跨时代、跨社会的普遍性理论来运用"，而要回到"历史的阿多诺"，透过阿多诺文化理论在西方文化批评中的起落来反思其理论的精英主义性质，进而提出积极的、非精英主义的大众文化的实践批评，"大众生存环境的改善是与大众利益相一致的，大众改善生存处境的要求必定会在他们的集体文化活动中体现出来。

---

① 徐贲：《文化批评往何处去》，吉林出版集团有限责任公司2011年版，第152页。

这是大众文化活力的源泉，也是实践批评积极对待大众文化的原因"①。徐贲的反思抓住了本土文化研究的根本弊端，对文化研究的阿多诺化、非语境化和精英化倾向的批评在今天读来仍然具有强烈的针对性。只可惜这种反思并没有引起足够的重视，以至于 2000 年前后，陶东风仍然需要撰文强调批判理论的语境化问题。而在 2010 年盛宁的反思文章中，也不无遗憾地指出本土文化研究终仍然普遍存在理论化追求取向，可见"理论陷阱"问题的严重。

事实上，西方的文化研究本身就具有反理论的色彩，斯图亚特·霍尔就曾声明他并不生产理论，而是根据问题的实际需要来运用理论。其实，西方的文化理论家也早已认识到，文化研究应该是多视角的，"在具体的文化研究中，视角的选择依赖于研究的主题事件、研究的目标及范围"②。周宪也曾在反思德国精英主义和英国民粹主义两种文化研究的范式基础上，提出超越对立的方法在于透过不同角度来考察同一对象的"视角主义"。③ 因此，问题的克服在于对文化现象的多角度透视，在借用理论的同时反思理论的效度，从而从中国问题本身来形成我们自己的阐释方法和话语建构。比如我们借用西方亚文化理论来分析中国的青年亚文化现象，用"抵抗"与"收编"的理论去套用并分析，似乎也有一定的效果，可以解释某种现象。如"快乐女声"中的李宇春，原来钟情于中性的服装，带有"抵抗"的意味，但如今终于被商业化"收编"，穿上了裙子。但问题的关键在于，李宇春们的文化是否真正形成了一种完全与主流文化相对抗并区别开来的文化。在西方，亚文化理论的形成是与摩托男孩、朋克、光头党等具有鲜明风格特征的另类文化的产生联系在一起的，而在中国并没有出现真正意义上的类似西方朋克的"朋克族"，更没有形成有异于主流文化的群体性的亚文化。即使出现一个《还珠格格》中的"小燕子"，出现追捧《流星花园》中的青少年偶像的一时风潮，但它们都没有形成某种抵抗。要说有抵抗，也是十分温和的，我们也大可不必将它们与政

---

① 徐贲：《美学·艺术·大众文化——评当前大众文化批评的审美主义倾向》，载《文学评论》1995 年第 5 期，第 57～66 页。

② ［美］道格拉斯·凯尔纳著：《批评理论与文化研究：表达的脱节》，见［英］吉姆·麦奎根编《文化研究方法论》，李朝阳译，北京大学出版社 2011 年版，第 29 页。

③ 参见周宪《精英的或民粹的？——两种文化研究范式及其启示》，载《中国社会科学》2000 年第 6 期，第 149～152 页。

治、阶级等联系起来。其实，在西方学者看来，所谓亚文化，"并不是作为真实对象而存在，而是由亚文化理论家所造成的"①。"亚"的概念内涵一是有别于主流社会的独特性和差异观念，二是还具有底层或下层的含义。伯明翰学派就曾用它来分析工人阶级的青少年的文化，但在中国，这种具有鲜明的阶级特征和身份意识的亚文化是不具备的。倒是农民工问题、富二代问题才有可能形成亚文化的问题，而在这方面，我们的研究是跟不上的。农民工并没有创造出他们同质群体性的文化，他们不过是借用其他阶层的文化来表达他们的意愿而已，正如旭日阳刚们偶尔会通过翻唱《春天里》来表达他们心中的某种渴望。盛行一时的校园歌谣不是亚文化，北京的"北漂族"包括地铁演唱者也没有产生出一种亚文化，因此，我们在运用亚文化理论来分析中国问题时，倒是应该十分小心而又谨慎的。问题的实质在于，我们自己未创造出一种理论去揭示与分析中国的类似于亚文化的现象，而西方有现成的，于是就借用了。但笔者这里强调的是，借用也必须顾及中国实际，必须在本土化上下功夫。

其次，构建文化研究的本土化还得避免"政治化的陷阱"。盛宁在他的文章中其实已提到这一点。他认为，文化研究的问题不仅在于在理论问题上原地打转，而且在于一转到研究中国真问题的时候，就将问题政治化，他告诫："再不要动辄就把文化问题政治化，让人无法对问题展开深入的讨论。"② 盛宁没有对此问题展开论述，但他说的是有一定道理的。诚然，政治性是西方文化研究的一个重要特征，是其意识形态批判的主要目的。但这种政治性关切恰恰是与西方文化研究的问题意识有关。法兰克福学派对极权主义的批判，英国文化研究强烈的左翼政治色彩，以及美国文化研究的政治正确性诉求，形成了各具特点的权力批判和政治诉求。那么，中国文化研究的政治性又是什么？明了中国文化研究的政治性需要先回答中国问题是什么，而这就不能简单地以立场代替分析，用理论来代替实际，而只有回到就问题分析问题的实事求是的态度上来，需要政治性分析才进行政治性分析，而不是将所有问题都上纲上线，在明显不具有政治性的问题上强加立场，非得什么问题都用意识形态分析一番。关于这一

---

① ［英］克里斯·巴克著：《文化研究：理论与实践》，孔敏译，北京大学出版社 2013 年版，第 400 页。
② 盛宁：《走出"文化研究"的困境》，载《文艺研究》2011 年第 7 期，第 11 页。

点，笔者很赞同张晓舟对西方媒体在报道周云蓬时的有失职业水准的工作方式的批评，他说他们是"只要立场不要现场，用立场轻易替代了现场"①，比如唱"红歌"问题，20世纪90年代初期曾掀起过一阵"红歌"热，但那根本就与政治无多大关系，它只不过是将"红歌"引入通俗歌曲中加以演绎而已。大众喜欢"红歌"既有怀旧的成分，也有喜爱通俗歌曲的成分，研究者如果非得将它上升到解构"红色"的层面上去分析，就很有点货不对板。其实，制作者与演唱者都无此想法，他们不过想借机商业化一把而已。要看到，大众文化的勃兴包括文化产业的勃兴（其中自然有娱乐业的勃兴），无非就是要给艺术生产力松绑，最大限度地解放艺术生产力、发展艺术生产力，让老百姓得到真正的文化实惠。如果我们进一步思考就会发现，实际上这种过度娱乐化恰恰并非官方意在消解公共关怀的有意所为，如果是这样，我们又如何理解出自广电总局的一版又一版的"限娱令"？这种以哈维尔和阿伦特的后集权国家的理论来分析当前"娱乐至死"的问题，恰恰是忽略了本土大众文化所处的社会结构的差异性和复杂性。

三

政治化的分析与意识形态的归纳与提升，并非完全对大众文化的发展有帮助，从本土文化研究的基本功能出发，我们除了要避免理论化和政治化的双重陷阱之外，关键还在于要建立实现这一功能的若干原则，以使本土的文化研究能够有自己的问题关切和理论方向。

正如我们上面已经论述的，对大众文化产品进行价值分析并维护大众文化发展的文化生态就成为本土文化研究的最重要的功能。这一功能必然要求文化研究的价值重构原则和文化生态平衡原则。首先对文化研究本土化的价值重构原则进行分析。这一点盛宁文章也提到过，但他依然未加以展开。盛宁指出，文化研究不是简单的站队表态，将关注点从精英文化转到草根文化（大众文化）或者将精英文化作为批判对象就够了，"关键还

---

① 张晓舟：《请不要穿着敌人的裤子去骂敌人不穿裤子》，见张铁志《时代的噪音：从迪伦到U2的抵抗之声》，广西师范大学出版社2010年版，"序"第17页。

得看我们的研究和批判能否对现行文化价值观的重构产生积极的影响"①。关于这一点,美国文化学者道格拉斯·凯尔纳也在他的文章指出过:"文化研究不仅是一种学术时尚,而且还能成为人们为更理想的社会和更美好的生活而奋斗的一部分。"② 这里面就包含着一个价值重构与引导问题。笔者很高兴地看到,最近对大众文化研究中有了一种新的趋势,就是注意价值观的分析与引导。如陶东风在《人民日报》上分析韩国的电视剧《大长今》的价值观要比中国的电视剧《甄嬛传》显得更为正确。③ 这种比较立足于大众文化文本的价值取向,注意到大众文化不同文本之间的价值取向的差异,就价值观说事,而不对其做意识形态政治化的解读,反而更切合当下大众文化的实际文化功能。陶东风也在关注着核心价值观与大众文化的有机融合,提出这种融合需要实现两个转化,即官方文化转化为主流文化,再由主流文化转化为大众文化,因此寻找核心价值体系与大众文化之间的契合点和转化机制,就成为当下文化研究的一个重要理论课题。④ 蒋述卓也在研究流行文艺与主流价值观的关系。以流行歌曲为例,它的发展与嬗变过程就包含着价值观的变迁。如果说20世纪80年代初,当台湾地区歌星邓丽君的歌声被引入大陆时,推动的还只是一种政治冲击与思想启蒙的话,那么,随后而来的罗大佑、齐秦、费翔等人的歌曲带来的却有着更多的价值观的表达。从"外面的世界很精彩,外面的世界很无奈"⑤ 当中,我们可以看到些许颓废与伤感,而从"我拿青春赌明天"之中,我们又可以看到那"何不潇洒走一回"⑥ 的青春冲动,但骨子里还是将人生看为过客,透露出几分人生的无奈与虚无;在"跟着感觉走,紧抓住梦的手"⑦ 当中,我们会体会到追求"风一样自由"⑧ 的"你"和"我"的梦想,但当时对什么样的价值观才是真正的价值观还显得十分朦

---

① 盛宁:《走出"文化研究"的困境》,载《文艺研究》2011年第7期,第8页。
② [美]道格拉斯·凯尔纳著:《批评理论与文化研究:表达的脱节》,见[英]吉姆·麦奎根编《文化研究方法论》,李朝阳译,北京大学出版社2011年版,第32页。
③ 参见陶东风《比坏心理腐蚀社会道德》,载《人民日报》2013年9月19日第8版。
④ 参见陶东风《核心价值体系与大众文化的有机融合》,载《文艺研究》2012年第4期,第5~15页。
⑤ 出自齐秦词曲《外面的世界》,原唱齐秦。
⑥ 出自陈乐融、王蕙玲词,陈大力、陈秀男曲《潇洒走一回》,原唱叶倩文。
⑦ 出自陈家丽词,陈志远曲《跟着感觉走》,原唱苏芮。
⑧ 出自陈家丽词,陈志远曲《跟着感觉走》,原唱苏芮。

胧;而从"谁愿藏躲在避风的港口,宁有波涛汹涌的自由……阳光总在风雨后,乌云上有晴空……阳光总在风雨后,请相信有彩虹"① 当中,我们分明又能感受到一种积极开朗、勇于进取并相信未来的对正能量的追求。而这一些歌都曾在中央电视台的《同一首歌》栏目中演唱过,并被视为观众最喜爱的经典歌曲。② 在流行歌曲的流行与变迁之中,我们都可以把握到某种社会文化思潮的涌动以及某种价值观的新变。对流行歌曲进行价值观的分析,有助于我们对价值观重构的引导与提升。

其次,文化研究的本土化要建立一种文化生态平衡的原则。大众文化在中国的呈现缤纷万象,但由于其有流行性、商业性、粉丝性的特点,有时难免会出现跟风、扎堆、模拟、复制等现象,如有了《超级女声》就会有《超级男声》,有了《中国好声音》就会有《中国最强音》,等等。大众文化历来备受诟病的"同质化"根源于其资本逻辑,这正是霍克海默和阿多诺在《启蒙辩证法》中所论述的,资本的逐利性使其往往选择成功经验进行复制以减轻风险,这是大众文化复制性的基础。而大众传媒的眼球效应和媒介选择进一步对大众文化的内容和类型进行筛选,最终导致了大众文化产品单一的局面,使当代文化生态失去了平衡,文化多样性的充分发展空间受到严重的挤压。这不仅使得大众文化多样性需求的权利受到抵制,而且容易对单一文化产品产生审美疲劳,更为严重的是影响了文化生产的创新能力。作为文化研究者应警惕文化生态的恶化,对文化生态的不正常现象应给予批评与引导。生态批评是目前文化研究的国际前沿,从根本上讲,生态系统不仅包括自然生态,还应该包括人文生态,而且自然生态与人文生态之间并非割裂的关系,对文化生态的批评和引导,正是本土学者理论创新并参与国际学术对话的可能契机。中国文化生态的问题不仅仅是一个市场化的问题。它产生于国家文化体制改革的过程之中,因而不健全的市场体制和商业机制、不健全的管理政策和消费基础,都是当下大众文化过度功利化、内容庸俗化、类型单一化、竞争恶劣化问题产生的重要原因。因而,中国政府文化管理部门出台的"限娱令"以及它的"加强版"也是有文化生态平衡的意义在内的。诚如评论者所言,

---

① 出自陈佳明词曲《阳光总在风雨后》,原唱许美静。
② 参见孟欣主编《特别的爱给特别的你:观众最喜爱的经典歌曲 100 首》,现代出版社 2006 年版。

"加强版'限娱令'的出台,其一可以发挥文化多样性的传播导向的作用,其二可以发挥对文化产业的投资和生产的导向作用。对卫星频道综艺节目和影视剧的数量和播出时段的限制,突破收视率的单一杠杆,为本土原创动画、少儿节目、纪录片等提供了播放的渠道,提示着文化传播渠道的文化责任。渠道的开放对于丰富本土文化产品的类型,推动文化产业内容丰富性和多样性的意义是深远的。尤其对于本土恶劣的动画渠道环境而言,更是提供了一线生机,使其从被动方转向主动方。由于我国目前文化产业内容结构的单一,这在一定程度上会引发一开始的内容供给危机,但更为重要的是,它会向文化产业市场释放信号,起到对文化产业的内容结构的调整作用"[1]。这种评论比那种始终确立政治立场,始终将政府主管部门的文化政策的出台视为是对文化的权力管控的分析,显然更为中立和客观。文化研究者不仅要进行深刻的专业的学术分析,同时还要积极介入大众文化的在场批评,比如《中国好声音》第一季在音乐评点上的专业性引导、音乐类型上的多样化选择等方面,对于流行音乐文化生态的建立就具有重要的意义。而第二季、第三季的将专业性引导放弃而变成纯娱乐,将多样化放弃而变成单一的音乐风格选择,同时媒介逻辑深深地影响了导师的专业判断和选秀走向,使得音乐选秀节目走向不健康。在场批评尽管可能不那么深刻,但对文化研究的本土化却是必要的,因为它是面向大众文化受众的批评,目的在于帮助受众形成大众文化的接受素养。

最后,文化研究的本土化还要建立审美的原则。大众文化异彩纷呈,表达形式千姿百态,与之相对应的文化研究的对象也就变得极为广泛,如城市空间研究、广场舞研究、超级市场的布局与装潢研究、网络虚拟空间及传媒研究,等等。尽管文化的呈现形态多种多样,但文化的表达最终都指向人格的塑造、心灵的养育。正因如此,文化研究也就必然通向审美研究。同时,我们还要看到,大众文化的表现形态其中大部分是以文学艺术的方式去表达的,那就更脱离不了审美研究了。就拿《星跳水》节目来说吧,它是城市电视台中的一档娱乐节目,以跳水的体育运动方式作为载体,邀请明星跳水来吸引观众,其中自然离不开审美的成分。明星的身材、跳水的姿势以及跳与不跳的勇气都与美与不美挂起钩来。还有城市的

---

[1] 郑焕钊:《发挥"限娱令"对文化产业发展的两个导向》,新浪博客2013年10月24日,http://blog.sina.com.cn/s/blog_ a7b59eda0101mcnt.html。

公共空间研究，包括城市建筑造型、城市街道布局、城市公共空间的美化，也都涉及审美。审美价值是大众文化价值的重要构成，这是无可否认的事实。但长期以来，无论是精英主义的立场，还是民粹主义的立场，都将大众文化的审美问题抛弃一边，要么视大众文化的审美是低劣的，要么视大众文化没有本质的价值。对审美价值的拒绝还来自文化研究的方法本身，无论是政治经济学的、社会学的还是意识形态的分析，都将审美视为一个文化政治的问题，而不是一种价值存在。因此，重建文化研究的审美原则，肯定大众文化的审美价值，既是从本土大众文化的基本功能出发的要求，也是当今流行文化雅俗合流的发展趋势的内在要求。当今的文化创意产业，其核心部分还是文学艺术，大众文化的载体大部分也是以文学艺术为主要内容和表达方式的，文化研究如果没有确立审美的原则，那是难以深化和持久的。

应该说，文化研究本土化不仅仅是一种理想的状态，而是通过坚持不懈地实践完全可以达到的，关键点还在于要坚持理论创新。我们应该有这种自信，相信通过中国问题的分析，一定会产生中国自己的理论话语，也一定会有靠中国自己去解决自身问题的办法，指望只依靠西方理论来解决中国的问题，必然会形成偷懒心理，其结果是理论的错位，产生不顾自身状况乱开处方乱吃药而并不见效果的后果。正如中国的经济有自己的运转实际情形一样，中国的文化问题也有它自身的运行状况。以马克思主义为指导，以分析中国自身文化问题为基点，以西方文化理论为参照，将文化研究本土化，正是理论创新的内在要求。

（原载《外国文学研究》2015年第2期，第二作者为曹桦）

论艺术与市场的张力关系

文化的产业化是一种全球现象，而艺术走向市场是经济全球化过程中的必然趋势。艺术走向市场首先需要确立一个前提，即艺术生产不仅是一种纯粹的精神生产，也是一种物质生产，艺术产品是待价而沽的商品。因此，艺术活动就不仅限于从构思到完成作品这一系列环节，还牵涉作品完成之后的宣传、消费、收益以及收益的再分配。市场给中国的艺术发展带来了生机和活力，但同时，市场的商业属性容易使艺术生产走向庸俗化、功利化，某些艺术家可能会因市场需求而炮制大量低劣的作品，而艺术本身应该承载的审美、思考、批判、引导等价值功效就容易受到挤压和悬置。由此，艺术和市场之间就出现了某种张力关系。

一

艺术在本质上是一种精神生产，即艺术家通过某种艺术形式来表达内在的精神状态；市场是一种经济运作行为，以创造物质财富、实现商品交换为目的。艺术走向市场意味着艺术家的精神产品进入宣传、展览、销售、收益等商品流通环节。在这一过程中，艺术家获得属于自己的那一份财富，以维持继续创作的需要，同时也获得附加的名誉、地位等。但市场并不对艺术家的收入予以确切的承诺，有很多高质量的艺术作品进入市场能获得受众的追捧和认可，而一些粗制滥造的庸俗作品也受市场欢迎；部分艺术精品由于不擅长宣传可能备受冷落，而部分质量一般但经过特殊包装的作品却获得高收入。这样一来，艺术和市场之间的关系就显得错综复杂。艺术从本质上看是一种精神生产，而市场的核心诉求是获得经济收益。因此，尽管走向市场已经成为当今艺术发展的重要途径，但我们首先还是需要理清一下，在中国的经济转型期，艺术是如何与市场联姻的？艺术走向市场是不是社会发展的必然？而市场又给艺术发展带来什么样的悖论性困境？

广东是中国改革开放的前沿，中国艺术市场勃兴也正始于这里。比如，早在 1980 年，广州的东方宾馆就在酒店内开设音乐茶座，将音乐创作表演与消费结合起来，既娱乐了客人，又培养了歌手，有的歌手还被唱片公司挖掘，出版了个人专辑，实现了文艺与市场的结合。

1992 年，"首届 90 年代艺术双年展"在广州中央酒店国际会议厅举行，"成为大陆艺术界的一次涉及 90 年代艺术发展的基础及其方式的操作尝试"，"表明大陆现代艺术第一次因官方的认可、学术的评定、法律的保护、经济的支持和新闻的宣传这一综合力量的产生而取得了合法化结果"①。这一次艺术展览活动开创了国内企业进军艺术市场的先河。自 1993 年始，"红色美术作品"开始进入拍卖行，其中吴作人、李可染、刘春华等人的作品成为广受市场认可的艺术商品。

跨入 21 世纪，随着城市化、工业化进程不断加快，中国市场的繁荣程度已经超出了人们的预期。人们会问，市场到底给艺术的发展带来了什么机遇和挑战？当艺术成为人们日常生活的重要组成部分时，艺术究竟应该以什么样的方式存在？其意义和目的又何在？消费主义时代，艺术的神圣性很大程度上被消解了，我们看到大量粗制滥造的所谓艺术作品涌入市场，部分作品对低俗、色情、暴力的无节制表现也使人们产生了某种道德恐慌。因此，值得思考的是，在商品化社会里，艺术的急功近利、唯利是图会不会造成艺术本位的整体丧失？艺术会不会纯粹沦为大众生活的装饰和点缀，而丧失了审美、批判和引导功能？在游戏和消费中会不会造成艺术品位的缺失、价值的断裂和人文精神的衰落？

二

围绕着艺术和市场，应该讨论的问题不是艺术要不要走向市场，而是在两者的冲突与张力之中，如何确立艺术和市场各自的定位，使两者相互适应、谋求共赢。

（1）艺术需要市场，市场可以为艺术的发展和传播提供渠道与平台。

首先，艺术走向市场使得从事艺术相关工作成为一门职业。在一个分工明确、信息密集的社会，艺术不应该是艺术家自我把玩、自我娱乐的工具，如果艺术不借助市场进行传播，那么它很可能会被淹没在历史与文化

---

① 吕澎编：《中国当代艺术的历史进程与市场化趋势》，北京大学出版社 2010 年版，第 361 页。

发展的潮流中。艺术家如果想要唤醒作品在社会上的审美感召力，就必须积极利用市场提升作品的影响力。而且，随着社会对艺术生产需求的逐渐加大，各种层次、品位、风格的艺术创作将会大量涌现，不同艺术产品之间的竞争使其必然要通过市场的包装、宣传、销售而获得自身的品牌效应。

其次，市场使艺术创作进入商品流通过程。由此，艺术品的价值几乎不可避免要通过艺术品的市场价格来呈现，这对艺术创作构成了极大的挑战。尽管艺术作品的精神价值不能用金钱进行衡量，但是市场有其自身的运作规则，所以艺术品价格的高低不是由创作者决定的，而是受作品质量、宣传效果、市场口碑、受众的艺术品位和经济能力等复杂因素的制约。当然，艺术并不是完全为了获取经济利益而创作生产，否则艺术就成了市场的奴隶。艺术家及其作品在思想性、艺术性方面的创新和探索不应该停止，这是艺术的立足之本及永恒追求。"真正自由的艺术，并不会消极地适应周际，它总会一再地突破老的适应关系，由自己来建立新的适应。"① 艺术创造的真正精神是立足于历史和现实，探索新的形式及内容，从而在艺术创造和社会受众的审美感知之间建构一种新的平衡。总而言之，"优秀的艺术生产者既要考虑市场需求，又要在适应市场中坚持其艺术理想和艺术个性"②。正如习近平总书记在文艺工作座谈会上指出的那样："优秀的文艺作品，最好是既能在思想上、艺术上取得成功，又能在市场上受到欢迎。"③

再次，艺术在经济全球化的市场环境下成为传播中国文化的重要力量。21 世纪的综合国力竞争不仅是经济、政治、军事的较量，也是文化软实力的比拼。文化传播不仅限于宣扬中国优秀传统文化，我们迫切期待艺术家能够结合中国的历史和现实，为世界贡献具有中国本土特色和中华民族美学精神的当代艺术作品。当代文化的传播途径多种多样，其中艺术是一种非常富有感召力的传播载体，应该被纳入当前国家的文化发展战略中。市场把艺术带入了资本运作的发展模式，这无可厚非，但我们需要思

---

① 余秋雨：《艺术创造学》，长江文艺出版社 2013 年版，第 215 页。
② 蒋述卓：《消费时代文学的意义》，载《文学评论》2005 年第 6 期，第 183 页。
③ 习近平：《在文艺工作座谈会上的讲话（2014 年 10 月 15 日）》，载《光明日报》2015 年 10 月 15 日。

考和解决的问题是,在经济全球化的文化景观中,艺术如何从资本的诱惑、西方文化的渗透中找到自己的本土文化立场。当前,中国的知识分子已经开始自觉地反省和思考如何处理中国本土文化和西方文化之间的关系,艺术界当然也避免不了直面艺术创作的本土化问题。中国当代艺术的发展应该立足本土,创造出真正"坚守中华文化立场、传承中华文化基因,展现中华审美风范"①的作品来。

（2）市场需要艺术,市场通过资本运作使艺术的精神价值转换成社会的物质财富。

"艺术需要市场"指向艺术发展需求,而"市场需要艺术"则指艺术产品作为精神生产的成果必须要服务于人们的文化生活和社会经济发展的需要,这涉及文化消费的问题。一方面,文化消费可以满足社会大众的精神生活需要。随着生活水平的不断提高,人们的精神文化需求逐渐增大。艺术生产作为文化消费的重要支撑,与人们的消费需求紧密结合,比如近年来电视选秀节目、真人秀节目的走红,就是生产与消费相互需要而催生的火爆的文化现象。另一方面,文化消费可以刺激内部需求,推动经济增长。以文化产业来推动社会经济发展,这已经成为国家经济文化发展的重要战略。在艺术市场经济收益背后,包含了各种复杂的环节,如市场评估、调研,以及广告商的资金投入等。从这个角度可以说,我国市场经济的繁荣离不开艺术市场所贡献的力量。

市场应该尊重艺术,市场应该鼓励而不是排斥艺术的创新发展,为艺术生产和传播建立良好有序的环境以及多层次的文化消费平台。艺术一旦进入市场,就涉及作品的艺术批评、艺术品定价以及艺术品收益的整体分配等问题。艺术的市场活动带动媒体、律师、经纪人、批评家、受众、投资者、出版商、企业等不同行业主体的集体参与,与政治、经济、文化具有不可分割的联系。

---

① 习近平:《在文艺工作座谈会上的讲话(2014年10月15日)》,载《光明日报》2015年10月15日。

三

在现实中,艺术和市场之间的张力与冲突很难避免,艺术追求精神品质和市场追求产品效益之间的矛盾不时凸显。因此,我们要深入追问:在消费时代,艺术与市场之间能否拥有共同的目标和诉求,从而为彼此间的冲突寻求适当的解决方案?

艺术走向市场是当代艺术在社会结构转型期为寻求生存而选择的发展途径,但在其过程中充满了各种反对、质疑的声音。有些人指责艺术走向市场带来人文精神的衰微及艺术神圣性的消失,而神圣性的消失在他们看来就是艺术的死亡。这样的指责确实引起了很多人的共鸣,甚至在20世纪90年代引发了关于人文精神的大讨论。但是,持相反意见的人则认为,艺术只有进入市场才能获得自身的充分发展,并进一步满足人们的精神文化需求。

走向市场并不是艺术的目的,否则艺术就成了市场的工具。那么,在走向市场的过程中,艺术创作的目的到底是什么?在艺术生活化、价值意义不断地被解构、戏仿的当下,大众接受艺术是不是单纯的消费过程?在市场的喧嚣中,艺术的声音、氛围会不会变得越来越微弱、淡薄?我们常忧虑于此类问题,但即便如此,艺术的价值终究是不可能动摇的。"文学艺术的商品流通过程中并不仅仅是流通着财富,它也会生产和流通着意义、快感和社会身份,所以,读者(受众)从作为消费品的文学艺术中仍可获得意义和快感。他们选择什么样的文学艺术,实际上也决定着他们的文化价值观。"① 应该肯定,艺术总是具有引导受众审美的功能。有研究者根据哈贝马斯的"公共领域"理论指出,现代社会及其文化形成的重要背景在于"艺术公共领域"的形成。② 更有研究者呼唤对中国当代艺术公共领域的建构:"改革开放以来,在国家化艺术与个人化艺术之间,逐渐兴起了一个有着一定缓冲及调节作用的中间地带,从而为艺术家的艺术创作和公众的艺术鉴赏及评论开辟出一定的自由空间,这就是艺术公共

---

① 蒋述卓:《消费时代文学的意义》,载《文学评论》2005年第6期,第180页。
② 参见周宪《艺术现代建构的文化逻辑》,载《文学评论》2014年第4期,第18页。

领域。"① 这些学者都承认，正因为有一个公共空间的存在，使得艺术在公共层面上具有重新构建引导公众审美鉴赏力的可能。

回顾西方艺术发展史可知，"艺术公共领域"是西方现代社会的产物。在西方中世纪的神权社会，艺术公共领域不可能形成，因为艺术创作完全由宗教主导，教皇对艺术的规定就是一种不可动摇的权威，艺术根本没有任何可供大众讨论的空间。在文艺复兴初期，像达·芬奇、米开朗琪罗、拉斐尔等画家的艺术创作都是在崇高的宗教情感的驱动下完成的，艺术被赋予了某种神圣感。在现代社会，宗教神权的威望日益衰落，艺术也走上消解神话、消解权威的道路。这在很大程度上促使艺术真正走向市场、进入大众生活，艺术真正成为一种社会公共财富。但是在这一过程中，市场也对艺术构成了一定的挑战。

2014年习近平总书记在文艺工作座谈会上的讲话具有极大的现实针对性。这次会议对文艺创作的时代要求、存在弊端和发展方向，对艺术体制政策的改革完善，对文艺评论工作的加强都提出了指导性意见，尤其谈到如何处理艺术和市场之间关系的问题。讲话批评了文艺创作上"存在着有数量缺质量、有'高原'缺'高峰'的现象，存在着抄袭模仿、千篇一律的问题，存在着机械化生产、快餐式消费的问题"②，而这些问题基本是艺术与市场联姻过程中出现的弊端。因此，讲话鲜明地指出文艺不能在市场经济大潮中迷失方向，强调艺术创作必须把满足人民的精神文化需求作为出发点和落脚点，彰显艺术作品的崇高精神和灵魂深度。推动艺术发展，"要坚持百花齐放、百家争鸣的方针，发扬学术民主、艺术民主，营造积极健康、宽松和谐的氛围，提倡不同观点和学派充分讨论，提倡体裁、题材、形式、手段充分发展，推动观念、内容、风格、流派切磋互鉴"③。在鼓励文艺表达主流价值观的同时，倡导沟通与对话。在学术

---

① 王一川：《中国艺术公共领域的当代构建》，载《中国高校社会科学》2014年第6期，第106页。
② 习近平：《在文艺工作座谈会上的讲话（2014年10月15日）》，载《光明日报》2015年10月15日。
③ 习近平：《在文艺工作座谈会上的讲话（2014年10月15日）》，载《光明日报》2015年10月15日。

层面,我们应该提倡的则是在艺术公共领域已现雏形但"艺术公赏"① 还未真正建立起来的情况下,建立一种公共的审美讨论空间,让主流文艺、大众文艺、先锋文艺等多元生态形成一种良性互动关系。在当前状况下构建这一公共的审美空间,至少可以从以下四个方面入手。

1. 提高艺术的审美品位

中国当代前卫艺术,特别是当代"实验艺术"② 发展很快。从积极意义上讲,中国实验艺术以大胆创新的姿态出现,对于中国当代艺术走向市场起到了关键作用。以行为艺术为例,实质上,它是力图以贴近人群的方式,以惊世骇俗的行为引发观众的警醒和思考。但是,当代越来越多的行为艺术走向了以展示肉体、血腥和暴力的极端方式进行创作。一批行为艺术家受到严厉的批评,他们被指责以"后感性"的艺术名义不断地挑战着人类的底线。③ 实际上,中国当代实验艺术中这种刻意制造受众恶心生理反应的探索方式,已经触及了社会道德伦理的底线。尽管它们以极端的表现方式,表明了艺术先锋性探索的努力,显示了艺术家在中国经济爆发性增长、城市现代化迅速扩张以及社会巨变中产生的焦虑、不安、恐惧、愤怒、迷茫等复杂情绪。但是,行为艺术如果以挑战人类感官的方式进行创作,那么在拒绝社会的同时也拒绝了受众,违背了寻求受众理解与认同的初衷。

随着经济全球化进程的加速,我国在与世界接轨的过程中迫切需要建构一种积极的国家形象。2015年9月中共中央政治局会议通过的《中共中央关于繁荣发展社会主义文艺的意见》指出:"举精神旗帜、立精神支柱、建精神家园,是当代中国文艺的崇高使命。弘扬中国精神、传播中国价值、凝聚中国力量,是文艺工作者的神圣职责。"④ 从这个意义上讲,

---

① 艺术公赏指艺术鉴赏的某种公共对话。参见王一川《全媒体时代的艺术状况》,载《人文杂志》2014年第11期。

② 中国当代实验艺术,人们通常用"前卫艺术""先锋艺术""当代艺术"描述,伴随着20世纪90年代以来的全球市场化进程,这些作品常常突破传统的国画、油画、雕塑等艺术门类,转向探索性的装置、行为、录像、多媒体等创作形式。在我国全球化的文化发展战略下,中国主流意识形态与当代实验艺术已然开始尝试进行对接与合流。参见巫鸿《关键在于"实验":谈90年代的中国实验艺术》,见《作品与展场——巫鸿论中国当代艺术》,岭南美术出版社2005年版。

③ 参见吕澎《中国当代艺术史:2000—2010》,上海人民出版社2014年版,第166页。

④ 《中共中央关于繁荣发展社会主义文艺的意见(2015年10月3日)》,载《光明日报》2015年10月20日。

中国当代艺术的吸引力应转向对中国精神气质的塑造以及人民大众审美精神品质的正面提升上。在这其中,各种文艺类型均应把握机遇,努力发挥自身的作用和影响。从中国当前文艺生态看,代表着国家意志的主流文艺和代表着大众意愿的流行文艺,已逐渐形成一种雅俗共赏的良性互动关系,而中国当代实验艺术的发展恰恰可在互动中提升其在公共空间的影响力。从 2000 年开始,国内一些官方博物馆开始策划大型国际当代艺术展览,把中国实验艺术当成全球当代艺术的一个组成部分予以接纳。① 由此可知,流行文艺、先锋文艺等和主流价值观之间并不存在天然的鸿沟。习近平总书记明确指出,文艺创作"一旦离开人民,文艺就会变成无根的浮萍、无病的呻吟、无魂的躯壳"②。优秀的文艺创作应该更多着眼于引导与提升大众的审美趣味上,艺术家不应沦落为庸俗趣味的追随者。艺术需要自由想象的空间,但不应该以哗众取宠、博取人们眼球的心态一味地追求作品的轰动效应,要真正领会"低俗不是通俗,欲望不代表希望,单纯感官娱乐不等于精神快乐"③ 的深刻内涵,做推动当代文艺发展的先觉者、先行者、先倡者。

2. 加强艺术评论工作

首先需要明确艺术学科里的艺术史、艺术理论和艺术评论的关系。艺术史着重梳理艺术的历史发展进程,对不同时代的艺术风格、流派等进行实证性阐释、分析、研究;艺术理论则从更为宏观的角度来探究艺术的本质、概念、原理等。相比于艺术史和艺术理论,艺术评论侧重于对当前的艺术创作、艺术生态进行更具针对性的具体分析和批评。它对艺术现状非常敏感,又敢于通过媒介在公共领域发表理性的艺术批评意见,同时能够兼顾学界与大众的审美水平。当然,扎实而丰厚的艺术史、艺术理论修养是一个优秀的文艺评论者必备的基本素养。文艺评论者应摒弃愤世嫉俗或者谄媚吹捧的态度,要以更为理性的心态面对文化现象及文艺作品,努力挖掘艺术作品的精神内涵,向大众发出公正的、专业的批评声音。

强调艺术评论的重要价值,跟中国当代审美公共领域的构建密切相

---

① 参见巫鸿《作品与展场——巫鸿论中国当代艺术》,岭南美术出版社 2005 年版,第 109 页。
② 习近平:《在文艺工作座谈会上的讲话(2014 年 10 月 15 日)》,载《光明日报》2015 年 10 月 15 日。
③ 习近平:《在文艺工作座谈会上的讲话(2014 年 10 月 15 日)》,载《光明日报》2015 年 10 月 15 日。

关。首先，艺术批评作为对艺术创作的理性介入，代表了文艺界对艺术发展的积极关注。在此过程中也必定存在不同批评家对于同一新生艺术作品、现象或潮流的不同态度和意见，多元化的批评使得艺术创作能够获得更为准确的定位和理解。如在波普艺术、玩世现实主义等艺术潮流刚出现时，我国依然处于较为单一的艺术生态中，因此，这些潮流引起了舆论的批评和排斥。大众文化、通俗文化、流行文化的兴起，也都曾引起文艺界甚至整个社会的质疑。但是，上述潮流最终都获得了社会的认可，除了得益于市场外，还离不开艺术评论家做出的努力。他们从艺术发展的历史及现实意义出发，通过专业的分析和批评，肯定当代艺术的重要性，让流行文艺、先锋艺术等获得自由发展的可能。其次，社会分化造成了专业的细化和知识的分层，如何在保持艺术批评专业性、思想性、独立性的前提下又能够为大众所接受，自然成为艺术评论者需要思考的问题。从理论上讲，知识分化使评论家在艺术问题上具有更多的话语权，但这并不意味着艺术评论可以以绝对权威的态度对大众进行教育。在今天，文艺产品大量生产，各种审美趣味交相混杂，人们一方面对生硬的艺术教条存在排斥，另一方面又对真正的艺术启蒙充满期待。因此，艺术评论者应以更为扎实的积累、开阔的视野来展现高水平的审美判断力和艺术鉴赏力，潜移默化地教育引导公众。最后，在艺术市场全球化背景下，我们也应该遵守"生态平衡原则、价值重构原则和审美原则"① 以规范艺术批评。其中，生态平衡原则是承认在主流意识形态的引导和制约下，流行文艺、实验艺术等多元文艺生态具有自由发展的合法性，同时又相互影响，形成良性互动关系；价值重构原则是力图发掘新生文艺样式的价值倾向，挖掘其中的文化认同，在价值层面对其进行引导和提升；审美原则是以批判性视角发现艺术作品内部创造性的、美的因子，把自身的艺术感悟呈现给受众，激发人们欣赏艺术的公共热情。

3. 加大艺术教育力度

如前所述，在社会逐渐分化的当代，艺术将成为形成公共价值认同的重要载体。如果说社会分化是理性启蒙的必然结果，那么艺术教育则是在

---

① 蒋述卓、曹桦：《文化研究的本土化：功能与原则》，载《外国文学研究》2015 年第 2 期。该文的"价值重构原则、生态平衡原则和审美原则"是针对文化研究领域而提出的。本文认为这三个原则同样可以作为文艺批评的原则，并适当地进行生发性阐释。

更高层面上的文化信仰构建。我们可以从以下三方面入手加大艺术教育力度。

（1）在大力发展经济的同时，重视人文精神的培育，加大艺术教育投入。现代化进程带来的对工具理性的崇拜容易使人们更趋向于功利主义和实用主义，而忽视人文学科对提高人们精神素养所起到的重要作用。艺术教育，首先指高等艺术院校中文学、音乐、美术、舞蹈、电影、戏剧等学科门类的创造性人才的专业培养，其次指中小学基础艺术教育对学生人格的培育，还指旨在提高全民文化艺术素质水平的广义审美教育。培养专业的艺术人才是艺术教育的前提，是保障大众审美素质不断提升的基础。因此，重视人文艺术学科建设，加大对艺术教育的扶持力度，不断完善艺术教育发展的人才培养机制，挖掘艺术人才的审美个性、创新能力和创造水平，将是我国艺术教育的长远发展目标。

（2）充分利用城市公共空间进行艺术展览、文艺表演、艺术教育等活动。在政府主导和市场参与下，艺术作品可以通过美术馆、展览馆、博物馆等获得展览、传播、销售，这是艺术品转换成公共文化产品的重要条件。为了强化艺术在全社会的普及和影响，学校可以组织学生到各类展馆参观学习，艺术展览时应该增加对艺术作品的免费讲解。如今，艺术活动逐渐成为多主体参与互动的公共行为。以"南国书香节"为例，它是由中共广东省委宣传部、广东省新闻出版广电局、南方出版传媒股份有限公司、广东新华发行集团等单位共同打造的全民文化活动。活动邀请国内著名作家、学者进行讲座、签售，提高了参与者的文化素养，也带动了活动期间书籍、报刊、音像、工艺品等文化产品的消费，促进了文化产业的发展。再比如，近年来台北市美术馆的双年展中的专题展就加入了休闲、娱乐、互动因素。比较有代表性的还有我国城市的广场文化艺术活动。作为大众文化的表现形式，广场文化活动包括大型文艺会演、群众性歌舞、体育休闲活动等，既突出群众的自发性，也体现政府的引导性。广场文化寓教于乐，政府与民间应该积极通过市场运作，大力推动开发广场文化的美育价值以及文化产业价值。总而言之，艺术应该成为城市公共空间中人与人、人与环境互动的媒介。

（3）充分利用多媒体资源进行艺术审美教育。互联网时代使得文化的广泛传播成为可能，但传播的效果可能流于表面而无法深入。人们接受艺术教育越来越受到舆论的操纵和影响，人们的阅读和思考在使用微信、微博的过程中越来越碎片化。因此，更多的艺术教育工作者应该利用现代媒体工具，引导人们关注艺术娱乐性之外更多的思想价值，开辟相互学习、交流的理性讨论空间，让个性表达、思想碰撞、学者引领在这个公共空间形成良好的互动。

4．注重艺术创新与人文关怀

如前所述，艺术的文化商品属性容易造成企业盲目追求收益而排斥创新。艺术创新对于企业来讲确实存在投资风险，但是不断创新是艺术生产能够持续获得受众认可、艺术的精神价值和经济收益得以实现的根本保障。同时，能够引起受众广泛认可的艺术作品，其背后一定承载着某种独特的人文价值。因此，企业应该鼓励艺术的创新行为并敢于参与到艺术创新体制的建构过程中。

2012年浙江卫视《中国好声音》的选秀形式和艺术风格让人感到耳目一新。节目传播平民追求音乐梦想的励志精神，燃起了观众对中国音乐选秀节目的热情。随后，大量音乐选秀节目蜂拥而起，但其中多有雷同、创新不足，这对于电视综艺节目或者中国音乐事业的长远发展未必是好事。再以中国的美术馆为例，企业赞助行为加速了某些美术馆的市场化转型，企业家为了保障收益，往往会加大对已成名艺术家的作品的引进和收藏，而排斥探索性、实验性的新生艺术作品。如果这样的趋势不断加强，那么艺术的创新必定会被抑制，最终损害的是艺术自身的发展。因此，深圳华侨城集团于1997年投资兴建何香凝美术馆的经验值得借鉴。尽管由民间出资，但是何香凝美术馆以建设"国家级现代艺术博物馆"为目标，近几年组织了一系列当代艺术展览以探索实验和社会功能、学术价值和视觉美感之间的复杂关系①，为实验艺术的发展保留了空间。

上述例子表明，企业不能因盲目地追求资本收益而导致艺术发展走入死胡同。兼顾商业利益和社会责任，关心艺术的创新发展，是企业社会责任感的体现。当然，艺术创新并不容易。当代的许多文化创意产业园一开始希望能够凭借文化创意催生经济社会效益，但许多园区最终都走向难以为继的困境，不得不进驻其他业态来维持运营，越来越浓厚的商业气息冲淡了园区的创意氛围。因此，在企业进行文化创意生产的过程中，政府也应适当给予一定的资金、政策支持。

---

① 参见巫鸿《作品与展场——巫鸿论中国当代艺术》，岭南美术出版社2005年版，第199页。

艺术创作、艺术评论、艺术教育、艺术投资四个方面是相互连接、牵缠互绕的关系，从中可以寻求中国当代公共审美空间构建的路径。在此基础上，我们期待艺术和市场之间构建起理性共容、平等对话的关系，让人们在围绕艺术话题所进行的公共对话中获得审美素质的提高和文化需求的满足。艺术和市场之间的张力就此消除了吗？不是。艺术和市场的冲突很难避免，甚至会继续产生尖锐的摩擦。但也不必过分悲观，艺术在市场环境中产生的问题，终要在艺术与市场的不断磨合中寻求解决。

（原载《中国高校社会科学》2016年第1期，第二作者为李石）

跨学科比较文学研究的前景展望

在中国，自20世纪80年代中期以来，比较文学中提倡跨学科研究的呼声日涨，各种尝试性研究方兴未艾，成为比较文学研究中的热点。这种研究的突出表现之一，是1989年中国社会科学出版社出版了乐黛云、王宁主编的《超学科比较文学研究》一书。此书虽然是各种文章的集结，但所涉及的范围是比较广的，如文学与自然科学、文学与哲学、文学与宗教、文学与语言学、文学与其他艺术等。作为一本首倡全面开展跨学科研究的著作，其推进与促进的作用是很大的。

当然，在中国跨学科比较文学研究也并非20世纪80年代方始。早在三四十年代，就有前辈学者，如闻一多、唐君毅、朱维之、朱光潜、徐中玉等做过积极而有贡献的尝试。五六十年代，有关诗画关系、文学与音乐、文学与哲学的探讨也还存在，但由于受极"左"思潮的影响，关于文学与宗教、文学与心理学、文学与人类学的研究近于空白。真正较有规模且卓有成就的跨学科比较文学研究，严格说起来，是1986年以后的事情。

放眼当前的比较文学领域，跨学科比较文学研究已不再仅仅限于呼唤或复兴的时候了，而是正处在蓬勃开展、成果不断涌现的阶段。预计在今后的十年中，跨学科比较文学研究将会更为扎实，更为深入，更为吸引人。它完全可能成为比较文学"中国学派"的又一显著特征，并为国际比较文学界所注目。

其理由可有如下两点：

（1）新方法论的运用已成为学者们的自觉实践，使文学学科内部的研究发生了极大的变化。自1986年方法论热以后，文学学科对新方法论的认识与接纳经历了一个从骚动走向沉静、从外在压力走向了内在要求的过程。学者们越来越清醒地认识到，没有综合性的跨学科研究，本学科内的研究是难有突破性进展的。随着科学的发展，学科边界正在不断交叉、融汇，产生出层出不穷的新学科。文学研究在新方法论的推动下，也正在形成各自具有特色的新学科。如艺术人类学，虽然目前尚未形成一门完整的学科，但大量的研究实践与成果强有力地显示了具有中国特色的艺术与人类学的研究学派正在崛起。它之所以为人重视，除了它开掘了许多为世人未知的人类学资料以外，在新方法论指导下所做的重新审视与研究工作是重要因素。这从萧兵、叶舒宪、宋耀良等人的研究可以看出。叶舒宪的研究可能更具代表性。他是从翻译介绍西方原型批评方法起家的，但他后来对中国神话、中国先秦文学的研究成果几乎都是在自觉运用西方新方法的实践中产生的。他承认这是援西套中，但他又认为这并不意味着生搬硬套，而是一种立足于中国国学根脉的双向选择的"沟通"和"互释"。它是使西学化入国学并使之更新的同时，又使国学化入世界学术总体的一种极好途径。他同时以钱钟书的研究进一步阐述了这一观点。①

又比如文学史的撰写问题，无论中国古代文学史还是现当代文学史的研究者们都进行过多次的讨论。这也是在方法论讨论与文化研究热的推动下开始的。理论意识的觉醒与方法论的自觉运用几乎是同时展开的。尽管在目前，我们还未看到一本令人耳目一新的文学通史，但在方法论上有突破性进展的断代史著作、个案作家研究的著作已出现了，如有论老舍与中国文化的，有论周作人与中国文化的，最近漳州师院的林继中博士还出版了一本《文化建构文学史纲（中唐—北宋）》。在此书中，他明确把文学现象看作整个社会文化构型的一个有机组成部分。他认为，文学史和社会总体文化构型之间存在着互动关系，它受社会文化建构过程中的整合作用驱动，而又以自身的变革参与了文化的建构。虽然此书只有四章，字数也只有14万字，但其研究的视角与方法是可取的，它至少使我们对中唐至北宋这一时期的文学史运动有了一个崭新的认识。可以说，文学的文化史研究已成为多数学者的趋向，一个具有"文化史派"特征的文学史研究学派正在逐渐形成。这也是跨学科研究推动的结果。

总之，由于对各种新方法的自觉运用，学者们的视野更加开阔，综合运用各种方法进行跨学科比较文学研究也便成为可能，各种边缘学科的探索与建设正在成为现实。

（2）社会科学中各门学科自身发展与建设的成绩为跨学科研究的蓬勃发展提供了良好的基础。1988年以来，随着文化热的涌动，社会科学中的各门学科得到了惊人的发展，如宗教学研究（尤其是关于中国佛教、

---

① 具体参见叶舒宪《人类学视野与考据学方法更新》，载《中国比较文学》1993年第1期。

道教、民间宗教的研究）、民俗学研究、语言文字的文化学研究等，在短短的几年内就出现了前所未有的昌盛。这无疑极大地推动了比较文学研究。正是在各门学科自身发展的基础上，出现了跨学科研究的新势头。比如，一些宗教学者跨到文学领域来研究宗教与文学的关系，像赖永海；而一些文学研究者也对宗教与文学的关系进行探讨，像葛兆光、张伯伟、蒋述卓、马焯荣等；形成了宗教与文学关系的研究热。又如随着文化语言学的兴起，申小龙、臧克和、朱良志等青年学者又开始从文化角度把中国文学的审美特征与中国的语言文字结合起来进行深入探讨的征程。它走的是与西方语言学派完全不同的道路，更不是移中就西，而是根源于中国语言文化的根去探溯中国文学与美学特征的大胆尝试。这些现象都充分说明，跨学科比较文学研究必须是以各门学科的发展为前提的，反过来，跨学科比较文学研究又必将推动各门学科的更大发展。

当然，迄今为止，跨学科比较文学研究还未能完全得到人们的承认，有些人甚至对它有着误解，他们把跨学科比较文学研究视为"野狐禅"与投机取巧。跨学科比较文学研究所面临的任务是很艰巨的。实际上，跨学科的研究是更高的要求，因为它不仅远远摆脱了 $x+y$ 的研究模式，而且远远超越了所谓平行研究，它是一种综合的、立体的多层次研究与整体研究，是将各种研究方法熔于一炉而又形成自己独特研究视角和研究特征的艰难尝试。

跨学科比较文学研究要走向成熟与完善，自然需要加倍的努力。我以为，在未来的研究中，跨学科比较文学研究者应该注意到以下几个方面：

首先，一定要有扎实的基本功，要有自己的学术支点，并在这支点上尽可能对与之相关的学科做多而深的研究，这样才能避免那种空泛的、蜻蜓点水式的跨学科比较文学研究。对于青年研究者来说，更应该打好坚实的国学功底。我们中许多人有种误解，以为自己身处中国，国学的知识一定多于西学的知识，但在进行跨文化、跨学科比较时，却处处暴露出国学功底的浅薄。这是需要加以重视并进行补课的。

其次，进行跨学科比较文学研究，必须是以文学为中心的研究，要突出文学的审美批评与分析。比如，我们在对文学做文化史分析的时候，切不可过多地偏重文化研究而不注重审美分析，结果把文学研究等同于文化研究，这势必会抹杀文学学科研究的特殊性，同时也失去了跨学科比较文学研究的意义。我们进行跨学科比较文学研究的目的还是为了进一步揭示文学的多种属性与功能，在廓清文学与其他学科和其他艺术的边界之后进一步明确文学的特性、范围与表现方式。

　　再次，跨学科比较文学研究还应不断开拓新的边缘课题研究，比如文学与音乐、文学与史学、文学与家族传统、文学与广告艺术、文学与影视艺术等，都有待加强研究。同时，对一些已经开展起来的跨学科比较文学研究进行提高，力求形成一定的理论体系。比如在艺术与人类学关系研究的基础上，建立起有中国特色的艺术人类学；在目前研究中国宗教与文学关系的基础上进一步扩大与提升，撰写出有中国特色的"艺术与宗教"的著作。

　　只要我们放开手脚，敢于实践，大胆创新，同时又能注重扎扎实实的研究，相信中国的跨学科比较文学研究定会开出璀璨的花朵。

（原载《中国比较文学》1995年第1期）

学科交叉与比较文学学科建设

作为一门学科的比较文学,最初以国与国之间的文学关系为研究内容,注重寻找文学联系的事实证据,分析文学影响的具体途径,基亚说:"比较文学就是国际文学的关系史。"① 1958 年国际比较文学学会第二次大会(即美国教堂山会议)之后,美国比较文学学者提出了一种新的比较文学观,认为"比较文学是一国文学与另一国或多国文学的比较,是文学与人类其他表现领域的比较"②,主张比较文学不能局限于寻找文学联系的事实证据与影响途径,而更应该探索完全没有具体关系的两国或多国文学中共同的文学规律。据此,新的比较文学观念不仅将比较文学扩大到没有任何文学联系的世界各国之间,而且还将其他学科引入比较文学,认为比较文学包括文学与其他学科关系的研究,从而形成了比较文学中学科交叉的新景观。

在比较文学作为一门学科出现之前,文学与其他各门学科之间的联系和对这种联系的研究就已经存在,然而这种研究与比较文学中的学科交叉并不相同,它们一者是包括文学在内的各门学科之间的相互比较,一者是以文学为中心,以突出文学特征、探寻文学规律为指归而进行的文学与其他学科之间的比较。虽然如此,各学科之间的相互比较已包括了文学与其他学科之间互为主体的比较,如文学与宗教(宗教与文学)的比较、文学与心理学(心理学与文学)的比较等,所以比较文学中的学科交叉尽管出现的时间并不很长,却因为有以前的研究为基础,也取得了极其丰硕的成果。比较文学中学科交叉的最为常见的形态是文学与宗教、哲学、心理学等各门学科以及文学与其他艺术的比较,这种比较既凸显了文学的特征及规律,也丰富了其他学科的内涵,是文学与其他学科之间的交叉互

---

① [法]马里奥斯·法朗索瓦·基亚著:《比较文学》,颜保译,北京大学出版社 1983 年版,第 4 页。
② [美]亨利·雷马克著:《比较文学的定义和功用》,见张隆溪选编《比较文学译文集》,北京大学出版社 1982 年版,第 1 页。

动；比较文学中学科交叉的另一种形态是文学与其他学科在各自的边缘形成一种新的学科，如文学心理学、文学社会学、生态文艺学、文学人类学、文艺美学等，是文学与其他学科的边缘整合；还有一种是从整体上对文学的观照，如从进化论和以系统论、信息论、控制论组成的"三论"等自然科学角度对文学的研究，以及从文化的角度对文学的研究，是对文学的整体观照。对于年轻的比较文学学科来说，学科交叉的诸多研究成果无疑具有重要的意义，这不仅体现在实际研究中，如领域的拓展、方法的深化等方面使比较文学学科更臻完善，而且在更深层次上使得比较文学体现出自身的特性。本文将通过分析学科交叉的理论基础，说明学科交叉充分体现出比较文学跨越、沟通与融汇的特点，进而阐述在研究实践中学科交叉对比较文学的完善。

一

远古初民在面对原始荒蛮的大自然时，虽然对其险恶神秘满怀畏惧，但又把万事万物都看成和人一样有愿望、有灵魂，与之融为一体。简单的自然分工使他们从自然部落向有组织的社会迈出了第一步，随着生产力的发展，又经历了农业与畜牧业、手工业与农牧业、机器工业与手工业的几次大的分工，人们通过交换而获取所需，社会财富逐渐积累，已足够供养一些从事与生产无关的活动的人，于是产生了一些专门从事管理和艺术、思想等活动的人。人类最初的精神活动与他们的生活一样混沌未分，如古代西方的哲学包括了自然科学及政治学等学科的内容，古代中国的文学概念包括了现代的文学、历史和哲学等不同的学科内容，而原始部族的艺术活动——歌、乐、舞三者不分。然而，在人类逐渐走向文明社会的过程中，政治、法律、伦理和艺术、哲学、宗教等社会和人文的专门学科以及其他许多自然学科从混沌一体的活动中脱离出来，并逐渐走向更精细、更专门的研究。这种精细专门的研究一方面为人类带来了高度的物质文明和精神文明，另一方面却使人类一步步远离了最初与他们融为一体的自然，远离了人类置身其中的现实生活，许多学科的研究对象都是经过抽象、分析之后的一种元素，不复有自然的形态。庄子概括地描述了人类从原始混沌状态向文明社会发展在"道"上的衰退表现："古之人，其知有所至矣。恶乎至？有以为未始有物者，至矣，尽矣，不可以加矣。其次，以为有物矣，而未始有封也。其次，以为有封焉，而未始有是非也。是非之彰也，道之所以亏也。"① 庄子的观点在他所处身的时代如果还显得耸人听闻而被当作奇谈怪论的话，那么在今天已逐渐变为现实而被看作至理名言。

现代社会被称为"知识爆炸的时代"，人类的知识体系已变得特别复杂，知识的分类越来越细，知识的更新越来越快，别说"隔行如隔山"，就是同行之间相互不懂的现象也十分普遍。米歇尔·福柯说，对于历史学家，"过去一向作为研究对象的线性连续已被一种在深层上脱离连续的手法所取代。……分析的层次变得多种多样：每一个层次都有自己独特的断裂，每一个层次都蕴含着自己特有的分割；人们越是接近最深的层次，断裂也就随之越来越大"②。福柯揭示的现象说明现代知识之庞大已使研究者无法做历时的分析，只能就某一个层面进行静态的、空间式的剖析。"那些传统分析老生常谈的问题（在不相称的事件之间应建立什么样的联系？怎样在它们之间建立必然的关联？什么是贯串这些事件的连续性或者什么是它们最终形成的整体意义？能否确定某种整体性或者只局限于重建某些连贯？）如今已经被另一类型的问题所替代，应当将什么样的层次相互区分开来？……应在多长的时间范围内确定事件的各自不同的发展？"③

当代许多哲学家科学家已经认识到现代自然科学的高度发展、人对理性的极度推崇给人类社会带来的弊端。1992年，世界1575名科学家联名发表《世界科学家对人类的警告》说："人类和自然正走上一条相互抵触的道路。"对资源的过度开采和对环境的污染使自然生态遭到破坏，资源枯竭，疾病流行。资源的争夺、权力欲的膨胀以及种族矛盾使战争的烟火连绵不绝，恐怖的血腥遍及世界。科学本身对于人类无所谓好坏对错，问题也许在作为科学的基础和背景的人文精神，因此，解决人与自然抵触的良药存在于人文科学领域。

由胡塞尔开创的现象学是现代西方人文主义哲学中影响最大的流派。胡塞尔认为，哲学的使命是为科学的确定性寻找根据，而以往的哲学深受

---

① 陈鼓应注译：《庄子今注今译》，中华书局1983年版，第66页。
② [法] 米歇尔·福柯著：《知识考古学》，谢强、马月译，生活·读书·新知三联书店1998年版，第1～2页。
③ [法] 米歇尔·福柯著：《知识考古学》，谢强、马月译，生活·读书·新知三联书店1998年版，第2页。

科学技术的影响，哲学自身存在着危机，必须建立严格的、科学的哲学。现象学主张通过对意识做本质直观和先验直观的现象学还原，得到先验自我，先验自我是世界的本源，是客观确定性的根据，而"主体间性"为先验自我与客观确定性之间提供了通道。根据"主体间性"，胡塞尔提出了"生活世界"的概念。他认为有"三个世界"，即科学和哲学的理念世界、实践活动的生活世界以及纯粹自我和纯粹意识的先验世界。理念世界是生活世界的产物，而生活世界则是先验世界的产物。这样，胡塞尔通过一系列方法将科学的最后根据确立为作为实践活动之总和的"生活世界"。存在主义哲学完全以人的现实存在为思考对象，认为荒诞、虚无、恶心、烦恼、畏惧、绝望等是人存在的本真状态，海德格尔对"此在"存在的强调再一次将哲学引向实际的生活世界。维特根斯坦是分析哲学的大家，他在晚期一反早期的语言"图象说"，提出"语言游戏说"，而"语言游戏说"更是对实际生活的强调："'语言游戏'一词的用意在于突出下列这个事实，即语言的述说乃是一种活动，或是一种生活形式的一个部分。"①

可见，现代西方各主要的哲学流派一改以往形而上学的做法，不再寻求现象背后的真理，而是走向感性的现实生活，认为现象、"此在""游戏"自身就是真理。如果说过去因为要认识利用自然而透过现象求本质，使得我们与自然实际的生活世界渐行渐远，那么现在我们认识到远离生活世界使我们失去了太多，从而重新回到了现象本身。与过去形而上学的真理观相比，现代哲学以现象为真理的真理观更具有综合性，是对人类最初的混沌状态的回归，当然这是经过了极其深入细密的分解之后的回归。实际上，无论是一门学科内部还是许多学科之间，一方面朝细微方面分化、深入，另一方面也有宏观的综合、融汇，分化与融汇总是同时进行着。而当代各学科过度的分化使沟通、综合与融汇显得格外迫切。在各门学科由于自身的发展而离它们共同的研究对象越来越远的时候，通过整合可以实现各门学科的紧密联系，避免自然科学以为可以主宰自然的不可一世而带来的人与自然的冲突，使人与自然作为一个整体中的部分和谐相处。

如果说沟通、综合与融汇是当前各门学科的共同趋向，那么在此趋向之中，比较文学则显出它独有的魅力。这是因为，与其他学科相比，文学

---

① [奥] 维特根斯坦著：《哲学研究》，李步楼译，商务印书馆1996年版，第17页。

具有整体性、真理性、包容性的特点，更适合于作为学科交叉融汇的基点。

先说整体性。正如人类最初的认识指向一个浑然一体的自然世界，现代各门学科所研究的最终对象也是同一个生活世界，只是它们采取不同的形式，指向生活世界的不同方面。在不同的学科那里，是以生活世界的某一方面来代替整体的生活世界的。如哲学虽然是科学的世界观，是对整个世界的认识，但它的世界是经过抽象了的，生活世界的具体的时间和空间、个人的各种细微感受和体会、自然事物的四季变换等都已经被过滤掉，剩下的只是纯理性的、纯概念的世界。其他如伦理学以人的价值取向和行为准则为对象；宗教关注人对世界的态度，但这态度更多是对现实的否定，而将幻想的世界认为真实；政治学、经济学、法学等其他社会科学更只是以物质生活的一个方面为对象。生活世界是一个不可分割的整体，是分工使人们从中衍生出不同的部分，而文学作为一种感性的、形象化的艺术，其内容和形式都最接近作为各门学科共同研究对象的生活世界。文学把生活世界里的人物事件、山川河流、草木虫鱼等天地万物的声色香味、形体姿态原汁原味地再现出来。欣赏一首诗歌可以感受生动的形象、美妙的情感，读一部小说仿佛进入另一种生活世界。文学是以整体的形式来表现生活的。

再说真理性。海德格尔前期哲学主要是通过分析此在的生存状态来揭示在者的存在结构，而其后期哲学则认为此在存在的本真状态只能通过诗的语言得以揭示，语言与真理的问题成为后期海德格尔哲学的核心问题。在海德格尔这里，语言具有本体论的意义，它不再是技术性的工具，而就是真理本身。文学之诗不是幻想虚构，而是真理自身的敞开显露、澄明去蔽。

再说包容性。文学创作重塑了另一个我们处身其中的生活世界，描写人类社会的政治经济、审美游戏等方方面面的活动以及自然事物的外在形态、变化生长等，几乎涉及所有其他学科的内容。如我国的古典小说《三国演义》，不仅塑造了许多生动的人物形象，而且其内容涉及政治经济、军事外交、社会风俗、技术发明等诸多不同方面的内容，构成了一幅丰富多彩的社会生活画卷。正因为如此，许多研究者常常从文学作品中寻求其他学科的内容，如把《镜花缘》中的药方看作古代医学的成果，从《红楼梦》中了解明清时期的园林建筑以及衣饰、饮食、出行方面的生活时尚等。英国批评家M.阿诺德说,"诗歌前景未可限量","我们目前视为宗教和哲学的绝大部分东西将为诗歌取而代之"①。所以由于文学的整体性、真理性和包容性,对于各门学科的融汇来说,文学是一个合适的基点。

文学自身已涉及其他各门学科的内容,然而这种内容是以原始生活的形态出现的。如文学中的历史,可能是作为背景出现,或者只是涉及某一历史事件的片段,即使是对某一历史人物、历史事件做完整记叙的历史小说,也以形象化的艺术手段进行了再创造,与纯粹的历史记载已不相同。再如文学中的宗教,它或者是文学作品的主题精神,或者描写宗教人物、事件,或者是以宗教故事为题材等,它不可能像宗教研究那样完整地表述宗教教义、宗教仪式、宗教产生发展的历史以及系统研究宗教的本质、作用等内容。文学作品总蕴含着作者的思想认识及价值取向,如现实主义小说常通过人物命运的安排表达对生活的认识,现代主义文学更是以某种哲学观点为表现的"一般"来安排故事和人物,明显表现出受某种哲学思想的影响。但文学中的主题思想与作为学科的哲学的系统思想又完全不同,它更多感性的特征,是以形象的方式出现的。其他如文学中的心理、道德、音乐绘画、建筑雕塑,文学中的政治、经济,乃至物理数学、天文地理、动物植物等,与作为学科的心理学、伦理学、政治学、经济学、天文学、地理学、生物学等虽然有一定的联系,但有本质的不同。所以,文学与其他学科之间的深层联系仅仅只从文学自身出发难以廓清,只有通过文学与其他学科之间的交叉比较才能得到说明,并进而形成文学的多维意义链。

比较文学中的学科交叉是文学与其他各学科的关系研究,一门学科总是自成一个体系,有它特定的对象、方法、目的和意义等,因此文学与其他学科关系的研究具有系统性的特点,它们之间的联系不是片断的、偶然的、浅层的,而是多层次、全方位、双方互为主体的联系。与因文学包容了其他学科的内容而形成的文学与其他学科的关系相比,是一种更深层次的本质联系。如文学与哲学,哲学不仅只给予文学某个观点、方法等,而且将哲学存在的根本意义展示给文学,文学也不仅只给予哲学感性的体验、生动的表述方式等,而且向哲学敞开它的审美本质,从而使文学与哲

---

① [美]雷纳·韦勒克著:《近代文学批评史:1750—1950》(第4卷),杨自伍译,上海译文出版社1997年版,第182页。

学在根本意义上相互连接。文学与宗教、历史、心理学、社会学，乃至与政治学、经济学、法学等社会科学和自然科学学科之间，都通过这种深层的联系而形成意义的连接。这种更深层次的学科间关系的研究，不仅使我们对文学作品中与其他学科内容的联系有更清楚深入的理解，而且使文学与其他学科之间在意义上得以沟通，将不同学科的意义整合为针对同一个生活世界的意义链。

比较文学的学科交叉既是现代社会沟通、综合与融汇趋向的良好实现途径，也突现了文学与其他学科的深层联系，使文学获得一个多维的意义链。而这些就是最初形成比较文学学科的基本目的之一，因此可以说学科交叉深化了比较文学学科的特点，并使之变得更加鲜明。

二

比较文学作为一门学科出现较晚，对于比较文学的性质、对象、方法、目的等问题，不同国家和地区的研究者根据自身的情况有不同的意见，直到现在仍然众说纷纭，没有一个确定的结论。其实，理论常常是紧跟在实践之后出现的。随着比较文学研究实践的日益繁荣，研究成果的日益增多，理论的研究也将深入、成熟起来。比较文学的学科交叉是比较文学发展到一定程度出现的，对它之前的比较文学研究有一定程度的发展，对于实际的比较文学研究，学科交叉从不同方面使之得以进一步完善，具体表现为研究领域的拓展、方法的深化等方面。

在综合与融汇成为当代学术研究的大趋势的背景下，比较文学无疑是文学研究打破传统、实行自身的综合与融汇的有效途径。尽管它最初是以跨越国界、研究国与国之间文学的关系的方式进行的，局限于西方世界的各国之间，但仍迈出了综合研究的第一步，拓展了传统的文学研究领域。随后，美国学者提出"平行研究"的观点，即以探寻文学规律、突出文学特征为目的，研究完全没有事实联系的两国或多国之间的文学。"平行研究"使国与国之间文学的研究摆脱了事实联系的限制，使文学研究领域进一步扩大。尽管如此，"平行研究"仍然没有走出"影响研究"的突破地域的方向，只不过把"事实联系"变成了"没有事实联系"，是在更大范围的地域内进行比较罢了。现在也有人提出"跨文化研究"，认为是对"平行研究"的进一步拓展。文化当然不是一个地域概念，但是"平行研究"在撇开了事实联系之后所做的多国文学之间关系的研究,未尝没有跨文化的意义在内。特别是所谓跨文化更多指跨越东西方文化,因此仍有突破地域的意思在里面,或者说"跨文化研究"也没有走出"影响研究"以突破地域、拓展文学研究范围的路子。

比较文学的学科交叉则为比较文学的综合与融汇开辟了一条新路,另拓了一片天地。学科交叉已经完全不包含地域的因素,与以前的影响研究、平行研究以及所谓跨文化研究是完全不同的研究。首先是在研究对象上进入了一个更高的层次。比较文学的学科交叉以文学为中心探讨文学与其他学科的关系,多层次、全方位地揭示文学与其他学科在发生发展过程中的内在联系及相互作用。它是以文学作为一个整体与其他学科的比较,相对于不同地域文学的不同表现形态的比较来说,学科交叉不受地域的限制,是更高层次的研究。其次,比较文学的学科交叉拓展了文学研究的领域。与平行研究把文学的具体问题在不同国家的不同表现作为研究对象不同,它不仅研究比较文学本身的问题,更把与文学相关的其他学科的内容引进比较文学,在更大范围内研究文学,揭示总体文学的规律。影响研究与平行研究是在文学学科范围之内对文学在不同地域的形态进行比较,学科交叉所做的比较则是在由文学与其他学科组成的整个社会系统中进行的,有更加丰富复杂的内容。

学科交叉对影响研究及平行研究在领域上的拓展,一定程度上也由于它们有着不同的产生背景。学科交叉产生于科学的深入发展所带来的不同学科领域的整合与融汇,而影响研究和平行研究则是世界一体化趋势在文学研究上的反映。这两种背景尽管有所不同,但有一个共同的特点,那就是沟通、综合、融汇,两者都从不同方面体现了比较文学的特征。

"比较"是一种基本的思维方式,常常出现于一般研究之中。因此,许多人认为比较文学作为一门学科是不科学的,否则,那么多研究中都运用了比较方法,不是都可以称"比较××学"了吗?意大利美学家克罗齐就认为,比较文学不可能变成一个专业。韦勒克说:"比较是所有的批评和科学都使用的方法,它无论如何也不能充分地叙述文学研究的特殊过程。"① 然而,比较文学的"比较"与这种作为基本思维方式的"比较"

---

① [美]雷·韦勒克、奥·沃伦著:《文学理论》,刘象愚、刑培明、陈圣生等译,生活·读书·新知三联书店1984年版,第40页。

不同，有它独特的规定性。从最初提出比较文学起，"比较"就是跨国别的，只不过是有文学事实联系的国别文学的比较。后来的美国学派把"事实联系"去掉了，使得不同国别、不同语言、不同文化的文学都可以作为研究的对象。从中我们不难看出，比较文学的"比较"对对象有特殊的规定，它必须是跨国界、跨文化的文学。如果说法国学派与美国学派对研究对象的"异"是从地域、文化方面来规定的，那么比较文学的学科交叉就是从学科上来规定比较对象之异的。

研究对象的不同规定使比较文学的学科交叉与法国学派甚至与美国学派在比较方法的运用上出现了不同。法国学派着重寻找不同国别文学的事实联系，以实证代替了比较；美国学派着重寻找共同文学性的表现，要求研究者"必须面对'文学性'这个问题，即文学艺术的本质这个美学中心问题"①。而学科交叉中各学科的比较是以文学为中心，通过与其他学科关系的研究，得到关于总体文学的认识。"它的起点是文学，经过了一个循环之后又回归到文学本体来，但这种回顾并非简单的本体复归，而是一种螺旋式的本体超越，得出的结论大大超越原来的出发点，进入了一个更高的层次。"② 所以它与影响研究及平行研究的"X 与 Y"的平行比较模式不同，文学与其他学科的比较是立体的，是全方位、多层次的比较，是静态结构与动态发展相结合的比较。一方面，文学作为学科之一与其他学科构成一个社会整体，文学作为社会整体的一个部分与其他学科一起发挥作用；另一方面，通过与其他学科的比较、沟通，文学获得对自身的总体性的认识，这是与平行研究所寻找的共同文学性不同的，是从社会整体的层次对文学的认识。学科交叉所运用的比较方法是全方位的、整体的比较。对于比较文学来说，它不仅打开了视野，而且使比较从一种研究方法上升为本体，成为比较文学自身的本质内容。

（原载《中国比较文学》2003 年第 1 期，第二作者为何明星）

---

① ［美］亨利·雷马克著：《比较文学的定义和功能》，见张隆溪选编《比较文学译文集》，北京大学出版社 1982 年版，第 30 页。
② 乐黛云、王宁主编：《超学科比较文学研究》，中国社会科学出版社 1989 年版，第 3 页。

从学术史学角度看王元化的意义

元化先生驾鹤西行了,学术界又少了一位巨人,他留给学界的思想文化财富极其丰富,他所走过的学术道路也给我们以巨大的启发。学界公认他是学者兼思想家,他也是从一个地下文艺工作者走到文艺理论家并进而切入思想反思成为思想家的。他提倡的"有思想的学术和有学术的思想"也成为学界的标识。我无意就元化先生对思想界、学术界的贡献做全面的评价,况且许纪霖等人对他在思想界的影响也已做过系统而高度的评论了,我只想从学术史的角度谈一谈元化先生对于学界的意义和启示。

一、"根底无易其固":扎实的学术功底

翻阅一下中国当代著名社会科学家辞典,我们会发现,有大学问且为著名社会科学家的,大多都是在国内有深厚的国学修养(或有家学渊源),并且后来又出过国留过洋的,此一类人如冯友兰、唐君毅等,像元化先生有家学渊源但并未完成大学学业也未出洋留过学,却能成为一代学术大师的,是极少的。从元化先生的知识结构看,他具有国学的、西学的以及马克思主义的三方面的知识与功力。这才使得他具有全方位的知识视野、融会贯通的思维以及深刻精辟的思想见解。

从国学方面看,元化先生的《文心雕龙创作论》是最见功力的。他在对刘勰的创作论进行阐发时,首先强调"以实事求是的态度揭示它的原有意蕴,弄清它的本来面目"①,为达此目标他做了许多坚实可靠的训诂与考辨工作。如释"心物交融"说中的"物"字,释"虚静"说的含义,释《比兴》篇中的"兴"的含义,等等,都根据古典文献做了文字的训诂并梳理了它们的意义流变。尤其在弄清刘勰的家世问题以及刘勰的主导思想时,元化先生根据史学、佛学、玄学的历史材料进行了挖掘和分

---

① 王元化:《文心雕龙讲疏》,见《王元化集》(第4卷),湖北教育出版社2007年版,第81页。

析，考订刘勰出身庶族，并确定了他一生的经历决定其思想倾向乃是由儒而佛并最终与玄佛合流的。元化先生对六朝时玄佛合流的文化现象了解甚深，他在指导我做博士论文《佛经传译与中古文学思潮》时就专门指出这一点，并提醒我在分析其中的文学理论术语与文学现象时要结合玄佛合流的状况去进行研究。元化先生强调在清理并阐明中国古代文论时，必须重视考据训诂之学，他指出："近几年学术界已开始认识到清人的考据训诂之学的重要性。很难想象倘使抛弃前人在考据训诂方面做出的成果，我们在古籍研究方面将会碰到怎样的障碍。……目前有些运用新的文学理论去研究古代文论的人，时常会有望文生义、生搬硬套的毛病，就是没有继承前人在考据训诂上的成果而发生的。"[①] 他认为清末以来王国维、梁启超等人之所以能在学术上取得大成就，就是因为他们一方面吸取了前人的考据训诂之学，另一方面也是超过了前人，在研究方法上有了新的开拓。20 世纪 60 年代，元化先生因胡风一案的牵连而被开除党籍和降低级别，被安排到上海作协文学研究所工作，他即开始着手《文心雕龙》的研究。1962 年，当他将部分研究文章拿给当时担任文学研究所所长的郭绍虞先生看时，就得到了郭先生的高度评价，称其"所论甚有新见"，要推荐这些文章予以发表，并相信如果将来汇集出书，"其价值绝不在黄季刚《文心雕龙札记》之下"[②]。郭绍虞先生为著名的中国文学批评史家，功力深厚，他对王元化的赏识是有来由的，即相信他的研究承接了国学传统，其成果的价值可以与黄侃等国学大师相媲美。

元化先生的父亲王维周先生是清华大学的英文教授，故他虽未留过洋却自小就得到家庭的熏染，英语水平达到了相当精熟的程度。20 世纪 50 年代后期，他在隔离结束且患上心因性精神病症康复之后，即在家从事西方莎士比亚戏剧评论的工作，这些翻译后来连同师母张可先生翻译的泰纳的《莎士比亚论》一起汇集成《莎剧解读》终于于 1998 年由上海教育出版社出版了。同在 20 世纪 50 年代，元化先生和他的父亲还一起翻译了英人呤唎所著的《太平天国革命亲历记》。因他当时被审查尚未有结论，出版时只能署他父亲一人的名字。他的西学好，并不仅止在翻译，而是将翻

[①] 王元化：《王元化集》（第 5 卷），湖北教育出版社 2007 年版，第 414～415 页。
[②] 蒋述卓：《识佳文于未振——郭绍虞与王元化〈文心雕龙创作论〉的写作》，载《书林》1988 年第 7 期。

译与研究工作结合起来，让翻译来拓展他的研究。最典范的例子就是在研究《文心雕龙》时，为了弄清刘勰关于"体性"的含义以及讨论"体性"涉及现代文艺理论术语"风格"的意义时，他专门翻译了四篇文章，即歌德的《自然的单纯模仿·作风·风格》、威克纳格的《诗学·修辞学·风格论》、柯勒律治的《关于风格》、德·昆西的《风格随笔》。在这些翻译的基础上，元化先生专门写了一篇《风格的主观因素和客观因素》作为附录附在释《体性》篇"才性"说的后面，虽然评述的是威克纳格关于风格的观点，但它对我们正确把握风格与创作个性的关系有极大的帮助。我们知道，钱钟书先生的《管锥编》用的也是这种中西对照互释的方法，但钱先生多是列出，点到为止，留待读者再做联想，而元化先生却在翻译之后还做详尽阐述，以推动研究走向深入。

元化先生的西学功底还在于他对黑格尔的深入研习。他曾经于20世纪50年代和70年代两次较集中地阅读了黑格尔，甚至对极其难读的《小逻辑》都读过多遍，并做了详尽的笔记。元化先生对黑格尔的阅读不仅训练了缜密的思维，而且使他能触类旁通，提出了许多独特的见解，大家所熟知的"知性不能把握美"就出自他对黑格尔的阅读。20世纪90年代，元化先生又以黑格尔的哲学方法，清理了黑格尔思维所养成的惰性习惯以及由此而形成的偏见和谬误，这种反思所依赖的仍然是西学的知识与方法。

黑格尔是通向马克思的，元化先生对黑格尔的重视也必然形成他对马克思主义思想、方法的重视。作为一名早年就参加革命的马克思主义者，元化先生对马克思主义的基本原理深信不疑，但又能与时俱进地提出"离经而不叛道"的观点。他更多的是运用马克思主义的立场、思想、方法去分析问题，透视社会文化现象与文学艺术现象。像在《文心雕龙》研究中，他就自觉地采用了马克思《政治经济学批判导言》中所提倡的思想方法，即"人体解剖对猴体解剖是一把钥匙。低等动物身上表露的高等动物的征兆，反而只有在高等动物本身已被认识之后才能理解"。他提出："按照这一方法，除了把《文心雕龙》创作论去和我国传统文论进行比较和考辨外，还需要把它去和后来更发展了的文艺理论进行比较和考辨。这种比较和考辨不可避免地也包括了外国文艺理论在内。"[①] 同时，

---

① 王元化：《〈文心雕龙〉创作论八说释义小引》，见《王元化集》（第4卷），湖北教育出版社2007年版，第81~82页。

元化先生又提出，在用科学观点去清理前人理论的时候应该学习马克思、恩格斯在《费尔巴哈与德国古典哲学的终结》中所提倡的研究方法，即对黑格尔的理论做必要的阐发，在阐释中提出一些连黑格尔本人也没有确定而鲜明说出来的观点，这便是清理之后得出来的结论。"这样的清理方法，表面看来似乎已越出了原著的界限，可是事实恰恰相反，它却是完全必要的。因为不这样做，就不能真正揭示出隐藏在黑格尔哲学内核中的合理因素。"① 元化先生在对《文心雕龙》概念、命题进行释义工作时基本上都是秉承马克思主义的方法来进行的。还比如他对人文精神的思考和对文明的忧虑，也是依照马克思主义关于人的解放和人的全面发展理论去思索的。他在《人文精神与二十一世纪的对话》中明确指出，当今世纪出现的功利主导、商业化趋势、知识与人才的批量化生产等，"人们的大多数活动和形形色色的个性，正在逐渐被科技和利润之手整合为一体，科技和利润的逻辑正在逐渐成为评估一切发展进步与落后的准绳……如果是这样的话，离马克思所说的人的解放、人的全面发展、个性的充分伸展，确是还有相当远的路要走的"②。

我注意到，元化先生在阅读朱一新《无邪堂答问》一书时，专门摘抄了其中关于学问的问答，朱一新对汪巩庵提出"学问如筑室，然须自根基筑起，逐渐推去，方成完备之室"的说法表示了肯定，认为这是极好的比喻，但又进一步指出这还"有所未尽"，还得从义理上加以完备，做到经义均通。先生评价时指出："这些不仅可供学术上的参考，亦可作为教育上的借鉴。"③ 元化先生的学识能做到"根底无易其固"，与他的博览中西、往复思考以及他的博大胸襟是分不开的。

二、"裁断必出于己"：高标的才胆识力

元化先生在学术上推崇有创造、有个性，实践着"独行不惧"的原则，他在摘抄朱一新《无邪堂答问》一书时，还专门摘抄到朱汪师生间

---

① 王元化：《〈文心雕龙〉创作论八说释义小引》，见《王元化集》（第4卷），湖北教育出版社2007年版，第84页。
② 王元化：《清园近作集》，文汇出版社2004年版，第2页。
③ 王元化：《〈无邪堂答问〉摘抄》，见《清园近作集》，文汇出版社2004年版，第116页。

关于学术个性问答的话，其间就涉及如何做到"独行不惧"与"人须有我在""不随人转移"的问题。① 元化先生的《文心雕龙创作论》就很有个性，他不追求庞大完善的体系，反而用一些附录将一些未能谈尽但又可给人启发的问题置于篇末，一些中西对照的比较研究文章也以附录的方式加入，创造出既有时代气息又有学术传统可因的一种新篇制。元化先生的独立之思表现在他一生的各个阶段，他自己所总结过的三次反思既能表明他思想上的心路历程，也能反映出他在学术思想上的独立判断。②

对黑格尔的反思以及对卢梭《社会契约论》的探讨，是元化先生最显著的思辨成果之一。从对黑格尔的研读中，他曾经发表过《论知性的分析方法》那样的得意之作。读黑格尔给过他精神的动力，也给他带来了锋利的思维并产生出诸多的成果。但到了20世纪90年代，他却对黑格尔哲学产生了多方的质疑，如他对黑格尔关于"抽象的普遍性"与"具体的普遍性"进行反思，"我认为黑格尔在总念的普遍性问题上，没有能够摆脱给他带来局限的同一哲学的影响。知性的普遍性固然不可取，但以为总念的普遍性可以将特殊性与个体性一举包括在自身之内，却是一种空想。它在逻辑上虽然可能，但在事实上却做不到"③。他还由此考察了卢梭的"公意""众意"和"私意"三个范畴，认为卢梭本来设想公意才是意志的总念，可以超越私意和众意，并通过它来体现全体公众的权利和利益，"可是没有料到竟流为乌托邦的空想，并且逐渐演变为独裁制度的依据"④。元化先生自己说到，他当时提出的这个判断，"并没有借助别人的看法"，也"不知道海外的有关著作是否谈过这些问题"，⑤ 完全是他自己思辨的结果。元化先生还对黑格尔关于逻辑和历史一致性的哲学开展了反思，认为，"从历史的发展中固然可以推考出某些逻辑性规律，但这些规律只是近似的、不完全的。历史和逻辑并不是同一的，后者并不能代替

---

① 参见王元化《〈无邪堂答问〉摘抄》，见《清园近作集》，文汇出版社2004年版，第104页。
② 参见王元化《记我的三次反思历程》，见《清园近作集》，文汇出版社2004年版，第10～22页。
③ 王元化：《读黑格尔的思想历程》，见《王元化集》（第6卷），湖北教育出版社2007年版，第468页。
④ 王元化：《读黑格尔的思想历程》，见《王元化集》（第6卷），湖北教育出版社2007年版，第468～469页。
⑤ 王元化：《记我的三次反思历程》，见《清园近作集》，文汇出版社2004年版，第21页。

前者。黑格尔哲学往往使人过分相信逻辑推理，这就会产生以逻辑推理代替历史的实证研究"①。他由此还进入对学术新传统即所谓"以论带史"的反思，认为这种只从概念与逻辑出发，而不是从事实出发从历史出发的研究方法往往会使人陷入迷误。元化先生的这种反思对学术研究是有震撼性的启发的。曾几何时，学界盛行"以论带史"的研究法，有的著作甚至还专门以黑格尔"正—反—合"的逻辑方法去构想中国的哲学、文学、史学的发展体系，自然就会发生许多的偏差。我过去也曾做过这种傻事，在清理"文气论"的发展线索时，也企图用这种"正—反—合"的方法去体现所谓逻辑与历史的统一，最终我发现我得出的结论是很经不起推敲的，那篇文章也被我放弃了。

元化先生对"五四"传统与精神的反思更能体现他的高超胆识，对于当时盛行的"五四启蒙运动的中断是由于救亡运动"的说法，他明确表示反对："因为启蒙夭折的原因，应该从当时的启蒙思想本身去寻找，而不能仅仅归之于外铄。照我看，五四启蒙运动的中断是在于当时启蒙思想家（包括马克思主义者）的幼稚和理论上的不成熟。他们错误地把启蒙运动所提出的个性解放、人的觉醒、自我意识、人性、人道主义等都斥为和马克思主义势如水火、绝不相容的资产阶级反动思想。"② 他对海外学者否定"五四"的偏激态度也不能苟同，并反对把文化传统看作命定无法摆脱或突破的消极观点。他还对人们常沿用的"五四"精神是民主与科学的观点做了进一步的探索，认为民主与科学这两个概念虽然在当时提出来了，也得到了相当普遍的认同，但对其理解还是十分肤浅，仅仅停留在口号上，以至今天还需补课。而"五四"真正的思想成就主要在个性解放方面，"五四"是一个"人的觉醒"的时代，它在个性解放方面所取得的成果是"值得我们近代思想史大书特书的"③。他还反思了五四时期的四种有负面影响的观点，一是庸俗进化论观点，二是激进主义，三是功利主义，四是意图伦理。"五四时期开始流行的这四种观点，在互相对

---

① 王元化：《读黑格尔的思想历程》，见《王元化文集》（第 6 卷），湖北教育出版社 2007 年版，第 471 页。

② 王元化：《论传统与反传统——为"五四"精神一辩》，见《清园论学集》，上海古籍出版社 1994 年版，第 443 页。

③ 王元化：《对五四的思考》，见《王元化集》（第 6 卷），湖北教育出版社 2007 年版，第 341～342 页。

立学派的人物身上，都可以或多或少地发现，而随着时间的进展，它们对于我国文化建设越来越带来了不良的影响。"①

王先生之所以能有这些特立独行的思想，一来自他的勇敢和真诚；二来自他的独立人格，"为学不做媚时语"是元化先生从事学术研究的标杆；三也来自他对学术问题的反复含玩与不断探求。从元化先生的著作中我们可以看到，他对某一问题的探讨往往经历数年，有的文章数次修改，直到满意为止。元化先生给我的硕士生导师林焕平先生的信中曾提到，拟为我写一条幅，内容是集熊十力语，即"沉潜往复，从容含玩。谨存阙疑，触处求解"②。后来我拿到的只有前八个字，可见先生对学术探讨的严谨与雍容的态度，故他的好友钱谷融评价他是"既英锐而沉潜，既激烈而又雍容"③。元化先生的学术真诚与沉潜往复还体现在他坦然地承认自己的错误，并且在不断反思中推进新思想新问题的产生，这对于我们目前的浮躁、虚假学风以及意气用事的争辩与自恋风气来说是一面镜子。

三、开阔的学术视野，融贯的研究方法

早在20世纪60年代初学术界空气还比较活跃，元化先生就尝试着在《文心雕龙》研究中采取三个结合的研究方法，即古今结合、中外结合、文史哲结合。他曾经把这种方法称为"综合研究法"。尽管他对这种方法的自觉意识是在1983年的《文心雕龙》第二版跋中才提出来的，但他对这种方法的运用却是早就有探求了。这正如比较文学前辈季羡林先生称赞元化先生在比较文学已经"着了先鞭"，④比较文学学者赵毅衡1981年在《读书》第二期的文章中也将元化先生的《文心雕龙创作论》列入新时期中国比较文学的先驱著作，而元化先生自己却说，"在撰写本书时，我也

---

① 王元化：《对五四的思考》，见《王元化集》（第6卷），湖北教育出版社2007年版，第342页。
② 王元化：《王元化集》（第9卷），湖北教育出版社2007年版，第364页。
③ 钱谷融：《谈王元化》，见《散淡人生》，上海教育出版社2001年版，第126页。
④ 王元化：《〈文心雕龙创作论〉第二版跋》，见《王元化集》（第4卷），湖北教育出版社2007年版，第325页。

没有想到采取比较文学的方法"①。这些恰恰说明他很早就已经想到并尝试将古今中外融会贯通的研究方法。钱仲联先生独具慧眼，较早地提及了元化先生的这一研究方法，说王元化的《文心雕龙创作论》"是试图运用马克思主义立场、观点、方法，批判吸收西方文论，融会古今中外，为了古为今用，丰富世界文学理论宝库的目的"②。元化先生这种融贯中西的研究方法，也被美学家蒋孔阳先生加以高度的评价，称赞他是"把《文心雕龙》放到世界的范围内，用世界的水平来加以衡量和研究。这样，他自然突破了过去研究的藩篱，达到了'划时代的'、也就是前人还没有达到过的水平"③。元化先生有扎实的中西学问功底，加之又有活跃的思维，故他能有开阔的学术视野，有世界性的眼光。

元化先生的"综合研究法"提倡的是一种融会贯通的研究方法，它有别于钱钟书先生所推崇的阐释循环法（即互释互阐法）。阐释循环说出自法国哲学家伏尔泰，提倡的是"个体与整体间的循环""古今间的循环"以及"史实与理论间的循环"。汪荣祖曾就伏尔泰的"阐释循环说"加以撮要阐发，比如"单一的历史事件须从大格局中求理解，这是循环的一边；然大格局也须由许多单一史事理清，这是循环的另一边"。古今间的循环是"由今可以识古""由古可以明今"。史实与理论间的循环则是"一方面由史实建立通则或理论，另一方面再据通则或理论来检验史实"。④ 元化先生研究《文心雕龙》以及中国思想史虽然面对的也是历史，但他更多的是从系统论的角度去进行历史的还原和理论的阐发，他追求的是一种学科间的融贯与时空的贯通，在理论形态上具备了跨学科、跨文化的比较姿态。如他以"综合研究法"研究韩非子、龚自珍，其论述的触角就延伸到文学、历史、哲学、美学的多个领域。对鲁迅的研究，他也倡议"要尽量采用综合研究法"⑤，因为鲁迅学识渊博，作品涉及古今中外

---

① 王元化：《〈文心雕龙创作论〉第二版跋》，见《王元化集》（第4卷），湖北教育出版社2007年版，第325页。

② 钱仲联：《〈文心雕龙创作论〉读后隅见》，载《文学遗产》1980年第3期。

③ 蒋孔阳：《翻译与研究的结合——读王元化译〈文学风格论〉》，见钱钢编《一切诚念终将相遇——解读王元化》，湖北教育出版社2003年版，第34页。

④ 参见汪荣祖《史学九章》，生活·读书·新知三联书店2006年版，第188～192页。

⑤ 王元化：《关于鲁迅研究的若干设想》，见《文学沉思录》，上海文艺出版社1983年版，第56页。

与多种学科。他还认为鲁迅研究中关于鲁迅与传统文化方面的研究比较薄弱，比如鲁迅与章太炎在学术上的传承关系，鲁迅对顾颉刚等推崇今文学和倡导疑古派治学方法的批评问题。① 这些如果没有文史哲结合的功底，是做不深、做不透的。他还据此指出："文学理论的研究往往不得不依靠史学、哲学、美学等已有的科研成果。"② 另外，我们看到，元化先生的"古今结合"也不完全是"由今可以识古"与"由古可以明今"的互阐问题。他所做的是除了进行历史的还原、比较、考辨工作之外，还要从今天的高度去对历史进行剖析反观与阐发，他指出："对于萌芽形态尚未成熟的文学现象，只有用后来已经成熟的发达形态的文学现象才能加以说明。"③ 元化先生主张的"综合研究法"是一种融贯法，其间的相互结合应该是像盐溶于水一样，是看不见分不清的，正如元化先生指出学术与思想是不可分裂的与盐溶于水的关系一样。在这一方面，我觉得元化先生更像梁启超、宗白华、熊十力等先生，梁启超的研究纵横捭阖、文史哲精通，宗、熊两位先生西学精通，他们的文章中却没有西学的痕迹，但分明又都有着西学的思维和知识，其中外的结合堪称典范。所以，元化先生在学术上很谨慎，他反对"勉强地追求融贯"④，如果古今中外结合融贯做得不好，就会流于比附和生搬硬套。

四、广交学界朋友，参与国际对话

从元化先生的书信集中我们可以看到，他的学术交往是频繁的，许多国外学者、海外华人学者、国内著名学者，以及不出名、未出名的青年学人，都与他有着学术的联系。如日本的冈村繁、兴膳宏、户田浩晓、小尾郊一、伊藤正文等，海外及港澳台地区学者杜维明、余英时、成中英、林

---

① 参见王元化《和鲁迅研究者谈话》，见《王元化集》（第6卷），湖北教育出版社2007年版，第437页。

② 王元化：《关于鲁迅研究的若干设想》，见《文学沉思录》，上海文艺出版社1983年版，第59页。

③ 王元化：《〈文心雕龙创作论〉第二版跋》，见《王元化集》（第4卷），湖北教育出版社2007年版，第327页。

④ 王元化：《〈文心雕龙创作论〉初版后记》，见《王元化集》（第4卷），湖北教育出版社2007年版，第320页。

毓生、汪荣祖、王润华、王更生、饶宗颐等，国内的如季羡林、汤一介、张光年、李锐、黎澍、吴敬琏、萧萐父、徐迟、张汝伦、许纪霖、摩罗、吴洪森等，更不用说他平日里在家里接待过的诸多学界朋友和青年学人了。1988年我刚从华东师大毕业到暨南大学工作，就承担了元化师给我的任务，协助饶芃子教授在暨南大学召开"《文心雕龙》国际学术研讨会"。在那一次会上，我才知道元化先生与那么多的国际学者有着交往，日本、韩国、俄罗斯、意大利、瑞典等国的汉学家都出席了会议。其实，早在1984年，元化先生在复旦大学就召开了中日学者《文心雕龙》学术研讨会。当时他在会上做了总结发言，日本代表团归国后又给《文心雕龙》学会和王元化先生致了感谢信。元化先生在69～75岁的几年里，几乎每年都出国参加一次国际性学术会议，如赴荷兰、比利时参加第五十三届国际笔会（1989年），赴美国夏威夷参加东西方文化中心召开的关于中国文化与社会的研讨会（1991年），赴哈佛大学参加"文化中国：诠释与传播"国际研讨会（1992年），赴瑞典斯多哥尔摩参加"当代中国人心目中的国家、社会、个人"国际学术研讨会（1993年），赴加拿大温哥华参加"文明冲突与文化中国"国际研讨会（1995年），等等。① 与国内外学者的交往与对话使元化先生的学术研究始终持有一种国际视野，同时也激发了他对学术问题进行深入探讨的热情与意志。

与林毓生在关于"五四"问题上的对话最能显示出元化先生的学术勇气与襟怀。他对林毓生评价"五四"的观点明确表示不赞同，并有理有据地提出了自己的观点，但这并不影响他与林毓生之间的学术交往与友谊。他与人辩论，并不是要与人争一长短，而是要表达自己的思想结果。他在阅读朱一新《无邪堂答问》时就专门摘抄了这样的话："世儒但以博学为贵，思辨之功不讲久矣。善乎陆桴亭之以思辨名其书也。辨，谓辨之于己，非谓与人争胜。"② 元化先生虽然广交学界朋友，但并不拉帮结派。他多次表示，在学术上他既不加入合作社，也不参加互助组，宁愿单干到底。

元化先生还自己创办刊物，将学界也是中国学术的成果介绍到国外，

---

① 参见钱钢《王元化学术年表》，见《庆祝王元化教授八十岁论文集》编委会编《庆祝王元化教授八十岁论文集》，华东师范大学出版社2001年版。

② 王元化：《〈无邪堂答问〉摘抄》，见《清园近作集》，文汇出版社2004年版，第101页。

同时提供一个国内外学界共同交流的平台。他还在上海的出版社主持了"海外汉学丛书",将国际上一些著名的汉学成果引进到国内来,这些都是他之所以能取得一流学术成就的重要途径之一。

  元化先生不愧是国内一流的学术大师,在中国 20 世纪末与 21 世纪初的学术史上他树立了一杆新的标识,他的学术经验与学术道路给我们诸多的启示,我这篇小文只不过是刚触摸到他巍峨的学术群山的一角。我只希望此文能对当下学界以有益的启发,同时也以此文祭慰先生的在天之灵。

[原载《华东师范大学学报(哲学社会科学版)》2008 年第 6 期]

蒋述卓自选集

第四部分

文化与文学评论选辑

走文化诗学之路
——关于第三种批评的构想

文学批评走到了世纪的门槛边了,理应不再犹豫与彷徨,然而,1978年以来,批评在经过拨乱反正、反思、引进与探索新方法等阶段以后,现在仍然对"如何行"的问题感到迷惑。批评何为?批评价值取向何在?运用什么话语进行批评的操作?诸多问题仍然未得到解决。批评以什么形态迈过这个"世纪之槛",就成了我们不得不思考的重要问题。

一

时下文坛多在讨论批评的失语问题。这种失语,我以为有两个方面的含义。一方面指批评家面对多元化的创作找不到对应的理论与方法进行批评,传统的批评话语,如"意识形态""反映生活""生活真实""风骨"等派不上用场。另一方面,持后现代主义理论的先锋批评家们,完全操持西方的话语来批评文学,看似有语实则无语。因为:第一,他们完全套用西方的语言,让西方的语言淹没了他们的思想见解,也淹没了他们自己的语言。第二,由于他们把"技巧抬高于素材之上,把分析抬高于叙述之上,把批评家抬高于作家之上"①,故不仅得不到大众的承认,也得不到作家们的承认。有的作家就宣称先锋派批评花样翻新,却并未深入作家之"心"与作品之"心"。先锋派批评语言与概念的"狂欢"只不过是一种假象,当剥去它们那些辞藻、术语以及袭用西方的分析套路以后,却发现那些语言与概念不过是"皇帝的新衣"。第三,先锋派批评声称在中国有了后现代主义语境,这也是难以成立的。就中国来说,就连广东这样发达的地区,也刚刚在 1994 年的 12 月 20 日才宣布"广东在总体上已从农业

---

① [美]伊丽莎白·福克斯-杰诺韦塞著:《文学批评和新历史主义的政治》,见张京媛主编《新历史主义与文学批评》,北京大学出版社 1993 年版,第 52 页。

社会进入工业社会"①，在其他地区（北京、上海除外）恐怕还需要较长一段时间。既然工业社会都还未完全进入，作家又何以在中国找到这种后现代的心态？批评家又何以找到这种后现代语境呢？皮之不存，毛将焉附？语境都不存在，又何以能"说"与"用"后现代话语并且使其产生效用呢？

失语的产生绝不仅是一个语言的问题、方法的问题，而是一个思想与价值的丧失问题。1989年以后，文学也好，批评也好，都在逃避，都在退隐。它们逃避现实，逃避崇高，逃避理想，也逃避文化（有的虽写文化，却只是猎奇）。先锋批评之所以在1990年以后，操持起西方的一套语言而驰骋文坛，只是因为当时文坛与思想界都处于价值真空的时期。面对汹涌而至的商品经济大潮和文化探索锋芒的暂时受挫，作家与批评家都陷入了困惑之中。由于缺乏理性光芒的照射、理想的指引和价值基点的支撑，只好"跟着感觉走"。丧失了思想与理性，丧失了价值选择，把西方语言作为自己的语言也就成了唯一也是合理的选择。

失语的产生也是文化机制与批评系统不成熟的表现，先锋批评家大量使用西方后现代主义的话语作为自己的语言，并没有加以严格的限定以及文化的过滤与转换，很多情况下是在不确定的意义上使用的，并且把一些明显并不现代的作家也硬拉入后现代的圈子来评论，从而造成了批评的零散、分裂与自相矛盾。在那一系列的批评文章中，我们很难找到一个相对稳定的阐释系统，有的只是支离破碎的语词、模仿的文体与叙述套路。先锋批评家亦如先锋作家，模仿西方的套路和方法，制造出了一批又一批的"通货"。

我并不反对术语与理论的引进，事实上，在如今的世界，没有哪一种文化是能够独立于他种文化而存在的。文化的交流不可阻挡，术语与理论的引进也是必然之事。然而，对外来术语与理论的引进不能不顾东西方文化背景的差异而简单地移植与套用，输入它们必须得到本土文化的认同、融合，并且有助于激活本土文化中的文学理论与文学批评，从而在本土语境中实现新的创造。如果引进与移植仅仅停留在理论独白的角色，而不进入本土文化的语境，这种引进与移植就很可能是昙花一现。尽管喧闹一时，却难以扎下根来并长成茂树。更重要的是，引进外来术语与理论的目

---

① 参见《南方日报》1994年12月20日第1版。

的必须明确，它不应该是临时的应对工具，也不是仅仅为了否定传统而做大面积的术语换代，而是为了重建自己的文化与阐释系统，包括批评系统。这也就是说，最终还是要有自己的声音、自己的话语和自己的思想。

二

于是，建立一种新的阐释系统就成为我们当下刻不容缓的重要任务。这种新的阐释系统就是文化诗学。

文化诗学，顾名思义就是从文化角度对文学进行批评。这种文化批评既不同于过去传统的文艺社会中那种简单的历史批评或意识形态批评，又不简单袭用戏仿后现代主义文化或西方人所建立的第三世界文化理论的文化批评理论。它应该是一个立足于中国本土文化语境、具有新世纪特征、有一定价值作为基点并且有一定阐释系统的文化批评。

文学是文化的一部分。不管处在什么时候，文化必然反映出一定社会的、文化的、民族的心态、精神和品格。文化又是综合的，从综合的角度去批评文学则可避免偏执一端的弊病，如只以文本为中心的语义学批评，只从社会学角度批评的社会学批评，总会存在某些缺陷。文化诗学能带来更宏观、更广阔的视野，也能更为深刻地剖析文学。从文学批评史上看，立足于文化，站在文化哲学的角度来批评文学与阐释文学理论，总会比单一的阐述角度显得深刻很多，分量也厚重得多。如中国古代的刘勰，近代的王国维、鲁迅，西方的马克思、别林斯基、车尔尼雪夫斯基、杜勃罗留波夫，以及歌德、葛兰西、巴赫金、罗兰·巴特等。文学批评家应该兼文化哲学家。在目前的中国，恰恰缺乏的就是这种一身二任的人物。我们希望多一些文化哲学式的文学批评家，或许能使中国文学批评真正形成系统，具备大家气派，出几位批评巨人。

文化诗学的价值基点是文化关怀和人文关怀，其内涵的具体表现可分为三个层次：

第一层次，从文化的角度分析作品表现出来的文化哲学观，即分析它为我们提供了怎样的文化观和文化思想。

第二层次，要把作品描绘的社会心态、人物命运与心态放到一定的文化背景下去分析，揭示出作品所具有的文化内涵以及所反映出来的社会文化心态。批评家要站在文化发展的角度反映历史，思考历史，观照当下文化的生存状态与发展趋势。

第三层次,要站在跨世纪的角度,着重关注作品对文化人格的建设问题。人格是文化理想的承担者,人文关怀的重点应该放在人格建设上。作品的基调、价值取向是否有利于现代文化人格的培养和建设,是衡量作品是否具有审美价值的重要标志之一。因为文学作品审美教育的人物就是为了培养人、塑造人。江泽民提出"要以优秀的作品鼓舞人",也就是要塑造现代人格的问题。批评家要帮助作品实现这一重要任务。

在第一层次上,主要是解决一个叙述者文化立场与文化背景问题。因为我们分析作品,不仅仅是分析作者"说什么"和"怎么说"的问题,更重要的是还要分析作者"说什么"和"怎么说"背后的文化背景,即他"为什么这么说"和"站在什么文化立场上这么说"。作者描绘一种社会生活,必然表达了他对这种社会生活的文化立场、文化观念、文化思想。作者是否具有深厚的文化修养和文化根基,决定着他"说话"的深度和厚重度。

在第二层次上,主要是解决文学作品与文化背景的关系,即要看作品所描绘的社会生活是否能够复现文化或呈现文化的当下状况,并且符合当时社会状态存在的文化背景。也就是说,批评家往往要把作品当作文化的一部分来处理,将其放置在文化的大环境内去考察。斯蒂芬·葛林伯雷说过:"伟大的艺术是文化的复杂的斗争与和谐的超常灵敏的记录。"① 从文化角度去批评文学,自然会涉及文学所反映出来的文化生态环境与文化模式。

在第三层次上,主要是解决一个批评的时代性问题。批评与创作一样,都要紧跟时代。批评应该着眼于未来,着眼于文化的建设,而不是对文化进行消解,只破不立。批评作用于读者,绝不仅仅是介绍与推销、沟通与传达,更重要的任务还在于陶冶情操,宣扬理想,塑造人格。这也是批评体现文化关怀的重要方面。

文化诗学的阐释系统主要在一种文化对话中来建立,这种对话包括东方和西方的对话、现在和未来的对话、作者与大众对话、作品与社会的对话。这种阐释系统的立足点还是文化,运用的概念、术语应该是中西方相

---

① [美] 斯蒂芬·葛林伯雷著:《文艺复兴的自我确立》,芝加哥大学出版社1980年版,第6页。

融合的产物。这是因为，近百年来的批评理论已经很西方化了，但它又不能抛弃中国文化传统，要体现出中国文化精神的内涵。如果仅从翻译西方文学批评而言，要尽量做到如钱钟书先生提到的"化境"，使西方文学批评的术语真正本土化。这种本土化并不是指词语字面上的中国化，而是指词语表面上能真正体现中西方文化精神的对接与融合。文化上的对话是一种处于平等地位上的对话，而不是一种侵袭和强权。词语上完全照搬不是对话。它并不能建立起文化诗学的阐释系统。由于东西方文化语境的异质，照搬的词语往往游离于本土文化之外，难有生命力。先锋批评大量搬用西方现代主义的词语，而进入不了大众的层面，就是因为没有进入中国的文化语境。如果从未来的发展来看，这种阐释系统要具有一定的普适性，也必须做到中西的融合，使其具有更强更广大的可接受性，同时这也是使中国文学批评融入世界文学理论的最佳选择。文学批评作为社会文化批评的一部分，必须具有更丰富的文化内涵，这也是使文学作品进入社会文化生活的最佳桥梁。

三

文化诗学的立足点是文化，但并不能将其等同于文化研究。它是将文化学的理论与方法运用于文学批评的一种新阐释系统与方法。之所以称为"文化诗学"，就是要求文学的文化批评必须保持审美性。这种文化批评的审美性亦着重在发扬中国传统批评理论与方法的优势，使传统文学理论与方法在现代化的转化过程中得到审美维度的再确立和审美意义的再开掘。同时，也使西方文学批评的各种新理论与方法在经过中国文化的选择、过滤与转化之后，归结并提升为审美性，从而成为文化诗学的有机组成部分。

中国传统文学批评多用一些比喻词或意向性的概念来表述，如"高古""飘逸""雄浑""苍凉""气骨"等。这类批评只可意会，而难以具体言说。虽然如此，但它可以引发读者的审美联想，具有很强的审美生发性。在文化诗学里，我们要保留这种审美生发性很强的特点，而又要用现代美学理论、现代文化理论（这些理论主要都是近几十年来从西方引进的）对其做进一步的引申和发掘，使批评变得深入、具体并具有明确的审美指向性。比如批评一位作家的散文，我们可以用"飘逸""散淡"去概括它，但又不仅仅停留在传统意义上的意象式表述，而是可以对其作品做深入的结构分析、心理分析乃至于社会风气、社会思潮、文化原因方面的分析，力图把这种审美感受式的批评开掘得更深，使其转化成为一种文化诗学的批评。总之，我们可以在保留中国传统文化批评中整体印象式批评、诗意描述与领悟式批评等优势的前提下，建设文化诗学的理论与方法。

文化诗学也不能视为一种文学的外在批评，就在于它保持了审美性，这也是它与西方文学批评中的新历史主义区别开来的重要标志。西方新历史主义是对20世纪二三十年代新批评的一种反拨，将过分注重文学内部的本文批评的趋势做了大的扭转，更多地强调对作者与社会文化、政治境遇以及意识形态方面的关系的研究，以及对作品如何被社会所接受并且参与政治与社会运动过程的研究。新历史主义着重在批评的历史——社会学取向上，离开文学审美性的趋势已很明显。因此，我们现在所提倡的文化诗学不同于斯蒂芬·葛林伯雷所主张的那种属于新历史主义范围内的文化诗学。① 文化诗学既是文化系统的实证性探讨与文学审美性描述的统一与结合，又是文学外在研究与内在剖析、感受的统一与结合，是西方哲学化批评与中国诗化批评的化合。

文化诗学的建立是一个很艰难的过程，要经过许多人的努力，并为之付出呕心沥血的实践才行。我在此文的描述只不过是一个开端与引子，它的清晰面貌与轮廓还需文化诗学的批评家们去充实、去完善。尤其在理论术语的建设上，还需要做非常细致、扎实的工作。当然，文化诗学只是文学批评理论与方法的一种探讨、一种设想，它不可能是唯一的探讨和选择。

（原载《当代人》1995年第4期）

---

① 斯蒂芬·葛林伯雷1986年9月4日在西澳大利亚大学做过题为《通向一种文化诗学》的讲演。可参见张京媛主编《新历史主义与文学批评》，北京大学出版社1993年版。

批评的专业化与批评的品格
——兼论文学批评与学术机制的关系

一段时间以来，文学批评常为人讥笑与嘲弄，或言其"缺席"，或言其沦为商业化的奴隶，等等。批评家在人前似乎说话底气不足，亦难以为自己辩白。事实上，文学批评受到社会浮躁风气和消费价值导向的影响，确也存在着被人诟病的痛处。

我们有必要回顾一下，20世纪80年代以来刮起的商品经济风潮对社会影响甚巨。从经济学角度看，这场商品经济风对推动市场经济的前进步伐无疑是有极强推动力的，而对尚无思想与心理准备的知识界来说，却是当头一棒。知识界刚刚从"文化大革命"的噩梦中复苏过来，才树立起来的一点点自信与自尊又被突如其来的"下海经商"潮与"脑体倒挂"表象慢慢击碎。知识界包括文学界都对市场经济难以适应，其感觉仿佛是初长的菜苗一夜之间遭遇到了霜露——蔫了。进入90年代中期，知识界经历过心理上的煎熬，终于逐渐认可市场经济这只无形的手的力量，知识分子也逐渐认识到自身的社会与市场价值，并有意地开发这种价值并使其增值。在社会狂炒院士价格、明星效应的同时，学术界又引入了量化考核机制，知识分子在此时倒真有点头脑发热了。有的知识分子还自觉地加入到"炒作"的队伍，"炒"文化，"炒"学术，"炒"批评，并力图将自己也"炒"热，借此获得社会地位与经济效应的双重效果。随着消费社会与大众文化时代的到来，知识界包括批评界围绕着消费目的来活动已日益彰显，媒体介入批评，甚至与出版商合谋炒作学术，使得批评的商业化、学术的谋生性色彩越来越强烈。

在这段社会转型时期的历史中，文学批评到底怎么了？它完全是被动地裹挟在商品经济与消费社会的大潮中丧失掉自己的地位，被挤兑到边缘，而且还失去了自己的价值追求了吗？是因为社会的金钱价值导向与消费欲望的无限刺激以及学术机制、文化机制的转换而导致批评的失向与倾斜了吗？不是。如果说批评完全是被动地顺从、适应社会风气与学术文化机制，那是错误的，是批评不敢正视自己角色与地位的软弱的表现。在变化多端的社会风向中，批评坚持了自己的立场和品格了吗？显然没有。

事实上，我们不能责怪或抱怨社会风气与学术体制的好坏，关键还在于批评家是否坚持了学术立场与学术人格。其实，有思想的批评家并不为社会风气所左右，相反，他时刻以批判的眼光透视着社会，并坚持着自己的专业水准而不降格以求。另外，评价一个学者与批评家的贡献与地位，学术传统与现行的学术体制也并不只强调他论文的数量，而不强调质量。比如申报博士点或重点学科，带头人只要填五种有代表性的论著，整个学科点的成果也只要求填30篇代表性论文和20种著作。现在一些高校尝试在人文社会科学领域评资深教授，如果真正评起来，恐怕也还是评他在学界突出的创造性贡献，而并非只看他论著的多少。在文学创作界也一样。有的作家早期的创作水准就高，足可以代表他的整体水平，如曹禺现象；有的作家一生作品不少，但都平平，没给人留下多少印象。衡量一个作家的水准与地位，还是要看他代表作的水平的。在人文社会科学领域，虽然在总体上而言是年纪越大越成熟，积累越多名气越大，但也不否认有的人在青壮年时做的研究由于开创了一种新的研究方法，得出新的有开创性的结论，那时就已奠定了他的学术地位，如人类学、社会学领域的研究就有此现象。所以，学术评价体系从传统上言还是看他对学界突出的创造性贡献，而不只重数量。现在也没有人要去推翻这一传统。

再说市场导向的影响。尽管市场对学术、对批评影响甚大，但人文知识分子也并非完全屈服于市场，他对市场始终是存有戒心的。对于市场热炒文化和人文知识分子，比如热炒余秋雨等，大部分人文知识分子是抱观望与谨慎态度的。现在有人专挑余秋雨的刺，并非就是出于嫉妒，就是怨恨市场，有的确实是出于对文化的虔诚，觉得人文知识分子不应该传播有误的文化信息，用假文化知识糊弄老百姓。中国人文知识分子有对文化虔诚崇拜的传统，觉得做学问就应该处于一个清静的地位，应该严肃认真。正如钱钟书所说，"学问乃是荒村野老之事"，绝大部分人文知识分子都能接受这种地位和角色定位。

中国知识分子与西方知识分子不一样的地方在于，西方知识分子多将知识当作谋生的手段，正像哈佛大学哲学教授罗伯特·诺齐克指出的，西方知识分子的学校教育让他觉得他们理应成为社会上最受尊敬的、最有声望和获得最高收入的人，但他走向社会之后，却得不到这种待遇，因此对市场心怀怨恨。① 中国的知识分子也有"唯有读书高"的传统,"学而优则仕"的传统体制对他们有所保护,传统中的知识分子对市场隔膜,对官场熟悉。在文化传统中,学问等同于"道","朝闻道,夕死可矣",真正有志于从事学问研究的就是选择了清贫。这种传统在现代知识分子身上留下的痕迹还很深。尤其是近代以来,取消科举,读书做官的路堵塞,做学问与当官成为两种不同路向的选择。长久以来,知识分子已然养成一种做学问就是清贫的习惯。20世纪80年代初期,知识分子面对市场冲击确实是有过一番心动神摇,但到现在为止,知识分子并不完全靠市场经济价值来衡量自己的学术。他们中有许多人也清楚地知道,做学问不如去上课赚钱,也不如去编畅销书赚钱,但他们并没有去做赚钱的事,仍然坚持在做扎实的学术。当代中国人文知识分子对市场是抱静观态度的,一方面认为市场经济时代到来,一切要由市场来导向是挡不住的趋势,是社会进步的表现;另一方面对自己从事学术要完全与市场挂钩一直是不热心、不主动的,甚至是怀疑的。

从现状上说,现在也不能不说是人文知识分子做学问的好时机。一是经济状况改善,"脑体倒挂"现象基本改变,知识分子收入处于社会的中上水平;二是学术研究与批评环境相对自由宽松,即使拿不到社科基金,但只要自己按兴趣研究,拿出有价值的成果,有眼光和经济实力的出版社也还是会出版的。更何况管理部门还提出引导的政策,人文社会科学的资深教授也可享受自然科学领域院士待遇呢!当然,我这样说,不是说现在的学术体制已经完善了,而是说现在的学术体制也在发生变化,知识发展的规律会逼迫管理部门改掉那些过于僵化教条的评价体系、考核指标,会推出更多顾及人文社会科学特点及其发展规律的评价标准。

在文学批评方面也是如此。面对消费世风和与之相应的新的文学生产机制,文学批评也还得有自己的立场和品格。王晓明在《面对新的文学生产机制》一文中曾列举了当前十种新的文化/文学生产机制,② 这些新的文化/文学生产机制委实将对文学批评产生很大的影响,我们必须要对它们加以认真研究。然而,不管怎么说,文学批评在正视这些新的文化/

---

① 参见[美]罗伯特·诺齐克:《知识分子为何拒斥资本主义》,见[英]哈耶克、[美]罗伯特·诺齐克等著《知识分子为什么反对市场》,秋风译,吉林人民出版社2003年版。
② 参见王晓明《面对新的文学生产机制》,载《文艺理论研究》2003年第2期。

文学生产机制时，必须坚持它的批判眼光和专业化。批判眼光是批评的学术立场，专业化则使批评保持和强化它的学术品格。我之所以强调专业化，是因为批评不是广告，也不是个人的理论自娱和与娱乐配套销售的文化工业产品，而是真正富有思想与学术立场的艺术品。只有专业化，批评才能走近艺术，推进艺术，正如我们通常看到的美术批评和音乐批评一样，那是很需要专业知识和专业话语才能走进乐迷和懂行的美术爱好者心里去的。专业化的批评自有它的专业性标准，它之所以与"媒体批评"相区别，就在于它有一定的学术范式和专业术语。"媒体批评"是抓热点，因为没有热点，它就抓不住读者，抓不住市场，同时这也是为了满足大众的需要。而真正的文学批评却是要面对文化/文学现象，沉静下来反复认真地思考才做出来的。专业化批评是不赶热点的。举个例子，有的批评家今年在报纸上批评这个批评那个，都说是好作品，但三年后呢？他来个180度大转弯，说当年的那些作品都不值得一提。这种自相矛盾的说法证明媒体的热点批评往往产生泡沫，显出浮躁，而专业批评家做出的批评是靠积累、靠反复思考而来的，是经得起历史淘洗的。到现在为止，我们大都还记得批评家季红真1985年写的那篇《文明与愚昧的冲突——论新时期小说的基本主题》的批评论文，就是因为它有极强的专业性。

说到这里，大概我提出的专业化批评已很接近人们通常所说的"学院派"批评了。正如南帆所说："'学院派'批评要求言之有据，要求严谨的论证。这是'学院派'批评的可贵品质，也是'学院派'批评反感以'个性'或者'自我'包打天下的原因。"[①] 但专业化批评与"学院派"批评还是有区别的。"学院派"批评显得严谨，有较强的理论色彩，比较讲究追问事情的原委成因，爱追溯历史，讲究批评观点形成的共同积累和基本准则，但有时不免带有些学究气；而专业化批评则主要强调批评的到位，它也遵守批评的基本准则，但更强调个性的体验和思想上的尖、新、深，文字会显得灵动活泼。它在文学批评的专业领域站得住，有一定说服力和冲击力。比如青年批评家谢有顺，他的批评算不上"学院派"批评，但其专业性是很强的。因此，不管是"学院派"也好，"非学院派"也好，我认为批评必须做到专业性，才能立得起、留得住，才可避免炒作性、浮躁化。

---

① 南帆：《"学院派"批评又有什么错？》，载《中华读书报》2003年6月25日。

韦勒克在论及文学批评、文学理论和文学史三者关系时说得很好。他既强调文学理论对文学批评的指导意义，同时也强调文学批评的形成要重视文学史知识的基础。在文学史方面，他又尤其重视历史上各类文学批评所做出的积累。文学批评要做到专业化，就应该重视理论，重视文学史，而不能抛弃已有的共同积累和基本的理论准则，而只顾"自我"的言说，甚至天马行空、独断专行。我们都钦佩巴赫金在小说理论方面的创造，但只要细读巴赫金，会发现他在创造出"复调"与"对话"理论的过程中，引用过多少前人的研究成果。他也是立足于前人的积累，并站在前人的肩膀上才有自己的创造的。当然，这些创造还是他独特的分析眼光与审视角度起主导作用，是他独自体验与剖析的结果。他对陀思妥耶夫斯基的批评及其理论创造，正是因为其专业性强，才被世界文坛所重视。

批评的炒作与浮躁自然与"跟风"相关，而"跟风"与批评家缺乏学术勇气、不敢坚持批判立场相关，更重要的则是缺乏思想。没有思想，故只能随大流，更不敢对低劣作品和不良文化/文学现象进行一针见血的批判。过去人们是将批评视为锋利的解剖刀的，但现在这把刀子则变成为人涂脂抹粉用的毛刷刷了。有的批评则借虎皮做大旗，将国外的理论搬弄一番，却毫不涉及现实问题，看似挺专业、挺理论化的，但思想是他人的，其文风还是显得浮躁、苍白。坚持批评的学术品格，就是要坚持批评家有思想，有思想的批评才有锐气，才有活力，才敢大胆地贴近文学、贴近现实。有思想的批评才会让人读来痛快，哪怕是过了几十年上百年，读来也仍然让人激动。而"跟风"的、炒作的批评很快就会变成明日黄花，被视为"快餐文化"的附属品。一个批评大家或批评巨人应该是兼备思想家与文化哲学家的才能的。现在，我们经常提学术创新，于批评方面的创新也就是要道出自己的思想，说自己的话，不说随大流的话。要做到创新，没有怀疑精神和批判意识，没有深刻的思想支持，也是做不到的。有了思想，有了批判意识，批评才有自己坚定的立场，才可在消费浪潮与浮躁世风中坚持自己的专业性，才可避免商业化的污染，才可真正显示出批评的"在场"与不可缺少的角色和作用。希望这不仅仅是我一个人的愿望和理想。

（原载《文艺理论研究》2003 年第 5 期）

现实关怀、底层意识与新人文精神
——关于"打工文学现象"

作家的人文关怀大致可分为两种层次：一是对人类的终极关怀，即追求人类生存的意义、死亡的价值、人的全面和自由的发展以及人的精神追求等；二是对人的现实关怀，即对人类生存处境和具体现实环境的关心、人性的困境及其矛盾、人对自由平等公平公正公义的艰难追求以及人类的灵肉冲突，等等。在现实关怀之中，包含着作家强烈的人道主义关怀和人本主义意识，体现出作家对人的生存状态的高度重视，对人的价值的集中关注，尤其体现在对社会底层命运的关注以及对他们生存欲望的深刻理解和同情。过去的文学大师，如果戈里、陀思妥耶夫斯基、狄更斯、雨果、巴尔扎克、鲁迅、曹禺、巴金等都是这类现实关怀的典范。20世纪后半期，西方发达国家进入后工业时代，文学大师以及后现代哲学大师们更多地体现为第一种层次的人文关怀，但对于发展中国家来说，现实关怀仍然是作家人道主义精神的重要部分，文学的底层意识仍然显得十分重要和必要，并能在世界文学史中闪烁出异彩，如南非作家库切的创作，还能获得诺贝尔文学奖的青睐。

中国20世纪80年代以来的现实就是一种发展中国家的现实。改革开放初期，社会的工业化进程刚刚起步，在沿海地区进行的"三来一补"企业以及靠劳动密集型起家的工业，劳动条件艰苦，许多企业还处于原始资本积累阶段，其着眼点在于"物"，眼里还顾不上人。那时的工厂聚集了一批从农村转移来的农民工，其生活的艰辛正如一些打工诗人所描写的："像老鼠一样在生活着。"深圳当年流行在"三资"企业中的"打工歌谣"有一首唱道："一早起床，两腿齐飞，三洋打工，四海为家，五点下班，六步晕眩，七滴眼泪，八把鼻涕，九（久）做下去，十（实）会死亡。"打工阶层尤其是农民进城务工阶层的生存状况是非常艰难的，稍有不慎还要被辞退，有的受了工伤却得不到赔偿。90年代始，城市改革开始，不少国有企业改革的起步往往是以一部分工人的失业为代价的，因为国家要调整工业结构，城市要"腾笼换鸟"，换下来的"鸟"有的却无能力再进新的"笼子"了，于是工人从过去的娇宠一下子就沦为社会底层，这确实让许多人唏嘘不已。在今天，虽然有的大城市已经发展得很繁荣，大厦林立，车水马龙，灯红酒绿，丝毫不亚于国外发达国家的城市，也有了诸多首席执行官、大企业家、白领、中产阶级、小资等，但在这些城市的表面繁荣中也仍然有挣扎在维持基本温饱水平的贫困户，还有流浪在城市各个角落乞讨的流动人口。更何况城乡之间的差距没有缩小，反而在继续扩大，底层还是构成我们这个社会基础的较大部分。从总体上来说，社会在发展，在进步，在步入小康，但我们还必须关注底层，为底层呼吁，并为改造底层、提升底层做出切实的精神关怀。

这就是说，我们这个社会和这个阶段需要文学的底层意识。

底层意识是一个形象的概括，如果按写作者分，则可分为两类，一类是由已不是社会底层至少说是中等阶层或知识分子写作中体现出来的底层意识，由于他们关注社会底层的生活艰辛和生存困境，其作品往往有强烈的现实关怀精神。但有时往往也不免有俯视的感觉，有的还对底层生活存在一定的隔膜，多少带有一些臆想的成分，有的流露出过于同情的意味。另一类则是由本身就处于底层的写作者即进城务工或在乡镇企业务工的打工者所写的"打工文学"所体现出来的底层意识。由于他们有亲历的体验，会更让人感觉到平实。有的为了给自己打气，反而更趋理想化一些。尽管有两类写作者的表达不同，但底层意识在精神内涵上是一样的，即对社会底层生存状况的关注与揭示，意在唤起社会对社会底层命运的重视，为社会底层遭遇不平等、不公正待遇鸣不平，对社会改革中出现的相对贫困和暂时困难给予关注，对社会底层前途的改变与未来路向充满着忧虑与同情。

与20世纪80年代的"伤痕文学""大墙文学"相比较，当前文学的底层意识主要不在反思造成对底层人物伤害的社会原因和人性原因，而是着重在对现实生存境遇的描述，因此表现出来的人道主义关怀更多的重在"切近"而不在"反思"。与"知青文学"相比较，当前文学对底层人物命运的描写更着重在写出他们的无奈与生存挣扎，而"知青文学"着重在反思当时青年的盲从和迷茫。当前的底层写作与底层意识的表现，更多地与社会主义市场经济的艰难进程和社会改革的阵痛联系在一起，其中虽也有对愚昧的鞭笞和文明的启蒙，但更多的主题则超越了"文明与愚昧冲突"的限制，而将笔触深入到对社会转型期阶层的分化与身份的转移、社会改革带来的生存困惑和道德困扰以及许多一时还难以做出好坏对错判断的难题。值得重视的是，当前文学的底层意识已具备了新人文精神的因素，有了超越一般人道主义同情和平等意识呼吁的新质。这种新人文精神的质素大致表现在如下几方面。

首先，身份焦虑与主体觉醒。身份焦虑是文学底层意识中常常表现的内容，底层人物通过对自身位置与身份的辨认，表达出一种对自我价值的质疑或确认，反映出一种维护自我尊严、追求平等公正和自我价值认同的主体意识。榛子所著的小说《且看满城灯火》就是通过对工人阶级在国有企业衰落过程中对自己身份的焦虑和质疑，揭示了当前工人阶级的生存状态、身份转移和出路艰难的问题。叶大生有着工人阶级的情结，因为他从他父亲叶国权那儿继承了工人阶级的身份与传统，他四兄妹分别被作为老工人的父亲叶国权命名为"大生""大产""大模""大范"。但在国有工厂受市场浪潮冲击，由于管理和市场定位的缺失日渐走向衰败的过程中，他们四兄妹都相继失去了国有工人的身份。老二大产早早就看穿，跳出工厂去承包酒店，靠色情服务去招揽生意；老三大模下岗后只能靠卖馒头、摆书摊过日子，从事小本经营；老四大范沦为擦鞋女工，最后还沦落到被人包养的境地；有技术、有名气的老大大生在工厂坚持了许久，但最终也受不了"民营企业家"可赚钱的诱惑，离开了国有工厂，办起了私人工厂。小说通过大生的回想，道出了对如今工人身份的质疑。过去他四兄妹刚参加工作，父母领着他们去饭店聚餐庆贺，来到大桥上看城市景观，四兄妹相继喊出："啊，且看满城灯火／敢问谁家天下／看我工人阶级。"那时的工人是何等自豪，可如今的产业工人却在丧失身份，没有了光荣感与归属感。小说写得很有苍凉感，透露出了国有企业衰败和工人身份失去的某种无奈，而小说表现出来的质疑与追问却令人警醒，也反映出了底层人物对自我身份的焦虑和探求。大生最后离开国有企业去办了自己的工厂，因为他在国有企业里无法施展他的技术，他需要的是能有所作为。老二、老三、老四都分别在默默地寻找自己的出路，虽然有像老二那样违规操作的，但也有像老三那样凭小本经营生存的。小说虽然对国有企业持批判态度，但也对它们的现实境遇表示了理解——国有企业疲惫了、衰老了，而国企改革又"在厂区和车间里扫来扫去，就像一个不称职的清洁工，扫得浮皮潦草"，改革的不到位最终使国企衰败，工人下岗，也留不住有技术的人才。联想到这几年有些国有企业领导借企业改制之名，变卖国有资产肥了自己腰包而不管工人生存与出路的例子，就足见这小说提出的警示和预示是有强烈的现实针砭意义的。小说给大生留了一条光明的出路，实际上也是对他的身份觉醒和对自我价值追求的认可。

"打工文学"中经常充满着对身份的追问，因为是进城打工，他们反而不忌讳自己就是"打工仔"，而且也非常清楚自己的位置是移动的、漂泊的，是要靠维护自己的自尊和发挥自己的才能才会去获得应有的价值回报的。张伟明的小说《对了，我是打工仔》里的"我"懂得用编造的"劳工法"去维护自己不加班的利益。他的小说《下一站》中的吹雨竟然敢对着香港总管杜丽珠的面一字一顿地说出："告诉你，本少爷不叫马仔，本少爷叫一九九七。"然后，他毅然地炒掉了老板而走向了"下一站"。黎志扬的小说《打工妹在"夜巴黎"》中，四川辣妹子容妮在歌舞厅里狠劲地踹了想揩她油的香港"秃头"一脚，当然，最后她只好守住在工厂做工的一份工了。周崇贤的小说《漫无依泊》写出了打工者在城市里的身份与灵魂都漂泊无依的痛心感受，"我"虽然有文字写作才能，但因无钱付城市增容费，就只能是城市的"边缘人"。相对于作家们的底层写作而言，打工文学的底层意识对身份的焦虑更为迫切，对自我的尊严更为看重、更为维护。即使在现实中遭受到不公平、不平等的凌辱，也要在文字上、精神上获得自信与自尊。在张伟明的小说《我们INT》里，"我"在梦中对香港总管小姐的痛快占有，也是弱者在想象的性关系转换中挽回打工仔自尊的一种书写。

身份焦虑是主体觉醒的重要标志。打工仔意识到自己的身份而不甘屈辱，宁可辞工炒老板鱿鱼而不愿低三下四丧失人格；工人对过去身份的质疑，在下岗后仍然要寻找出路或寻找自我价值实现的其他途径，虽是无奈中的选择，但依然是适应市场竞争的主体选择。相对于过去作家们写底层人物的逆来顺受和"哀其不幸，怒其不争"而言，当前的底层写作更让人觉得富有社会与时代的气息，以及对人的自我尊严的维护。这就是经过20年改革开放以后人的主体意识觉醒、人的自我价值提升、人的自由度相对扩大的结果。对道德缺失的拷问和对道德与法律关系的思索，底层写作既关注底层人物艰难的生存境遇，但也对底层人物在对待金钱与道德、金钱与传统伦理关系、金钱与人格尊严维护、金钱与法律冲突时出现的道德缺失进行了批判，同时也对能正确运用法律约束自身行为以及维护法律与正义的行动加以肯定。晓苏的小说《侯己的汇款单》中，侯己的儿媳因想霸占公公打工寄回来的500元汇款而失去了应有的伦理制约，而村子中的药铺老板、杂货铺老板，还有村支书、村主任都想要雁过拔毛。一张汇款单使这些底层人物乘人之危和自私、贪婪的面目全都浮出地面。残雪的《民工团》以她那惯用的怪异与冷峻将小人物之间在"死囚"般生存处境里还相互告密和互相压迫，为了追求一己利益而力争强权等道德错位和灵魂缺失进行了揭露。虽然她采用的是一种变形的写法，让人觉得另类，但其借用"民工团"这一底层组织来展开，又让人感觉到其对道德拷问的严厉以及对人性追问的犀利。周崇贤是早期"打工文学"的代表人物之一，他的"打工情爱系列"小说曾对打工者的情爱问题进行过深入细致的剖析，其中既有对打工妹为保护自己贞操而拼死挣扎的赞赏，也有对打工妹出卖自己肉体不算还助纣为虐的鞭挞（如小说《米脂妹》中的也非和李红）。而在周崇贤、林坚、安子等"打工文学"先驱们之后，"打工文学"对爱情的思考变得更复杂起来。如王世孝的小说《出租屋里的磨刀声》虽然写的也是打工者的爱情悲剧，但也将对困境与仇恨、物质与精神、道德与法律等的思考带入了小说中。小说写了底层人物对社会与环境的仇恨，但磨刀人最后终于带着自己受伤的女人消失了。天右因生存环境的窄逼也失去了自己心爱的人，他怀着报复心理染指磨刀人的女人宏，但在他误砍了磨刀人之后还坚持要送磨刀人上医院，并付医药费。仇恨埋在了心底，并没有让它肆意横行，他们在内心深处设置了不干傻事的法律底线。磨刀只是他们发泄仇恨的一种心理借代。在罗迪的小说《谁都别乱来》中，处于社会底层并坐过牢的歌厅歌手"我"检举了盗窃高级小轿车的朋友阿华。之所以这么做，是因为他并不想出卖朋友，而是容不得社会犯罪。这是他的社会良知，是他不允许任何人乱来的理由。底层人物虽有仇恨，但并不干触犯法律和扰乱社会的傻事；虽在底层受过欺压，但也不容忍"乱来"的犯罪。这就是法律意识普及的结果，也是对社会良知和道德操守的坚持。从这一点说，底层写作并没有陷入愚昧的陷阱，而是具备了坚守良知和法律的新质。

其次，对城市认同的追问以及对融入城市的思考。底层写作中城市已由过去的隐在背景走向前台。随着民工潮的兴起，越来越多的农民工涌向城市，他们一方面为城市建设做出了贡献，另一方面也依赖着城市开始了他们的另一种人生。作为城市的边缘人，他们无法认同城市，但又离不开城市。林坚的《别人的城市》中，打工仔段志在城市中受挫后不得不离开城市回到故乡。在他眼中，这城市属于别人。但他因在城市住过，回到乡下又再不能适应传统的生活，最后又不得不返回城市。黄海的诗歌《这个城市没有记住我的名字》里说，"漂流，在乡村与城市之间漂流/不属于乡村也不属于城市"，正是他们的真实写照。虽然城市未记住他们的名字，但并不妨碍他们像"好奇的小鹿"一样"伸长脖子"去探寻城市的奥秘，"永远望着水泥建筑流兮盼兮"。尽管他们不是城市人，但他们也在思索，"如果我成为这个城市的一分子/就有构成砖和瓦的义务和权利"。打工者并不是简单地打工，他们在追问自己应有的义务和权利。他们的父辈希望他们的子孙能成为城里人，黄海的诗《致我的父亲》题记里写道，父亲将儿子打工寄回的汇款退回来，说只要儿子能过得像个城里人，他就是饿死也瞑目了，"父亲呵！你说你一辈子的荣耀/是儿子蜕变成城里人所得到的幸福"。这些追问和梦想如今在深圳已正在变成现实，安子是早期外来工成为"白领"的典范，因为她靠自己的奋斗有了属于自己的天空。而杨广，六年如一日不懈追求，获得了高级电工的资格证，终于成了调入深圳市具有深圳市户口的农调工（见《南方日报》2005年4月6日，第C01版）。在周崇贤《漫无依泊》中打工者无法成为城市人的心痛感正在现实中逐渐融化。经过城市生活的洗礼，农民工也树立了与城市人共同的现代观念，如林坚《深夜，海边有一个人》《流浪者的舞蹈》等小说，不同程度地写出了打工者也必须改变与世无争的传统文化标志，参与到奋斗拼搏的竞争中去，"要搏杀才能有出路"也成为多数打工者的心声。"过客"心理、"边缘人"心理正在逐渐改变。这也是近年来闽南语歌曲《爱拼才会赢》在打工者与卡拉OK厅里大为流行的原因。

最后，我还得对"打工文学现象"说几句话。打工文学现象从社会学角度去看，应视为社会底层人物素质提高的表现。农民工进城务工，是农村剩余劳动力向城市转移的必然趋势，也是社会现代化进程（工业化、城市化、市场化）的必然之路。农民工进城务工，成了社会现代化大潮中的弄潮儿。他们适应社会的需要，在生存中拼搏，在竞争中提高。其中的佼佼者能拿起笔书写自身的感受与经历，道出了一个阶层的心愿和呼声，不能不说是当今新一代农民的骄傲。打工文学作家中有的人成了专职的文字工作者，当了记者、编辑、文秘，有的人还成了律师和中级管理者，这充分表明当今社会的自由发展空间的扩大以及对人的能力与价值的认可。最近，团中央还专门为打工文学改了名，叫"进城务工文学"，并为其设立了"鲲鹏文学奖"，这一切都是新人文精神在社会与文学当中的体现。"进城务工文学"虽然是底层写作，但其透露出来的新人文精神理应受到评论家们的重视，它们也是这个时代这个社会的一脉气息、一种文化状态、一个阶层精神面貌的表现。

（原载《文艺争鸣》2005年第3期）

城市文学：21世纪文学空间的新展望

21世纪将是一个城市化飞速发展的世纪，在这一世纪内，西方发达国家将进一步完善高度发达的城市化和城乡一体化，而发展中国家也将出现向新的现代型的城市化飞速迈进的时期。

西方发达国家在20世纪70年代，城市化已达到相当高的水平，并开始出现大规模的城市郊区化，尤以美国为突出代表。尽管美国曾为了挽救中心城市的衰落而发起"市区复兴运动"，但最终没有收到明显的成效，而不得不放弃这一努力。① 因此，以郊区化为标志的城乡一体化将成为21世纪发达国家城市化的主流。发展中国家在"二战"后相继开始其现代城市化进程，中国从20世纪80年代起正式加入这一行列，并在90年代形成异常迅猛的城市化浪潮。1990年中国城市有467个，到1999年便达到668个，城市总人口为2.3亿，② 城市在以每年几十个的惊人速度增长。与此同时，城市群、城市带也逐步形成。中国经济学家王建曾设想，到2010年，中国将基本完成现代化，届时中国将出现京津冀、沈大、吉黑、济青、湘鄂赣、成渝、珠江三角洲、长江中下游和大上海九大都市圈③。

现代城市化促使城市文学日益兴起并蓬勃发展。从19世纪开始，西方文学中，城市文学便开始大量涌现。中国城市文学在20世纪80年代才大量出现，并在90年代迅速形成汹涌澎湃的城市文学浪潮。与西方相比，中国城市文学的历史十分短暂，它的兴起对于向来以乡土文学为主体的中国文学来说，也便具有了与西方文学所不同的异常重要的意义，它已经并将在21世纪进一步拓展中国文学的表现空间与审美格局。

---

① 参见孙群郎《美国现代城市郊区化及其社会影响》，见王旭、黄柯可主编《城市社会的变迁：中美城市化及其比较》，中国社会科学出版社1998年版，第130～131页。
② 参见《城市化道路怎么走？》，载《经济日报》2000年5月19日。
③ 参见王建《美日区域经济模式的启示与中国"都市圈"发展战略的构想》，载《战略与管理》1997年第2期。

一

对于中国文学来说，城市文学对于整个文学的拓展首先表现在对于文学现代性空间的拓展上。文学的现代性是文学在以工业化、城市化为标志的现代化过程中所呈现出来的必然特性。现代的审美风尚、话语、意识、理念，现代的物质景观、生活内容、生活方式是现代化的必然产物，是现代性的具体体现。它随着现代化的进程而不断地更新着自己的内容，拓展着自己的疆域，并赋予自己时代的文学以崭新的面貌。因此，文学的现代性在某种程度上意味着它的当代性，它是现代化进程的折光与反映。

在乡土文学、军事文学、历史文学等几个中国文学的主要的类型中，文学的现代性异常微弱。乡土文学直面乡村生活，具有恒定的质素，从《诗经》中的"国风"到唐代山水田园诗、明代的小品文，直至沈从文的《边城》、刘绍棠的《蒲柳人家》，它的审美意识、审美风尚，它的物质景观、生活内容历千年而不变。即使是在现代化飞速发展的现当代，处于强大的现代意识、城市意识的笼罩之下，它对于现代化所带来的一切拒斥多于接受。这在当代许多以城乡冲突为主题的小说中有着突出的反映。乡村生活在话语、意识、理念、景观、生活等方面，与现代化的城市生活之间的巨大落差，对乡土文学的现代性形成极大的制约。

历史文学的现代性更为微弱，历史文学旨在复现早已逝去的历史风云，它远离当下的现代生活、城市生活，它所展现的一切，思想、意识、理念、生活与现代化的城市生活殊不相类。因此，在本质上，历史文学是与文学的现代性无关的。军事文学的题材更为特殊，军营生活、战争场面是其描绘的核心。尽管最新的科学技术总是首先在军事领域得以运用，并使现代军队的一切呈现出与往古迥然不同的面貌。但是军事领域的一切毕竟与普通人的生活乃至感受完全不同，从而使得军事文学中，现代性呈现出极为特殊的面貌。因此，从总体上来看，中国文学的现代性空间是极其狭小的。正如中国的城市化远远落后于其工业化[①]一样，中国文学对于现

[①] 在工业化和城市化进程中，城市化一般高于工业化，但中国城市化大大滞后于工业化的发展。参见中国科学院国情分析研究小组《国情研究第三号报告：城市与乡村——中国城乡矛盾与协调发展研究》，科学出版社1994年版，第19页。

代性的展示同样远远落后于中国现代化的进程。而城市文学的出现极大地改变了这一文学面貌,为文学的现代性提供了极为深广的展示空间。

城市文学将目光投向当下中国急剧变化的城市生活,城市的每一个新动向,从物质景观的巨变到精神世界的潮流涌动,都会得到精确的描绘。文学是时代的风雨表,城市文学更是现代化的敏感神经。现代化促使城市的一切迅速更迭,新景观、新技术、新产品、新思想、新观念以令人难以想象的速度出现,并迅速落伍,各领风骚三五天,由此形成了城市审美风尚的时尚性。唯新是从成为人们的普遍心理,时髦成为审美的普遍标准。中产阶级的奢侈豪华、时装的炫目与华丽、追星族的狂热、网络爱情的风靡无不体现出这种审美的时尚性,它是现代化的具体而生动的表征。而城市文学对于当下城市生活的直接切入,对于现代化、城市化的同步叙述,对于这种审美时尚性的直接演绎,使得城市文学具有高度的现代性,中国文学现代性的空间也因此得到了极大的拓展。城市文学在20世纪90年代的强劲崛起已经改变了整个中国文坛的面貌,形成城市文学、乡土文学两极对立的文学格局。在21世纪,随着城市化进程的进一步加剧,这种两极对立的文学格局将会逐步向城市文学一极倾斜,乡土文学将逐步式微。尽管由于中国乡村的广袤无垠,乡土文学仍然具有极其广阔的空间,但是这种文学格局演变的趋势不会因此而有所改变,而中国文学的现代性也由此而进一步增强,文学现代性施展的空间也会因此而更加广阔。

二

在当代中国,伴随着城市化兴起而出现的市民社会,对于城市审美风尚的流向、城市文学空间的拓展具有重大影响。中国历史上并无西方意义上的市民社会的存在。中国向来是一个集权制国家,中央集权经历代王朝的强化,至明清达到顶峰。集权制的发达使得西方意义上的市民社会根本不可能存在。当代中国具有现代特点的市民社会,直接导源于中国在经济改革中所确立的利益驱动机制。利益驱动作为一个强有力的杠杆,使中国社会阶层发生了巨大的分化,"造就了一大批脱离了单位体制等其他政治控制单元的个体劳动者、私营企业主及其从业人员、'三资'企业职工,以及文化个体户、科技开发人员之类的'无上级'人士所构成的新型社会群体。他们实际上构成了当代的初步意义上的'市民社会'"①。

市民社会在20世纪80年代中期开始萌芽,并在90年代随着市场经济的正式确立而强劲崛起,成为城市社会构成的主体,从而也成为当代城市文学最为主要的接受群体、消费群体。市民社会以实利原则为核心,以世俗快乐为其追求的目标,由此导致城市审美风尚向消费型的世俗化模式转换。在物质生活上,豪华住宅、名贵汽车、星级饭店、高级游乐场、时髦的服装、高档的写字楼、包罗万象的购物中心,总之,一切使生活趋于高雅、精致、舒适的东西,都成为整个城市社会的普遍追求,尤以市民社会中日益富有的中产阶级最为突出。这种物质性的渴求是市民现世哲学的具体体现,它的所有选择,其指归完全在于现世的享乐。它紧紧与现实的生活相联系,而抛弃了那种超脱于世俗生活之上的、具有某种终极指向的审美意识、审美风尚。因此,这种审美完全是消费性的,呈现出世俗化的特性。精神生活领域同样如此。城市社会风靡的大众的文化,如各种流行音乐、卡拉OK、MTV、通俗杂志,完全是一种"快餐"性的文化,它的消费特性非常类同于高级游乐场等物质性的消费。它所要求的不是对于灵魂的质问、心灵的震颤与悸动,不是对于生命深度的追寻,它所追求的只是强烈的感官刺激,仅仅满足于浅层次的精神需求。

这种消费型、世俗化的审美,内在地存在着多元化的审美价值取向。它不具排他性,各种审美价值取向可以和谐共存,没有任何一种审美风尚能够凌驾于其他审美风尚之上而居于绝对统治地位。在这里,个人完全有选择的自由,它体现出市民社会所具有的自由的本质特性。因此,个人选择的自由对于市民社会多元化的审美价值取向的形成具有极端重要的作用。美国从20世纪50年代开始,个人主义盛行,热衷于"实现自我价值",② 群体意识日益淡薄。这种现象在20世纪90年代日益突出,从而使得审美价值的多元化的走向极其显著。而在中国,随着利益驱动机制的确立和市场经济的逐步形成,个人选择也日益突出。与此同时,国家权力意识形态的约束力松动,知识分子意识形态也日益边缘化,具有某种强制

---

① 朱光磊主编:《大分化新组合——当代中国社会各阶层分析》,天津人民出版社1994年版,第44页;夏之放:《转型期的当代审美文化》,作家出版社1996年版,第34页。

② ON Self-fulfillment as Self - actualization, see R. H. Stensrud, "Self-Actualization", in Ragmond J. Corsini, ed, *Encyclopedia of Psychology*, Vol. 3 (1994), pp. 359 - 360.

性的、人为倡导的、占主流地位的审美风尚实际上已不复存在。由此，多元化的审美追求业已成为当代中国市民社会的审美价值取向。

城市文学直接将自己的目光对准当代市民社会，进行广泛的扫描。上至百万富翁、高级白领，下至工薪阶层、下层市民、打工一族，市民社会各阶层的审美意识、爱好、风尚无不得到全面而深刻的展示。这在以"新生代"为代表的中国当代城市文学中有着突出的表现，其势头在更为年轻的"70年代作家"身上更为迅猛。因此，在属于市民社会的城市文学中，市民多样性的审美追求更能得到充分的体现。

三

现代科技作为现代化的强劲动力，对于现代化进程的影响极其巨大，科学技术的每一次革命都极大地改变了人类的生活面貌，同样也为文学不断开拓着新的空间，使文学不断呈现出新的面貌。当代文化工业的形成与蓬勃发展，城市文学新的形态——网络文学的出现，便完全是现代科技的直接产物。

20世纪50～60年代，现代科技的突飞猛进使得西方发达国家中，城市文化工业飞速兴起并蓬勃发展。20世纪80～90年代，城市文化工业在中国也开始出现。激光排版印刷、数码技术等高科技的广泛运用，使得图书装帧日益精美，出版日益快捷，影视视听效果达到撼人心魄的程度。由此，中国的图书市场、音像市场迅速走向繁荣。对于城市文学来说，繁盛的城市文化工业无疑为其提供了前所未有的表现空间，从而成为城市文学向深广之处发展的强有力的后盾与依托。

在现代科技中，对城市文学影响最为直接的是信息技术，尤以网络最为突出。它空前地拓展了作家的视野，并促使新的城市文学形态——网络文学的出现。20世纪90年代后期异军突起的网络技术对于城市社会面貌的改变是全球性的，它将整个地球连成一个得以瞬间沟通的整体，国与国之间巨大的空间障碍不复存在，"地球村"业已成为现实。由此，城市文学作家的视野空前扩展，对于新事物的了解与接受以前所未有的速度在进行着，其范围之广、速度之快，都是此前所难以想象的。中国有句古语叫作"秀才不出门，便知天下事"，这种非常夸张的语言却是网络时代城市文学作家面貌的逼真描述。任他世事如白云苍狗般变幻，节奏再快、频率再高，作家们也不再手足无措。天下之事，无论巨细，已尽在网中。因此，网络的出现对于城市文学作家把握生活的意义是极其巨大的。

网络不仅拓展了作家的视野，更直接导致了新型的城市文学——网络文学的出现。无论在何种层面上，网络文学都是一种具有绝对意义的城市文学。无论是作者、读者，还是它所描绘的生活，都完全属于城市世界。当前网络文学还只是刚刚起步，网络文学的总体水平并不高。

网络文学的现实意义并不在于它所取得的文学成就，而在于为城市文学提供了一个新的生存空间，一种新型的、完全不同于书本的阅读审美感受。王朔曾在"网络之星丛书"跋中认为，"这之后一切将变"，"网络为我们提供了前所未有的自由表达自我的机会，使每一个才子都不会被埋没，今后的伟大作家就将出现在这其中"[①]。无疑，网络文学所展示的巨大的文学生成空间的意义是不能低估的。而 21 世纪，随着网络文学的进一步成熟，这种文学空间拓展的意义将会更加突出。

然而，对于网络文学来说，更为重要的乃是它所呈现出的新型的阅读审美感受。网络本身所具有的虚拟性，使得网络文学在审美风格上也必然呈现出某种虚拟性。在网络文学里，想象性的空间更为巨大。电脑屏面空间的有限性决定了呈现于我们面前的永远只能是作品中的一页，它无法为我们提供一个共时性存在的文本整体，文本是在页面的滚动中存在的。因此，巨大的文本内容以及边写边上网而未能完成的文本内容，由于无法共时性地呈现于我们面前，从而完全成为一种想象性的存在，具有极强的虚拟性，由此所带来的感受也呈现出与阅读书本完全不同的特性。而正是这种极其强烈的审美虚拟性、巨大的想象性的空间的存在，使得网络文学具有了极其巨大的魅力。

想象性是文学的根本特性，而网络文学使文学的这种根本特性得以强化。文学，特别是城市文学也因此步入了一个崭新的阶段。

（原载《中国文学研究》2000 年第 4 期）

---

① "网络之星丛书"（《蚊子的遗书》《性感时代的小饭馆》《我爱上那个坐怀不乱中的女子》），花城出版社 2000 年版。

论洛夫中、后期诗歌的禅意走向及其实验意义

一

在台湾地区现代诗坛中，洛夫可以说是一位最能不断向自己挑战、最具勃发创造力、最有自己的独特风格与诗歌理想追求的诗人。从 1957 年他出版第一部诗集《灵河》起，40 余年来，他从未放弃过对诗歌的探险。1993 年，他年届 65 岁，还出版了实验性诗集《隐题诗》，并且发表了《超现实主义的诗与禅》一文，进一步发展与完善了他在 20 世纪 70 年代已提出的诗学观，表明他多年来的探险就是要探索"超现实主义精神内涵与技巧的中国化"①的可能性，要在认识了中国禅诗与西方超现实主义诗有暗合汇通的基础上，"使东西方的艺术思想加以融会而成为一种新的美学和表达形式"②。洛夫的诗歌探险是很有意义的，在一定程度上可以说，他的诗歌探索也代表了中国现代诗的探索走向。研究洛夫中、后期诗歌的禅意走向及其实验意义，不仅有助于我们对洛夫的总体认识，或许还有助于我们思考中国现代诗的发展问题。

所谓"洛夫中、后期诗歌"，是指他从 1970 年以后开始的诗歌创作。我把洛夫的诗歌创作分为前、中、后三期。

前期为 1957—1969 年，代表作有《灵河》《石室之死亡》《外外集》和《西贡诗抄》。虽然前期当中《灵河》与《石室之死亡》的风格有较大差异，但在向西方现代主义尤其是超现实主义技巧学习方面是一致的。1967 年出版的《外外集》和 1968 年创作的《西贡诗抄》，在技法上与

---

① 洛夫：《超现实主义的诗与禅》，见公仲、江冰编《走向新世纪——第六届世界华文文学国际研讨会论文集》，人民文学出版社 1994 年版，第 153 页。
② 洛夫：《超现实主义的诗与禅》，见公仲、江冰编《走向新世纪——第六届世界华文文学国际研讨会论文集》，人民文学出版社 1994 年版，第 153 页。

《石室之死亡》虽有不同，但转变幅度不大。从思想情绪上看，它们是《石室之死亡》的延续。也就是说，此时的洛夫还笼罩在战争与死亡的阴影之中，如《泡沫之外》写战争使人变成了一堆闪烁而逝的泡沫，《海之外》里有沉船的意象，《果与死之外》还继续探讨死亡。这是洛夫在经历过战争之后对人生与死亡思考的继续。

中期为1970—1983年，这是他初步探索诗的禅机、禅趣，同时也陷入了摸索中的困惑时期。

后期为1984—1993年，这时他对禅有了更深的理解，对以禅意入诗也有了新的感悟，从而使他的诗禅意高涨。

二

洛夫中、后期诗歌在总体上趋向于禅意、禅趣的探索，并且尝试与超现实主义的技法相融合。禅是印度佛教传入中国以后在唐代产生变异的一种中国化宗教，实际上它融合了中国儒、道的某些精神，形成了它独特的宗教内涵。在修佛义理上，它主张明心见性，顿悟成佛，强调直观自得；在思维方式上，它追求"当下即悟"，反对理性的羁绊，主张"教外别传，不立文字"与"活参""妙悟"，用超越语言的方法去表现某种语言无法表达的东西；在修行方式上，主张"平常心是道""处处皆道场"，以平淡自然、主客合一的态度去体悟人生与佛理的真谛。洛夫更多是把禅看作一种人生智慧，他说："东方的禅则重视见性明心，追求的是人性的自觉，过滤潜意识中的欲念而升华为一种智慧，借以悟解生命的本源。"[①]超现实主义是欧美国家在20世纪20年代末到60年代间流行的一种现代主义文学流派，代表作家有布勒东、阿拉贡、艾吕雅和艺术家达利、阿尔普等。超现实主义崇尚梦幻和潜意识，借以反抗传统的文学艺术规范和超越被压抑的世界，在将梦幻与现实综合中达到"超现实"。在表现方法上，提倡"自动主义"，强调创作的自发性、偶然性，并尝试在半催眠状态下进行自动写作。洛夫在20世纪50年代就是超现实主义的积极宣传者，他自己亦被人视为一个超现实主义的诗人。洛夫中、后期的创作，就

[①] 洛夫：《超现实主义的诗与禅》，见公仲、江冰编《走向新世纪——第六届世界华文文学国际研讨会论文集》，人民文学出版社1994年版，第150页。

尝试挖掘中国的禅与超现实主义暗合之处，以禅的思维方式和技法去改造、融会超现实主义，创造一种超现实主义与禅相结合的诗歌创作方式，"形成一种具有超现实主义特色和中国哲学内涵的美学"①。洛夫的探索有一个逐渐蜕变的过程，而且有较明显的阶段性递进痕迹。中、后期也有较大区别。下面我将对他中、后期诗歌的禅意走向加以分析与描述。

(一) 中期（1970—1983 年）

此时期的情况较为复杂，创作亦呈多样化，但就禅意探索这点而言，大致可分为三个阶段。

1. 第一阶段：禅境初试（1970—1974 年）

这一阶段并不全指《魔歌》集，而应从《魔歌》集中 1970 年 4 月的作品开始。1970 年 4 月以后，洛夫牛刀初试，创作了一系列具有禅机、禅趣的诗，这就是《随雨声入山而不见雨》《有鸟飞过》《金龙禅寺》等。洛夫此时刚从西贡回来，生活安逸，心境平和，常常冒雨上山到金龙禅寺，靠在树上看看书，或躺在大石块上看云飘过，颇为闲适写意。当这几首出于"任意挥洒""无心插柳"创作出来的诗得到了意想不到的赞许之后，洛夫在《我的诗观与诗法》中说："最令我自己不解的是，有时我会在极偶然的情况下，任意挥洒出一些'无心插柳'的作品；这就是说，这些诗往往是我自己并不以为然，而大多数读者却给以出乎意外高的评价，《独饮十五行》《金龙禅寺》《有鸟飞过》，以及《裸奔》等即是如此。"②洛夫即更加自觉地走向禅了。这至少可以表现在几个方面。

（1）用禅的空观与人生观去观察人生、观察历史。如《水中的脸》《秋日偶兴》都以水中的面容为喻象来看待人生和时间；《长恨歌》中则认为杨贵妃不过是一个等待君王"双手捧起的/泡沫""一株镜子里的蔷薇""一缕烟"，而这段爱情与历史也不过是"风雨中传来一两个短句的回响"。③佛教常以梦、幻、响、泡沫、水中像、镜中花等喻象来比喻空相，洛夫上述诗中的意象显然有佛教的影响。而他的《焚诗记》又以一

---

① 洛夫：《超现实主义的诗与禅》，见公仲、江冰编《走向新世纪——第六届世界华文文学国际研讨会论文集》，人民文学出版社 1994 年版，第 150 页。
② 洛夫：《诗的探险》，黎明文化事业公司 1979 年版，第 160 页。
③ 参见洛夫《魔歌》，台北中外文学月刊社 1974 年版，第 135～145 页。

种意在言外的方式表达了一种此生彼灭的生命观。

（2）以禅的静观方式去处理物象，追求一种物我合一的境界。如他自己也多次举例的《死亡的修辞学》，就是要把"我"融入大自然之中，在与自然合一的过程中去寻找"真我"：

我的头壳炸裂在树中
即结成石榴
在海中
即结成盐
唯有血的方程式未变
在最红的时刻
洒落①

如《清苦十三峰》中，"我"化身为草、树、云、火、风、河、峰。1974年，他在《魔歌·自序》中总结了他这种物我合一的诗学观："诗人首先必须把自身割成碎片，而后糅入一切事物之中，使个人的生命与天地的生命融为一体。……所谓'真我'，就是把自身化为一切存在的我。"②

（3）以禅的思维方式乃至禅式的语言，构成诗的禅机、禅趣。如《焚诗记》：

把一大叠诗稿拿去烧掉
然后在灰烬中
画一株白杨

推窗
山那边传来一阵伐木的声音③

全诗具有跳跃的思维，使节与节之间形成了空白。在此一物象向另一物

---

① 洛夫：《魔歌》，台北中外文学月刊社1974年版，第119～120页。
② 洛夫：《诗的探险》，黎明文化事业公司1979年版，第155～156页。
③ 洛夫：《魔歌》，台北中外文学月刊社1974年版，第159页。

象、此一空间向另一空间（同时也是时间）的转换中造成了一种禅意。就常识而言，诗稿只能化作一股烟，而不可能是一株白杨。但在具有禅观的诗人那里，这袅袅上升的白烟正是获得了新生的白杨。当认识到这一点，心情自然轻松了，心无挂碍了，所以推窗之时，山那边传来的伐木之声也便清脆悦耳了。这表示诗将变得更成熟了，但成熟之时也是生命的绝期已至，诗就永远处于成熟与不成熟之间。这就寓含了禅机。

《清苦十三峰》中又有这样禅式的反诘：

> 为何山不是山，水不是水
> 为何风没有骨骼
> 为何树的年轮
> 不反过来旋转
> 为何黄昏不是
> 任何人的脸
> 为何点燃一盏灯之后
> 山又是山
> 水又是水
>
> 峰顶上的那块石头
> 谁蹲在上面并不要紧
> 问题是：
> 谁是那被雕着的
> 空白①

这两节诗中的禅意当然不仅仅在于袭用了禅宗的语言，禅宗的青原惟信禅师说："老僧三十年前来参禅时，见山是山，见水是水，及至后来亲见知识，有个入处，见山不是山，见水不是水，而今得个体歇处，依然见山是山，见水是水。"② 而在于它以禅宗的思维方式来思考山峰与宇宙存在之间的关系。山峰是被谁雕刻出来的？是风吗？是树吗？是灯吗？似乎一切

---

① 洛夫：《魔歌》，台北中外文学月刊社 1974 年版，第 102～103 页。
② 转引自葛兆光《禅宗与中国文化》，上海人民出版社 1986 年版，第 138～139 页。

都是,一切又都不是,而峰巅的那块石头背后衬托着的那大片空白又是谁雕出来的呢?这才是直接、根本的发问。禅宗式的发问往往直探根源,从而超越一切边见。洛夫诗中的"空白是谁?"就是一种直探宇宙存在本源之问。山是空白衬托出来的,山是谁雕出来的我且不管,而问那空白究竟是谁雕出来的。这便有了玄机妙趣。

洛夫第一阶段的禅境初试是很有成绩的。在初试阶段,于他来说,对禅的感受是新鲜的,受到的刺激亦是最强烈的,故而在无意的运用之中能快速见出成效,乃至于一些诗成为他当时并不以为然后来却最钟爱的禅意诗,也成为他中、后期的代表作和评论者的主要评论对象,如《金龙禅寺》《随雨声入山不见雨》《死亡的修辞学》《焚诗记》《裸奔》等。但是,这一阶段他对禅的了解毕竟还不是太深,心境也尚未达到一种平和安然,对于如何使禅的技法真正化作自己的创作因素,并且与先前所崇奉的超现实主义结合起来感到迷惘和困惑。《巨石之变》(1974 年 9 月作)就代表了他此时的心态。此诗充满了火气和焦虑。诗中的巨石是一种孤愤,而并非禅的孤绝。虽然也用了禅宗"万古长空""一朝风月"的句子,但并无禅宗那种超越时空、超越人我对立,将万法与妙有绝对合一的立场。洛夫要变,正在等待变,《巨石之变》中有云:"体内的火胎久已成形/我在血中苦待一种惨痛的蜕变。"①

2. 第二阶段:时间之伤(1975—1979 年)

在这一阶段,他几乎被时间所困。他在思考着时间,面对时间的流逝而自己的诗歌毫无进展,心中感到十分苦闷。洛夫曾有散文记述到当时的心境:"不幸的是,这几个月来,我尽做一些'虚掷生命'的事,好像诗神已弃我而去,一行诗也没有写。这不仅是一种愧疚,一种感慨,也是我近来思考的焦点。"②《岁末无雪》《岁末无诗》道出了他企图蜕变的痛苦,他"决心重整他的形式与风格"③,却又一时无法实现这种重整与超越。在"众荷喧哗"之中,他只有孤独地欣赏自己那朵寂寂的碧油伞。1976 年是他最寂苦的一年,好在还有首尔之行做了弥补,使他写出了

---

① 洛夫:《魔歌》,台北中外文学月刊社 1974 年版,第 195 页。
② 洛夫:《时间的震撼》,见《一朵午荷》,台北九歌出版社 1983 年第 5 版,第 177 页。
③ 洛夫:《岁末无诗》,见《因为风的缘故——洛夫诗选》,台北九歌出版社 1991 年版,第 135 页。

《午夜削梨》《晨游秘苑》等好诗。1979年他创作的《时间之伤》集中表现了他对时间的沉思。在这首诗中，我们看到，洛夫太执着于时间之相，而且太局限于个体的伤感，如他感到"时间的皮肤"在"一层层脱落"，时间的伤口在"继续发炎"，甚至对着镜子"发脾气"，而那象征时间的"风筝"，也只能抓住那犹断未断的绳子，并不能完全把握它。由于诗人未能超越时间来看时间，所以他的伤痛是很重很重的，即使"最后把所有的酒器搬出来/也无补于事"。诗中也有一节颇类似禅的诘问方式，几乎接近禅的超越立场了："又有人说啦/头发只有两种颜色/非黑即白/而青了又黄的墓草呢？"① 然而，只以人死后的头发转换成了墓草青了又黄来否定头发只有黑白两色，仍然是不彻底的，未达到超越时间两极对立之相。因为依照禅的观点来看，头发本就无黑白青黄之色，只是因为你心中有了黑白青黄的区分，它才具有了相对性。洛夫的时间之伤是与他创作上无超越的痛苦紧密联系在一起的，他未能以超越的立场来看待时间，也就决定他未能以超越的立场来对待自己的诗歌探求。他太急于超越了，因而有了烦恼。这种心态反而阻碍了他对禅的进入。

3．第三阶段：寂苦的酿酒（1980—1983年）

洛夫在1979年其实也在进行创作的实验，《与李贺共饮》（1979年5月作）就是向古典的寻找，尤其在意象的营造上向盛唐两宋学习。1980年所作的《李白传奇》《水祭》等也是继续遵循着这一道路，企图在向古典的追寻中去重温"一壶新酿的花雕"②。洛夫在摸索、叩问，"气喘如牛"似地"攀登"，去搜寻那能够"惊我心且动我魄"的"蝉鸣"，实现"蝉蜕"③，但总是感到不能落实，有一种无所皈依的怅惘。他笔下的鹰也就只能是"一落魄异乡的侠士"，而在不断地感叹"今宵露宿何处"。④这与他在后来的"隐题诗"时期所创造的那种充满自信、独与天地精神

---

① 以上诗句参见洛夫《时间之伤》，见《因为风的缘故——洛夫诗选》，台北九歌出版社1991年版，第166～171页。

② 洛夫：《与李贺共饮》，见《因为风的缘故——洛夫诗选》，台北九歌出版社1991年版，第176页。

③ 以上诗句参见洛夫《寻》，见《因为风的缘故——洛夫诗选》，台北九歌出版社1991年版，第209～210页。

④ 洛夫：《鹰的独白》，见《因为风的缘故——洛夫诗选》，台北九歌出版社1991年版，第211～212页。

往来的鹰的形象大异其趣。

  酿酒的阶段虽寂苦，但对洛夫来说是有益的，他心情渐趋平淡，并且重新审视过去的作品。他曾在"翻读自己的诗集时"感到"苦笑不已"①，又决心在"埋下了／夏日最后的蝉鸣"②之后诀别过去，并且也时有小诗尝试着禅思禅味，如《雨中独行》《泪巾》《清明四句》等。经过重新酿造，洛夫又逐渐以平和的状态进入禅。

（二）后期（1984—1993年）

  后期是洛夫诗歌禅意高涨的时期。这段时间洛夫对禅的理解逐渐加深，并且在对禅与超现实主义的融会与沟通上不断实验，可以说在观念与技法上都比以前有了很大的超越。

  如生死观、历史观、时间观。在《观仇英兰亭图》中，视兰亭文人不过只是过客，他们当时所拿的"酒杯空了"，所写的"诗稿灰了"，"而形骸早已轮回为山／投胎为水"③。这就透露出了禅的"空无"观。《形而上的游戏》把人类来之于自然又回归于自然，看作不过是上帝掷骰子时所画的一个漩涡，也含有超越生死与时间的一种禅观。《木乃伊启示录》说木乃伊企图装扮成不朽，但三千年后"皮囊终归是皮囊"，"虚无终归是虚无"，"如果活着只是游戏／又何必在乎次数"。④这便是佛学式的生死观与永恒观了。《所有鲜花都挽救不了镜中的苍白》充满"人生无常"的虚空感；《我以千页的空白，面对你们百年的惊愕》则以火来净化自己，就如叶子扫进炉子化为灰烬又会"升华为／百年孤寂"⑤，千年之后又化为清风明月。孤寂是一种禅境，千年后化为清风明月又是一种禅境。洛夫此时已真正领会了禅之"万古长空，一朝风月"的深刻含义。《洗脸》一诗中，他不再像以前那样会对着镜中已逝的青春发脾气。由于认识到人生之相不过是镜中之像的一片空无，心便不再如猿马惊啸。当心静之后，水虽

---

  ① 洛夫：《清明读诗》，见《因为风的缘故——洛夫诗选》，台北九歌出版社1991年版，第234页。

  ② 洛夫：《月亮升起如一首挽歌》，见《因为风的缘故——洛夫诗选》，台北九歌出版社1991年版，第233页。

  ③ 洛夫：《月光房子》，台北九歌出版社1990年版，第27页。

  ④ 洛夫：《月光房子》，台北九歌出版社1990年版，第66、第65、第69页。

  ⑤ 洛夫：《隐题诗》，台北尔雅出版社1993年版，第136页。

仍如过去那样的柔柔,但此时的水已不再是以前的水,它以"一种凄清的旋律/从我的华发上流过"①,从而升华了。这表明他不再执着于发的黑白青黄,哪怕现在是白发,那也仍是华发。这便是禅对时间的超越。

如"真我"观。以前洛夫认为"真我"就是"化为一切存在的我",这是从物我合一的观点来看待"真我"。但到了《月光房子》集中的《临流》诗中,却又有了新的体悟:

> 站在河边看流水的我
> 乃是非我
> 被流水切断
> 被荇藻绞杀
> 被鱼群吞食
> 而后从嘴里吐出的一粒粒泡沫
> 才是真我
> 我定位于
> 被消灭的那一顷刻②

这正如禅宗的临渠睹影而开悟一样,只有从那水中的倒影和那随着流水被切断、随着泡沫而消失的虚幻不定的影子中,才真正悟到"如如"的佛性。"我"不为外在的影子所迷惑,也就不再为肉身的"我"所困缚,"真我"在被消灭的刹那间反而获得了。这便不仅仅是庄子的物我合一观,而是内求"真如"的佛性观了。

如语言观,《书蠹之间》以书的表白表达了一种对语言的认识:语言不过是历史铜镜上的尘垢,语言的历史遮蔽了真正的历史。禅的不立文字与无言才是语言的真正本质。在《我什么也没有说,诗早就在那里,我只不过把语字排成欲飞之蝶》中,强调语言是过河之筏,使用后便可舍筏登岸。语调不如"深山一盏灯的沉默",故而我们说的所有语言都等于"我什么也没有说"③,而诗不过是死后复生之蝶,要超越语言,方可得到

---

① 洛夫:《月光房子》,台北九歌出版社1990年版,第44页。
② 洛夫:《月光房子》,台北九歌出版社1990年版,第214~215页。
③ 洛夫:《隐题诗》,台北尔雅出版社1993年版,第38~39页。

诗的意蕴。其实,"诗早就在那里",语言文字的排列是次要的。所以洛夫进行"隐题诗"的探讨,也正是要实现一种不立文字、不立诗题的语言超越。

除此之外,洛夫还以禅的"平常心是道"的思考方式,从日常生活中发掘深刻的道理,同时也表现出他已开始进入不执着于实相的无缚无碍的自由心境和创作天地。《剔牙》《挖耳》《洗脸》《雨想说的》《邂逅》等诗就是一种非常自由的挥洒。《挖耳》以超越世俗尘念的心境来看待人世间的谣言,显得超脱自在;《顿悟乃在吃下一片厚厚的佛洛伊德之后》也是说按平常心行事就是人生之悟,至于佛说什么、经典说什么都是没有用的,吃饭便吃饭,睡觉便睡觉,做爱便做爱,不去研究什么厚黑学而做违背人的本心之事,就是禅之顿悟。洛夫再一次以他的诗表现了他对禅的理解。

洛夫还运用禅式的矛盾语以及诘问方式去创造诗的禅境。如《向日葵》中向日葵对太阳的发问,就表示了一种对自尊与偶像的反抗。《我不懂荷花的升起是一种欲望或某种禅》也是说禅正是在欲念的克服与制约中而达到精神净化的。莲花本是一种爱欲,要结籽,而佛却在莲花中坐化,得到升华。这自相矛盾吗?不,"种瓜得鱼不亦宜乎/禅曰:是的是的"①。《裸着身子跃进火中,为你酿造雪香十里》也是一种禅式的转化,是超现实的。裸者入火,身体却化为水。水与火的意象是佛教常用的喻象,水是静,火是动;水是寂,火是欲。为什么爱火,是因为要转化,像麦子之酿酒不是也要火葬吗?正如僧人圆寂之后也要火葬一样,他转化成新的东西了。正因为如此,裸者入火却可以酿造雪香十里。洛夫不仅在语言上巧妙地把矛盾语升华了,而且在诗的意境上也深化了。

洛夫在评周梦蝶诗时曾指出:"严格说来,他诗中的禅不一定就是佛家的禅。"② 这句话也可以移之于评洛夫。如果说周梦蝶诗中的禅"是一种妙净圆明的自性的觉醒"③,那么,洛夫诗中的禅更多的是超越两极对立之后的真我回归。所以,他更相信自己,也更充满狂禅式的叛逆。他更多的是借用禅的自尊、自立、自信来激励自己的探索与创造行为,他的孤

---

① 洛夫:《隐题诗》,台北尔雅出版社1993年版,第60页。
② 洛夫:《试论周梦蝶的诗境》,见《诗的探险》,黎明文化事业公司1979年版,第227页。
③ 洛夫:《试论周梦蝶的诗境》,见《诗的探险》,黎明文化事业公司1979年版,第227页。

绝是一种英雄式的高傲，写诗也完全成为生命的投入，正如他笔下的蝉，鼓腹而鸣，全不顾它还要轮回，"生死事小，且把满山槭叶／唱得火势熊熊"①；也如他笔下的鹰，"独与天地精神往来"，"只身闯入云端"，"奋力抓起／地球向太空掷去／精确地命中我心中的另一星球"，它"乃一孤独的王者"②。比较纪弦《狼之独步》中的狼，虽然两者均独来独往，但洛夫的鹰更具有独尊性和精神性。鹰被洛夫赋予了一种禅性，它可以按照自己的意愿去创造新的存在。鹰实则成为洛夫精神的象征，也成为他禅意高涨时期的得意结晶。

洛夫中、后期诗歌创作是丰富多彩的，我在此分析他诗歌禅意的走向，只是就他趋向禅的这一主线而言的，这里并没有否定他在其他方面进行探讨的含义，也不否定他写的一些不含禅意的诗，如写乡愁、写爱情等，但即使他在创作这类诗歌时，也还是受到禅的思维方式的启发的。

三

洛夫喜欢谈禅，喜欢在诗中用禅的某些思想和句子，但他并不是佛教徒，正如他曾两次受洗但并不真正皈依基督一样，他喜欢读禅、谈禅完全是基于文学与艺术的需要。费勇在评价洛夫时说："洛夫对于禅宗的兴趣，几乎是出于艺术上的一种自觉，他更多地将禅宗作为一种艺术思维方式，融入自己的诗歌创作。"③ 洛夫中、后期诗歌的禅意走向历程也表明，他读禅、用禅，虽然也吸收禅的某些思想来表达他对人生、历史、时间的理解，但更多的是用禅的精神、禅的思维方式来充实他的诗学观、语言观，并且借以试验诗歌的形式，其中包括诗歌的意象经营、语言的组合和形式的排列。他要像严羽一样，借禅来开拓诗歌的创新之路，以实现他将超现实主义和禅诗所表现出来的艺术思想和手法融为一体，"成为一种新

---

① 洛夫：《八只灰蝉轮唱，其中一只只是回声》，见《隐题诗》，黎明文化事业公司1979年版，第44页。
② 洛夫：《危崖上蹲有一只独与天地精神往来的鹰》，黎明文化事业公司1979年版，第34～36页。
③ 费勇：《洛夫诗歌中的庄与禅》，见《洛夫与中国现代诗》，台北东大图书公司1994年版，第156页。

的美学和表达形式"① 的艺术理想。

洛夫的确是在进行长期的潜心研究并且不断实验的。纵观他几十年的诗观表白与创作追求，他所追寻的目标就是：向中国古典寻找超现实主义的传统，使传统现代化；寻找西方超现实主义与东方的禅的契合，使超现实主义技巧中国化。

从大方向上看，洛夫的这一追求与余光中、叶维廉等人的追求是一致的，他们无非都是要解决新诗与传统、古典与现代、西方与东方的问题。20世纪50年代，台湾诗坛围绕着"现代派"的"横的移植"论展开过论战，余光中、覃子豪、黄用、叶维廉等的文章都已涉及如何解决传统与现代的关系问题。余光中曾说，"我们不承认'新诗与传统脱节'的论调"，并且举出了叶珊、痖弦等人的诗句如何"接受了旧诗的技巧，且将旧诗的韵味点化成更新的现实"。他提出的结论是："新诗是反传统的，但不准备，而事实上也未与传统脱节；新诗应该大量吸收西洋的影响，但其结果仍是中国人写的新诗。"② 余光中在60年代初还与洛夫论战过，认为洛夫当时试验的"超现实主义"太前卫，不太像中国人写的诗。③ 当然，在对待现代诗的观念上，尤其在试验将西方诗歌技巧中国化上，余光中与洛夫的差距是相当大的。余氏表现为稳健，洛夫则在不断创新。叶维廉在1959年曾指出：

> 照目前的中国现代诗看来……模仿的成分显然很严重，无论在取材上、意象上及技巧上都似乎尚未逃出艾略特、奥登、萨特维尔（Edith Sitwell）及法国各大师的路子，除了在文字上之异外，欧美诗的痕迹实在不少。这也可以说，自己的个性尚未完全地建立——至少中国许多方面的特性未曾表现，譬如就均衡一点及由均衡而产生出来的"刚"和"力"，又譬如中国文字本身超越文法所产生的最高度的

---

① 洛夫：《超现实主义的诗与禅》，见公仲、江冰编《走向新世纪——第六届世界华文文学国际研讨会论文集》，人民文学出版社1994年版，第153页。

② 余光中：《新诗与传统》，见《现代诗导读·理论篇·史料篇》，台北故乡出版社1982年版，第16、第18、第22页。

③ 参见洛夫《诗坛春秋三十年》，见《诗的边缘》，台北汉光文化事业公司1986年版，第16页。

暗示力量（这种力量的达成在文字艺术的安排）都未有好好地表现过。①

叶维廉主张学习西方但又要具中国个性，同时又要发挥中国传统美学力量。在《诗的再认》（1961年作）里，他又指出中国古典诗歌中就已包含矛盾语法情境，禅宗的"雨中看呆日，火里酌清泉"亦是，同时还指出"超现实主义表面无理但内含物之真象，实在可以说同源于'矛盾语法的情境'"②。这也是最早把超现实主义与禅并提，把古典诗中含有现代诗的矛盾语法情境揭示出来的文章。之后，叶氏更进一步提倡"纯粹诗"与道家美学的返璞归真，又都是旨在发掘中国古典诗歌中的美学传统并使之得到现代诠释的。他的诗创作也力图把古典与现代相结合，但做得并不十分成功。正如张默所言："叶维廉是一个古典主义者，一个存在主义者与一个现代主义者。……他试图把'古代'与'现代'凑合在一起的那种大胆的气概，颇值得尝试与鼓舞。"并指出叶氏的一些诗如《赋格》"令我们感知'现代的'与'古典的'可以同时呈现（甚之并存）的可能性"③。应该说，洛夫是受到叶维廉的某些影响的。洛夫早期与痖弦、叶维廉等一同从事现代诗前卫思潮与技巧的推动，而洛夫认为叶氏最具深厚的理论修养。洛夫在《诗坛春秋三十年》中谈到，1959年左右的现代诗论战，"在几位教授级诗人中，就理论修养而言，深厚莫如叶维廉"④。1969年之前，洛夫还特意翻译了叶氏用英文发表在美国 TRACE 季刊上为"中国现代诗特辑"所作的"前言"，并将其收入《中国现代诗论选》。叶维廉在此文中重提中国古典诗歌中已包含可视为超现实主义或印象主义的表现手法。洛夫在1969年发表的《超现实主义与中国现代诗》中亦开始谈超现实主义与禅的相似，谈中国诗禅一体所包含的那种飞翔的、超越的、暧昧而飘逸的气质正与超现实主义的某些精神相吻合。后来在追求诗

---

① 叶维廉：《论现阶段中国现代诗》，见《从现象到表现——叶维廉早期文集》，台北东大图书公司1994年版，第276～277页。
② 叶维廉：《诗的再认》，见《从现象到表现——叶维廉早期文集》，台北东大图书公司1994年版，第289页。
③ 张默：《现代诗的技巧》，见《现代诗的投影》，台湾商务印书馆1967年版，第6页。
④ 洛夫：《诗的边缘》，台北汉光文化事业公司1986年版，第16页。

的纯粹性时，洛夫发现他与叶氏的看法大致不谋而合。① 不过，后来叶氏更多倾心于老庄，而洛夫则更努力推动超现实主义与禅的融通，也更自觉地在诗歌创作中去实验将超现实主义技巧中国化，将中国古典诗词的超现实主义表现手法转化为自己的现代诗技巧，使古典真正走向现代化。在古典与现代结合、西洋与中国结合的诗探索方面，洛夫的贡献要比叶氏大得多。尤其是洛夫中、后期的诗作，在禅的思维方式启发下，向唐诗宋词中寻找意境与神韵，并与超现实主义的技巧相融会，其创作引人注目，其探索路向也对中国现代诗的走向甚有影响。如他的《月亮·一把雪亮的刀子》，以李白诗"床前明月光，疑是地上霜"化出：

床前月光的温度骤然下降
疑是地上——
低头拾起一把雪亮的刀子
割断
明日喉管的
刀子

同时，他又用王维"月出惊山鸟，时鸣春涧中"那样的手法，将"月出无声"的静化为动，写出了动静相宜的禅境：

月亮横过
水田闪光
在苜蓿的香气中我继续醒着
睡眠中群兽奔来，思想之魔，火的羽翼，巨大的爪蹄捶击我的胸脯如撞一口钟
回声，次第荡开
水似的一层层剥着皮肤
你听到远处冰雪行进的脚步声了吗？

---

① 参见洛夫《现代诗二十问》，见《孤寂中的回响》，台北东大图书公司1981年版，第148页。

月出
无声①

这禅境的创造中含有超现实主义的技法，其意象也是极其现代的。这种融古典诗词的意境、禅的思维方式和超现实主义技法为一体的探索是比较成功的。他的《床前明月光》《与李贺共饮》《清苦十三峰》《车上读杜甫》《走向王维》《湖南大雪》等诗，都是向古典的诗词寻意。这种做法对后来的新生代诗歌也产生过影响，这说明洛夫的探索合乎诗未来的走向。掌杉在分析新生代的血脉时就指出过，新生代的某些处理手法就是从传统中寻找来的，如苏绍连的《地上霜》《春望》《雾》等，就有洛夫的影响。②

洛夫谈过自己对中外文学的吸收与形成自己独特表现手法的问题。他说："我的文学因缘是多方面的，从李杜到里尔克，从禅诗到超现实主义，广结善缘，无不钟情。"③ 在《我与西洋文学》中又说："我理想中的诗，乃是透过具体而鲜活的意象，以表现看似矛盾，而实际上又合乎普遍经验的诗。这种创作观念也可以说是我国禅诗与超现实诗两者的融合。"④他还举王维的诗句"月出惊山鸟"为例，认为它所产生的禅境就是一种"知性超现实主义的艺术效果"⑤，并且认为他自己的《金龙禅寺》正是运用这一手法的例证。洛夫之所以不承认他是一个纯粹的超现实主义诗人，原因在于他不断地对超现实主义进行约制与调整。他先在《超现实主义与中国现代诗》中申明他提倡的是加以适当约制的、在广义上融会超现实主义精神的"广义超现实主义"；在《魔歌·自序》中又再次提出一个与"广义超现实主义"异名同质的"知性超现实主义"；1987年他又说，他"目前的表现手法早已超越了'超现实'手法"，原因在于"在数十年的创作过程中，我曾将超现实手法作过批判性的调整，并与中国古典诗中暗合超现实手法的技巧相互印证，加以融会，而逐渐形成了我

---

① 洛夫：《魔歌》，台北中外文学月刊社1974年版，第121～122页。
② 参见掌杉《探求新生代血液的脉源》，见《现代诗导读·批评篇》，台北故乡出版社1982年版，第455～467页。
③ 洛夫：《我的诗观与诗法》，见《诗的探险》，黎明文化事业公司1979年版，第163页。
④ 洛夫：《诗的边缘》，台北汉光文化事业公司1986年版，第56页。
⑤ 洛夫：《诗的边缘》，台北汉光文化事业公司1986年版，第57页。

自己的一套独特的表现手法"。① 1993 年他又再次强调:"东方的禅或中国的禅诗即与西方超现实主义的诗有若干暗合汇通之处,而我参照这两类诗的特性所主张的约制超现实主义,更融入了现代精神和技巧,使它形成一种新的语言。"② 可见,洛夫的诗歌实验就是以引进中国的禅与禅诗来改造超现实主义,并创造一种融会中西、古今的表现手法,而不纯粹走西方超现实主义的道路。洛夫所追求的目标可以说是大多数现代诗人都梦寐以求的。尽管各人所走的途径不一样,但对于能形成一套融会中西、古今的表现手法都是极其向往的。每个人都试图这样去做,但要真正做好却非常艰难。洛夫的实验意义就在于,他不仅对此种表现手法有清醒的追求意识,而且还走出了一条成功的路。

洛夫从艺术的需要引进禅,主要还是在引进禅的思维方式与表达方式。由于他早先是主张超现实主义的,在理解禅时也就总与超现实主义比较,去寻找它们的某些契合处,并力图在诗中去实验这种融会。洛夫这种实验主要是围绕着两个方面来展开的,一个是意境的创造问题,一个是语言策略问题。这两大问题都是中国现代诗需要好好解决的。

现代诗还要不要意境呢?洛夫认为是要的。洛夫追求的纯诗,实际上就是追求一种有古典意境或禅境的诗。他说过:"现代诗人所追求的是那种真能影响深远,升华人生,'不涉理路,不落言筌',为盛唐北宋所宗的那种纯粹诗。"③ 又说:"超现实主义的诗进一步势必发展为纯诗。纯诗乃在发掘不可言说的隐秘,故纯诗发展至最后阶段即成为'禅',真正达到不落言筌、不着纤尘的空灵境界。"④ 境界之中"最高者莫如禅境"⑤,而高度纯粹的诗即可达到"不落言筌、不着纤尘的'禅'境"⑥。那么,如何才能获得这种禅境呢?洛夫至少进行了如下两个方面的探索。

首先,是获得一种静观的思维方式。洛夫在《魔歌》时期,曾主张

---

① 洛夫:《关于〈石室之死亡〉——跋》,见《洛夫〈石室之死亡〉及相关重要评论》,台北汉光文化事业公司 1988 年版,第 200 页。
② 洛夫:《超现实主义的诗与禅》,见公仲、江冰编《走向新世纪——第六届世界华文文学国际研讨会论文集》,人民文学出版社 1994 年版,第 153 页。
③ 洛夫:《泛论现代诗》,见《诗的探险》,黎明文化事业公司 1979 年版,第 65 页。
④ 洛夫:《诗人之镜》,台北大业书店 1969 年版,第 55 页。
⑤ 洛夫:《试论王国维的"境界"》,见《诗的探险》,黎明文化事业公司 1979 年版,第 118 页。
⑥ 洛夫:《中国现代诗的成长》,见《诗的探险》,黎明文化事业公司 1979 年版,第 48 页。

一种主客合一的观物方式，主张诗人把自己完全与天地的生命融为一体。这一时期洛夫的实验也取得了较好的成绩，形成了自《石室之死亡》以来的风格大转变。但正如前述，此时的洛夫仍充满火气，并未完全取得一种禅宗的静观方式，以致造成他好长一段时间的苦闷。这种状况一直维持到1983年，他一边进行一些禅诗的实验，一边感悟。据洛夫自己的记述，他开悟的契机是1987年元旦换日历时，偶然在旧日历的记事栏内发现不知何时写的一则有关诗的随想而获得的。这段话如下："诗人的静观，也就是一种超感性与超理性的直观法，乃视宇宙万物为一体，无你我，无主客，无过去、现在和未来，无形体与心之分。理性使人产生分别心，如事事以二分法来对待，来分析，真诗又如何产生？"① 这段话的确可以说是已达到一种禅宗的静观方式，比之于洛夫过去只谈主客合一前进了一大步。它表明不仅要超越诗人与物的主客二分，而且要超越时间的区分、形体与心的区分，这样才能找到诗人的"真我"与静观。禅宗就强调超越一切相对的观念，做到"真我"的解脱。《五灯会元》卷四载南泉在面对不可能答的问题时，就用超越性解决。陆亘问南泉：养在瓶中的鹅，你如何在既不毁瓶又不伤鹅的情况下将它拿出来？南泉高呼"陆亘大夫"，陆亘应声而答，南泉即说"出来了"。禅宗就是不要使"我"的形体（假我）遮蔽了自性的"真我"。洛夫的随想若按时间推算，当在1986年，至少也不早于1985年。评论家张默说过："现代诗人如果真正能够由内省而及于静观，这个世界将可使你享用无穷的美妙。"② 由于这种静观方式由朦胧到清晰的获得，洛夫才真正做到一种精神的安顿与自足，也才真正进入一种"大乘的写法"（借用林亨泰评洛夫语）。于是，他有了像《剔牙》《挖耳》《洗脸》《书蠹之间》《大悲四题》《咖啡断想》等"以平常心悟道"的诗，也有了像《山寺晨钟》《临流》那样颇具禅意、禅境的诗，还有了突出直觉与感受的《白色墓园》。

其次，是用禅打破因果律与切断联想的思维方式，造成诗境的空白与超越性。洛夫认为，中国诗禅一体所获得的"言外之意"或"韵外之致"，就是禅宗的"悟"，也就是超现实主义追求的"想象的真实"和意

---

① 洛夫：《月光房子·自序》，见《月光房子》，台北九歌出版社1990年版，"序"第6页。
② 张默：《现代诗的特征》，见《现代诗的投影》，台湾商务印书馆1967年版，第53页。

象的"飞翔性"。① 禅家经常使用简洁的遮断法来引导人超越现象的限制而直透本质，如：

> 襄州居士庞蕴，后之江西，参问马祖云："不与万法为侣者是什么人？"祖云："待汝一口吸尽西江水，即向汝道。"居士言下顿悟玄要。
> 问："如何是禅？"师（石头希迁禅师）曰："碌砖。"又问："如何是道？"师曰："木头！"②

老师以一个没有因果关系的东西来切断学生的思维，而使学生清理掉原先的思维障碍即内心的执着从而获得言外的顿悟。洛夫创造诗的禅境往往就使用这种手法。如《金龙禅寺》：

> 晚钟
> 是游客下山的小路
> 羊齿植物
> 沿着白色的石阶
> 一路嚼了下去
> 如果此处降雪
> 而只见
> 一只惊起的灰蝉
> 把山中的灯火
> 一盏盏地
> 点燃③

诗中间突然插入的"如果此处降雪"，可以看作是因白色石阶而触发的联想，但这中间并无任何因果关系，看起来完全是随机的。下一节也不

---

① 参见洛夫《超现实主义与中国现代诗》，见《诗的探险》，黎明文化事业公司1979年版，第100页。
② 道原编撰：《景德传灯录》，台北新文丰公司1981年影印本，第146、第259页。
③ 洛夫：《魔歌》，台北中外文学月刊社1974年版，第46～47页。

是对它的回答。在这种不答之答之中，却造成了一种"韵外之致"的禅味，使诗的意境顿时飞动起来。两者之间意义与视境的转换，也就如同"采菊东篱下，悠然见南山"一样变得自然平淡，读者又何必去追问此地是降雪还是不降雪，降雪以后又是什么情景呢？

又如《问》：

> 在桥上
> 独自向流水撒着花瓣
> 一条游鱼跃了起来
> 在空中
> 只逗留三分之一秒
> 这时
> 你在哪里？①

这最后一问并无确指，到底是问鱼在哪里还是问读者或作者在哪里。然而，这三分之一秒的刹那却逼出了一个问题：如何才是真正的"鱼"或"我"？如果说鱼在空中，那是错误的，因为生活在空中的不可能是鱼，鱼在水中才会被称为"鱼"。但是，事实上鱼又在空中逗留了三分之一秒，说鱼不在空中就不符合现象的事实，这时你怎么办？这便有了禅宗参话头似的玄机。禅宗面对这种情况有"不触机锋"之戒，因为禅的意境就只在那一刹那、一段景和一片空白，而不能脱口而答。所以，洛夫以只问不答作结，而把感悟留给了读者。

当然，这种空白与超越性的形成又不仅仅限于不答之答上，更多的时候则表现为意象的暗示。洛夫对暗示极为重视，他说："有时诗人对宇宙人生有着特殊的体悟，这种体悟不是一般日常语言所能直接表达出来的，便采用一种暧昧的方式，作不明确的表示，目的在求读者的感悟。这种暗示手法，通常用来传达一种哲思或启示，在我国的禅诗中用得最多，可以收到'不言而喻'的效果。"② 他还把暗示与超现实主义联系起来，认为

---

① 洛夫：《酿酒的石头》，台北九歌出版社1992年版，第10页。
② 洛夫：《诗的语言和意象》，见《孤寂中的回响》，台北东大图书公司1981年版，第10～11页。

它更接近超现实主义"想象的飞越"或禅宗的"机锋"①。又说:"诗唯一的价值乃在'以小我暗示大我,以有限暗示无限'。"② 禅宗里有问:"什么是道?"禅师则答:"云在青天水在瓶。"这就是用意象来暗示:天上的云,瓶中的水,虽然所处地位有别,但两者在"湿性"上等无差别。自性平等就是道。洛夫的诗在意象经营上就颇得暗示之神髓。如《午夜削梨》:

　　那确是一只
　　触手冰凉的
　　闪着黄铜肤色的
　　梨
　　一刀剖开
　　它胸中
　　竟然藏有
　　一口好深好深的井③

"黄铜肤色"的梨暗示人的种族性,胸中好深好深的"井"暗示作者有一种深藏胸中的乡愁,在午夜削梨时被唤起。作者对此并不直说而用暗示,这虽然颇得里尔克诗的表现手法,却与禅结合化为中国手法了。

又如《月光房子》,以月光砌成的房子隐喻自己的心胸,虽然历经沧桑,从大草原、万仞悬崖等变成了:

　　一壶
　　以鲜花引火
　　以夏日骤雨烹煮的浓茶
　　或者是
　　一本厚实而温和的书

---

　　① 参见洛夫《试论周梦蝶的诗境》,载《诗的探险》,黎明文化事业公司1979年版,第218页。
　　② 洛夫:《试论周梦蝶的诗境》,载《诗的探险》,黎明文化事业公司1979年版,第218页。
　　③ 洛夫:《因为风的缘故——洛夫诗选》,台北九歌出版社1991年版,第149～150页。

但只要：

> 最后又将我
> 还原为一张空白的纸
> 回首环顾，只见
> 一屋子
> 易燃的旧事
> 一点火便把我烧了①

这暗示心胸不可彻底透明，它深藏的旧事仍然随时随地可以点燃。这便有了想象的飞翔性。

在语言方面的实验，洛夫更是不遗余力。如果说洛夫在《石室之死亡》中是向西方现代主义借用一些语言策略来反映其孤绝的话，那么，在他的后期则是回归到中国古典诗歌包括禅诗中去寻找新的语言策略。然而，这种回归又不是纯然的返旧，而是参照超现实主义的特性，去创造一种新的富有现代技巧的语言。

矛盾语（the language of paradox）是洛夫以及台湾地区诗人最喜欢谈论的话题。这首先是从西方现代主义诗论介绍进来，然后，又参照中国老庄与禅宗关于语言的观念进行比较。在台湾地区，夏志清教授翻译了耶鲁大学教授布鲁克斯（Cleanth Brooks）的《诗里面的矛盾语法》一文之后，布鲁克斯的《现代诗与传统》（Modern Poetry and the Tradition）中论矛盾调和与平衡的观点也一再被人引用。叶维廉《诗的再认》又将禅宗的"雨中看呆日，火里酌清泉"等同于"矛盾语法情景"。洛夫自然也接受这种观点，《石室之死亡》中就已有所运用，在评论周梦蝶诗境时又对其做了进一步的引申和总结。他说："所谓矛盾语法就是一种似非而实是的说法。老子说，'祸兮福所倚，福兮祸所伏'，就是最佳例子。……矛盾语法确能使诗产生'此中有真意，欲辩已忘言'的效果，从荒谬的情境中现出真境，从矛盾中发现和谐。"② 他还指出了周梦蝶诗中不少矛盾语

---

① 洛夫：《月光房子》，台北九歌出版社1990年版，第133～134页。
② 洛夫：《试论周梦蝶的诗境》，见《诗的探险》，黎明文化事业公司1979年版，第230～231页。

的例子，如"谁能于雪中取火，且铸火为雪"等。洛夫诗的许多语言也常常是反逻辑的、矛盾的，却往往能收到突出直觉的效果，在可解与不可解之间达到了一种本质上的和谐。

如《白色之酿》：

且裸着身子跃进火中
为你酿造
雪香十里①

这与周梦蝶的"雪中取火""铸火为雪"有异曲同工之妙。

再如：

水来我在水中等你
火来
我在灰烬中等你②

街衢睡了而路灯醒着
泥土睡了而树根醒着
鸟雀睡了而翅膀醒着
寺庙睡了而钟声醒着
山河睡了而风景醒着
春天睡了而种籽醒着
肢体睡了而血液醒着
书籍睡了而诗句醒着
历史睡了而时间醒着
世界睡了而你我醒着③

---

① 洛夫：《魔歌》，台北中外文学月刊社1974年版，第24页。
② 洛夫：《酿酒的石头》，台北九歌出版社1992年版，第68～69页。
③ 洛夫：《湖南大雪》，见《天使的涅槃》，台北尚书出版社1990年版，第20～21页。

这些诗句与禅宗里的"山上有鲤鱼，水底有蓬尘"①一样，看似与常识相反，却在艺术的世界里使人对熟知的事物产生了一种新的惊奇的发现与新的美感。这便是矛盾语产生的艺术张力。当诗人以直觉而当下直接地进入事物的如如之相时，也就获得了创作的自由。在这个时候，诗人的世界与禅的世界是一致的，诗的感通方式与禅悟也是相似的。

洛夫一直认为诗的语言是一种纯粹的、感性的语言，所以纯粹的诗就绝不是预先设计的一个模型，然后再将某些概念灌进去。② 这与他早期提倡诗的"自动语言"相关。随着他提出要对超现实主义进行约制的进展，他的"知性超现实主义"又企图对"知性"与"超现实"这一矛盾加以统一。于是，到了《隐题诗》阶段，他则退到"半自动语言"。他对诗歌语言的形式排列问题仍然探索不已，这便是"隐题诗"对语言及诗歌形式关系的试验。"隐题诗"的形式虽是受中国古典诗歌的艺术形式的启发而创作的，但这种设想与探索则植根于洛夫的诗学观，即他认为"诗，永远是一种语言的破坏与重建"③。至于诗的题目，洛夫很早就认为它"犹如大衣左面一排多余的纽扣，对诗本身并无必然意义"④。"隐题诗"也正是将诗题的语言破坏然后重组，使题目变成无意义的东西，而让诗的语言本身来呈现意义。纪弦在谈现代诗时提出了一个"秩序"问题，他说：

> 现代诗否定逻辑，而代之以秩序。其秩序之确立，乃是出发自高级心灵生活之体验，而又恒受诗人绝对自由意志之支配。这是一个空前无两的大发明：一直觉之明灭，一顿悟之启开，神奇而又真实，一未有的境界之出现。错综时空，合一物我，变动万有之位置，交换一切之价值，或为整数之分裂，或为碎片之重组，重组了又分裂，分裂了又重组而止于诗的至善。⑤

---

① 道原编撰：《景德传灯录》，台北新文丰公司1987年影印本，第67页。
② 参见洛夫《诗的欣赏方法》《诗的语言》，见《诗的探险》，黎明文化事业公司1979年版。
③ 《隐题诗》扉页之洛夫题词。
④ 转引自林亨泰的《大乘的写法》，见《洛夫〈石室之死亡〉及相关重要评论》，台北汉光文化事业公司1988年版，第95页。
⑤ 纪弦：《现代诗的创作与欣赏》，见洛夫、张默、痖弦主编《中国现代诗论选》，台北大业书店1969年版，第239~240页。

这与洛夫的理论如出一辙。现代诗的语言和意象为什么要不断分裂而又重组呢？就是因为现代诗的意义是变动不居的、多元性的、无限性的，这就决定了它不可能有预设的模式。"隐题诗"的语言试验跟禅也有关系。禅的语言强调偶然性与随机性，在顿悟与直觉之中语言往往是非逻辑的。"隐题诗"的语言也试图寻找某种天机因素，放弃一些习惯性语法，在随意的冲动中激荡出某些意想不到的惊人意象与句子。如"饲一尾月亮在水中原是李白的主意/金光粼粼中/鱼和诗人相濡以沫"①，"水中他看到一幅倾斜的脸/穷困如跳蚤/处处咬人"②。而且，"隐题诗"将题目隐掉，读者若非细心，很难发现其中的玄机。这种玄机往往又超越"隐题"的形式，存在于诗的整体而透给读者某种禅机。因此，语言的破坏与重组之后又实现了对语言本身的超越。洛夫这种"半自动语言"实验是建立在超现实主义与禅相结合的基点之上的。

但是，这种"半自动语言"的实验是否行得通并且具有普遍的意义，很值得怀疑。尽管洛夫的"隐题诗"大部分在达到整体的有机结构上做得不错，但在某些具体的语句安排上还是碰到了困难，有时不得不做屈服与让步，甚至在选择诗句做标题时，也不得不尽量避免虚字。有时为了满足诗的有机结构，诗句的衔接就显得很勉强，如"咖啡匙以金属的执拗把一杯咖/啡搅得魂飞魄散"③，"蚯/蚓饱食泥土的忧郁"④。又如：

孩子走成一个黑点最后在雪的
童话中消失。公主
与黑衣武士，含羞草与
炸弹等之关系是否犹如

---

① 洛夫：《杯底不可饲金鱼，与尔同销万古愁》，见《隐题诗》，台北尔雅出版社1993年版，第116页。
② 洛夫：《行到水穷处，坐看云起时（赠王维）》，见《隐题诗》，台北尔雅出版社1993年版，第85页。
③ 洛夫：《咖啡豆喊着：我好命苦，说完便跳进一口黑井》，见《隐题诗》，台北尔雅出版社1993年版，第108页。
④ 洛夫：《蚯蚓一节节丈量大地的悲情》，见《隐题诗》，台北尔雅出版社1993年版，第106页。

都市中告示与墙、墙与上下左右的空无之关系①

这就有违禅的精神。禅主张天然，顺其本性，若在作诗时要扭曲语言或思想，就显得太造作矫情。这既不是中国禅诗的传统，也不是洛夫提倡的将超现实主义与禅诗相结合所应走的道路。如果洛夫尽以自己的诗句为题，或应友人的某种要求而作（如以老友痖弦建房为题而作），就难免有一天会走向游戏主义。此外，洛夫的"隐题诗"虽然大多可以做到"无理而妙"，但语言上似乎求理太盛，理语太多，势必削弱诗的禅境。这与他追求诗之至境乃禅境也有了距离。禅宗讲"直下便见，拟思即差"，而洛夫则太过分强调形而上思考，这也存在矛盾。洛夫如何解决好这一矛盾，仍值得探索。

四

李英豪在很早时就看出"洛夫不是一个轻率的诗人，而是对自己要求很高甚至太多的诗人"②。洛夫几十年来的诗歌追求不断求新、求变、求精，不断地向自己提出挑战，甚至进行冒险的实验。他所追求的目标是很高很难的。他以一"孤独的王者"的气派在崎岖的道路上攀登，进行诗的探险。他的实验包括他的诗论是中国现代诗歌史上的宝贵财富。自20世纪初以来，中国现代诗一直在进行东方与西方、古典与现代相结合的实验。早期新诗人中，冰心常从古典诗词中获取意境与句意，使古典的题材融化在新诗的生命中。20世纪30年代的废名（冯文炳）亦尝试使用"禅家的语言"创造诗的禅趣。他还大量运用中国古典诗词、戏曲甚至散文中的句子，或加以引申，或赋以新义，构成新的意象。卞之琳、戴望舒、冯至、艾青以及40年代的"九叶派"诗人等，也都在摸索一条中西融合、古今汇通的道路。直至五六十年代的台湾地区诗人周梦蝶，也仍在做这种努力。而洛夫长期以来的探险及其成功的经验给我们的启示是：中

---

① 洛夫：《孩童与炸弹，都是不能对之发脾气的事物》，见《隐题诗》，台北尔雅出版社1993年版，第50页。

② 李英豪：《论洛夫〈石室的死亡〉》，见《批评的视觉》，台北文星书店1966年版，第150页。

国现代诗的发展绝不能走模仿西方现代诗的路径，必须在吸纳西方现代诗创作经验的同时，回归中国本土，以东方的智慧之光为动力，以丰厚的文化传统为基础，融会东西，沟通古今，形成一种有本土特色的现代创作方法与一套诗意语言系统和意象系统。处于世纪之交，这种启示是非常有益的。

历史以及个性都注定洛夫仍将去冒险与实验。我相信，洛夫还会对自己提出新的挑战，并开始他新的历程。

［原载《现代中文文学评论》（香港）1995年第4期］

论史铁生作品的宗教意识

史铁生，这位下过乡当过知青又因病致瘫不得不返城成为残疾青年的作家，在中国当代文坛中是非常独特的。他的独特，一是在所有作家中他有独特的人生经历——一个活蹦乱跳的小伙子突然瘫痪，成了不得不依靠轮椅生活的"多余人"；二是由此产生了独特的创作心理——以一个残疾人的身份和角度去观察和虚构世界，表达他特有的人生观、价值观；三是他的作品有独特的韵致与思索，尤其是自20世纪80年代后期以来的作品具有较浓的宗教情绪与宗教意识。

史铁生的创作是从感伤走向宁静、走向沉思的。沉思的时候更多地带有宗教的感悟，因而使他的作品具有宗教一般的情怀与精神。但是细读他的作品，我们又很难把他所体悟的宗教具体划归为哪一种宗教，它体现的是一种普遍意义上的宗教关怀与终极追问。他所做的只是对人生中的困境与问题进行宗教性的思考与追索，这恰恰是任何宗教都不可回避的问题。史铁生是将适合于他心灵与精神需要的某些宗教因素纳入、融化到他的思想之内，并借此生发出新的精神宗教。通过精神宗教的追问，他的心灵与精神获得了安顿与超度。

一、在生与死的思考与超越中重构生的意义

由于残疾的不幸经历，史铁生的作品对生与死做了较多的思考。他在散文《我与地坛》里曾写到过他在瘫痪以后摇着轮椅到地坛去"一连几小时专心致志地想关于死的事"[①]。等到他把"死"的问题想清楚以后，剩下来解决的是"怎样活"的问题。由于有过这样的心路历程，他的作品虽然常常描写或讨论到死，但对死亡的事实很少描写，更多的时候死亡只是一个议题，一个被悬置起来的追问而已。作为与"死"的对照物，

---

① 史铁生：《我与地坛》，见《我与地坛——史铁生散文、小说选》，中国社会科学出版社1993年版，第4页。

"生"才是史铁生所真正关注的。

在他的作品中我们可以发现：

《插队的故事》中年轻气盛的知青反复讨论怕不怕死的问题，而写到一位女知青死于窑洞的塌方时只是一笔带过，并没有详细描写。

《来到人间》里，面对生来就残疾的聪慧的女儿，夫妻俩无法下决心以死亡来摆脱痛苦，他们所要解决的是如何使女儿面对残疾这一事实，在残酷的生存环境中活下去。

《毒药》中那位多次想用毒药来了结此生的老人，终于领悟到死亡的意义而选择了生。

《一个谜语的几种简单的猜法》中，病人之间常议论到死，患癌症的1床常对"我"说的是"你不会死"，而那个给病人带来优雅滋味的护士却从容安详地死去了，死去时也不忘让一盆花还能长时间地吸到水。

《中篇1或短篇4》中，那个死于湖上的人走到岸边一块大石头前就好像走到了床前，脱了鞋爬上床，脱下棉大衣当被子。还吸一支烟，最后在大雪中安然躺着死去。

施本格勒（Spengler）说："所有高级的思想都是起源于这种对死亡所作的沉思冥索，每一种宗教、每一种科学、每一种哲学，都是从此处出发的。"[①] 佛教向往死，视死为生的超脱，它所逃避的是痛苦的生。道教不敢正视死，追求长生不老，而这种愿望是最不切实际的幻想，人不得不死的现实令无数追求长生的王公贵族们扼腕叹息。基督教面临死，是等待上帝的拯救，甚至于人的残疾、病痛也等待着耶稣的抚摩以求痊愈。而史铁生却正视死和生的痛苦，正如他在《一个谜语的几种简单的猜法》中所提到的那个最为简单而常被人忽略的谜语"就在眼前可是看不见"一样，人们往往不敢正视现实并忽视现实，于是就永远解不开生死的奥秘。史铁生认为，人生是上帝给你的一个游戏、一个谜，我们应该明智地重视生的过程，把这种游戏玩好，把这个谜猜破。正像俄狄浦斯猜破了斯芬克斯之谜一样，人只有认识了生死之谜，才可以有理由生存下去。

史铁生说："对于必死的人（以及必归毁灭的这个宇宙）来说，一切目的都是空的。他又生气又害怕。他要是连气带吓就这么死了，就无话好

[①] O. Spengler. *The Decline of West*, *Form and Actuality*, 转引自刘小枫主编《人类困境中的审美精神》，魏育青等译，知识出版社1994年版，第404页。

说，那未必不是一个有效的归宿。他没死他就只好镇静下来。向不可能挑战算得傻瓜行为，他不想当傻瓜。在沮丧中等死也算得傻瓜行为，他觉得当傻瓜并不好玩，他试着振作起来，从重视目的转而重视过程，唯有过程才是实在，他想何苦不在这必死的路上纵舞欢歌呢？这么一想忧恐顿消，便把超越连续的痛苦看成跨栏比赛，便把不断地解决矛盾当作不尽的游戏。"① 在史铁生看来，"死"并不可怕，"生"才是最艰难的。在他的作品内，他对生存的困境描写得越是真切，生存的意义也显得越发重要。他近乎残酷地写到人超越死亡企图的破灭，如《原罪》中十叔所虚构的那个"神话"、《命若琴弦》中老瞎子所信奉的那张"药方"，最后都成为泡影。但这"虚设的目的"是相当重要的，有了它才越发凸显出人超越生死之虑的精神价值。这"虚设的目的"实则就是史铁生式的"精神宗教"。

　　史铁生认为，无论你怎样设计命运，都不可避免地要设计痛苦。人们可以设计来世，设计希望，设想完美，但没有缺陷、没有艰难坎坷与挫折的人生是不完美的。痛苦是"上帝"留给人的一笔财富，是"上帝爱我"的标志。这里很有点基督教上帝惩罚人类始祖从天国到人间受难的意味，但史铁生则视之为人类无法摆脱的一种必然。他说："第一，人生来注定只能是自己，人生来注定是活在无数他人中间并且无法与他人彻底沟通。这意味着孤独。第二，人生来就有欲望，人实现欲望的能力永远赶不上他欲望的能力，这是一个永恒的距离。这意味着痛苦。第三，人生来不想死，可是人生来就是在走向死亡。这意味着恐惧。上帝用这三种东西来折磨我们。"② 这就是人所面临的三种困境。如何超越这种困境，就需要人具有智性与悟性，也就是说，需要某种"宗教精神"。按史铁生的看法，"宗教精神便是人们在'知不知'时依然葆有的坚定信念，是人类大军落入重围时宁愿赴死而求也不甘惧退而失的壮烈理想"③。具体化为小说中就是人所相信的那个"神话"（即理想），表现在史铁生身上，则是通过写作达到审美的超越。因此，在小说《原罪》中，瘫痪在床上的"十叔"依托的就是一个"神话"。"十叔"实际上又是一个清醒的信奉者，他对

---

① 史铁生：《答自己问（创作谈）》，载《作家》1988 年第 10 期。
② 史铁生：《自言自语（创作谈）》，载《作家》1988 年第 10 期。
③ 史铁生：《自言自语（创作谈）》，载《作家》1988 年第 10 期。

那些还不谙事的小孩说:"一个人总得信着一个神话,要不他就活不成,他就完了。"①"人信以为真的东西,其实都不过是一个神话;人看透了那都是神话,就不会再对什么信以为真了;可你活着你就得信一个神话。"②因此,人生追求并不在于目的,因为目的是"虚设"的,不过是一个"神话"。但这个目的很重要,它是一个人生命奋斗的动力与支撑。而转换一个角度来看,既然目的是虚设的或虚幻的,那人生努力就不在于目的,而在于过程。人生也就要从重视目的转为重视过程。就像加缪的西绪福斯那样,人通过过程完善自己,欣赏自己,就能化痛苦为欢乐。人或许从此就可以找到"活下去"的理由。

从这一点来看,史铁生不是一个文化的逃亡者、生活的厌世者与绝望者,也不是一个狂想者。他从人生的过程与目的的参透中给人的个体生命加以历史定位,以冷静的态度坚持着理想并由此重构了"生"的意义。史铁生与张承志不同。张承志是以皈依伊斯兰教中的哲合忍耶教为旗帜来坚持他的理想主义,史铁生则是以个体生命对目的的超越来支持着理想。史铁生也与贾平凹不同。贾平凹在《废都》中表现了一代知识分子的绝望和理想的幻灭,反映出了知识分子无法给自己定位的悲哀,史铁生则冷静地对待一切,而更看重个体生命对命运的反抗,把"实在"的"过程"提升为"生"的意义,由此超越绝望与幻灭。所以,在《命若琴弦》中,老瞎子最后把那张他已识破的"药方"仍然封在了小瞎子的琴盒里,预示着人的命运就在这不断弹下去的过程中;在《来到人间》里,夫妻俩费尽心血终于使生来残疾的孩子接受了侏儒症这一现实,并保持一股硬劲,像一个正常人那样生活下去。老瞎子与患"侏儒症"的小孩最终战胜了自己。这种"超越自我"的方式也就最终能超越生与死的困境。正是在超越困境的基础上,史铁生重构了"生"的意义。

---

① 史铁生:《原罪·宿命》,见《我与地坛——史铁生散文、小说选》,中国社会科学出版社1993年版,第194~195页。
② 史铁生:《原罪·宿命》,见《我与地坛——史铁生散文、小说选》,中国社会科学出版社1993年版,第194~195页。

二、对人生命运的思考和对宿命的追问

如何看待人的一生？如何看待人生命运的安排？世间究竟有没有宿命？这是史铁生作品常怀的追问，并从中逼问出宗教的意识。

在散文《我与地坛》中，他反反复复讲的就是两个字——"宿命"。他进进出出地坛，所有的感觉都是宿命，"仿佛这古园就是为了等我，而历尽沧桑在那儿等了四百多年"①。地坛等待着他出生，等待着他忽地残废了双腿，等待他失魂落魄地摇着轮椅闯入其中思考生与死的问题。在这个园子里，他所见所想到的人及其他们的故事仿佛也都是命定了的。那位不断练习唱歌的小伙子、那位腰间挂着扁瓷瓶喝点酒的老者、那个捕鸟的汉子、那个每天穿过园子去上班的中年女工程师，还有那位由于苦闷而练长跑却总是错过机会的朋友，以及一位长得漂亮却又是智力障碍者的小姑娘，他们一个个似乎都由命运在安排着。面对上帝的安排，我们用"无言"的态度才是对的。他想申诉却无法获得答案，只能叹道："谁又能把这世界想个明白呢？"② 上帝偏偏要把漂亮和智力障碍这两种东西都赋予小姑娘，上帝偏偏要让世界存在着愚钝与机智、丑陋与漂亮、残疾与健康，这是不可更改的。"看来差别永远是要有的。看来就只好接受苦难——人类的全部剧目需要它，存在的本身需要它。看来上帝又一次对了。"③ 由看到命定，他联想到救赎，又思考着他为什么要写作，仿佛他到园子里来写作也是命定的，正如他构想的园神所言："孩子，这不是别的，这是你的罪孽和福祉。"④

值得注意的是，史铁生在这篇散文的最后还从一个他者的角度来审视自己，甚至还逼问出"我"到底是"谁"这样富有宗教意义的课题。

---

① 史铁生：《我与地坛》，见《我与地坛——史铁生散文、小说选》，中国社会科学出版社1993年版，第3页。

② 史铁生：《我与地坛》，见《我与地坛——史铁生散文、小说选》，中国社会科学出版社1993年版，第15页。

③ 史铁生：《我与地坛》，见《我与地坛——史铁生散文、小说选》，中国社会科学出版社1993年版，第16页。

④ 史铁生：《我与地坛》，见《我与地坛——史铁生散文、小说选》，中国社会科学出版社1993年版，第19页。

史铁生总是在涉及宿命时才不断地提到"上帝"。在他那里,"上帝"就等于"命"。他认为,世界上50亿人就有50亿个命运,这是上帝早已安排好了的。有时候,偶然事件的出现造成命运的转折,那也是上帝必然的安排,就像上帝在洗牌、在掷骰子一样,必然完全是由偶然决定的。史铁生的《小说三篇·对话练习》中,一对男女在黑暗中对话,其中就谈到了上帝借某些人给另外的人分配命运的问题。他们谈到了招生,四人中录取哪两个刷掉哪两个,都是上帝借招生的人在决定被招者的命运。上帝决定人的角色都是偶然的。小说《宿命》里,"我"就是因为骑车轧着了一只很大很光又很挺实的茄子,摔到了汽车跟前,被撞断了脊骨。于是,出国留学的机票与机会也随之永远作废,命运改变,被种在了病床上。这到底是谁的错呢?不是司机,不是"我",也不是茄子,再追究下去,可能是在小饭馆排队买包子,又遇见了一个熟人,耽误了一至五秒。还可能就是班上那个淘气的学生耽误了"我"约20分钟,于是有了可敬的老太太校长让给"我"戏票叫"我"去看戏。这种在劫难逃的事情的出现,就只能归之于命了。

史铁生通过小说揭示了命运的神秘与深奥,也揭示了个体生命在历史与社会中角色定位时偶然所起的作用,同时还叩问了个体生命之间的社会关系对于生存空间扩大与价值拓展的意义。由于他个人的独特经历,他是相信"命"的。但对"命"的追问又表现出了他精神上的矛盾。一方面,他承认有宿命的存在,个人无法知道也无法反抗决定你命运前的那个"偶然";另一方面,虽然构成宿命的原因无法揭示,但命定的东西靠事后的经历是可以识破的,识破了则心地平安、精神快慰。也就是说,事后的识破更能体现出审美的意义,也更能体悟到生命的终极价值。史铁生用一盘盘电影胶片来比喻人生的经历。在一盘盘铁盒子里,某人的某一段生命就在其中,那一段生命的前因后果也同时在那儿存在,焦虑、快乐、痛苦都早已制作好,只不过上帝还未放映它罢了。随着时光的流逝,我们才一步步地知道这铁盒子内的命运、经历是怎么回事。如果一个人在事后能有机会在天堂或地狱里看到自己一生的影片,那是会被每一种境遇所陶醉的。①

---

① 参见史铁生《随笔十三·第七》,见《我与地坛——史铁生散文、小说选》,中国社会科学出版社1993年版,第32页。

为了表现这种事后的识破，史铁生的一些小说则把故事的前因后果故意打乱，让它们互相缠绕在一起，造成一种事后的审视感，又让人的命运呈现出神秘感。比如他的小说《中篇1或短篇4》就是如此。小说中，不仅人称在转换，人物角色也在转换，而且又常常出现作者跳出文本叙述时间之外的叙述，形成一种时空错位。如："但这会儿对你来说，那件事尚未发生。"①"当然你看不见。对此你一无所知。未来的大暴雨将大到什么程度，人们无法料定。"②"那个女人出了院门。往西走，看似离你越来越远了，事实上她正一步步走近你的命运。她能否走进你的命运，现在，决定于那座老桥了。"③ 正是用这种颇富先锋意味的叙述方式，史铁生表达了他对宿命是靠事后去识破的看法，同时也反映出个体生命的历史定位是具有不确定性与偶然性的。什么是"命"，那只有取决于"上帝"的意愿与"构思"。史铁生还在另一篇小说中写道，有时候似乎一切都已安排妥当，但"上帝"为了使人生这场"戏剧"有更佳的效果，还会"闭上眼睛把他创造的这个舞台摇一摇，把所有角色的位置都摇乱，像抽签儿之前要摇一摇签筒那样，像玩牌之前要先洗牌那样，让每一个角色占据的位置都是偶然的，让他们之间的排列是随意性的"④。

然而，史铁生对宿命的看透并不走向绝望，走向消沉，他对命运的思考仍然与他重视"生"的"过程"连在一起，而把命运的好坏视为无足轻重的问题。在散文《好运设计》中，史铁生给读者一个频交好运的设计，但好运到头也仍然免不了陷入"死亡"这一绝境。怎么办？唯一的办法就是把目的转化为过程。这样的话，坏运反而更利于一个人去创造"精彩的过程"。"你立于目的的绝境却实现着、欣赏着、饱尝着过程的精彩，你便把绝境送上了绝境。梦想使你迷醉，距离就成了欢乐；追求使你充实，失败和成功都是伴奏；当生命以美的形式证明其价值的时候，幸福

---

① 史铁生：《中篇1或短篇4》，见《我与地坛——史铁生散文、小说选》，中国社会科学出版社1993年版，第103页。
② 史铁生：《中篇1或短篇4》，见《我与地坛——史铁生散文、小说选》，中国社会科学出版社1993年版，第107页。
③ 史铁生：《中篇1或短篇4》，见《我与地坛——史铁生散文、小说选》，中国社会科学出版社1993年版，第108页。
④ 史铁生：《小说三篇·脚本构思》，见《我与地坛——史铁生散文、小说选》，中国社会科学出版社1993年版，第149页。

是享受，痛苦也是享受。"① 所以，全是"好运"的设计并不是成功的，"如果为了使你幸福，我们不仅得给你小痛苦，还得给你大痛苦，不仅得给你一时的痛苦，还得给你永远的痛苦"②。从这点来看，史铁生又并非一个悲观的宿命论者，而是一个乐观的"过程论"者，他对命运的看法体现了人类智慧者对生命意义与价值的肯定与重视。

综观史铁生的创作，他的小说与散文互相补充着来阐发他的终极关怀。小说借形象、故事艺术地表达他的思想，常显得比较神秘；散文则常采用与读者对话的方式，直接托出他对人生、命运、死亡等的终极思考。他所倾心并致力于接近与创造的，是一种富于普遍意义上的"精神宗教"，并力图以一位残疾作家的身份表达他对"上帝"的思索与探讨。

（原载《南方文坛》1999 年第 1 期）

---

① 史铁生：《好运设计》，见《我与地坛——史铁生散文、小说选》，中国社会科学出版社 1993 年版，第 66～67 页。

② 史铁生：《好运设计》，见《我与地坛——史铁生散文、小说选》，中国社会科学出版社 1993 年版，第 66～67 页。

华文行走文学的文化功能

　　华人行走文学是华人走向世界后出现的文学与文化现象。随着华人移居世界各地以及到世界各地旅行、留学、讲学、经商活动的开展，华人行走文学逐渐成为海外华文文学领域中一枝灿烂耀人的奇葩。华人行走文学的主体是旅行，但也包括到一个地方住下来学习、生活、工作即旅居期间的感受和思考，是在不断移动的人当中产生的文字表达。因此，华人行走文学就是指华人在不同的地方、不同的时间不断移动（旅行或旅居）时所写的感受和思考的文字。我这里之所以强调"感受和思考"，主要是认为这些文字均有人生的体悟和给人启发的思想，读起来常有沉甸甸的感觉，既有审美的愉悦，也有人生及文化方面的启悟。

　　从华文行走文学文化功能方面去探讨，至少有四个方面的体现。

一、故乡回望与眷念的民族情结

　　华人移居他国，自有多种的原因，有的是为了生存，有的是为了寻找到更好的发展，有的则是为了在退休之后找到一块更安宁也符合自己理想的休闲之地。尽管各人的状况不同，移居的理由也不同，但移居他乡总会有一种乡愁的牵绕。乡愁，这是从心底涌出来的孤寂感，是任何人装也装不出来的，也是人类与生俱来的一种文化依归感。从"日之夕矣，牛羊下来"的黄昏体验中，古代中国人就有了一种家国的归属感叹。古代的行旅送别诗篇中，更时时充满了一种文化与生命的伤感。正因为如此，我们常常会在华人的文字表述中发现那涌自心底挥之不去的乡愁——一种民族情结的故乡回望与眷念。

　　赵淑侠是旅居欧洲甚久的著名华人作家，她生活无忧，平安稳定，在法国、瑞士都住了很久，但还时常表现出一种人生的飘零感。其散文《飘零感》写道，在一个满天骄阳，先生上班，儿子上学之后的日子里，她在自家的院子里枯坐良久却陷入了空寞。环顾四周，是层层叠叠、深深浅浅的绿树和一耸一耸褐红色的欧洲式尖屋顶，彩蝶在盛开的玫瑰间起舞，完全是美好的季节与绚丽的世界。"然而，我被围在那些屋顶与绿荫之间，竟像置身于深山之谷，孤独而茫然。满心满身，都是汹涌而至的乡愁，都是挥不去掸不开的飘零之感。"她感受到她虽已在欧洲住了十几年，但并未完全成为外国人。"安全和上等的物质生活就是一切吗？高尚的社交圈子就能洗去那份浓重的乡愁吗？""我流着中国人的血液，背负着中国几千年来的文化背景，脑子里是中国思想，脸上生着中国人的五官，除了做中国人之外，我永远无法做别的什么人。只是，我深深感到我们这一代的中国人，正像那些由撒哈拉吹来的黄沙，分散在世界各个角落，只浮在表面，仿佛大风一吹随时都会高高扬起，永远摆脱不了那份不落实的感觉。"① 这恐怕不仅仅是赵淑侠一个人的感受，而是像她这一代旅居国外良久的华人的群体心理。这种民族的乡愁如千千万万个心结常驻在他们的心里，时不时就会浮出表面，因为他们血液中的人种基因以及无法改变的文化基因使得他们难以去除掉这种对故乡的眷念。

洛夫是晚年才从中国台湾移居加拿大的，在温哥华过着诗一般、画一样的生活。多雨的季节里，从他住所的窗外看出去是有如张大千泼墨的水墨画；在大雪的天气看雪，又是心旷神怡，如痴如醉的享受。但是，当温哥华遇到一场60年来最大的雪，也是他平生所见最美的也是让他最兴奋的一场雪，"突然从电视新闻中得知河北张家口遭到大地震，死伤惨重；西藏青海高原遭受严重雪灾，已有一千五百余人冻死；而不幸无独有偶，近日加拿大魁北克等省也受到冰风暴侵袭；灾情亦相当严重"，他则产生了一种一无所有的感觉，"而这时窗外的雪，再也不觉得纯白可爱了"。② 洛夫对故乡的挂念是那般自然、那般真实，原因无他，正是一个旅居他国的华人情怀的故乡眷念。

与赵淑侠、洛夫相类似的经历，在华人作家笔下有诸多的体现。美籍华人庄因在白马湖居临窗而坐，面对一院冬阳，他唯一感到缺欠的"只是寄身天涯一己的孤寂罢了"，"虽没有捎来故乡讯息的风声，我对故乡

---

① ［瑞士］赵淑侠：《飘零感》，见袁勇麟选编《海外华文文学读本·散文卷》，暨南大学出版社2009年版，第239～240页。

② ［加拿大］洛夫：《雪楼小品（三题）》，见袁勇麟选编《海外华文文学读本·散文卷》，暨南大学出版社2009年版，第71～72页。

的回忆及思情却渐然被阳光点燃起来"。① 于是，他自然而然地回忆起了40年前在贵州的冬天曝书又晒棉被的日子。而旅居美国的诗人北岛在暮色苍茫，华灯初上的时候也会有一股"致命的乡愁"袭来，让他强忍着泪水进入在戴维斯的居所。"有时我在他乡的天空下开车，会突然感到纳闷：我在哪儿？这就是我的家吗？我家，在不同的路标之间。"② 而在晚年移居美国的王鼎钧也对传说中的鬼魂将把他生前的脚印捡回来的故事进行了深刻的追问，"也许拣脚印的故事只是提醒游子在垂暮之年作一次回顾式的旅行，镜花水月，回首都有真在。若把平生行程再走一遍，这旅程的终站，当然是故乡了"③。所以，人们拣回去的远不止是脚印，而是与灵魂、人格同在的充满着美学意义的乡愁。

当然，离开故乡久了，或者是在东半球、西半球作候鸟式的往返，对故乡的认同也产生了各种变异，如韩籍华人作家许世旭则以父母所在尤其是母亲所在的地方为故乡。他的母亲移动到韩国哪个地方，他的故乡也就在哪里。"我的故乡有时候在全州，有时候在大邱，有时候在我出生的地方，可是当母亲在我家的时候，我却不把汉城当我的故乡，这是为什么？"④ 其实，作者是有故乡的，也是怀念故乡的，只不过父亲的过世，母亲成了他们所要重点关注的对象，母亲也就成了故乡的象征。作者追溯为什么会产生这种变异时终于明白："当老母离乡背井时，我竟失去了故乡。"⑤ 也就是说，当父母早早离开故乡移居他国时，后代已不知故乡在何方了。虽然故乡有了变异，但第二代的移民却依然会追问乡关何在，也依然会有乡愁的情结。晚年从中国台湾移居美国的著名散文作家刘墉不断地在台北的家和美国的家之间往返，竟然也弄不清到底哪是归途哪是征途了。"如同每次回台与返美之间，到底何者是来，何者是往？也早已变得

---

① ［美］庄因：《午后冬阳》，见袁勇麟选编《海外华文文学读本·散文卷》，暨南大学出版社2009年版，第105页。
② ［美］北岛：《他乡的天空》，见袁勇麟选编《海外华文文学读本·散文卷》，暨南大学出版社2009年版，第163页。
③ ［美］王鼎钧：《脚印》，见袁勇麟选编《海外华文文学读本·散文卷》，暨南大学出版社2009年版，第101页。
④ ［韩］许世旭：《移动的故乡》，见袁勇麟选编《海外华文文学读本·散文卷》，暨南大学出版社2009年版，第12页。
⑤ ［韩］许世旭：《移动的故乡》，见袁勇麟选编《海外华文文学读本·散文卷》，暨南大学出版社2009年版，第12页。

模糊。或许在鸿雁的心底也是如此吧？只是南来北往地，竟失去了自己的故乡！"① 虽然刘墉对家也有豁达的理解，他带着母亲回过北京的家，在台北、纽约、巴黎都有家，甚至小小的奈良也是家，但他最爱的还是王鼎钧对故乡的诠释："故乡是什么？所有故乡都是从异乡演变而来，故乡是祖先流浪的最后一站。"他的豁达当中掺杂着无奈与凄怆。这或许也是一种故乡的变异之感吧。成为世界公民，这自然是一种理想和美好的幻想，而文化的根基却让人难以抹去故乡的影子。

二、地域文化血脉的精神呈现

移居或定居国外的华人，在世界各地的旅行也包括回到中国的旅行，总会有他自己独特的观察角度和别样的思考，这种观察与思考总有着地域文化尤其是中华文化精神的血脉所在。像马华作家戴小华，无论是她的"中国行"，还是"深情看世界"，② 她都会在行走之中不断地思考。她的《进埃及记》就通过考察古埃及人的建筑和发明纸草画艺术，而开始了她认真地追问与思考。从古埃及人的发明创造看，他们与中华民族一样都是非常聪明的民族，"可是为什么经由这两大优秀的民族所创造的古老又辉煌的文明，到了现代会停滞、衰落了？""究竟文明衰落的根源，在于敌人还是自己本身？"③ 这种追问与思考当中，充满着对中华文明前途的无限关爱，寄托了对中华文明复兴的无限期待。在世界各地旅行，仍然忘却不了的还是对中华文明的反思，在地域文化的考察中承传的还是中华地域文化的血脉与精神。新加坡华文作家王润华在加拿大境内的洛矶山脉看山，"不再用照相机去捕捉山的形象，而用我自己有思想的眼睛去看，有感受的耳朵去聆听，用心去了解"④。他所看到的山，有的充满智慧和信

---

① ［美］刘墉：《爱，就注定了一生的漂泊》，见袁勇麟选编《海外华文文学读本·散文卷》，暨南大学出版社2009年版，第159页。

② 戴小华著有散文集三种，即《戴小华中国行》《天涯行踪》《深情看世界》，属于最典型的行走文学。

③ ［马来西亚］戴小华：《进埃及记（节选）》，见袁勇麟选编《海外华文文学读本·散文卷》，暨南大学出版社2009年版，第24页。

④ ［新加坡］王润华：《当洛矶山和我相遇在大冰原上》，见袁勇麟选编《海外华文文学读本·散文卷》，暨南大学出版社2009年版，第52～54页。

心，像一个仁者，这里面分明有着孔子"仁者乐山，智者乐水"的痕迹。他看山群，看出的是山的文化，看到的是"每座山拥有自己不同的泥土和岩石"①，"就因洛矶山群保存各自独立的文化传统，各座山还保留自己浓厚的地方色彩和风格，我们才会对每一座都感兴趣"②。这哪里是在为山的文化做辩护，分明是在为自己的民族文化辩护。世界文化就如宏大的群山，它是由各民族文化的座座山峰构成的，国与民族无论大小，都有它各自独立的文化，也都有它存在的价值。这也正是从地域角度去审视文化强调民族文化价值与意义的最好的诗性表达吧。

我们也看到了有美籍华人刘荒田那样总处于文化的边缘人与旁观者的观察与感受。他在旧金山的沙滩公园中观看篝火，却始终未能进入到他人的篝火圈内，他对此现象进行了无情的叩问，其结论是他的文化使他处于他者文化的边缘。"我仍旧旁观，离开故国这二十多年间，一直充当着这样倒霉的角色：在边缘看，无论热闹还是不热闹，无论走运还是不走运。不是从来不曾参与，总统大选日前去投票就是，然而，我不能剑及履及地进入迥异于故土的天地。"③ 这或许是最典型的文化隔阂，刘荒田在文化上给自己筑起了一道墙，这不仅是地域空间上的墙，更是文化心理上的墙。当然，当今的华人在北美许多已拆掉了这座墙，不少人已进入主流社会，甚至担任了政府高级别的官员，或成为商界巨子，他们已从边缘人走入主流圈，这是一种新的变化。他们从跨地域继而跨文化跨语际实现了另一种飞跃，他们会不分地域、不分种族地融入篝火的狂欢圈中，将来他们的感受又会是另一种面貌。

在此，我们还不得不提到美华行走文学的优秀作家少君，他对成都、长沙、上海等城市的阅读，依然有着一种反观的文化审视，一种自外向内的文化内省，同时又包含着对地域文化的思辨。他笔下的城市更多是带有地域文化色彩的文化城市，他的审视无疑给地域文化注入了新的精神诠释。

---

① ［新加坡］王润华：《当洛矶山和我相遇在大冰原上》，见袁勇麟选编《海外华文文学读本·散文卷》，暨南大学出版社2009年版，第52～54页。
② ［新加坡］王润华：《当洛矶山和我相遇在大冰原上》，见袁勇麟选编《海外华文文学读本·散文卷》，暨南大学出版社2009年版，第52～54页。
③ ［美］刘荒田：《叩问篝火》，见袁勇麟选编《海外华文文学读本·散文卷》，暨南大学出版社2009年版，第156页。

三、面向世界的跨文化比较

华人走向世界周游列国，见多识广，自然有了可资比较的对象。这种比较往往透露出他们的价值观，并体现出他们眼观八方胸藏世界的世界公民身份。施叔青与三毛以及林达的游记是具有开放视野和比较眼光的，其中所引出的话题众多，都可以从比较文化的角度去仔细领悟。还有陈之藩的《旅美小简》，时不时都有中西文化的相互比较，比如关于什么是成功，中美之间的概念与目标是不一样的，"美国人急于成功，也就容易做那些容易告一段落的事情"①。陈之藩通过日常生活的观察包括中美学生衣着的不同而引起了对成功哲学的思考与比较。又比如他在学习高速计算机课程时教授却拿出了中国的算盘让学生传看，于是引起了他对中国不珍惜自己的文化，而"真正的中国文化却被外国人发扬了"②的感慨。

华人行走文学中有比较意识的很多，其中从广东移居去澳大利亚的华文作家张奥列欧洲游历文章给我留下极深刻的印象。他的《欧洲之梦》写到在伦敦旅游所见到的英国趋于没落的诸种征象，比如建筑的破旧连清洗也无钱支付，交通混乱，人们工作的节奏缓慢，行为懒散，连白金汉宫皇家卫队的换岗仪式也不过一副装腔作势的派头，于是他将英国人与澳洲人做比较，认为澳洲人是有进取的有朝气的，难怪澳洲的总理要求澳洲要摆脱保守落伍的英国人的阴影去求得发展，也才有那么多英裔人愿意选择长居澳洲。在游历过意大利之后，他则将意大利人与中国人相比，说"意大利人和中国人颇有点雷同的缘分"③，都有经商的细胞和肯捱肯干的性格。所以在澳洲移民中，意大利裔和华裔人口才是数一数二的。而在观览过风情万种的法兰西之后，他又指出，"法国人只有艺术眼光而缺乏生

---

① ［美］陈之藩：《成功的哲学》，见《蔚蓝的天·旅美小简》，黄山书社 2009 年版，第 133 页。
② ［美］陈之藩：《祖宗的遗产》，见《蔚蓝的天·旅美小简》，黄山书社 2009 年版，第 151 页。
③ ［澳］张奥列：《欧洲之梦（节选）》，见袁勇麟选编《海外华文文学读本·散文卷》，暨南大学出版社 2009 年版，第 266～276 页。

意头脑"①,这从法国的名牌手袋 LV 不善推销,对顾客爱理不理,还规定游客限买两个就可见出。这些比较既有案例,又有理性分析,读后颇能给人良多启悟。

四、审美教育与文化知识传播

行走文学通过写景写物或记事记行,最能表达作者的审美感悟,而且有些风景是很奇特的,作者表达的审美眼光也是独特的,这往往能给读者以美的教育与熏陶。新西兰华文作家胡仄佳观览澳洲大陆上的陆标红石头,当走近它之时,"感觉上给气憋住了,灵魂出窍,静穆中话却说不出来"②。它大气、霸气,令人感觉到它非人世之物,庞然有宇宙天外的气度。它的美是一种"荒凉之美",并且"永恒得意味深长"③。旅法华文作家卢岚的威尼斯游记既写出了威尼斯的历史,又着重写到威尼斯旅行的艺术家们的情史逸事,其中贯串着作者对威尼斯美的感受,也同时将有关威尼斯的知识以及与威尼斯有关的美的故事传达给了读者。作者在其中还引用了不少著名诗人在威尼斯留下的精美的诗句,以及一些著名作家对威尼斯所做的描写与判断,使此篇游记成为真正的美文。读读它结尾的一段文字吧,那也是美得令人心颤的:

> 这个在水中建立起来的乌托邦城,千百年来在乌托邦中经历它的辉煌与衰落,却没有忘记不断地向世人出售它的乌托邦。小说家、诗人、音乐家、艺术家去到那里,往往第一眼便认定这个城是自己的知音、最爱、密友,向它倾诉自己的痛苦或心事,又从他们的笔下生出无数的乌托邦世界。这个世界的常用建筑材料便是一个"最"字:最美丽的,最神奇的,最神秘的,最魔的,最真的,最假的……但所有"最"字当中,最可怕的恐怕还是法国作家莫朗(Paul Morand)

---

① [澳]张奥列:《欧洲之梦(节选)》,见袁勇麟选编《海外华文文学读本·散文卷》,暨南大学出版社 2009 年版,第 266~276 页。
② [新西兰]胡仄佳:《荒原上的红石头》,见袁勇麟选编《海外华文文学读本·散文卷》,暨南大学出版社 2009 年版,第 282~283 页。
③ [新西兰]胡仄佳:《荒原上的红石头》,见袁勇麟选编《海外华文文学读本·散文卷》,暨南大学出版社 2009 年版,第 282~283 页。

那个"最"字，他说：威尼斯沉到水底去，恐怕是它最美丽的结局吧？①

在行走文学中传播知识，自然是多数博学者的所爱。其中最喜欢"掉书袋"几近乎卖弄的，恐怕就是现在大陆执教的中国台湾作家龚鹏程了。然而，我们不得不佩服他学识的渊博，他那天文地理文博民俗无所不知无事不晓式的杂记，往往是由"游"与"行"引起，但展开之后往往不去写"游"，而是去写庞而杂的历史文化知识了。如他的《戏服》，从逛沛县观凌烟阁图画引起，则写出了历朝古人该穿什么颜色的衣服，纠正了诸多错误的认识，尤其是戏台上乱穿的无知。《孤独的眼睛》从游曲阜的少昊陵引起，谈起了少昊陵为什么会做成金字塔型，并由此遐想：少昊的后裔是否到了阿尔泰山一带，成为流浪到中亚草原上的独目人呢？这些又都是一般读者闻所未闻的。作者将这些游记（其实更多近于札记）编成"行旅之一：孤独的眼睛"与"行旅之二：东看西看"集成一册，定名为《书到玩时方恨少》②，我觉得总是有点怪怪的。作者是"玩"（旅行）时翻出所读的书的知识呢？还是在"玩"（卖弄）书的知识呢？或许这两者都兼而有之吧。但不管怎么说，行走文学需要适当地传播知识，这倒是不容置疑的。正如龚鹏程所说，如果缺少知识，到了旅游地就随任导游哄弄，这与跑来跑去的羊无异。"故而工夫不在旅中，乃在于平时的涵茹积渐。"③ 写行走文学要传播知识，全在于平时的积累，而读行走文学而增长知识，也正是在做涵茹积渐的功夫。有求才有供，作者与读者正是在供求的关系中建立起良性互动的。

（原载《华文文学》2009 年第 5 期）

---

① ［法］卢岚：《水城文波——写在威尼斯》，见袁勇麟选编《海外华文文学读本·散文卷》，暨南大学出版社 2009 年版，第 234 页。
② 龚鹏程：《书到玩时方恨少》，黄山书社 2008 年版。
③ 龚鹏程：《书到玩时方恨少》，黄山书社 2008 年版，"序"第 5 页。

附录

蒋述卓主要著述目录

一、主要著作

[1]《佛经传译与中古文学思潮》，江西人民出版社 1990 年初版、1993 年再版。

[2]《中国山水诗史》（合著），广东高等教育出版社 1991 年版。

[3]《佛教与中国文艺美学》，广东高等教育出版社 1992 年版，岳麓书社 2008 年版。

[4]《山水美与宗教》，稻禾出版社（台北）1992 年版。

[5]《中国山水文化》（合著），广东人民出版社 1996 年版。

[6]《在文化的观照下》，广东人民出版社 1997 年版。

[7]《中国古代文艺理论专题资料丛刊：文气·风骨编》（编选），中国社会科学出版社 1997 年版。

[8]《宗教艺术论》，暨南大学出版社 1998 年版，文化艺术出版社 2005 年图文版。

[9]《宋代文艺理论集成》（主编），中国社会科学出版社 2000 年版。

[10]《宗教文艺与审美创造》，辽宁人民出版社 2001 年版，暨南大学出版社 2005 年增订本。

[11]《禅诗三百首赏析》（主编），广西师范大学出版社 2003 年版。

[12]"文学与文化研究丛书"[《文化视野中的文艺存在》（合著）、《城市的想象与呈现》（合著）、《批评的文化之路》（主编）]，中国社会科学出版社 2003 年版。

[13]《文化诗学：理论与实践——20 世纪中国文学批评的跨文化视野与现代性进程》（主编），人民文学出版社 2005 年版。

[14]《二十世纪中国古代文论学术研究史》（合著），北京大学出版社 2005 年版。

[15]《广东文化产业发展与对策研究》（主编），广东人民出版社

2005 年版。

[16]《诗词小札》，中国青年出版社 2008 年版，羊城晚报出版社 2012 年修订本。

[17]《文学批评教程》（主编），武汉大学出版社 2010 年版。

[18]《传媒时代的文学存在方式》（主编），广西师范大学出版社 2010 年版。

[19]《大学语文（中华文化版）》（主编），高等教育出版社 2010 年版。

[20]《古今对话中的中国古典文艺美学》（合著），暨南大学出版社 2012 年版。

[21]《跨学科视域中的比较文学》，复旦大学出版社 2015 年版。

[22]《大众文化研究：从审美批评到价值观视野》（主编），暨南大学出版社 2015 年版。

二、代表性论文

（一）中国文学批评与中国文学批评学术史

[1]《把古代文论放到中国文化背景中去考察研究》，《文艺理论研究》1986 年第 3 期。

[2]《从文学本体论出发看中国文学的发展》（合作），《新华文摘》1987 年第 10 期。

[3]《说"飞动"》，《文学遗产》1992 年第 5 期。

[4]《中国书法理论中的山水喻象与人文精神》，《东方文化》1995 年第 3 期。

[5]《中华文艺理论的人文精神》，《开放时代》1995 年第 2 期。

[6]《八十年代以来中国古典文论研究略评》，《文学遗产》1996 年第 3 期。

[7]《论当代文论与中国古代文论的融合》，《文学评论》1997 年第 5期。

[8]《说"文气"》，《中国文学研究》1995 年第 4 期。

[9]《中国古代文艺美学研究的进展与前景》，《文艺研究》2000 年第 1 期。

[10]《八十年代以来中国古典文论文化学研究的成就》（合作），

《文学遗产》2001 年第 4 期。

[11]《中国古典文论表达方式的东方特性》,《光明日报》2001 年 8 月 1 日。

[12]《二十世纪八十年代以来中西比较文论研究评述》（合作）,《上海社会科学院学术季刊》2001 年第 4 期。

[13]《80 年代以来中国古代文论范畴研究的展开与深入》（合作）,《华南师范大学学报》2001 年第 5 期。

[14]《玄学和文学的两次对话》（合作）,《光明日报》2001 年 12 月 19 日。

[15]《对中国文学批评及古代文论研究方法的反思》（合作）,《中山大学学报》2001 年第 2 期。

[16]《80 年代以来中国古代文论学术活动评述》（合作）,《福州大学学报》2002 年第 1 期。

[17]《中国古典诗歌理论批评研究的新发展》,《暨南学报》2002 年第 2 期。

[18]《论中国古代诗学的原创意识》,《文艺研究》2003 年第 2 期。

[19]《新世纪古典文学研究态势》,《光明日报》2005 年 3 月 25 日。

[20]《多维视野中古代文论的现代转换》,《浙江大学学报》2006 年第 1 期。

[21]《传承与延续：叩问中国古代文论的当代价值》,《学术月刊》2006 年第 6 期。

[22]《新时期中国古代文论研究三十年评述》,《学术研究》2008 年第 7 期。

[23]《从学术史学角度看王元化的意义》,《华东师范大学学报》2008 年第 6 期。

[24]《群体心理与梁启超启蒙小说理论的形态》（合作）,《文艺研究》2009 年第 8 期。

[25]《启蒙视野中的梁启超情感诗学》（合作）,《中国文学研究》2010 年第 4 期。

[26]《反思与求变——关于中国古代文论研究方法的再思考》,《文艺争鸣》2015 年第 1 期。

（二）佛教与中国文学、宗教与艺术关系

[1]《宗教与山水结合的历史文化考察》，《文艺研究》1986年第5期。

[2]《试论汉魏两晋中国对印度佛教的接受》，《福建论坛》1987年第4期。

[3]《齐梁浮艳文风与佛教》，《华东师范大学学报》1988年第1期。

[4]《北朝质朴文风与佛教》，《文艺理论研究》1988年第4期。

[5]《支遁与山水文学的兴起》，《学术月刊》1988年第6期。

[6]《佛经翻译理论与中古文学、美学思想》，《文艺研究》1988年第6期。

[7]《佛教故事与中古志怪小说》，《文学遗产》1989年第1期。

[8]《试论佛教美学思想》，《云南社会科学》1990年第2期。

[9]《佛教境界说与中国艺术意境理论》，《中国社会科学》1991年第2期。

[10]《佛教对艺术真实论的影响》，《文艺理论研究》1991年第1期。

[11]《佛教与中国文艺美学中的悲剧意识》，《华东师范大学学报》1991年第5期。

[12]《佛教心性学说对古代文艺心理学的影响》，《学术研究》1992年第1期。

[13]《古代诗论中的以禅论诗》，《广西师范大学学报》1992年第1期。

[14]《宗教艺术的涵义》，《文艺研究》1992年第6期。

[15]《试论原始宗教艺术的产生》，《文艺理论研究》1992年第6期。

[16]《禅宗与艺术独创论》，《上海社会科学院学术季刊》1993年第1期。

[17]《自然在宗教中的地位及其对艺术创作的影响》，《中国比较文学》1994年第1期。

[18]《论宗教艺术的世俗化倾向及其审美创造》，《暨南学报》1994年第4期。

[19]《南朝崇佛文学略论》，《原学》（第2辑），中国广播电视出版社1995年版。

［20］《论洛夫中、后期诗歌的禅意走向及其实验意义》，《现代中文文学评论》1995年第4期。

［21］《艺术想象与宗教想象》，《文艺理论研究》1996年第1期。

［22］《〈经律异相〉对梁陈隋唐小说的影响》，《中国比较文学》1996年第4期。

［23］《宗教艺术的象征：意义的蕴藏与转换》，《民族艺术》1996年第2期。

［24］《禅与自然》，《东方文化》1996年第3期。

［25］《禅悟与艺术想象》，《广东社会科学》1996年第5期。

［26］《中西艺术真实观的异与同》，《社会科学家》1998年第5期。

［27］《论史铁生作品的宗教意识》，《南方文坛》1999年第1期。

［28］《禅与艺术的澄明》，《两岸当代禅学论文集》2000年第5期。

［29］《佛经传译的跨文化交流模式》（合作），《文艺研究》2005年第4期。

（三）文艺学学科理论

［1］《对话：理论精神与操作原则》（合作），《文学评论》2000年第1期。

［2］《新人文精神与21世纪文学批评的价值取向》（合作），《文学评论》2001年第4期。

［3］《21世纪文艺学发展与中国现代人格建设》（合作），《文艺理论研究》2001年第1期。

［4］《跨学科比较文学研究的前景展望》，《中国比较文学》1995年第1期。

［5］《学科交叉与比较文学学科建设》（合作），《中国比较文学》2003年第2期。

［6］《不断走向现代形态的文学社会学》（合作），《文艺争鸣》2004年第3期。

［7］《现实关怀、底层意识与新人文精神》，《文艺争鸣》2005年第3期。

［8］《消费时代文学的意义》，《文学评论》2005年第6期。

［9］《消费时代文学的自身调整与建构》，《学术研究》2006年

年第3期。

[10]《流行文艺与主流价值观关系初议》，《文学评论》2013年第6期。

[11]《文化研究的本土化：功能与原则》（合作），《外国文学研究》2015年第2期。

[12]《文化研究的本土化历程与当代语境》（合作），《中国文艺评论》2015年第2期。

[13]《论艺术与市场的张力关系》（合作），《中国高校社会科学》2016年第1期。

（四）文化诗学、文学与文化关系、文学批评与文化传媒

[1]《应当建立文学史研究的"文化史派"》，《江海学刊》1994年第3期。

[2]《走近岭南——论广东文学的文化走向及其评价》，《岭南文报》1994年6月20日。

[3]《走文化诗学之路——关于第三种批评的构想》，《当代人》1995年第4期。

[4]《批评理论的方向与希望》，《作品》1995年第6期。

[5]《文学情缘与艺术才气大展示——评〈香港当代文学精品〉长、中、短篇小说卷》，《香港文学》1995年第6期。

[6]《草色遥看——我所知道的美国华人新移民文学》，《中国比较文学》1997年第4期。

[7]《论本土主义与全球一体化的冲突与融合》，《今日东方》1997年第1期。

[8]《关于文化艺术发展战略的几点思考》，《文艺研究》1998年第4期。

[9]《批评的专业化与批评的品格》，《文艺理论研究》2003年第5期。

[10]《论王元化"综合研究法"的文化诗学意义》（合作），《湖南师范大学社会科学学报》2003年第6期。

[11]《文化传统与艺术原创》，《深圳大学学报》2009年第4期。

[12]《岭南文化的当代价值》，《华南师范大学学报》2009年第4期。

［13］《华文行走文学的文化功能》,《华文文学》2009 年第 5 期。

［14］《异质文化交流与碰撞的结晶——广东近年来中短篇小说创作评述》,《南方文坛》2009 年第 5 期。

［15］《岭南宣言——关于救治当前学风文学的呼吁》（合作）,《粤海风》2010 年第 1 期。

［16］《从古典言志诗学到伪言志诗学——论百年华语电影的审美价值倾向》（合作）,《暨南学报》2011 年第 1 期。

［17］《比较诗学视野下的华语电影诗学的整体建构》（合作）,《湘潭大学学报》2011 年第 6 期。

［18］《百年海外华人学者的文学理论与批评》,《文学评论》2017 年第 2 期，又载《新华文摘》2017 年第 14 期。

（五）城市文学与城市诗学

［1］《城市文学：21 世纪文学空间的新展望》,《中国文学研究》2001 年第 4 期。

［2］《论城市文学研究的方向》（合作）,《学术研究》2001 年第 3 期。

［3］《城市与文学关系初探》（合作）,《广东社会科学》2001 年第 1 期。

［4］《当代艺术生产对都市人审美意识的培养》（合作）,《求是》2002 年第 1 期。

［5］《都市文学研究现状鸟瞰》（合作）,《社会科学报》2002 年第 7 期。

［6］《广场文化：城市文化的新资源》,《广东社会科学》2003 年第 4 期。

［7］《城市文化与城市审美》,《城市文化评论》（第 2 卷），上海三联书店 2007 年版。

（六）教学论文

［1］《大学理念与现代化》,《暨南学报》1999 年第 6 期。

［2］《华侨高校境外与海外学生文化素质教育的探索》（合作）,《高教探索》2003 年第 2 期。

［3］《素质教育与高校教学计划、课程设置的深化改革》,《中国大学

教学》2003 年第 5 期。

　　[4]《论大学潜在课程教育的作用与影响》（合作），《东南大学学报》2004 年第 1 期。

　　[5]《建构侨校大学生文化素质教育的新模式》，《暨南高教研究》2005 年第 2 期。

　　[6]《守望暨南精神家园》，《暨南学报》2006 年第 5 期。

　　[7]《以文化认同为基础的国情教育模式探索》，《光明日报》2008 年 11 月 22 日。

后 记

这部自选集是我从20世纪80年代中期攻读博士学位以来发表的论文中挑选出来组成的。通过它可以看出我30余年来学术研究的轨迹。全书按研究对象分四辑，大致可了解我的研究范围与领域，也基本能体现我以文化的视角不断开拓文学研究的代表性成果。交出这份浅薄的答卷，甚感惭愧。能被评为"广东省第二届优秀社会科学家"，也感激专家与学界对我的鼓励与鞭策。在此，敬请各位学人、同仁及读者给予指教，以促使我在学术道路走得更远更好。

感谢中共广东省委宣传部、广东省社会科学界联合会支持并出版这本文集的机会。本书的编选和校阅，得到了暨南大学中文系讲师郑焕钊博士与硕士生李石、李慧君的协助，也向他们致以谢意。

编完文稿，回顾与检讨昔日的足印，我将踏上新的征程。"沧海观云，闲庐听雨；南园放马，北山种菊"，新征程上就以且行且珍惜、且行且加油、且行且愉悦的心态迈步吧。

蒋述卓
2016年7月12日于暨南大学"心远斋"